Gloria Gray
Grüße aus Bad Seltsham

GLORIA GRAY

GRÜSSE AUS BAD SELTSHAM

VIKKI VICTORIAS
ZWEITER ZWISCHENFALL

KRIMI

dtv

Von Gloria Gray
ist bei dtv außerdem erschienen:
Zurück nach Übertreibling. Vikki Victorias erster Zwischenfall

MIX
Papier aus verantwortungsvollen Quellen
FSC® C019821
FSC
www.fsc.org

Umschlaggestaltung: FAVORITBUERO, München
Umschlagmotive: shutterstock.com
Satz: C.H.Beck.Media.Solutions, Nördlingen
Gesetzt aus der DTL Documenta 10/14·
Druck und Bindung: Druckerei C.H.Beck, Nördlingen
Printed in Germany · ISBN 978-3-423-22019-4

»Wenn es überhaupt eine gute Idee gibt,
dann die Idee der Skepsis gegenüber allen guten Ideen.«
Gerhard Polt

»Ich hasse es, Gerüchte zu verbreiten.
Aber was sonst kann man mit ihnen machen?«
Amanda Lear

1

Meine Güte, ist der Markus Keil heute wieder aufgekratzt. Wie eine Wespe sitzt er auf der Kante seines Sessels, inmitten des ovalen ZDF-Studios, und widmet jedem der vier Talkgäste abwechselnd seine volle Aufmerksamkeit. Dabei wirkt er, als würde er permanent auf der Lauer liegen, fixiert einen aber gleichzeitig derart herzlich, als säße man einem engen Freund gegenüber. Darin ist er groß.

Ich bin mir gar nicht sicher, wie ich das finde.

Aber jetzt hock ich nun mal hier. Selber schuld.

»Wir sprechen dabei ja von einem regelrechten Wechselbad der Gefühle, sag ich mal …«, weht mir ein Satzfetzen um die Ohren, der mich aber gerade nicht betrifft. Keine Sorge.

Ich recke mich unmerklich und werfe einen verstohlenen Blick in die Runde, einmal zu jeder Seite, um mich zu vergewissern, was ich mir da eingebrockt habe. Der Keil thront doch immer ganz links, wenn man daheim auf den Bildschirm schaut, und rechts von ihm sitzen die mehr oder weniger prominenten Gäste des Abends. Ja, und ich bin heute die Mittlere der Anwesenden.

Zwischen dem Keili und mir kauert ein graugesichtiger Schriftsteller matt im weichen Polster, bestimmt manisch-depressiv. Jeden seiner Sätze beginnt er mit einem grüblerischen Stottern, das hundertprozentig gefaked ist, ihn aber gleichzeitig sehr sympathisch macht. Er riecht nach Rauch und sieht auch so aus, genau wie seine Anzughose den Eindruck vermittelt, ihm oft auch als Pyjamahose zu dienen.

Rechts von mir sitzen eine junge, aufstrebende Politikerin (Gießkannenstimme, hat für alles Verständnis, duldet aber keinen Widerspruch) und ein ehemaliger Fußballspieler, von dem ich noch nie gehört habe. Was nix heißt. Für mich sehen die alle gleich aus. Er wirkt wie ein Gefolterter, der keine Ahnung hat, wieso er eigentlich hier ist.

Das weiß allerdings auch sonst keiner der Mitwirkenden.

»Bei allem Respekt, sollte uns das nicht zu denken geben, wenn so ein Hass …«, erschallt Keils überdrehte Stimme.

Die automatisierten Kameras surren hin und her, auch mal über unsere Köpfe hinweg, und ich bade mich in der Gewissheit, dass das hervorragende Studiolicht, das vielleicht das gnädigste Studiolicht auf der ganzen weiten Welt ist, mich nicht mal ansatzweise wie zweiundvierzigeinhalb wirken lässt. Da schmelzen die Runzelchen um Augen und Mundwinkel nur so weg. Sogar bei Nahaufnahmen. Allein schon deshalb hab ich zugesagt. Bei Markus Keil sieht wirklich auch der vergilbteste Komapatient frisch und appetitlich aus. Nicht, dass ich Ähnlichkeit mit einem vergilbten Komapatienten hätte – auch wenn ich heute einfach nicht in Topform bin. Haare und Make-up sind eigentlich okay, trotzdem habe ich ein zerzaustes Gefühl, weiß der Teufel, woran das liegt – nein, ich meine das mit dem Komapatienten eher so allgemein, eher … du weißt schon, wie ich das meine.

Was drucks ich denn rum? Ich fühl mich halt scheiße!

Die ellenlange Frage vom Markus Keil ist an den ehemaligen Profifußballer adressiert und betrifft den bombastischen Shitstorm, der momentan von überall her auf mich einprasselt und der auch das Thema dieser Sendung ist. Bloß gibt dieser frühere Spitzenkicker darauf eine derart kryptische Antwort, dass selbst der Keil etwas verdutzt kuckt und erst mal auf jegliches weitere Nachbohren verzichtet. Alle sind ein bisschen baff. Dabei kann man so eine, sagen wir mal, geistige Unberührtheit einem Sportler in Frührente überhaupt nicht zum Vorwurf machen, finde ich. Der hat doch ganz andere Schwerpunkte. Berufliche Neuorientierung (Trainerschein, schon zweimal durchgefallen), Insolvenzabwicklung (Fehlinvestition in ein Autohaus in Dinslaken), Klage der Ex (toxische Beziehung).

Außerdem: Jedes Mal, wenn ich zufällig sehe, wie ein Fußballer einen Kopfball ausführt, denke ich mir, dass da doch was beschädigt werden muss. Das kann doch gar nicht anders sein. Deshalb: Nonsens hin, Ballaballa her – was dieser wirklich makellos frisierte, verrentete Nationalspieler im Laufe des Abends noch so alles zu unserer Diskussion beitragen wird, man darf gespannt sein.

Der Keil wendet sich erneut mir zu, und ich stoße beinah mein Wasserglas um, nach dem ich gerade greifen will, weil ich gar nicht damit gerechnet habe, so schnell wieder an die Reihe zu kommen.

»Frau Victoria, können Sie die ganze Aufregung denn wirklich nicht verstehen, die Ihre Reaktion auf die Veröffentlichung der WhatsApp von Herrn Kreischke ausgelöst hat?«, hakt er bereits zum dritten Mal innerhalb von fünf Sendeminuten nach. Ständig kommt er damit an. An seiner Schläfe klopft eine Ader. Ich bin mir ziemlich sicher, die sieht man nur aus der Nähe.

»Bis zu einem gewissen Grad vielleicht schon. Ich wundere mich aber nach wie vor, Herr Keil, dass die Menschen da draußen, die so lauthals *Skandal* schreien, nicht *auch* der Meinung sind, dass Privates privat bleiben muss, wie schon gesagt. Dieses Recht sollte ebenso für Herrn Dietz gelten«, antworte ich.

»Soll dieses Recht auch dann gelten, wenn ein Herr Dietz, der eine solch verantwortungsvolle Position innehat, verbal derart über die Stränge schlägt?«, stichelt er weiter und beugt sich blinzelnd nach vorn: »Er hat ja, bitte schön, auch eine gewisse Vorbildfunktion zu erfüllen.«

Ich beharre: »Aber Herr Dietz hat seine Bemerkung doch nicht öffentlich kundgetan, sondern …«

»Das schon, aber er hat *Sie* dennoch indirekt schwer beleidigt, Frau Victoria, indem er Sie höchst abwertend als, ähm, *Quotentranse* tituliert hat … oder besser *diffa*miert hat, wenn ich das noch einmal zitieren darf.« Darf er eigentlich nicht, vor allem, weil er es bereits vier Mal getan hat, aber jetzt ist es schon zu spät. »Da ist es doch durchaus legitim, wenn die Öffentlichkeit durch Herrn Dietz' Geschäftsführer Olaf Kreischke von einer solchen moralischen Verfehlung erfährt … und entsprechend rigoros reagiert. Und demzufolge ist es auch kein Wunder, dass *Ihr* anschließendes Verhalten massiv in der Kritik steht, Frau Victoria«, platzt es weiter aus dem Keil heraus. »Finden Sie nicht?«

Ganz und gar nicht. Jetzt reg ich mich doch wieder ein bisschen über dieses bewusste Missverstehen auf und muss dabei vermelden, dass meine Brüste vor lauter Entrüstung ganz leicht hin- und herwiegen. Der gibt einfach keine Ruh, der Keil. Ich muss ein steinernes Gesicht machen, sonst sieht man mir mein Inneres an. Furchtbar. Und das auch noch, bei *dem* tollen Licht.

Adi Dietz, Olaf Kreischke, ominöse WhatsApp, Quotentranse … jetzt wirst du sagen, was redet der Markus Keil da? Ich versteh nur Bahnhof! Aber es ist gar nicht so kompliziert. Eigentlich überhaupt nicht. Weil nämlich folgendermaßen:

Seit ziemlich genau einem Monat habe ich meine eigene Sendung auf dem brandneuen Teleshopping-Kanal *Shop til you Drop TV*. Wahnsinnsname, oder? Der sagt alles.

Drei Mal pro Woche präsentiere ich dort meine Produktlinie *Vikki Victorias Wham! Bam! GLAM! Mam!*

Wahnsinnsname, oder? Wobei ich den eher so mittel

finde. Eigentlich Mist. War eine Marketingentscheidung des Senders. Lässt sich nur bedingt drauf Einfluss nehmen. Das ganze Leben, ein einziger Kompromiss.

Jetzt bitte nicht vorschnell schreien: »Sag a mal, ist die Vikki jetzt total verrückt geworden und macht plötzlich auf Glitzerpraline im g'spinnerten Homeshopping-Kosmos?«

Überhaupt nicht.

Inhaltlich ist meine Produktpalette nämlich hochqualitativ und tippi toppi. Meine Linie besteht, Achtung, aus zwei edlen Duftkreationen in Flakons, die als kurvige Ganzkörper-Silhouetten in unterschiedlichen Glasfarben erhältlich sind. *Eau de Parfum de la Vikki*! Wahlweise auch – und das ist der Clou – in Form eines rosé oder gold lackierten *High Heels* mit spitzem Absatz. Ein Stöckelschuh deluxe mit wohlriechendem Inhalt zum Aufsprühen. Natürlich biete ich zusätzlich auch noch meine eigene Make-up-Kollektion an, bestehend aus Mascara, Lippenstift, Lidschatten, Nagellack, Puder, und vielem mehr. Logisch. Und wir erweitern unser Angebot in Kürze. Stay tuned. Also, wenn's dich interessiert.

So.

Aber jetzt: Ernüchterung. Ab ins Tal der Tatsachen.

Eigentlich ist Teleshopping ja gar nicht mein Ding. Überhaupt nicht. Ich würde mich sogar eher davon distanzieren, weil es nämlich wirklich ein bisserl peinlich ist, seh ich genauso.

Allein die Präsentatoren!

Bestimmt sind all die überpflegten Moderatorinnen und augenbrauengezupften Moderatoren superliebe Menschen, und so. Aber jetzt weiß ich nicht, wie du das siehst … mei, hinter der Hand würde ich mich schon flüstern trauen, dass die alle ausschauen wie die Handtuchwechslerinnen und Saunaaufgießer in einem mittelklassigen Großstadtpuff. Wogegen natürlich rein gar nix zu sagen ist.

Kurz und gut, bei einem Shopping-Kanal zu arbeiten, wäre mir zuvor nie in den Sinn gekommen. Im Gegenteil. Ich hätte eher einen großen Bogen drum herum gemacht. Bis, ja, bis eine Kosmetikfirma bei mir angefragt hat, ob ich Interesse daran hätte, eine genau auf mich zugeschnittene Kosmetikkollektion zu bekommen und die dann auf *Shop til you Drop TV* eigenhändig zu präsentieren.

Und jetzt Obacht. Von wegen Vorbehalte und Vorurteile, wie ich sie ja gehabt hab. *Shop til you Drop TV* ist ein brandneuer Kanal, der sich deutlich absetzen möchte von den mittlerweile ein wenig angestaubten Sendeformaten von, was weiß ich, HSE24, QVC, 1-2-3.tv und Ähnlichem.

Denn nachdem der Einzelhandel heutzutage nicht mehr bloß durch das Internet bedroht wird, sondern sich mittlerweile auch durch neue Hygienebefindlichkeiten kaum mehr auf seine Stammkunden vor Ort verlassen kann, dachte sich ein findiges Konsortium aus der Schweiz, so eine Milliarden-Holding AG, man könnte den Teleshopping-Markt irgendwie neu aufpeppen und revitalisieren. Aufmischen eben. Und zwar, indem man das Ganze zeitgemäßer und attraktiver gestaltet, und damit nicht nur die Kunden abholt, die bislang noch aufs physische Einkaufen geschworen haben, sondern auch die längst verloren gegebene Internet-Shoppingsucht-Community gewinnt, die am Handy hängt, als wär's ein Körperteil.

Back to television. Zurück zum Fernsehen. Und da im Speziellen zum superhippen, megatrendy *Shop til you Drop TV*. Was Neues durch was Altes inspiriert. Innovation durch Rückbesinnung. Oder umgekehrt. Es kann gar nicht schlau genug klingen …

Die Optik der Kulissen bei *Shop til you Drop TV* ist den Blogger-Studios auf YouTube und den schicken Designwohnungen auf Instagram nachempfunden. Und die Mädels und

Jungs, die durchs Programm führen: von wegen aufgebrezelte Schlachtrösser ausm Bordell oder abgehalfterte ehemalige Boyband-Mitglieder Ende vierzig, die ausm letzten Loch pfeifen, von den Zinsen ihrer Schulden leben und so Phrasen vor sich hin röcheln wie: »Liebe ZuschauerInnen, jetzt raten Sie mal, was ich hier im Angebot für Sie habe – gleich zugreifen ist da angesagt! Denn aufgepasst! Nur noch neunzig Stück auf Lager, höre ich gerade!«

Das ist passé.

Dieses besagte Schweizer Konsortium hat endlos Geld in ihr bahnbrechendes TV-Konzept gesteckt und dabei natürlich nicht an den Gagen und Lockangeboten für die etablierten Influencer und Internetberühmtheiten gespart. Da wird geklotzt, das kannst du glauben.

Eine Instagram-Influencerin mit über zwei Millionen Followern bekommt für eine einstündige Show bei *Shop til you Drop TV* … also diese Beträge würde mir niemand abnehmen. Echt. Unwirklich.

Die Schweizer pumpen Euros in dieses Projekt, als gäb's kein Morgen. Hauptsache, der Plan kommt ins Laufen.

Ich bekomm natürlich nicht so viel wie eine neunzehnjährige Style-Bloggerin mit einer Followerzahl, die im siebenstelligen Bereich liegt. Ich hab auf Instagram gerade ein paar tausend Abonnenten.

Und sollte da gleich jemanden rufen: »Und *neunzehn* bist du ja auch nicht mehr so unbedingt, gell, Vikki?« Da muss ich leider sagen, das stimmt! Es ist natürlich meine anders getaktete Erscheinung, die mich für den Sender interessant macht. Die Casting-Leute von *Shop til you Drop TV* haben nach einer Transgender-Person wie mir geradezu händeringend gesucht. Findet man ja auch nicht an jeder Ecke.

Ist jetzt eben mega in. LGBTIQ* (nochmal nachrechnen:

L, G, B, T, I, Q und die Sternderlmenschen_Innen. Haben wir alle? Sind alle an Bord? Fühlt sich jemand ausgeschlossen?). Zeitgeist. Wer hätte das gedacht, noch vor ein paar Jahren. Damals geächtet, jetzt hofiert und in Watte gepackt.

Diversität wird regelrecht kultiviert, wird zum Kult. In jede Richtung.

Du findest weit und breit kein einziges Werbeplakat mehr, auf dem nicht mindestens eine von drei Personen asiatisch ist (mit Mittelscheitel, tendenziell super drauf), eine Person dunkelhäutig (samt voluminöser Lockenpracht, fast *noch* besser drauf) und eine Person rothaarig (inklusive Sommersprossen, eher schüchtern, devot). Und genauso besetzt man im TV derzeit auch nach Auswahlkriterien, die kategorisch alle gängigen Randgruppen überberücksichtigen, als wär's ein Fetisch. Ist dir sicher auch schon aufgefallen. Geht ja gar nicht anders.

Zusätzlich dazu werden gern auch noch drei weitere Arten von Menschen involviert: eine Person mit hundertfünfzig Kilo auf den Rippen (die total zu ihrem Gewicht steht), eine transidente Person mit mindestens zweitausend Tattoos (jedes einzelne erzählt eine Geschichte!), und eine Person mit nur einem Bein (rechts oder links, egal). Wahlweise auch mal mit nur einem Arm. Hauptsache, schwerbehindert. Oder auch mal eine frischgebackene Mutter Ü50, eigentlich *Ende* 50 (»Ich glaube an die Zukunft, wissen Sie!«). Das alles am besten vereint in einer einzigen Person.

Stichwort *Vielfalt* in Großbuchstaben.

Beinah schon zu viel des Guten.

In seiner Vordergründigkeit fast wieder stigmatisierend.

Die ganze Menschheit wirkt wie hypnotisiert.

Wobei ich natürlich die Letzte bin, die sich über diese Modeerscheinung beschweren würde, nach all dem aufwühlenden Gegenwind auf meinem eigenen Lebensweg.

Ausgrenzung, Erniedrigung, Gewalt. Ich sag nur: Jugend im beschaulichen Niederbayern in den Achtzigern und Neunzigern. Mir muss man da nix erzählen.

Nee, nee, alles in bester Ordnung mit der gegenwärtigen Entwicklung, keine Frage. Bevor aber jetzt gleich wieder jemandem der Kragen explodiert, weil er sich fragt, warum ich denn dann so rumstichel, Abteilung *Was denn jetzt*?:

Schau, es ist wie immer ein zweischneidiges Schwert.

Richtige Richtung ist nämlich das eine, aber muss denn immer gleich überreagiert werden? Dieses völlig unverhältnismäßige Anwanzen an Minderheiten feuert nämlich auch schnell zurück.

Auf tausend verschiedene Arten.

Sowas würde ich natürlich niemals beim Keil sagen. Oder generell öffentlich. Das ist zu feinteilig. Das äußere ich nur vertrauensvoll unter uns.

Warum ich da jetzt so abschweife? Na, na, na, na, na, na, na, na, na. Das kommt einem nur so vor. Dass sich die aktuelle gesellschaftliche Umarmung von *Menschen wie mir* (wow!) nämlich manchmal auch derart krass und erniedrigend auswirken kann, dass einem angst und bange wird, wirst du gleich sehen.

Nun geht's nämlich weiter.

Ich bin also seit einem Monat Präsentatorin meiner eigenen Marke bei *Shop til you Drop TV*. Seit Anbeginn funktioniert unsere Zusammenarbeit wie geschmiert. Das Zuschauer-Feedback ist überragend. Alle sind happy. Mit dem Geschäftsführer Olaf Kreischke versteh ich mich ebenfalls bestens. So weit, so gut.

Aber!

Vor vier Tagen bekommt mein geschätzter Geschäftsführer Olaf Kreischke abends eine ziemlich launige WhatsApp vom Adi Dietz, das ist der Vorstandsvorsitzende des Schweizer Konsortiums, dem der ganze *Shop til you Drop TV*-Laden gehört, in der er schreibt:

> Hey Olaf, ich schau gerade die Sendung mit dieser Vikki Victoria. Grandiose Brüste. Hast Du die rekrutiert? Ist das jetzt unsere Quotentranse? ☺

2

Quotentranse!

Der höchste Chef aus Zürich schickt also seinem befreundeten Geschäftsführer von *Shop Drop TV* eine kumpelmäßige Privatnachricht, in der er mich despektierlich als jemanden bezeichnet, der bloß angeheuert wurde, um die Vielfaltsquote des Senders zu erfüllen.

Klar kann man dem jetzt entgegnen: Also alles, was recht ist! Geht's noch?

Oder: So reden Cis-Männer alter Schule eben untereinander! Hemdsärmelige Geschwätzigkeit, nichts weiter!

Quotentranse!

Mal ganz abgesehen davon, dass ich keine Transe bin, mit Verlaub. Wie abschätzig das schon klingt, mich würgt's fast. Eine Transe ist in der Regel ein Mann, der sich aus Leidenschaft Frauenkleider überzieht und im Bedarfsfall »I Will Survive« zum Playback schmettert. Ich hingegen bin längst ganz und gar Frau. Mit allem, was dazugehört. Und was eben nicht mehr dazugehört. Das ist etwas ganz anderes.

Von der ignoranten Ungenauigkeit von Adi Dietz' Formulierung also mal abgesehen, ist die Verwendung dieses Ausdrucks ein starkes Stück, zugegeben. Wie man das aber schlussendlich findet, spielt eigentlich überhaupt keine Rolle, glaub's mir, weil jetzt kommt's!

Tada!

Unmittelbar nach Erhalt dieser witzig gemeinten WhatsApp, fällt doch meinem Senderchef Olaf Kreischke tatsächlich nichts Besseres ein, als genau diese Nachricht schnurstracks auf seinem Instagram-Account zu veröffentlichen und dabei explizit darauf hinzuweisen, von wem der Text stammt.

Nämlich vom Adi Dietz!

Olafs Instagram-Post mit besagter WhatsApp ging natürlich direkt viral. Eruption.

Die Medien haben Olafs Anprangerung sofort aufgegriffen, spinnst du, so schnell konntest du gar nicht schauen. *Züricher Medienunternehmer und Mobilfunkmogul Adi Dietz diskriminiert Transgender-Mitarbeiterin!* Es stand überall. Die letzten drei Tage war da derart Dampf drauf, dass du dem gar nicht mehr ausgekommen bist. Das Unwort *Quotentran*-und-so-weiter war ein gefundenes Fressen für die Pressegeier, denn der Adi Dietz ist ja Multimilliardär und in der Schweiz ein absoluter A-Promi. Er sitzt in zahllosen Aufsichtsräten, ist Eigentümer von Hightech-Unternehmen, Lebensmittelfabriken und Softdrink-Marken, Großaktionär bei Audi und, ach, noch unendlich mehr.

Im Nu gab es einen Aufschrei und eine Welle der Political Correctness, da kannst du dich mittlerweile darauf verlassen.

Adi Dietz' Privatsphäre wurde dabei *politically* aber eher in*correct* behandelt, muss man sagen.

Er konnte einem fast leidtun. Innerhalb von zwei Tagen wurde er zum Kanonenfutter und von ziemlich allen Posten, die er innehatte, gefeuert. Sein Leben geriet komplett aus den Fugen. Keiner will mehr was mit dem Adi Dietz zu tun haben. Er ist innerhalb von achtundvierzig Stunden zur absoluten Unperson mutiert. Lebenslang abgestempelt, so viel ist jetzt schon sicher.

Der Olaf Kreischke, Initiator mit besten Absichten, geriet natürlich auch unter Beschuss. Von der entgegengesetzten

Fraktion der Gschaftlhuber und Trolle, die ihn wiederum des *Verrats ohne Not* an seinem Kumpel Adi Dietz angeklagt haben. Was ja für sich genommen ebenfalls ein stichhaltiges Argument ist. Der Scheißeregen über dem Olaf blieb zwar vergleichsweise harmlos, reicht aber immer noch für einen Kollaps.

Menschenskinder. Immer was los da draußen.

Und wer steckt mittendrin in diesem furiosen Zweiklang aus dem Olaf Kreischke und dem Adi Dietz? Mittendrin in der Misere?

Die Vikki. Immer noch beim Markus Keil im ZDF-Studio in Hamburg-Altona auf dem Sofa, aufgezeichnet wird seit zwanzig Minuten. Die Countdown-Uhr im Eck läuft durchgehend mit, während die Klimaanlage die Raumtemperatur auf kuschelige fünfzehn Grad runterpumpt. Nur eine Schätzung. Hier drinnen fängt's bestimmt gleich an zu schneien. Gut, dass ich nur ein dünnes Etwas anhab.

Draußen brennt's dir den Schädel weg, verstehst, und hier im Studio herrscht Eiszeitsimulation. Die werden sich schon was dabei gedacht haben. Bloß was?

Der Markus Keil sagt zu mir, mit einer Hingabe, als sei er wahnsinnig geworden, was übrigens auch der Fall ist: »Frau Victoria, noch mal zurück zum eigentlichen Thema: Sie sind in der Causa Adi Dietz«, wenn jemand schon *Causa* sagt, »ebenfalls heftigen Anfeindungen ausgesetzt, weil Sie kurioserweise ausgerechnet Herrn Dietz in Schutz nehmen, obwohl der Sie ja als – ich will das Wort nicht noch ein weiteres Mal in den Mund nehmen – Punkt Punkt Punkt abgekanzelt hat. Trotzdem verteidigen Sie ihn, oder vielmehr sprechen ihn eines moralischen Vergehens frei, was vielen völlig unverständlich erscheint. Warum ist das so?«

»Der entscheidende Punkt ist letztlich, dass der Olaf Kreischke …«

»Das ist der Chef bei dem Sender, bei dem Sie arbeiten und der wiederum Adi Dietz gehört, nur zur Klarheit«, grätscht der Keil erklärerisch dazwischen.

»Genau. Der entscheidende Punkt ist, dass der Herr Kreischke meiner Meinung nach die vertrauliche WhatsApp von Herrn Dietz nie hätte veröffentlichen dürfen.«

»Aber er wollte, dass es zu einer öffentlichen Diskussion zum Thema Diskriminierung kommt.«

»Das hat er auf beeindruckende Weise auch geschafft«, scherze ich lahm, ohne den Keil anzusehen.

»Lenken Sie jetzt nicht ab«, belehrt er mich, auf zwar charmante Art und Weise, aber natürlich zum Kotzen, und wiederholt: »Kreischke wollte das Thema Diskriminierung mit seiner Veröffentlichung sichtbar machen, Frau Victoria, richtig?«

»Bloß hat er dabei seinen Freund … ähm, verraten! So muss man das auch sehen«, versuche ich zu vermitteln. Deswegen bin ich ja hier. (Wie anstrengend.)

»Ich befinde mich gerade in der schwierigen Situation, den Menschen zu verteidigen, der sich herablassend über mich geäußert hat«, säusle ich. »Aber das erscheint mir nur folgerichtig, weil er es ja nicht mir gegenüber getan hat, sondern in einem Privatgespräch mit einem Freund. In seinem geschützten Innenverhältnis darf er über mich witzeln oder lästern, wie er will. Das dürften Sie auch, Herr Keil. Was ich nicht weiß, macht mich nicht heiß. Es hat mich nichts anzugehen. Ich meine, wo ziehen wir denn grundsätzlich die Linie? Ab wann sehen wir uns berechtigt, eine Privatnachricht an die Öffentlichkeit weiterzugeben und jemanden bloßzustellen?«

Der Keil schaut mich aalglatt an, als würde er mich als Störfaktor betrachten. Also antworte ich mir selbst: »Nie! Privates darf niemals indiskret behandelt werden. Und deshalb sollte alles, was unrechtmäßig preisgegeben wird, als gegenstandslos betrachtet werden. Ich verstehe gar nicht, weshalb wir hier eine Diskussionsrunde veranstalten, wo es aus meiner Sicht gar nichts zu diskutieren gibt.«

»Stoßen Sie mit Ihrer Haltung nicht wiederum Herrn Kreischke vor den Kopf, der ja mit besten moralischen Absichten und quasi zu Ihrer Inschutznahme diese Nachricht ins Netz gestellt hat?«, flötet der Keil. Das kann man wohl sagen.

In meinem malvenfarbenen Kleid mit dem mitteloffenherzigen Ausschnitt zirpe ich: »Aber natürlich hat er es gut gemeint«, und denke: Eher hat er sich wichtig gemacht. »Und ich will seine Aktion auch gar nicht verurteilen …«, klar, ich lüge. Das größte Unheil passiert immer unter dem Vorwand bester moralischer Absichten. »Unterm Strich glaube ich nur, dass der Herr Kreischke den Ruf vom Herrn Dietz dauerhaft ruiniert hat. Das ist wirklich bedauerlich. Da kann einen das Gewissen schon einholen, früher oder später …« Ich spreche in meinem gepflegtesten Münchnerisch, nix Muttersprache Niederbayerisch. Nicht, dass man mich noch Hochdeutsch untertiteln muss.

Es entsteht eine ganz kurze Pause, während der der Keil feierlich dreinschaut, Moderationskarten in der Hand, alles in allem wie aus dem Ei gepellt. Dann kommt sein typisches »Verstehe!«, und es klingt etwas zu ungezwungen. Er quengelt: »Und genau für diese Meinung kassieren Sie gegenwärtig ganz schön Kritik aus der LGBTIQ*-Gemeinde … dort sind Sie ziemlich in Ungnade gefallen.«

»Das ist noch milde ausgedrückt. Es wird regelrecht gehetzt gegen mich, weil ich nicht bereit bin, mich als empörtes Opfer zu sehen, was in den Augen mancher aber meine Pflicht zu sein schei…«

»Okay, verstehe«, knattert mir der Keil mitten in den Satz

rein und wird dabei wiederum gleich von dem Schriftsteller zu meiner Rechten unterbrochen, der butterweich stammelt: »Entschuldigen Sie, wenn ich mich da einmische ...«

»Nein, nein, bitte, bitte«, ist der Keil gezwungen, die Bescheidenheitssimulation des Schriftstellers aufzufangen. Da sind ja die zwei Richtigen beianand.

»I..., i..., i..., ist das nicht ein gar sensationeller Twist, dem wir hier, äh, äh, bei... beiwohnen?« Das linkische Benehmen von dem Herrn Schriftsteller mit Adelstitel ist wirklich grandios. Noch grandioser wäre es, wenn es echt wäre. Er kommentiert weiter: »Wir müssen uns das mal vorstellen: Frau Victoria sieht sich gezwungen, die Verteidigung des Täters zu übernehmen, der sich verbal an ihr vergangen hat, da ihr dessen Aufdeckung nicht rechtens erscheint ... Ein beinah poetischer Akt der Täter-Opfer-Umkehrung, finden Sie nicht? Doch nun wird Frau Victoria gerade dieser Rollenwechsel nicht zugebilligt, weil unsere Gesellschaft einer solchen Dialektik nicht zu folgen vermag. Opfer hat Opfer zu bleiben, und Täter Täter. In der öffentlichen Wahrnehmung erscheint jede Form von Dualismus ausgeschlossen. Ist das nicht bezeichnend?«

Niemand fühlt sich von der rhetorischen Frage angesprochen, und ich schon gleich gar nicht, weil der Schriftsteller von mir in der dritten Person redet, obwohl ich exakt einen Meter fünfzig links von ihm sitze.

Veranlasst durch die Großartigkeit seines Beitrags, schlägt der Schriftsteller die Augen nieder und kratzt sich mit einem seiner nikotingegerbten Fingernägel im absichtlich ungepflegten Dreitagebart, dieser haargewordenen Petrischale. Der Keil nickt bezuglos, sagt: »Okay! Perfekt zusammengefasst. Ich denke, unsere Zuseher, äh, Zuseher*innen können ...«, blablabla, und ich frage mich, ob der Keil auch daheim am Esstisch gendert. Und ob er's dann auch beim Wort Taschendieb macht.

Das braun lackierte Hochglanzparkett im Studio ist weniger rutschig, als es aussieht, stelle ich fest, während ich mit den Sohlen meiner Pumps drüberfahre und dabei der letzte Rest meiner Gelassenheit verfliegt. Die Ermüdung quillt mir aus jeder Pore, das Thema der Sendung hängt mir zum Hals raus, und urplötzlich kann ich mit dem Wechselbad meiner Gefühle kaum noch mithalten und spiele kurz mit dem Gedanken, eine Ohnmacht vorzutäuschen. Aber sowas muss sitzen. Ich behalte mir diese Idee als Notlösung für später im Hinterkopf.

Da jetzt offensichtlich Fahrt in die Runde kommt, knurrt die noch ziemlich junge Politikerin mit dem geraden Rücken etwas von »Alles sollte geteilt werden und jedem zugänglich sein. Jederzeit!«, was sie groteskerweise bereits nach zwei Sätzen zum Thema Klimaschutz führt. Keine Ahnung, wie sie das so schnell hinbekommen hat. Nach einer Kaskade erfrischend themenfremder Mini-Monologe, sie trägt mächtig auf, schließt sie ihre Ansprache ab mit: »Aber man muss an das große Ganze denken«, womit sie natürlich völlig richtigliegt. Was aber beim besten Willen keinen Sinn ergibt. Die meisten Menschen halten sich selbst zwar für geistreich, aber wenn man ehrlich ist …

Sie ist so eine Wutausbrüche-vom-Blatt-Ableserin. Dieser Typus Mensch, der auf »Danke!« mit »*Nicht dafür!*« antwortet, und der »Urlaub auf *Balkonien* machen« sagt. Kennt man. Ich wäre gespannt, wie sie es finden würde, wenn jemand *ihre* internen WhatsApps veröffentlicht. Die Leute sind dem Leid anderer gegenüber wirklich erstaunlich unempfindlich.

Ich wünsche ihr alles Gute. Was immer das gerade auch für eine Vorstellung war. Ich meine, sie gilt als *die* Zukunft der jungen Politik. Enorm. Lang kann das alles nicht mehr gut gehen.

Es ist so kalt hier drinnen. Das rote Licht über Kamera 1 wechselt zu Kamera 4, und ich muss zu meiner Schande gestehen, dass ich inzwischen auch noch die Kontrolle über meine Mimik verloren habe und mein Atemrhythmus gefährlich nachlässt. Und leider kommt er da auch schon des Weges: ein massiver Gähner. Mein Anzeichen für mentale Erschöpftheit. Ich versuche, ihn zu unterdrücken, ziehe die Luft scharf zu den Seiten meiner zusammengepressten Lippen ein und stoße dieselbe Luft sachte zwischen den Vorderzähnen wieder aus. Besser geht's nicht. Ich hoffe inständig, dass während diesem Spektakel keine Kamera auf mich gehalten hat. Weder die 1 noch die 4. Vikki Victoria als Backenhäschen mit unmerklich zitterndem Kinn und starren Augen.

Vielleicht doch Ohnmacht vortäuschen? Jetzt? Ich bin heute einfach zu früh aufgestanden. Und morgen hab ich auch noch Sendung, das heißt, ich muss bei Sonnenaufgang heim nach München fahren. Nichts, was man sich antun sollte.

Unser sicherlich steinreicher Moderator und sein dichter Haaransatz, der bei Männern über fünfzig einen wahren Glücksfall darstellt (und dessen sich solche Männer vermutlich gar nicht bewusst sind), ebendieser Markus Keil lenkt uns also wieder zum eigentlichen Motto des Abends zurück, indem er mit der Daumenspitze, die oben aus seiner geballten Faust ragt (sollte er sich schützen lassen, machen inzwischen alle), auf mich zeigt und sagt: »Leider stehen uns weder Herr Dietz noch Herr Kreischke für unser heutiges Gespräch zur Verfügung. Beide haben unsere Interviewanfragen abgelehnt. Wirklich schade. Wäre interessant gewesen, ihre Meinungen zu hören, oder?« Er lächelt mich an, und zuerst frage ich mich, ob er womöglich gerade einen seiner unverständlichen Scherze gemacht hat, aber dann beschleicht mich das überdeutliche Gefühl, dass er vielleicht findet, mich heute Abend ganz schön in die Mangel genommen zu haben. So eins-zu-null-mäßig. Es ist, als sollte ich mit meiner Haltung zu unserem Thema kein Land gewinnen dürfen. Oder täusche ich mich? Jedenfalls nicke ich sicherheitshalber derart neutral, als hätte ich nicht alle Tassen im Schrank, der Keil gurrt, »Da sind Sie wirklich zwischen sämtliche Fronten geraten, Frau Victoria …«, und völlig ohne Vorwarnung merkt der Exfußballer von der Seite auf: »Ey, ganz ehrlich, also ich kapier das alles irgendwie nicht.«

Oops.

Stille.

Der Keil schaut, die anderen auch. Und ich erst! Mit so einem Ausbruch hat niemand gerechnet. Unser Hirnbatzl. Von wegen zu viele Kopfbälle und so! Ich finde, das ist der erste vernünftige Satz heute Abend.

3

Die Garmischer Autobahn ist landschaftlich die schönste, die von München rausführt, wenn du mich fragst.

Der Wolf und ich, wir brettern in meinem Mini durch den nachmittäglichen Sonnenschein Richtung Süden. Weißt schon, in der Stadt erst noch das einspurige Nadelöhr Luise-Kiesselbach-Platz hinter sich bringen, und dann zügig durchfließen. Jetzt haben die aus den ersten Autobahnkilometern eine Sechzigerzone gemacht, na schön. Aber wir natürlich exakt zwanzig km/h drüber, Klassiker. Hauptsache, keine Punkte.

Auf der Überholspur an Forstenried vorbei, dann Fürstenried rechts liegen lassen, die saftig grünen Bäume links und rechts der Fahrbahn, der sträucherbewachsene Mittelstreifen, unser Dahingleiten im gleißend hellen Sonnenlicht. Vollgas bis Starnberg, kein Blitzer am Autobahndreieck, die Wiesen und Wälder hören nicht auf, es wird hügeliger und kurviger. Durch den schmalen Fensterspalt zieht ein leichter Luftzug rein. Musik läuft.

»I mach mal lauter«, krächzt der Wolf gegen die bereits ganz schön laute Soundwand an. »*Physical* is mei Lieblingssong von der Dua Lipa!« Er tippt mehrfach auf die Volume-Taste am Radio. *Physical*? Dua Lipa?

Ich bin immer wieder überrascht, wie der Wolf sich auskennt mit aktuellem Pop. Er ist zwar vier Jahre älter als ich, aber bei mir geht seit einiger Zeit auch ein zehn Jahre alter Titel gut und gern als neu durch. Ich bin musikalisch ein bisserl hängengeblieben. Komisch, dass man die eigene Teenagerzeit immer für den kulturellen Höhepunkt der gesamten Menschheitsgeschichte hält.

»Klar, mach lauter«, sage ich souverän, weil das von einer gewissen Sachkenntnis zeugt. Als ob! Du bist das Produkt deiner Prägungsjahre. Für immer. Und aus.

Bei 192 km/h grooven wir mit den Schultern vor uns hin, als uns ein offenes Cabrio wie ein Geschoss rechts überholt, mit locker 220, und ich denke mir, dass eigentlich gar nicht so viele Unfälle passieren, wie man annehmen könnte.

Die beiden Cabrio-Insassen haben Mützen, Schals und Handschuhe an, damit sie sich nichts holen in ihrer windigen Kiste. Wintermode im August gegen Erkältungs- und Sonnenbrandrisiko. Sieht nach einer Menge Spaß aus. Ohne Dach zu fahren ist einfach ein faszinierendes Konzept.

»Ja, solchene Wichser, glabst as a!«, kommt der Wolf in Rage und dreht das Radio wieder leiser, weil er schon ein kleiner Streithammel ist. Aber dann sagt er doch nichts mehr dazu, sondern fährt sich nur mit der Hand über den Kopf, um den Sitz seines grau melierten Zopfes zu kontrollieren. Gleich darauf prüft er auch noch, ob sein Salz-Pfeffer-farbener Bart nach wie vor da ist. Ist er.

Eindeutige Übersprungshandlung.

Ich glaube nämlich, dass der Vorsitzende des berüchtigten Münchner Motorrad-Clubs Switch Blades, der da neben mir sitzt, und der dir mühelos sagen kann, für welchen Roman der Thomas Mann den Nobelpreis verliehen bekommen hat und wann der Popocatépetl das letzte Mal ausgebrochen ist, dass genau dieser gebildete, kultivierte, braungebrannte Mann dem Cabriofahrer von eben in Gedanken gerade einen schweren Magenschwinger verpasst. Mit allem Drum und Dran.

Und noch einen. Und noch einen. Mindestens.

»Jetz bin i gspannt, wie der Olaf sich dir gegenüber verhält«, murmelt der Wolf vor sich hin, oha Themenwechsel, während er sich den Beifahrersitz noch ein Stück nach hinten ruckelt. Wolfs Tonfall lässt erkennen, dass der Olaf gleich den nächsten Magenschwinger abbekommen könnte, Junge, Junge. Das Testosteron laugt die Spezies Mann buchstäblich aus. Wie das bei mir wohl wäre, wenn ich meine regelmäßigen Hormondosen weglassen würde? Manchmal frag ich mich das schon. Mei, ich stell mir noch ganz andere Fragen, brauchst nicht glauben.

Was hat der Wolf gerade gesagt? Ah ja, dass er gespannt ist, wie der Olaf sich mir gegenüber verhält.

»Das bin ich auch«, antworte ich, gefolgt von einem langen Seufzer. Tja, was erwartet mich wohl, wenn ich den Olaf gleich treffe, nachdem ich gestern Abend beim Keil in der Sendung war und über die elendige *Quotentransen*-WhatsApp vom Adi Dietz gesprochen hab, die der Olaf so mir nichts, dir nichts veröffentlicht hat. Also ich wüsste, wie ich an Olafs Stelle reagieren würde. Aber man darf nie von sich auf andere schließen. Die Leute sind einfach unberechenbar.

»Mach dir keine Sorgen, i pass scho auf, auf dich«, hat der Wolf gerade eine heroische Anwandlung. Das kann jetzt nicht sein Ernst sein. Mia ziagt's fast ois zsamm.

»Des is aber nett«, entgegne ich sarkastisch. Ich mein, der Olaf wird mich schon nicht gleich killen, bloß weil ich beim Keil gemeint hab, dass er den Adi Dietz nicht hätte bloßstellen sollen. Und ganz nebenbei, ohne Olafs ganzem Veröffentlichungsquatsch wäre es mir erspart geblieben, dass der Begriff Quotentranse überhaupt erst in Umlauf kommt – und jetzt an mir klebt … womöglich bis in alle Ewigkeit.

Mein edler Ritter und Bodyguard Wolf Wolff (Name *nicht* erfunden, nur am Rande) wird mit meinem Personenschutz also nicht allzu viel zu tun haben.

Außerdem bin ich nicht so naiv, dass ich nicht merken

würde, dass der Wolf mich auch deshalb zu *Shop Drop TV* begleitet, weil er ein Auge auf die Mindy geworfen hat und mal wieder die Gelegenheit wahrnehmen will, ihr dort ganz zufällig über den Weg zu laufen. Die Mindy hat auch eine eigene Sendung bei *Shop Drop* und ist … ach, das wirst du ja gleich sehen. Wir sind fast da.

»Du, man weiß nie, wie der Olaf sich gibt. Sicher ist sicher«, erklärt der Wolf, offenbar weder verärgert noch ertappt, und schaut aus dem Fenster.

»Ja, wir werden sehen«, nuschle ich gedankenverloren. Ich bin natürlich trotzdem froh, dass der Wolf zur moralischen Unterstützung an meiner Seite ist. Mir schlottern schon ein wenig die Knie, so ist es nicht.

Etwas arg rasant nehme ich die Ausfahrt Bad Seltsham, wo sich das Firmengelände von *Shop til you Drop TV* befindet, dem Verkaufssender, in dem ich drei Mal die Woche einen eigenen Programmplatz habe. Die Gründer hatten sich damals entschieden, die Produktionshallen nicht an einem der üblichen Münchner Medienvororte wie Ismaning oder Unterföhring anzusiedeln, sondern das Gebäude etwas weiter außerhalb zu errichten, auf medial unbeflecktem Terrain sozusagen.

Ich brauch gute zwanzig Minuten von meiner Wohnung in der Münchner City bis hierher. Das geht. Zu manchen Stoßzeiten benötige ich länger, um *innerhalb* von München von A nach B zu gelangen.

Die Sonne hat die Teerdecke der Autobahnabfahrt aufgeweicht, und ich frage mich, ob der zu Brei gefahrene Vogel auf der Fahrbahn tatsächlich von einem Wagen überrollt oder vielleicht doch eher direkt vom Bodenbelag gekocht wurde.

Das kurze Stück Landstraße bis zur Ortseinfahrt Bad Seltsham führt durch einen schattigen Waldstreifen, macht eine sanfte Biege, und nach einem kleinen Aufwärtshügel schießt man aus dem Wald direkt auf das abgesenkte Ortspanorama zu.

Was man hier vor sich liegen sieht, ist eine idyllische Landschaft von Spielzeugeisenbahn-Charakter, die rechter Hand, in schwer einzuschätzender Ferne, von der sich in die Endlosigkeit erstreckenden Alpenbergkette flankiert wird.

Im Zentrum dieses gemäldehaften Stilllebens liegt Bad Seltsham, eine typisch bayerische Gemeinde mit bäuerlichen Einzelhäusern und verwinkelten Straßenzügen, deren bauliche Anordnung seinerzeit keinen allzu strengen Vorschriften unterworfen gewesen sein dürfte (ein einziges Durcheinander). Zur Gemeinde gehört eine Kirche samt spitzem Turm, eine gut erkennbare Fußgängerzone im Ortskern, der obligatorischer Fluss, von dem ich mir jetzt gar nicht sicher bin, ob er was mit der Isar zu tun hat, früher oder später, sowie einige weitläufige Areale aus Fußball-, Bolz- und Tennisplätzen an den Ortsrändern, die wiederum in Wiesen und Felder ausfransen.

Bitte keinen falschen Eindruck bekommen: Bad Seltsham hat achtzehntausend Einwohner. Nur, damit das klar ist.

Logisch ist das ein Dorf, wo die Spielhalle noch Fair Play heißt und die Fahrschule sich First Drive nennt und wo der Lehrer noch als Intellektueller gilt. Aber gleichzeitig ist das auch ein konsumorientierter Tourismusmagnet (das »Bad« im Ortsnamen steht für »heilklimatischer Kurort«, Gott weiß, wie viel Schmiergeld für so einen Titel abgedrückt werden muss – und an wen). Gleichzeitig mausert sich das Städtchen neuerdings eben auch zum modernen Industriestandort.

Der Mini, in dem der Wolf und ich unserem Ziel entgegensausen, wird langsamer, weil ich nicht mehr aufs Gaspedal drücke, und wir sehen schon das ziegelrote, zweistöckige Backsteingebäude von *Shop til you Drop TV* samt Namensschriftzug, der an der Frontseite angebracht ist.

Das Grundstück ist dem eigentlichen Ort vorgelagert, was uns eine Weiterfahrt durchs Ortsinnere erspart. Gleichzeitig prägt die prominente Positionierung des Sendergeländes nun natürlich auch das ganze Stadtimage von Bad Seltsham, kannst du dir ja vorstellen.

Spitze Zungen nennen Bad Seltsham bereits Bad Shopdrop.

Als sich herauskristallisierte, dass eine Schweizer Investorengruppe plant, sich mit ihrem neuen Projekt ausgerechnet hier anzusiedeln, mei, leicht auszumalen, was da los war, im erzkonservativen Gemeinderat. »Brauch ma ned«, »Hamma ja noch nie ghabt«, »Des fang ma uns jetzt ned a no an«! Es gab also erst Widerstand und Proteste. Und, man ahnt es: Am Ende waren alle Entscheidungsträger mehr als besänftigt, weil, jetzt profitieren alle. Der Bürgermeister hat sich wundersamerweise ein neues Haus gebaut (Palast zu sagen wäre noch untertrieben), das Bauamt wurde geschmiert bis in die einzelnen Unterhosen der Beamtenschaft, was man so munkeln hört, und die ganzen Einzelhandelsläden, Supermärkte und Gastronomen grinsen bis über beide Ohren.

Welcome Shop Drop TV! Ganz Bad Seltsham loves this fuckin' Teleshopping-Firlefanz bis in das tiefste Heart, ahm, Herz hinein.

So schnell geht das.

Und so schnell waren wir da. Der Wolf und ich.

Ich parke auf einem der grob gepflasterten Stellplätze, und wir trotten zum Haupteingang, einem in die Ziegelwand eingelassenen Glaskubus, bestehend aus einer automatischen Doppelschiebetür und mehreren darüber befindlichen Kameras, die keinen Hehl daraus machen, dass du bereits aus einer Entfernung von zehn Metern gesichtserkennungstechnisch gescannt wirst.

Ich besitze zwar eine Codekarte, allerdings benötige ich die nur für den Fall, dass das Betriebssystem der biometrischen Personenerkennung mal ausfallen sollte.

Was noch nie vorgekommen ist.

Wolfs Eintritt ist ebenfalls safe. Wenn ich vorweg Bescheid gebe, dass er mitkommt, wird ihm ebenfalls vollautomatisch Zutritt gewährt.

Ich weiß nicht, wie du das siehst, aber ich finde das ganze Hightech-Tracking unheimlich. Aber jetzt schau: Wie wir alle wissen, heißt zu leben, sich peu à peu vom Leben zu entfremden: Wäre ich nämlich zwanzig Jahre jünger, wäre mir diese Durchleuchtung keine einzige Bemerkung wert.

Genauso wenig wie die beiden Grazien, die uns entgegenkommen. Die Pia und die Selina.

Die Pia ist auf Instagram ein Megastar als Fashion-Bloggerin. Dreizehn Millionen Follower. Hier bei *Shop til you Drop TV* führt sie einmal die Woche durch ihre dreistündige Show, wofür sie jedes Mal extra aus Berlin einfliegt. Limo-Service inklusive, zahlt alles das Haus.

Ihre Taille und ihr Hintern sind phänomenal, und ich kann am Grad von Wolfs bewusster Ignoranz einschätzen, wie recht ich damit habe. Er tut völlig unbeeindruckt von den beiden Mädels. Als wäre er extrem kurzsichtig (mindestens minus zwanzig Dioptrien, auf beiden Augen), starrt er nur hölzern vor sich hin, mein Pappenheimer.

Selinas Armreifen rasseln die ganze Zeit, während sie uns simultan mit der Pia ein strahlendes »Hai-ieh« entgegenquiekt.

Die Selina ist schon *Ende* zwanzig und hat deshalb diese Art hysterischer Torschlusspanik, die sie durch Botox-Orgien und Aufspritzungen einzudämmen versucht. Sie ist eine dieser blonden Frauen, die ebenso gut dunkelhaarig sein könnten, und sie wäre *ohne* die Eingriffe derart schön, dass ich gleich Komplexe krieg. *Mit* den Eingriffen ist sie schon auch noch eine Bombe, so ist es nicht. Aber halt in *bizarr.*

Oder Wolf? Ach, der sieht ja nix. Der gschamige Kasperl schaut die ganze Zeit gradaus, wie durch Scheuklappen.

»Hey, Süße«, variiert die Pia ihr »Hai-ieh« von gerade eben, als wir uns direkt gegenüberstehen.

»Hi, Pia, mein Schatz. Wie lief die Sendung?«, sage ich und stöhne beinah, als ich mich so reden höre. Aber kennst du das, wenn dir jemand eine bestimmte Art abnötigt? Ich steuer eh schon so weit dagegen an, wie ich nur kann …

»Mega lief's. Kleiner Verkaufsrekord bei den Leggings! Vierstellig innerhalb von zehn Minuten«, frohlockt die Pia, und ich frage mich, ob sie sich innerlich auch so windet wie ich, wenn sie sich selbst derart aufgesetzt reden hört. Oder ist ihr *unecht* längst ihr *echt* geworden?

Ich sage »Gratulation, wie schön!«, und jetzt kann sich auch die Selina nicht mehr länger zurückhalten, mir aufs Auge zu drücken: »Du, ich hab dich gestern bei Keil gesehen, Mausi. Uh! Ganz toll, wirklich«, und mir läuft's eiskalt den Rücken runter. Ihr folgendes Grinsen erreicht ihre Augenpartie nicht.

Genau wie die Pia ist auch die Selina äußerst angesagt auf Insta und führt bei *Shop Drop TV* fünf Mal die Woche durch die Mittagssendung *Ganz in Glanz | Glücksmomente aus Schmuck.*

Dauerbrenner unter ihren selbst designten Edelklunkern ist ein Goldimitat-Kettchen fürs Dekolleté, dessen Herstellungskosten in China 92 Cent betragen. Der Verkaufspreis von 79 Euro hingegen erklärt wiederum Selinas vollausgestatteten Tesla, neben dem ich meinen gebrauchten Mini, Jahrgang 2013, gerade eben geparkt habe.

Zur gesunden Gewinnspanne ihrer Kollektion sagt die Selina immer, natürlich schonungslos ehrlich zu sich selbst:

»Mein Design ist das Entscheidende, Vikki. Nicht der Materialwert. Mein Design!«

So viel dazu. Einen gewissen Teil davon spendet sie an internationale Hilfsorganisationen, die dafür sorgen, dass die fleißigen Kinder in Asien, die Selinas Schmuck in Handarbeit herstellen, eine bezuschusste Altersversorgung erhalten, wenn sie mit Ende dreißig vollinvalide im Seniorenheim liegen. Die Selina hat also nicht nur Geschäftssinn, sondern auch ein großes Herz.

»Das ist lieb«, sage ich anstandshalber zu ihr, und zur Pia irgendwie auch, und das lässt uns nahtlos in ein flüssiges »Also dann, Tschüü-üüs«, »Ja, Tschüü-üüs«, mit vier Üs münden, woraufhin wir winkend von der Mitte des *Shop Drop*-Parkplatzes in entgegengesetzte Richtungen stöckeln.

Und der Wolf? Der hat immer noch nix gesehen. Wenn du den jetzt fragen würdest: »Sag mal, wie fandest du die beiden?«, dann würde der überrascht sagen: »Waaas? Weeen? Ich hab niemanden bemerkt.«

Und während der Wolf versucht hat, sich diese Reizüberflutung nicht anmerken zu lassen, habe ich versucht, gegenüber der Pia und der Selina ganz entspannt zu tun, wenn auch aus einem vollkommen anderen Grund. Ich weiß doch, dass jeder, der mich derzeit trifft, an nichts anderes denkt als an den Shitstorm, der mir gerade zuteilwird. Man kommt ihm einfach nicht aus. Und ich wiederum halte es für möglich, dass alle, denen ich begegne, vielleicht auch schon was dazu beigetragen und womöglich erst vor wenigen Minuten was ganz Abscheuliches über mich gepostet haben. Die Leute um einen herum schauen ja meistens ganz normal aus und tun recht freundlich – aber du kannst dir nie sicher sein.

Du merkst schon, man wird ganz paranoid, wenn Tausende von Hassnachrichten auf einen einprasseln. Ich will nicht sagen, dass ich mich aufgrund meiner ganz persönlichen Geschichte an ein gewisses Maß an Konfrontation als Normalzustand gewöhnt habe, daran gewöhnt man sich nicht, aber: Ich halt das schon aus.

»Hübsche Mädels, oder?«, frage ich den Wolf jetzt einfach doch (a bisserl Provokation), weil er, der Schlawiner, sich ganz beiläufig umdreht, als wir den Eingang erreichen. Was ansteckend ist, weshalb auch ich gleich noch mal schauen muss. Die Mädels stehen vor Selinas Tesla. Mit geknicktem Handgelenk halten beide ihr Handy hoch und machen Schulter an Schulter, eng an eng, die Köpfe aneinandergepresst, ein Doppelselfie von sich, wie sie vor der tiefblauen Kühlerhaube stehen, mit der goldgelben Frühabendsonne im Gegenlicht. Und ich frage mich, ob nicht vielleicht irgendwann die Seele verschwindet, wenn man sich so oft selbst fotografiert.

»Nicht halb so schön wie du«, beantwortet der Wolf meine Frage und unterbricht damit meine Gedanken. Natürlich ist das die einzig gewiefte Antwort. Und gleichzeitig eine Unverschämtheit! Wofür ich ihm sogleich mit großer, ladyliker Geste links und rechts eine unserer patentierten Schattenwatschen verabreiche. Daraufhin wirft sich der Kindskopf von Wolf, mit seinen eins neunzig zu hundertzwanzig Kilo und in schwerer Lederjacke mit archaischem Springmesser-Motiv auf dem Rücken, theatralisch zur Seite, legt sich die Hand auf die völlig unberührte Wange und stößt einen leisen, herzzerreißenden Schmerzensschrei aus, während er torkelt, sich dann aber gerade noch abfängt und dabei wimmert, als ginge es um Leben und Tod.

Genau dieser total kindische Unsinn (den wirklich keiner sehen darf), dieses Sich-für-nichts-zu-blöd-sein-und-wenn-es-noch-so-albern-ist, also eben diese innere Freiheit ist der Grund, warum der Wolf einer der wenigen *echten* Erwachsenen ist, die ich kenne.

4

Klappt wieder reibungslos. Der gläserne Vorbau, der in die Backsteinfassade des *Shop Drop TV*-Gebäudes eingelassen ist, gewährt uns vollautomatisiert Zugang. Erst öffnet sich die erste Schiebetür mit einem leisen Surren. Und gleich darauf die zweite, einen Meter dahinter. Wolfs und meine Gesichtszüge wurden erfolgreich vom Erkennungssystem abgetastet. Guten Tag. Immer dieses seltsam erleichternde Gefühl, als wäre man an einem unsichtbaren Türsteher vorbeigekommen. Grad, dass ich nicht in die Luft Danke sag.

Wir betreten die hohe, kreisförmige Lobby und haben sofort den Eindruck, in einer futuristisch-stylishen Parallelwelt zu schweben. Alles weiß in weiß, ultramodern und nihilistisch ausgestattet, der großflächige Fliesenboden glänzt wie in der Werbung. Neben dem neonblau an der Stirnwand prangenden *Shop til you Drop TV*-Leuchtlogo befindet sich ein großer Monitor, auf dem die aktuell ausgestrahlte Livesendung übertragen wird. Ohne Ton.

Unsere Mindy führt gerade durch ihre Sendung *B-B-B-B-Baby | Kids Trend Accessoires* und zeigt ihren Zuschauern begeistert ein wollenes Babylätzchen mit den mittig aufgestickten Buchstaben: *GRL PWR*. Was wohl so viel wie *Girl Power* heißen soll. Abgekürzte Parolen für Kleinkinder, da kommt was auf uns zu. Freu mich schon.

»Ui, schau, die Mindy«, melde ich dem Wolf und zeige mit einer Kopfbewegung auf den Bildschirm, und er antwortet sehr schnell »Ach ja?«, weil er schon die ganze Zeit nur darauf gewartet hat, sie zu entdecken. Mit einem unterkühlten »Hmm!« spielt er seine kleine Überreaktion sofort runter, als käme das jetzt völlig überraschend, weil er mit der Mindy ja *gleich gar nicht* gerechnet hat, und warum ich ihren Namen überhaupt erwähne. Auf den Monitor schaut er natürlich trotzdem.

Schräg links, wenn man die Lobby durch den Glaskubus betreten hat, befindet sich die Rezeption, auf deren reinweißer Frontplatte ein mit Airbrush aufgesprühter Hirschkopf samt Geweih funkelt.

Ist jetzt nicht sonderlich originell als Reminiszenz an das bayerische Umfeld, finde ich. Dieses urtümelnde Motiv gibt es bereits seit Jahren bei Ikea auf Leinwand. Und nun eben genauso bei *Shop Drop TV*. Muss aber wohl sein, aus Gründen der Authentizität … so richtig authentisch ist dagegen der Aloisi, der hinter dieser Empfangstheke mit dem Geweih sitzt. Das passt. Er stellt einen derartigen Gegenpol zu den ganzen hippen, modischen und karrieristischen Leuten dar, die hier bei *Shop Drop* rumlaufen, dass der Kontrast nicht größer sein könnte.

Der Aloisi stammt aus Bad Seltsham und wurde bei *Shop Drop TV* als Portier eingestellt, weil die *woke* Firmendirektive besagt, dass keine Frauen hinter der Rezeption arbeiten dürfen, schließlich würde dadurch ein veraltetes Rollenbild kultiviert, was wiederum diskriminierend wirken könnte.

Frau + niedere Arbeiten = völlig ausgeschlossen, ja wie hätt mas denn?

Ich glaube, *das* war ursprünglich nicht mit *Gleichberechtigung* gemeint, und böse Gemüter könnten es eher unter feministischem Anspruchsdenken als unter Balance einordnen, aber nun hat eben ausschließlich ein Mann hinter der Theke von *Shop Drop* zu sitzen, und basta.

Jetzt ist der Aloisi aber nicht bloß *irgendein* Mann, der bei *Shop Drop* hinter der Theke sitzt – sondern eben der Leingschwendner Alois. Zweiunddreißig, ledig, grillt gern, Zombiefilme-Fan, guter Kerl.

Die bei *Shop Drop* haben sich gedacht, nehmen wir doch am besten einen Portier ausm Ort vor Ort. Dann hat der keine weite Anfahrt, keine Akklimatisierungsproblemchen, und alles ist easy.

Das stimmt ja auch mehr oder weniger. Zudem passt der Aloisi perfekt zum nihilistischen Interieur. Zumindest mental. Da ist der Aloisi nämlich auch eher nihilistisch. Nicht, dass er nur einen Hauch einer Ahnung hätte, was das Wort bedeutet, aber siehst du, genau das meine ich mit Nihilist. Wenn man es etwas näher beschreiben wollte, könnte man auch sagen, der Aloisi gilt in Bad Seltsham als kleiner intellektueller Sonderfall. Weil, leicht unterbelichtet.

Der Wolf nennt ihn Dorfdepp, aber der Wolf ist schon manchmal auch ein gscherter Hammel.

Aber jetzt nur unter vier Augen: Ganz falsch liegt der Wolf vermutlich nicht.

Vom ersten Eindruck her, also in Sachen Optik, und damit fängt es ja immer an, kriegt man davon zunächst eigentlich nur eine leise Ahnung: gelblich blondierte, sich langsam lichtende Haare, immer ein bisserl fettig, unreine, schlampig rasierte Haut, dazu Augenlider, die ständig auf Halbmast hängen und den daueroffenen Mund abrunden. Jetzt sagst du bestimmt gleich: »Moment Vikki, das ist aber gerade ein wenig arg oberflächlich, wie du ihn da beschreibst, ja hallo!, es geht doch wohl zuallererst ums Innere.« Und da gebe ich jedem, der das sagt, selbstverständlich uneingeschränkt und zu hundert Prozent … so halb recht. Ab einem gewissen Grad muss man nämlich miteinberechnen, dass sich das Innere immer auch zu einem gewissen Teil im Äußeren abzeichnet. Das muss man wissen, wirklich, sonst schießt man in vielen Beurteilungen gleich von vornherein daneben.

Für eine angemessene Einschätzung brauchst du ein Gesamtbild.

Und außerdem, ja meinst du, ich schilder dir irgendwas, wenn ich mich davor gedanklich zensier? Des bringt doch nix. Sonst kann man sich ja gleich mit einer Plastiktüte unterhalten.

Aber gut, das mit dem Aloisi geht freilich noch weiter. Und damit mein ich jetzt nicht, dass du unbedingt noch wissen solltest, dass er immer mit dem Liegerad zur Arbeit kommt. Was er aber übrigens tut! Liegerad!

Nein, vielmehr erzähl ich das alles, weil man sich doch, wenn man einen Portier sieht, immer generell fragt: Wer wird denn Portier? Welcher Typus Mensch sagt sich: »Ui, da ist eine Stelle zum Tresenbetreuer ausgeschrieben, da muss ich acht Stunden hinter einem Balken hocken und den Grüßaugust geben und halt einigermaßen sicherstellen, dass ich nicht gleich beim Schichtbeginn wegpenn.« Ja, also, und wenn man diese Gattung Mensch in einem Lehrbuch zusammenfassen wollte, dann wäre das Paradebeispiel eben der Aloisi mit seinen Kapuzenpullis in Übergröße und den untertassengroßen Hartplastik-Inlays in seinen Ohrläppchen. Riesenoschis. Und ich sage dir, auch wenn ich keine Hellseherin bin: Eines Tages wird er wieder normale Ohrläppchen haben wollen, aber da wird er sich umschauen.

Egal.

Dass es den Aloisi gibt, der so einen Kontrast zu den anderen Wichtlhubern, Gschaftlern und Beautys hier bei *Shop Drop TV* darstellt, ist für mich richtig beruhigend. Vielleicht, weil er in diesem mondänen Umfeld wie ein Underdog wirkt und ich mich inwendig ähnlich fühle. Als würde ich mein Dazugehören immer nur spielen und so tun, als wüsste ich, wie's zu laufen hat. Dabei hab ich keine Ahnung, und kuck dem ganzen Treiben nur als Beobachterin zu.

Kurz und gut: Ich mag den Aloisi, und wir halten immer einen kleinen Plausch, wenn ich einchecke. Allerdings ist heute der Wolf dabei …

»Servus, Aloisi, wie geht's dir?«, rufe ich dem Aloisi fröhlich zu, der den Wolf und mich ganz aufmerksam hinterm Tresen studiert. Der Tresen ist ziemlich hoch, und der Aloisi hat seinen Stuhl wie immer zu tief justiert, weshalb man von ihm nur den Kopf sieht, und davon ist die untere Kinnhälfte auch noch abgeschnitten. Passt also perfekt.

»Griaß di, Vikki, Servas nachhad, ja sehr guad geht's, danke der Nachfrage, *kkchrha*«, brüllt der Aloisi mich freundlich an, und wenn du denkst, dass *mein* bayerischer Dialekt im Überschwang schon mal deftig daherkommen kann, dann hast du Aloisis kracherds Bayerisch noch nicht gehört. Jedem Satz lässt er dann auch noch ein seltsames Knackgeräusch folgen, aus dem Hals, guttural, ganz tief drin im Rachen. Einsame Spitze.

»Hast du auf Netflix wirklich noch mal von vorn angefangen mit *Walking Dead*?«, erkundige ich mich beim Aloisi, weil er Zombie-Serien doch so liebt und ich immer versuche, ihn small-talk-mäßig kurz einzubinden, denn dann freut er sich, und das freut mich auch.

»I bin scho wieder bei Staffel drei, *kkchrha*«, kräht der Aloisi stolz, und ich sage, »Sauber! Dann bist ja wieder mittendr…«, aber da schneidet mir der Wolf in den Satz rein. Er dröhnt dem Aloisi ein »Servus, Aloisi« entgegen und zieht dabei die Worte unausstehlich in die Höhe, weil er und der Aloisi nicht mehr so gut miteinander können, seit der Aloisi den Wolf vor zwei Wochen mal aufgefordert hat, seinen Ausweis vorzuzeigen, weil er ihn halt nicht gleich erkannt hat.

Der Wolf *war* ja als Besucher registriert, und das hätte sich bestimmt alles ganz schnell klären lassen. Aber der Wolf und der Aloisi, beide stur, beide erlebnishungrig, steigerten sich gleich rein, point of no return, verstehst, und der Aloisi pampte rum: »I hol die Security, *kkchrha.*«

Und der Wolf, der bei der Geburt bestimmt irgendeinen seiner Monde im Widder und im Skorpion gleichzeitig hatte, so jähzornig, wie der werden kann, fauchte: »I gib dir gleich Security. Dei Security stopf i dir hochkant in den Arsch nei.«

Der Wolf ist wirklich ein Choleriker-Prototyp Marke Caligula. Da hat es der Aloisi mit der Angst bekommen und tatsächlich die Security alarmiert. Woraufhin so ein Manschgerl in Fantasieuniform angetrippelt kam und der Wolf zu lachen angefangen hat, weil er zwei Kopf größer als der Schnuller von der Security war, und auch noch einen Meter breiter, verstehst, lächerlich. Die Situation hat sich dann relativ schnell aufgelöst, weil der Wolf ja eben sehr wohl als Besucher eingetragen war.

Und beim Wolf ist's auch immer wieder ganz schnell vorbei mit der enormen Wut, die da aus ihm rausbricht – das ist ganz gut zu wissen. Aufbäumen, Aufplustern, aber gleich auch ein Ende in Sicht.

Seit dem Vorkommnis können der Wolf und der Aloisi sich jedenfalls nicht mehr besonders leiden. Der Aloisi hält den Wolf für rabiat, und der Wolf hält den Aloisi für einen Schwachkopf. Womit beide letztlich recht haben.

Hoffentlich vertragen sie sich heute.

»Ach, der Herr Wolf Wolff, schau an, *kkchrha*«, höhnt der Aloisi von hinterm Tresen. Jetzt geht des scho wieder los. »Heute wieder in … äh«, der Aloisi sucht nach etwas, das schön bissig klingen soll, das merkt man, »heute wieder in … Securitylaune? *Kkchrha.*«

Aaah, schade, diese Spöttelei ist natürlich in die Hosen gegangen. Jetzt siehst du, womit ich mich rumschlagen muss. Ich seufze unhörbar.

»Wie meinen?«, imitiert der Wolf einen zerstreuten Professor mit hochgezogenen Augenbrauen, um zu unterstreichen, dass er den Aloisi kein bisschen für voll nimmt. Dabei mustert er den Aloisi von der Stirn bis zur oberen Kinnhälfte. Mehr ist ja nicht zu sehen von ihm.

»Heute … hast du … bist Sie … *kkchrha*, bist du denn angemeldet? Hä? *Kkchrha?*«, holpert der Aloisi rum, aber solches Gegockel sollten wir unter allen Umständen vermeiden, ehrlich.

»Du pass amoi auf, Spezi, jetzt sag i dir was …« Der Wolf droht dem Aloisi spielerisch mit dem Finger. Also *spielerisch* im Sinne von: Er sticht ihm beinah das Auge aus. »I werd dir gleich sowas von dei' Fotzn …« Jetzt reicht's aber. Resolut schlage ich dem Wolf seinen ausgestreckten Zeigefinger weg und schüttle den Kopf. Der Wolf kapiert und gibt a Ruh, wobei er den Aloisi schlagartig ignoriert. Selbstverständlich hält sich der Aloisi deshalb sofort für den klaren Sieger, nickt grinsend und macht noch mal »*Kkchrha*«.

»Aloisi, ist der Olaf denn noch da?«, erkundige ich mich, Ablenkung und Interesse in einem.

»I glab scho, *kkchrha*«, entgegnet er mir völlig unvoreingenommen. Siehst du, das ist das Schöne: Alle anderen in diesem Dickicht, das der *Shop Drop TV*-Kosmos darstellt, alle anderen hier drinnen, die immer so übertrieben freundlich tun, die durchleuchte ich intuitiv danach, ob sie mir wohlgesonnen sind oder es nur heucheln. Ob sie mich gestern beim Keil gesehen haben und vielleicht Vorbehalte gegen mich hegen oder sogar anonymisierter Teil des Shitstorms sind. Man weiß nie, jeder ist zu allem fähig. Aber beim Aloisi, da mach ich mir keine Sorgen, der hat andere Sorgen.

»Alles klar, danke dir«, sage ich zu ihm und wende mich an

den Wolf: »Ich bring's gleich hinter mich und geh hoch zum Olaf. Ich möchte noch vor meiner Sendung klären, ob das gestern beim Keil okay für ihn war und wie wir jetzt generell zueinanderstehen.«

»Ja, mach das. Das ist vernünftig.«

Oh, ich bin so nervös. Schlagartig überrollt mich eine Welle der Erschöpfung, obwohl ich um die Zeit eigentlich noch gar nicht so groggy sein dürfte. Noch dazu bin ich gezwungen, Befindlichkeiten abzuklären, für die ich nicht verantwortlich bin. SOS, rette mich.

Hilft nichts, ab zum Olaf ins Büro.

Der Wolf und ich laufen zum Aufzug, vorbei am Bildschirm, auf dem die Mindy gerade ein Designer-T-Shirt aus ihrer Mutter-Baby-Kind-Kollektion mit dem Strass-Druck *FU2* präsentiert. Ich glaube, das steht für *Fuck you too* und ist ein wirklich herzerwärmend kindheitsprägendes Statement für eine neue Generation wohlstandsverwahrloster Seelchen.

Rock on!

Wir steigen in den Lift. Die Türen schließen sich, und ein paar Sekunden stehen wir da und schauen ratlos ins Nichts. Es ist ein merkwürdiges Gefühl, in einem Aufzug zu sein, der sich nicht bewegt. Es ist in etwa genauso verstörend, wie wenn man sich im Bett mit dem Kopf ans Fußende legt.

Wir haben beide vergessen, zu drücken. Ich hole das nach und drücke die 2.

Im obersten Stockwerk angekommen, gehe ich gleich links den Flur runter und sage zum Wolf: »Magst du hier kurz auf mich warten? Dauert bestimmt nicht lang.«

»Kein Problem, ich trink inzwischen was.« Er zeigt auf den Wasserspender, der neben einem Gummibaum steht. Wie oft das Wasser im Spender wohl gewechselt wird? Hier muss man Vertrauen haben.

Vertrauen wiederum bedeutet, etwas glauben zu wollen, von dem man sich wünscht, dass es wahr ist. Das ist gleichbedeutend mit Wahnsinn.

Lass es dir schmecken, das olle Wasser.

»Okay. Du wirst dich auch nicht allzu sehr langweilen?«, frage ich den Wolf, mit letzten Kräften lächelnd.

»Nicht mehr als sonst«, winkt der Wolf ab. »Viel Glück.«

Olaf Kreischkes Büro befindet sich ganz am Ende des langen Gangs, an dessen Wänden Fotos vom Olaf mit unzähligen Promis hängen. So weiß man gleich mal, mit wem man es bei dem Geschäftsführer unseres gigantischen Teleshopping-Start-ups zu tun hat.

Olaf und Thomas Gottschalk, Olaf neben Tiger Woods, Olaf samt Heidi Klum, Olaf Arm in Arm mit George Clooney, Olaf bei Angela Merkel, Olaf zwischen Jay-Z und Beyoncé, Olaf einfach so, Olaf bei den Laureus Awards mit Roger Federer, Olaf mit Napoleon (Fotomontage), Olaf und irgendein Formel-1-Rennfahrer, Olaf und der Yeti (Original).

Wenn du kein Prahlhans bist, dann hast du auch nicht genug Treibstoff im Profilneurosentank, um es so weit zu bringen wie der Olaf. Und das einnehmende Wesen und die geschäftliche Kompetenz, die musst du sowieso mitbringen. Das ist Grundvoraussetzung.

Insgesamt ist der Olaf wirklich in Ordnung. Wenn er sich doch nur die Quotentransen-WhatsApp-Veröffentlichung gespart hätte. Was hat ihn da bloß geritten?

Ich komme vor Olafs Tür an, und Aufschieberliesl bin ich keine. Zeit, dass es losgeht, oder vielmehr, dass es bald vorbei ist. Ich fahre vorsichtig tastend an meiner Lieblingsperücke entlang, ziehe das Kleid stramm und verrenke einmal kurz mein Gesicht. Passt.

Mit künstlicher Munterkeit klopfe ich an.

Nichts.

Ich klopfe noch mal und horche.

Keine Reaktion. Ich könnte jetzt unverrichteter Dinge gehen, aber so bin ich nicht.

Ich sage mittellaut und halbzögerlich »Hallo?«, während ich ein drittes Mal klopfe, dreimal: *Tack, tack, tack.* Dann noch mal »Hallo?«, aber anders betont. Stille.

Wie man's halt so macht, drücke ich die Klinke runter und öffne die Tür nur einen zentimetergroßen Spalt und möchte gerade »Olaf?« hauchen, als die Tür mit einem unbändigen Druck wieder ins Schloss zurückknallt. Ein Donnerschlag. Der folgenlos bleibt. Denn alle im Sender haben sich an solche Schüsse längst gewöhnt. Das ist der Unterdruck, der im ganzen Gebäude herrscht, verursacht vom Klimaanlagensystem. Beim Olaf im Büro muss ein Fenster geöffnet sein, dann passiert sowas. Der Luftzug potenziert sich zu einem Sog von infernalischer Wucht. Im ganzen Haus. Da hat es von zuknallenden Türen schon Unfälle gegeben, Finger waren gebrochen, Hüften gestaucht, mehr sag ich nicht. Der Hausmeister ist nur noch am Schimpfen.

Ich versuche es erneut, stemme mich gegen die Tür, bis das Türblatt im Neunzig-Grad-Winkel geöffnet keinen Widerstand mehr gegen den Luftzug leistet, und starre in das große Chefbüro mit dem Riesenschreibtisch in der Mitte, vor der bodentiefen Fensterwand, durch die mir die Abendsonne entgegenblendet. Mit zusammengekniffenen Augen blicke ich auf den Ledersessel hinter der Schreibtischplatte, und auf den vom gleißenden Licht umrahmten Körper, der mit schlaff an die Kopfstütze gelehntem Kopf in genau jenem zurückgekippten Ledersessel kauert.

Ich stammle »Olaf?«, und kriege fast einen Blutsturz.

Er ist es.

Der Olaf. Wie immer trägt er ein weißes Hemd, den Kragen stets aufgeknöpft, die Ärmel hochgekrempelt, dunkle Jeans, Zweitausend-Euro-Lederschuhe, typisch Lockerer-Führungsstil-Manager. Das Rasierwasser unaufdringlich, so eben noch wahrnehmbar, teuer, die dunklen Haare nach hinten gegelt, Blick und Aura normalerweise von der Art, als wäre er Platin-Member bei Tinder, trotz Lamborghini ein Mann von Welt, der all seine kleinen Gesten stets so selbstverständlich und huldvoll ausführt, dass sich jeder in seinem Umfeld gleich ein kleines bisschen wichtig fühlt.

Der Olaf eben.

Da liegt er. Sitzend in seinem Stuhl, sitzliegend sozusagen. Die Arme an den Seiten hängen leblos herab.

Ich steh immer noch im Türrahmen, die Klinke fest in der Hand, damit die Tür nicht gleich wieder zuknallt. Ich schreie »*Wolf*«. Natürlich antwortet er mit einem, ziemlich weit entfernt wirkenden, »Hab grad keine Zeit, Operation am offenen Herzen!«, und ich brülle noch mal seinen Namen. Endlich höre ich, wie seine schweren Schritte sich nähern.

»Oh, shit!«, rotzt er tonlos raus, als er neben mir zum Stehen kommt und des Anblicks vom Olaf gewahr wird. Mit namenlosem Horror nehmen wir gemeinsam die grauenvolle Entdeckung in Augenschein.

Jetzt fragst du dich vielleicht, warum wir so entsetzt reagieren. Schließlich könnte der Olaf ja auch ein Nickerchen machen, so reglos, ja beinah friedlich, wie er da hinter seinem Tischerl hockt, den Kopf im Nacken.

Aber dass wir so perplex sind, hat schon seinen Grund, denn man erkennt von hier aus, und das ist kein gutes Zeichen: Der Olaf hat ein Handy in seinem Mund stecken. Und zwar ein großes. Mitten zwischen den Lippen. Längs. Und des muss ganz schön tief drinstecken, weil nur noch ungefähr zwei Zentimeter rausragen. Wie eine dicke, rechteckige Zunge. Der Rest verschwindet im Hals.

Man muss fast selbst schlucken, wenn man diese breitmaulfroschartige Verkeilung sieht, diesen bis zum Kehlkopf gestopften Schlund. Der mächtige CEO Olaf Kreischke liegt ein bisserl da wie beim Zahnarzt.

Himmelherrgott.

Nach einem Moment der Sondierung stürzt der Wolf in den Raum und beschaut die Lage aus der Nähe.

»Oje«, stöhnt er, und ich sage: »Was?«

»Ja, komm halt rein.«

»Mach bitte das Fenster zu.« Ich kann ja hier nicht weg, weil ich noch immer das Türblatt aufgestemmt halten muss.

»Das Fenster? Wieso?«

»Wegen dem Zug!«

»Was? Ach so. Ja, wart.« Der Wolf schließt das sperrangelweit geöffnete Fenster, direkt am Rücken vom Olaf vorbei.

Mögliche Fingerabdrücke am Fenstergriff hätten wir damit schon mal neutralisiert. Na super! Mir fällt's selbst auch erst in dem Moment ein.

Ich prüfe, ob die Tür jetzt sicher ist, und ja, das ist sie. Sie bleibt da, wo sie sich befindet, offen, von allein.

Der Wolf und ich stehen direkt neben dem sitzenden Olaf, von ihm aus rechts, von dir aus links vom Ledersessel. Ich sehe die ganze Bescherung, und es bringt mich fast restlos aus der Fassung. Was sich mir offenbart, ist Olafs blutverschmierte rechte Wange, die deshalb so eingesaut ist, weil in der Schläfe vom Olaf eine tiefe Wunde klafft, die von einem Messer oder einem breiten Schraubenzieher herrühren dürfte. Mit nur einem Zentimeter Durchmesser, aber trotzdem wuchtig.

Das offene Fleisch um die Wundöffnung herum ist wulstig und schwarz, hervorquellend, aber weißt du was, weitere Details spar ich mir. Nur so viel: Es muss mit einem einzigen, beherzten Ruck bestialisch auf den Kopf vom Olaf eingestochen worden sein. Rasend sozusagen.

Warum er anschließend ein Handy verschlucken wollte, das musst du jemand anderes fragen, wirklich, ich kann da nicht mal Mutmaßungen anstellen.

Das Ganze schaut aus, markerschütternd, so ein toter Mensch, und noch dazu derart zugerichtet. Fürchterlich! Der Anblick ist ein Schlag in die Magengrube. Und ich bin jetzt wirklich nicht hochempfindlich. Ich hab medizinisch schon einiges erlebt. Mitunter am eigenen Leib. Kannst dir ja vorstellen.

Blitzartig denke ich: Polizei holen. Aber da stelle ich fest, dass der Wolf bereits sein Smartphone gezückt hat, wählt und mir zunickt. Er verdreht die Augen. Eine Geste der Ungeduld.

Ich nicke zurück, eher fatalistisch, weil, was ist denn jetzt hier schon wieder los? Mir steckt doch noch der ganze Besenwiesler-Mist vom letzten Sommer in den Knochen. Wieso jetzt auch noch sowas?

Als ob's mich verfolgen tät.

Wie mach ich das bloß?

Wie ich darauf komm, weiß ich nicht, aber mir fällt ein, dass ich den Aloisi im Handy gespeichert hab und ihn alarmieren könnte. Wofür ist ein Portier denn sonst da?

Ich drücke unter Kontakte auf seinen Namen – auf *Aloisi mobil Leingschwendner (Shop Drop)* – und er ist sofort dran.

»Vikki, ja? Schön, dass du anrufst, *kkchrha*.«

Mir entkommt ein Stoßseufzer. Mei, der Aloisi.

»Ja, danke. Schön, dass du rangehst. Ich bin doch im Gebäude! Wir haben uns doch gerade gesehen, weißt noch?«, verheddere ich mich fast, weil, das ist jetzt doch nicht sein Ernst, dass er sich nicht erinnert …

»Aja, stimmt, du bist ja *da*! Genau! *Kkchrha.*« Er blüht auf vor lauter Erkenntnis. Silvesterraketen explodieren. Herrje.

»Du, Aloisi, Folgendes: Im Büro vom Herrn Kreischke ist was passiert. Der ist vermutlich ... Der Herr Kreischke ... der Olaf ist ziemlich bewusstlos. Näheres kann ich jetzt auch nicht so genau sagen. Wir haben die Polizei und den Notarzt schon alarmiert, aber könntest du vielleicht auch noch alles in die Wege leiten, was das Hausinterne betrifft?«

Schweigen am anderen Ende der Leitung.

»Aloisi?«, hake ich nach, gerade dass ich nicht mein eigenes Handy fragend anschaue. Aber nichts tut sich am anderen Ende der Leitung, außer ein Rascheln und Knacksen.

Ich höre den Wolf neben mir weiterhin die Fragen des Eins-eins-null-Sachbearbeiters beantworten, als ich auf dem Flur vorm Büro schon galoppierende Laufschritte vernehme.

Mit einem heiseren »Was is los, *kkchrha*?« stürmt der Aloisi durch die offene Tür und bremst seinen Sprint abrupt ab, bleibt vielleicht zwei Meter frontal vor dem Olaf stehen, taumelt kurz und derrappelt sich.

Ein Schockmoment. Der Aloisi macht große Augen, schnauft heftig. Zwischen ihm und dem schlaffen Olaf steht nur der wuchtige Mahagonischreibtisch im ansonsten verchromten und edelstahlpolierten Protzbüro. Völlig unvermittelt beginnt der Aloisi ohrenbetäubend zu kreischen, weshalb der Wolf dem Polizisten am anderen Ende der Leitung gleich beschwichtigend versichern muss, dass hier nicht gerade noch ein weiterer Mord vonstattengeht. Hoffentlich kann der Wolf überzeugen, denn der Aloisi flippt völlig aus, bewegt sich dabei aber keinen Millimeter, nicht mal einen einzigen seiner Gliedmaßen. Nur schrilles Geschrei. Ein Vierjähriger, gefangen im Körper eines erwachsenen Mannes.

Ich trete neben den Aloisi und beruhige ihn, indem ich

seine bebende Schulter tätschle und ein paar lindernde Worte beisteuere, aber der Aloisi ist außer sich. Zittern, schlottern. Trotzdem hört er schließlich auf zu plärren.

Der Wolf ist fertig mit seinem Notruf, schaut mich an, dann den Olaf vor sich, dann wieder mich, und meint staubtrocken: »Sag amoi, des is ja scho wieder was Kriminalistisches!« Er fühlt sich jetzt ebenfalls an unseren Besenwiesler-Vorfall vor ziemlich genau einem Jahr erinnert.

»Des hab ich mir auch gerade gedacht«, sage ich leise, ich flüstere praktisch. Er und ich ticken einfach ähnlich.

Wir alle drei, der Wolf, der Aloisi und ich, wir stehen wortlos da und fixieren den Chef des Hauses, der immer noch mit Handymund und Schläfenloch im Lederpolster vor sich hin leichenstarrt.

Wann beginnt eigentlich die Verwesung?

Verzeihung. Die Situation laugt mich völlig aus.

Diese Realität kann man sich nicht schönreden.

»Warst des du?« Mit zaghafter Neugier blinzelt der Aloisi mich nervös an. Ich schrecke auf. Sprechen kann er schon wieder.

Der Wolf sagt barsch: »Jetzt red koan Schmarrn.« Ihm und mir entkommt sogar ein kleiner Schmunzler. Überfordert dreht der Aloisi seinen Kopf mit herabhängendem Kiefer wieder Richtung Olafs Leichnam.

»Ned, dass das Handy gleich auch noch zu klingeln anfängt«, scherzt der Wolf, längst wieder auf Spur. Überlebenskünstler. Wirklich, den schockt das Szenario hier nicht im Geringsten.

»Das wär ein bisschen zu viel des Guten«, antworte ich hastig, als könnte ich es dadurch verhindern.

»Magst du ihn mal anrufen?«

»Den Olaf?«

»Ja?«

»Jetzt hör auf mit dem Blödsinn.«

»Nur zum Akku-Check. Vielleicht müssen wir ein Ladekabel anschließen.«

»Ah, geh weida«, winke ich mit schüttelndem Kopf ab, bin aber trotzdem kurz versucht, es doch in Betracht zu ziehen. Der Wolf blickt mich an, als hätte er mich durchschaut.

Jetzt erst merke ich, dass der Bildschirm rechts von mir, der hinter dem halb aufgeschwenkten Türblatt an der Wand hängt, genau wie unten in der Lobby die Live-Sendung von der Mindy zeigt, die in dem Moment eine Kindersonnenbrille in ihren perfekt manikürten Händen hält, deren Bügel die Aufschrift *Mega Bitch* tragen. Sag mal, wer kauft denn seinem Kind einen solchen Dreck?

Die Antwort bleib ich schuldig, weil, du weißt ja: Man holt nur einmal Luft, und schon sind vier Leute beleidigt.

Der Wolf sagt: »Kommt's, lasst's uns draußen auf die Polizei warten.« Für die Mindy auf dem Bildschirm hat der Wolf jetzt auch keine Augen mehr, trotz ihres enormen T-Shirt-Ausschnitts für zwölf Personen.

Der Wolf geht voran, raus auf den Flur. Der Aloisi kämpft mit den Tränen. Ich nehm ihn am Oberarm und dreh ihn Richtung Tür, während der Wolf mich dabei rhetorisch unterstützt und den Aloisi mit einem knappen »Reiß di zsamm!« über seine Schulter anherrscht. Was jetzt auch nicht die feine englische Art ist.

Wir wandern gedankenverloren als Dreiergrüppchen zum Lift. Eher schlurfend.

Beim Wasserspender neben dem Gummibaum bleiben wir stehen.

»Wie alt is'n der Olaf eigentlich?« Der Wolf formuliert in Gedanken wohl schon Olafs Grabrede.

Ich sage: »Dreiundsiebziger Jahrgang, glaub ich.«

»Aja dann. Dann passt's ja. Dann hat er sei' erste Lebenshälfte ja schon gut hinter sich gebracht. Was danach kommt, ist sowieso nicht mehr der Rede wert.«

Oh mei, der Wolf und seine Midlife-Crisis, furchtbar. Er ist jetzt Mitte vierzig und wird immer griesgrämiger. Das geht schon seit ein paar Jahren so mit ihm.

Fragend wende ich mich an den Aloisi: »Geht's wieder?« Er hechelt noch immer so, als hätte er Schnappatmung. Der Aloisi nickt hektisch, was wiederum Anlass für den Wolf ist, ihm ein unduldsames »Komm wieder runter« zuzuraunen. Sowas hilft ja meistens.

Draußen hören wir bereits zwei verschiedene Martinshörner jaulen. Sie kommen näher.

»Das hat uns grad noch gefehlt«, merke ich auf und meine damit eher die Gesamtsituation und weniger die gleich eintreffenden Einsatzfahrzeuge. Ich weiß, ich wiederhole mich. Aber genau daran kannst du nichts ändern, wenn so etwas passiert. Etwas, das so viel nach sich zieht.

»Wirklich wahr!«, stöhnt der Wolf. »Ich dachte, wir hätten schon genug aufm Plan. Erst die Transen-WhatsApp vom Dietz und der Mist wegen dem Olaf seiner Veröffentlichung, dann der Shitstorm, weil du halt wieder deinen Senf dazugeben musstest, dann noch das Keil-Interview, jetzt ein Mord … es addiert sich a bisserl viel, findst nicht?«

Hör ich da einen leisen Vorwurf raus? Ich beschließe, nicht näher darauf einzugehen.

Wobei.

»Und das nach dem ganzen Terz in Übertreibling, nicht zu vergessen. Als ob's uns verfolgt«, füge ich lahm hinzu, ein bedeutungsloser Versuch, noch eins draufzusetzen und mich dadurch quasi freizusprechen, aber damit ist auch gut. Doch schon während ich das von mir gebe, beschleicht mich die Unsicherheit, dass das vielleicht noch gar nicht alles war. Es könnte nämlich sein, wenn ich so darüber nachdenke, dass der Wolf und ich mit dem heutigen Tag noch tiefer in der Tinte sitzen.

Und zwar so richtig.

Was müssen wir auch die Ersten am Tatort sein …

»Tja«, der Wolf geht zum Wasserspender, zieht sich einen dieser konischen Pappbecher aus der Halterung, justiert den Becher unter dem Plastikhahn, dreht ihn auf und sagt, während er die ölig wirkende Flüssigkeit in den Becher tröpfeln lässt, todernst: »Na dann, Hollarüthio. Grüße aus Bad Seltsham.«

5

Schnell stellt sich heraus, dass das *Shop til you Drop TV*-Gebäude komplett geräumt werden muss. Der ganze Komplex. Gewusel überall, es ist mächtig was los.

Seit Polizei und Notarzt eingetroffen sind und beim Olaf den Tod festgestellt haben, kreuzen nach und nach immer weitere Einsatzfahrzeuge auf. Spurensicherung, Zivilfahrzeuge der Kripo, Transporter, Sprinter. Beamte und Beamtinnen rennen rein und raus, manche nur, um *irgend*etwas zu tun, habe ich den Eindruck.

Der Wolf, der Aloisi und ich wurden längst auf den Parkplatz eskortiert und stehen dort in einem Pulk mit anderen *Shop Drop*lern unter Beaufsichtigung. Sämtliche Mitarbeiter, die eigentlich gerade drinnen Dienst hätten, sind um uns herum verteilt. An die dreißig Leute, von denen sich die eine Hälfte mit hektischem Geschnatter über Wasser hält, während die andere gleichgültig das Treiben verfolgt. Ein paar kenne ich vom Sehen, bei den meisten anderen frage ich mich allerdings, wo die sich im Gebäude wohl immer verstecken, wenn ich da bin.

Ein paar Meter weiter entdecke ich den Techniker, der während meinen Sendungen stets neben meinem Teleprompter steht. Der Heli. Gerade kratzt er sich im Schritt und nimmt gleichzeitig einen Schluck aus einer Red-Bull-Dose. Was kommt als Nächstes? Ohrenwackeln?

Wir winken einander zu. Er benutzt dafür die Hand, die er gerade am Sack hatte. Macht ja nichts. Netter Kerl, geduldig wie ein Shaolin-Mönch, wenn ich mal wieder was nicht auf die Reihe krieg. Wahrscheinlich ist's ihm einfach wurst.

Apropos geräumtes Gebäude, wer übernimmt denn jetzt meine Sendung? Was für ein Programm wird derzeit ausgestrahlt, wenn wir alle hier draußen verharren müssen? Meine Show würde um 20 Uhr beginnen. Also in fünfundvierzig Minuten.

Jetzt sehe ich auch die Mindy bei einem Grüppchen von Leuten stehen. Die musste ihre laufende Sendung ganz offensichtlich abbrechen, nachdem ich den Olaf exakt während ihrer Kinder-Kollektion-Übertragung gefunden habe. Aber bei aller Liebe zur Aufklärung eines Mordfalls: Die Sendung von der Mindy hätte die Polizei schon noch zu Ende stattfinden lassen können, oder?

Wie sie die Show wohl mittendrin abgebrochen haben? Durch die Einblendung eines Statements? *Wegen Tod vertagt*?

Jetzt mal ernsthaft: Was läuft denn gerade für ein Notfallprogramm auf *Shop Drop TV*? Und wer steuert das, wenn alle Angestellten aus dem Firmentrakt rausmussten?

Ich bin ein einziger Haufen Gedanken. Auch den Aloisi ergreift eine neue Welle der Panik, vielleicht, weil der Wolf und ich erschöpft schweigen und nur umherschauen, anstatt ihn bei Laune zu halten. Ganz hibbelig vor Aufregung sagt er: »Was wird denn nun aus uns? Müssen wir jetzt ins Gefängnis, *kkchrha*?«

»Höchstwahrscheinlich«, quatschelt der Wolf, und der Aloisi lässt vor lauter Hyperventilation ein leises Bäuerchen los. Er krächzt: »Echt jetzt?«

Nach einem unentschlossenen Schweigen sagt der Wolf, »Werd erwachsen!«, und schaut, als würde er an etwas anderes denken.

Seit einer Viertelstunde schwimmen wir in einem Meer der Ungewissheit. Keiner sagt uns, wie's weitergeht.

Stattdessen kommen immer mehr Presseleute angefahren. Parkplatzmäßig ist es längst eng, und der Polizist, der an der Einfahrt steht, lässt niemanden ohne Genehmigung vorbei, weder ins Gelände rein noch raus.

Also stellen die Pressefuzzis ihre Wägen vor dem Areal, am Rand der Bad Seltshamer Zufahrtsstraße, ab.

Aufmerksam gemacht von dem ganzen Fahrzeugaufkommen drosseln einige zufällig vorbeifahrende Bad Seltshamer ihr Tempo und machen schaulustige Augen. Diesen Schafsblicken ausgesetzt zu sein, verleiht dem Ganzen zusätzlich eine surreale Note.

»Vikki!«, höre ich jemanden rufen und drehe mich in Richtung der Stimme um. Die Mindy kommt auf mich zugestöckelt, und ich quäke im Gegenzug auch ihren Namen. Wir machen Luftbussis mit Schmatzgeräusch, links, rechts, frontal.

»Was sagt man dazu? Katastrophe. Weißt du, was genau passiert ist? Mir hat man gesagt, es wäre irgendwas mit'm Olaf? Hoffentlich nichts allzu Schlimmes ... ich mag's mir gar nicht ausmalen!«

Und da wird mir klar, dass die Mindy, wie auch die meisten Umstehenden, überhaupt nicht wissen, was wirklich los ist. Woher auch.

Nachdem wir vorhin alle auf dem Parkplatz drapiert worden sind, hat uns ein etwas fülliger Enddreißiger mit Igelfrisur gebeten, uns ruhig zu verhalten, man würde sich gleich um uns kümmern. Was immer das heißt. Überhaupt wurden sogar der Wolf, der Aloisi und ich nach dem Eintreffen der Ermittler lediglich einer kurzen Befragung unterzogen, obwohl wir doch die Ersten am Tatort waren und die Polizei verständigt haben. So ein Raubein mit Fernfahrermanieren wollte nur das Nötigste von uns wissen. Nichts gegen Fernfahrer. Mein Vater hat sein Leben lang Lkws gelenkt. Aber *der* hatte Manieren.

Jetzt stehen wir hier, als wäre alles nur eine Lappalie, wobei zugleich zahllose Polizeibeamte wie die Ameisen herumwuseln.

Es kommt einem wirklich vor, als wüsste keiner so genau, was zu tun ist.

Ich sage zur Mindy: »Ähm.«

Sie sagt: »Was? Weißt *du* denn Genaueres?«

»Ja, scho.« Ich schaue sie etwas gehemmt an. Die Mindy ist schon ein paar Wochen länger bei *Shop Drop* als ich, aber zufälligerweise kenn ich sie bereits seit einer Ewigkeit. Die Mindy heißt mit vollem Namen Mindy Schwamminger und kommt ausm Münchner Norden. Die Schleißheimer Straße ganz nach oben hinauf, weißt scho, Feldmoching-Hasenbergl und dann links weg in die Dülferstraße. Scherbenviertel darf man ja nicht sagen. Sozialer Brennpunkt. Einfachere Verhältnisse, nennen wir's so. Ich komm auch nicht gerade aus einem Silbernen-Löffel-Haushalt, aber aufm niederbayerischen Land, von wo ich herstamm, mit einer Mutter, die Wirtin ist, da bemisst sich das mit den einfachen Verhältnissen irgendwie noch mal total anders. Insgesamt wurde uns beiden – der Mindy und mir – nichts geschenkt, das mein ich damit.

Darüber hinaus verbindet uns nicht nur das für *Shop Drop*-Verhältnisse exotische Alter von über vierzig (wir sind die einzigen Präsentatorinnen im Greisinnenalter), sondern vor allem eine lange gemeinsame Geschichte im Münchner Nachtleben, das uns in den einschlägigen Locations immer wieder hat aufeinandertreffen lassen.

Obwohl ich aufgrund meiner ureigenen Historie eher in der bunten Szene unterwegs war, mit Betonung auf Show,

Entertainment und Regenbogen, und die Mindy beim Ausgehen von Anfang an ein anderes Konzept verfolgt hat, gab es immer noch genügend Überschneidungen.

Da wirst du gleich fragen, was meint die Vikki damit, dass die Mindy *beim Ausgehen ein anderes* Konzept *verfolgt hat*? Was soll *das* denn heißen? Aber da kommt auch schon die Erklärung: Die Mindy hat ganz früh beschlossen, dass sie gesellschaftlich aufsteigen möchte. Euer Gnaden Mindy die Erste, zu Höherem bestimmt, Escape-plan sozusagen. Hübsch war sie sowieso, und eine Vision hat sie noch dazu gehabt. Und dabei hat sie es taktisch ganz gescheit angestellt. Sie hat sich nämlich vorgenommen, nicht wie ein x-beliebiges Flitscherl durch irgendwelche Clubs zu hüpfen und mit unzähligen Wichtigmachern, Schickimicki-Don-Juans und Möchtegerns rumzubusseln und auf einen Zufallstreffer zu hoffen. Nix da. Die Mindy hat in Sachen Partnersuche in der High Society einen konkreten Plan entwickelt. Generalstabsmäßig. Und den hat sie konsequent verfolgt.

Und zwar im P1.

Das P1 war und ist eine Nobeldisco mit ultrastrenger Tür und wurde von Donnerstag bis Sonntag, ab ein Uhr nachts, von den ganzen Münchner Berufssöhnchen und Promisprösslingen regelrecht überrannt. Papas Porsche vor der Tür und seine Kreditkarte in der Popotasche, Snobs, du kriegst einen Eindruck!

Und wer war eben von Donnerstag bis Sonntag, wirklich an *jedem* dieser Tage, spätestens um ein Uhr nachts am Start? Pünktlich, hochmotiviert? Als wär's ein hochseriöser Job?

Logisch, die Schwamminger Mindy ausm Hasenbergl.

Promigeil, süß und ... rausgeputzt wie eine Puppe – schon damals! Als hätte sie bereits eine Vorahnung auf die Teleshopping-Laufbahn in ihrem späteren Leben gehabt. Zu der Zeit hat sie allerdings noch im Einzelhandel gearbeitet.

Jeanszusammenlegerin beim Beck am Rathauseck. Da hat die Mindy unbedingt wegwollen. Verständlich. Weil jeder weiß: Frau im Einzelhandel! Das steht noch unter Prostitution.

Also: Das P1 war ihr Karrieresprungbrett. Ihr einziger Ausweg. Studieren oder eine weiterführende Ausbildung waren nämlich keine Optionen für ein besseres Leben. Die Mindy kann kaum bis drei zählen. Was aber nichts heißt!

Schläue ist was ganz anderes. Du kennst doch sicher den Spruch, den man für einfach gestrickte Akademiker parat hat:

Gebildet, aber nicht klug.

Und bei der Mindy war es eher andersrum:

Klug, aber Australien nicht auf der Landkarte finden.

Nein, nein, die Mindy hatte Biss!

Den brauchst du auch, bei *der* Konkurrenz im P1.

Denn die meisten Damen dort sind vom selben Schlag.

Ist das jetzt auch schon wieder diskriminierend, wenn ich diese bestimmte Gattung von Personen genau eins zu eins beschreibe?

Weil, pass auf, ganz konkret: Jackie Kennedy, Barbara Becker, Jenny Elvers und Konsorten – das sind alles Menschen, die für ihre erste Ehe, also für die Pflichtrunde, unbedingt einen berühmten Partner brauchen, weil ihnen jede andere Lebensform völlig wertlos vorkommt. Zumindest für die erste Lebenshälfte.

Du, und wenn dann noch jemand, der so tickt, in München lebt, dann ist das P1 genau das richtige Jagdterrain für den.

Und weil das Leben Fleiß und Durchhaltevermögen am Ende meistens belohnt (so ein Dünnpfiff, stimmt ja gar nicht, es war halt ein Riesenglück!) ... also: und weil das Leben und die Fügungen des Zufalls letztendlich der Mindy traumhaft in die Karten gespielt haben, hat sie im »Einser« (also dem P1) den Albert Söderbohm kennengelernt.

Den Albert Söderbohm.

Chemie-Erbe. Vater Pharmakonzern-Eigentümer in zweiter Generation. Wir reden hier nicht von Millionen, sondern von Milliarden. Damit war der Albert quasi in dritter Generation obszön reich. Und wie das so ist mit der dritten Unternehmergeneration, war der Albert zwar nicht blöd, und aufgrund seiner Jahre in einem Schweizer Eliteinternat (Elite heißt hier vielmehr: Elite-Eltern mit eher schwierigen Kindern) auch gut erzogen und nicht unrecht, aber in letzter Instanz hat er beruflich zu nichts getaugt. Woher soll der Antrieb auch kommen, wenn der Opa und der Papi schon derart enorm vorgeleistet haben und du von früh an Schampus, weibliche Offerten und Privat-Loge im Fußballstadion für den gottgegebenen Normalzustand hältst?

Um acht Uhr morgens antreten und sich wegen komplexer strategischer Fusionen und Feinabstimmungen im Familienbetrieb schlaflose Nächte bereiten?

Brauchte der Albert nicht. Er war auch so ein absoluter Fang. Und ordentlich hat er auch noch ausgesehen, weil Mutter: früher Model. Was sonst!

Und genau diesen Albert hat sich die Mindy nicht entgehen lassen.

Als sie den im P1 zum ersten Mal gesehen hat, hinten bei der Bar, war die gleich Feuer und Flamme. Mit ihrem geschulten Auge hat die sofort gesehen: Geld in den Genen. Man merkt ja letztlich immer direkt, woran man bei jemandem ist.

Und die Schwamminger Mindy hat gewusst, *das ist meine Chance.* Mit ihrer weiblichen Intuition und dem Hasenbergler Hunger hat die Schwamminger Mindy zudem auch gleich noch gecheckt, dass sie bis aufs i-Tüpfelchen genau der Typ Frau war, die dem Albert gefiel … Bingo. So eine Gelegenheit kommt nie wieder. Also hat sie strategisch alle Register gezogen. Nicht zu forsch sein, nicht gleich ins Bett mit dem Albert gehen (Moral tut dabei nichts zur Sache! Aber das ist dir klar, oder?), sondern alles genau richtig dosiert. Auf seriös machen, tiefgründig tun, sich vom üblichen Strandgut absetzen. Ein bisserl züchtig, so in etwa. Nicht, dass der verwöhnte Burschi gleich wieder meint: One-Night-Stand, typische P1-Schwalbe, Rein-raus-aus-die-Maus.

Nicht mit der Mindy!

Nach einem Jahr war Hochzeit. Zum Einstand gab's vom Pharmakonzern-Schwiegervater für die beiden eine Penthouse-Wohnung für dreiundzwanzig Millionen im Glockenbachviertel, stand sogar in der Zeitung, weil der Preis so lächerlich hoch war.

Und dann: Ehe, wie geplant.

Und die Mindy, nicht blöd, nicht faul, hat nebenbei, mit dem Geld vom Albert und den ganzen gesellschaftlichen Verbindungen (ebenfalls vom Albert) ein eigenes Modelabel aufgebaut. Dafür hat sie (auch nicht blöd) ihren Mädchennamen verwendet, obwohl der – auf den ersten Eindruck – wirklich saublöd ist. Den hat sie aber behalten, vielleicht sogar in weiser Voraussicht, dass nichts ewig hält.

Schwamminger.

Aber dieses *Mindy Schwamminger* als Markenname, das hat sich über die Jahre immerhin ein bisschen etabliert im Münchner Raum. Aber nicht *fulminant*. Vielleicht hat sich's grad noch bis zum Tegernsee rumgesprochen und bis zu vereinzelten Yuppieblödelgattinen in Miesbach, um die Gegend rum halt. Bei ihresgleichen eben.

Viel Rosa, viel Grün, Schleifchen, klassisch-modern, das war Mindys Stil – und zum Oktoberfest gab's jedes Mal eine eigene Trachtenkollektion. Mindys Dirndl sind für ein oder zwei Saisons ganz gut gelaufen.

Klar, über ein paar Features auf münchen.tv und im Stadtmagazin ist sie letztlich nicht hinausgekommen, aber trotzdem nicht schlecht! Muss man auch erst mal schaffen.

Der Albert hat ihr ein Ladengeschäft gestellt. Das Haus, in dem sich das befand, hat bestimmt auch den Söderbohms gehört.

So. Und dann, unausweichlich: Nach ein paar kinderlosen Jahren (zehn) gab's dann doch die Scheidung. Grund unbekannt, weil Schweigeklausel im Ehevertrag. Sollte die Mindy was sagen, muss sie sofort eine Konventionalstrafe zahlen, die dem Bruttoinlandsprodukt von Tschurangrati entspricht.

Die Mindy, nicht dumm, hält den Mund.

Nach der Scheidung, die auch ganz schön durchs Münchner Boulevard gegeistert ist, wurde es dann still um die Mindy. Ich hab ewig nichts mehr von ihr gehört, oder gesehen.

Umso überraschter war ich, als ich sie vor wenigen Wochen aufm Gang bei *Shop til you Drop TV* getroffen hab. Wir sind aus allen Wolken gefallen. Wir hier! Beide! Wahnsinn. Sie mit ihrer Kinderkollektion mit den markigen Sprüchen, und ich mit meiner Vikki-Victoria-Linie – mussten wir doch echt erst nach Bad Seltsham ins Umland beordert werden, damit wir uns mal wieder sehen.

Mannomann.

Und jetzt stehen wir hier, auf dem Parkplatz vor besagtem Sender, und der Wolf kann seine Augen fast nicht von der Mindy wenden. So ein Kasperl.

Du, das ist fei schon komisch, wenn der Mann, mit dem du mal beisammen warst, so steil auf eine Frau geht, die fast das Gegenteil von dir sein könnt.

Die Mindy ist klein und dunkelhaarig – und ich … na ja, Totalkontrast. Und das ist nicht der einzige Gegensatz. Da machst du dir als Frau schon so deine Gedanken. Warst jetzt *du* die Ausnahme für den Mann, typologisch, oder stellt die *andere* Frau eher die Ausnahme für seinen Geschmack dar? So von wegen: Was war dann das damals mit uns, lieber Wolf?

Ich schaue die Mindy ratlos an, aber nicht wegen der Gegensätzlichkeiten, sondern weil sie mich doch gerade gefragt hat, ob ich denn wüsste, was mit dem Olaf los sei, weil jetzt hier der Riesenaufmarsch stattfindet. Polizei, Notarzt und so. Die Mindy weiß ja noch gar nicht, warum die Polizei sich eingebildet hat, das Gebäude räumen zu müssen.

Wenn du mich fragst, war das so oder so eine Überreaktion.

Ich überlege, was ich der Mindy antworten soll, als in dem Moment eine fahrbare Trage aus dem Haupteingang gerollt wird. Darauf ein eingepackter Körper, ummantelt von einem schwarzen Plastiksack.

Abtransport vom Olaf.

Im abnehmenden Sonnenlicht eines lauen Sommerabends.

Eine beinah makabre Romantik.

Olafs Leben, seine Karriere: mit dem heutigen Tag Geschichte. Was von ihm bleiben wird, ist wohl kaum das Vermächtnis einer beachtlichen Medienlaufbahn. Nein, das glaub ich nicht.

Was bleiben wird, ist die Erinnerung an seine Offenlegung von Adi Dietz' Quoten-tra-tra-tra-Nachricht, deren Zielscheibe ich war. Das hat nämlich von all den Dingen, die er in seinem Leben veranstaltet hat, am meisten für öffentliches Bohei gesorgt. Nicht seine professionellen Leistungen. Absurd!

Und, schlimmer noch: Ich vermute schwer, dass bald reißerische Fotos von seiner Leiche in Umlauf kommen. Wer auch immer solche Fotos in Umlauf bringt.

Die hier zahlreich rumlungernde Presse kam, meiner Beobachtung nach, bislang noch nicht ins Gebäude, kann also keine Bilder geschossen haben. Und *trotzdem* würde ich darauf wetten, dass wir sehr zügig einen leblosen Olaf mit Handy im Mund und aufgeschlitzter Schläfe im Netz begutachten dürfen.

Die Wege des Journalismus sind unergründlich.

Die Trage mit dem Olaf wird in den Notarztwagen geschoben. Leichenwagen ist ja keiner da. Der Körper wird wohl später umgeladen.

Die Mindy mustert den Abtransport schockiert, starr vor Entsetzen (ich schon auch), beginnt, mit den Schultern zu schlottern, und bricht schlagartig in Tränen aus. Eine unheimliche Mischung.

Und das macht mir erst jetzt schmerzlich bewusst, wie furchtbar das alles hier ist. Vor lauter Leichen-Entdeckung (du warst ja dabei) und Kurzverhör mit dem Fernfahrermanieren-Polizisten (hast nix versäumt) befand ich mich bis jetzt in einem Selbstschutzmodus, in den du nur schaltest, damit du nicht auch noch zusammenklappst. Aber das ist mit diesem Augenblick unversehens vorbei.

Eine bleierne Schwere überfällt mich. Wie ein Duschwasserschwall. Ich bin völlig aus dem Tritt. Mit Ach und Krach stelle ich sicher, nicht umzukippen. Jetzt könnt ich einen Bärwurz vertragen.

Irgendein Autofahrer, der am Gelände vorbei in Richtung Bad Seltsham fährt, schreit durch sein Beifahrerfenster in unsere Richtung, »Yo, was geht'n bei euch ab, hey? Wuh!«, und düst daraufhin mit Vollgas weiter. Prolet halt. Auf dem hinteren Fenster seines Viertürers hängt innen ein Pandabären-Scheibenverdunkler. Und ich flüstere, quasi als Antwort, aber mehr zu mir selbst: »Ich hab keine Ahnung.«

6

»Das sieht ja wie eine Weihnachtsbäckerei aus«, sagt der Wolf trocken, als wir nacheinander dem blau-weißen VW-Transporter entsteigen und das Haus erblicken, in dem sich die Bad Seltshamer Polizeiwache befindet. Es ist mittlerweile dunkel und von dem geteerten Vorplatz aus, auf dem wir stehen, wirkt das allein stehende Haus mit seinem tiefen Giebeldach und den Holzfensterläden tatsächlich wie aus einem Adventsbilderbuch. Nur, dass aus dem gemauerten Schornstein kein Rauch steigt. Was auch daran liegen könnte, dass wir immer noch spätabendliche fünfundzwanzig Grad haben.

Aus den Fenstern dringt gelbliches Licht, und die Laternen, die auf dem Rondell vor dem Präsidium breite Löcher in die Dunkelheit reißen, illuminieren die Fassade gerade ausreichend, dass auch die kunstvoll aufgetragenen Lüftlmalereien in ihrer Farbenpracht zur märchenhaften Winteratmosphäre beitragen. Predigende Heilige, aufgebauschte Wolkenbänder, geschwungene Verzierungen. Facettenreich wie ein Wimmelbild.

»Die meisten der großen Weihnachtshits wurden im Sommer aufgenommen. Hast du das gewusst?«, fragt der Wolf niemanden Bestimmtes, rein zur Vertiefung der Weihnachtsbäckerei-in-warmer-Sommernacht-Stimmung. »*Last Christmas* zum Beispiel wurde im heißen August 1984 aufgenommen. Oder *Merry Christmas Everyone*, ist auch im Sommer passiert. Der George Michael und der Shakin' Stevens, die haben während der Aufnahmen ganz schön geschwitzt. Lustig, oder?«

»Gut zu wissen«, sage ich und finde, sowas ist wirklich gut zu wissen, speziell, wenn du gerade eine Leiche von einem gewissen Olaf Kreischke in seinem eigenen Bürosessel gefunden hast. Falls uns der Wolf jetzt noch was übers Tiefseetauchen in Flanellunterhosen oder den Verdauungstrakt der weiblichen Weinbergschnecke im Elsass erzählt, dann beläuft sich die Gefahr, dass uns die Polizei wegen Mordverdachts ins Gefängnis steckt, auf gleich null. Dann stecken sie uns nämlich direkt in die Klapse.

Klapse darf man ja auch nicht mehr sagen. Ich nehm's zurück, in Gottes Namen. Ach nee, doch nicht.

»So, auf geht's, geh ma, die Herrschaften. Wenn Sie bitte durch den Haupteingang treten wollten«, feixt der muskulös-kompakte Beamte mit den enormen Oberarmen, der, wenn man ehrlich ist, mehr einem pummeligen Gartenzwerg ähnelt. Aus unerfindlichen Gründen salutiert er schwungvoll, geht dann nahtlos dazu über, den Vers von »Last Christmas« zu pfeifen, und schaut dabei grinsend den Wolf an. Da haben sich ja zwei gefunden. Freut mich.

Potenzielle Gummizellen-Genossen.

Der Aloisi, der Wolf, die Mindy, ihre Assistentin Maria-Klara und ich sind die erste Fuhre von sage und schreibe sechs Ladungen an *Shop Drop*-Mitarbeitern, die man vom Sendergelände hierher ins Ortsinnere karrt, um sie erkennungsdienstlich zu erfassen und zu befragen.

Wir fünf traurigen Gestalten trotten also im unordentlichen Entenmarsch zur Panzerglastür der Weihnachtsbäckerei, auf deren Eingangsschild *Polizeiinspektion Bad Seltsham* steht, samt darunter abgebildetem bayerischen Polizeistern.

Die Mindy in ihrem engen Designer-T-Shirt wirft mir immer wieder Seitenblicke zu, die ein ums andere Mal belegen, dass sie auf der Fahrt hierher einen heftigen Stimmungswechsel hingelegt hat. Etwas brennt ihr auf den Nägeln.

Es ist schon ziemlich spät, man hat uns schaurig lang auf dem Parkplatz vor dem *Shop til you Drop TV*-Komplex warten lassen, und dann wurden wir in dem VW-Diesel auf dem Weg hierher auch noch ganz schön durchgerüttelt. Dennoch kann ich mir nicht erklären, was mit der Mindy los ist.

Der Aloisi ist vor Erschöpfung schon seit Längerem verstummt und kaut durchgehend auf seiner entzündeten Unterlippe herum. Der Wolf hat die Mindy im Sprinter noch charmant zu entertainen probiert, durfte aber schnell feststellen, dass sie für nichts mehr empfänglich ist. Schon gar nicht für sein Gebalze. Die ganze Chemie im Wagen, die uns die Mindy mit ihrer Launenhaftigkeit so plötzlich aufgedrückt hat, war ... ja, aggro, würd ich schon meinen.

Und schwupps. Wir entern die Räumlichkeiten der *Bullerei*. Wolfs Wortwahl, nicht meine. Wirklich wahr, die Reihe an Sparwitzen, die er der Schwamminger Mindy vorhin kredenzt hat, um sie für sich einzunehmen – es war nicht auszuhalten. Einem Flirt beizuwohnen, noch dazu einem einseitigen, ist einfach ein Graus. Gerade dass er nicht noch angefangen hat, Liegestütze zu machen, der Wolf.

Weißt du, was er zur Mindy unter anderem gesagt hat? Zitat:

»Die Vikki wirft mir immer vor, ich hätte zwei Fehler. Erstens: Ich höre nie richtig zu – und noch irgendwas!«

O mei, o mei.

Aber die Assistentin von der Mindy, die Maria-Klara, die hat gelacht. Die hat sich gleich gar nicht mehr eingekriegt. Da siehst amal.

Die Maria-Klara ist Anfang fünfzig und war früher unglaublich attraktiv, jetzt nur noch sehr. Nach wie vor saubere Haut, klare Züge, Ayurveda-Körper. Vielleicht schwenkt der

Wolf heute ja noch auf sie um. Wegen Angebot und Nachfrage. Wirklich, der merkt gar nicht, wie automatisch er in den Gockel-Modus geswitcht ist. Aber sonst blitzgescheit. Komisch!

Im Vorraum des Präsidiums angekommen werden wir von einem Haufen Beamten und zwei Beamtinnen in Empfang genommen. Als Hauptzeugen bittet man gleich mal den Wolf, den Aloisi und mich in einen jeweils gesonderten Raum. Wir winken einander aufmunternd zu, bevor jeder hinter seinem Türrahmen verschwindet.

Wie's mit der Mindy und der Maria-Klara weitergeht, keine Ahnung. Aber da die beiden während des Vorfalls live auf Sendung waren, also das ultimative Alibi vorweisen können, werden sie vermutlich lediglich nebenrangig durchleuchtet.

Ich also ab in den Raum neben den blechernen Garderobenhaken. Eine freundliche Frau bittet mich, seitlich an einem Doppelschreibtisch Platz zu nehmen. Sie bereitet ein paar Unterlagen auf der einen Arbeitsfläche vor, und ich beobachte sie, so wie man manche Gesichter eben einer gründlicheren Analyse unterzieht als andere. Als sie fast fertig ist und mich unvermittelt anblickt, sehe ich beschämt weg. Ich schaue immer zu lange hin.

Verlegen und rein zur Kompensation kucke ich mich um. In diesem Zimmer weiß man, woran man ist. Klassisches Büro im Landhausstil. Allerdings im Landhausstil der Achtziger. Hier sieht's aus, wie's beim *Derrick* im Büro immer ausgesehen hat, plus Bauernschrank und Landschaftsposter.

»Sie können sich entspannen, alles halb so wild«, beruhigt mich die Beamtin, und ich bin mal wieder ganz erstaunt, dass mein Gesichtsausdruck anscheinend etwas anderes vermittelt hat, als ich dachte. Nahtlos kündigt sie an: »Geht gleich los«, und verlässt das Zimmer.

Es ist Viertel nach zehn. Dauert es nach einem Leichenfund immer so lange, bis die Zeugenvernahme beginnt? Hier ist doch was oberfaul.

Ich höre, wie sich vor der Tür zwei Männer nähern. Es klingt, als würden sie streiten, aber sie lachen dabei.

Sie klopfen an, während sie bereits die Tür aufdrücken, und gleich vom ersten Moment an herrscht diese Befangenheit zwischen uns, die mir bestens bekannt ist. Manchen Menschen bin ich einfach zu viel.

Wie soll ich sagen! Schau, mein Erscheinungsbild hat eine gewisse ... ähm, Wucht. So eine Form von Intensität, der jetzt nicht jeder gewachsen ist.

Wenn du nämlich, wie ich, erst vollständig die Person werden musstest, die du schon immer warst, dann unterscheidest du dich schon allein durch diesen Werdegang von deinen Mitmenschen. Äußerlich wie innerlich. Und deshalb ist deine Wirkung auf deine Umwelt von einer ganz eigenen Ausprägung. Da gibt es die kuriosesten Reaktionen. Wirklich alles. Schon auch zum Resignieren, hin und wieder. Da gehst du auch mal heim und kannst vor seelischem Aufruhr nicht schlafen.

Aber ich hoffe, so weit wird es mit den beiden Burschen von der Bad Seltshamer Polizei nicht kommen. Auch wenn ich leise Befürchtungen habe. Sofern ich ihre Blicke richtig deute, könnte es sich mit ihrer Gesinnung nämlich ähnlich wie mit der Einrichtung dieses Büros verhalten: Am Land ist einfach vieles dreißig Jahre hinterher.

Stimmt natürlich auch nicht immer. Die Küche vom Bimmlinger Wirt zum Beispiel, hier gleich ums Eck, wo wir nach einer *Shop Drop*-Sendung mal mit dem Team groß Essen waren, die ist definitiv nicht dreißig Jahre hinterher. Die ist *fünfzig* Jahre hinterher. Nostalgie pur.

Aber da is' hinterher auch keinem schlecht geworden.

Also alles in Ordnung.

Der eine der beiden Beamten, der mit dem asymmetrischen Gesicht, hat ein Tablett mit Kaffee, Tee, Wasser und Cola dabei. Er drapiert es vorsichtig auf dem Tisch, wie um Zeit zu gewinnen. Dabei ist seine Art, mich *nicht* anzusehen, das Auffällige. Der Beamte mit dem strengen Seitenscheitel starrt mich dagegen an, als wäre meine optische Abhebung genauso fesselnd wie der Anblick eines Einhorns auf einer Waldeslichtung. Mit anderen Worten: Der Typ ist wie ich. Der schaut auch immer zu lang hin …

Das kann ja lustig werden, diese Vernehmung. Ich stelle mich auf was ein. Dabei präsentiere ich nach außen hin, wie immer: Contenance.

Nach innen rein hingegen, du ahnst es: Arsch und Friedrich.

Die Einvernahme dauert viele, viele Stunden.

Richtig gehört. Von, über, bis.

Von:

»Können Sie uns bitte mal ganz genau schildern, wie Sie Herrn Kreischke vorgefunden haben? Gern so ausführlich als möglich!«

Über:

»Jetzt gibt es da ja dieses konfliktgeladene Geflecht, das sich über die letzten Wochen zwischen dem Inhaber des Senders, Herrn Adi Dietz, und dem Geschäftsführer des Senders, Olaf Kreischke, entwickelt hat, nachdem Herr Kreischke diesen Dietz öffentlich diskreditiert hat, indem er eine von Dietz' WhatsApps veröffentlicht hat. Sie waren in jener WhatsApp der Stein des Anstoßes, weil sie darin als – mit Verlaub – Quotentranse tituliert wurden, Frau Victoria, richtig? Was sagen Sie denn zu Ihrer Rolle in diesem Spiel?«

Bis:

»Sagen Sie mal, finden Sie es nicht auch bemerkenswert, dass sich Herrn Kreischkes Tod ausgerechnet einen Tag nach Ihrem aufsehenerregenden Auftritt bei Markus Keil ereignet hat? Die Sendung hatte ja noch mal zusätzlich für ordentlich Kontroverse gesorgt!«

Ja, und lauter so Zeugs werde ich gefragt. Teils mehrfach.

Aber, ob du es glaubst oder nicht, alles halb so wild, denn, du ahnst es schon anhand der geschliffenen Formulierungen … Schnell ist deutlich geworden, dass ich den beiden Beamten unrecht getan habe. Sie sind kein bisschen vom alten Schlag. Von wegen Landeier. Die sind auch kein bisschen old school. Und schon gar nicht zu unterschätzen.

Beide sind extra aus München angedüst, gehören einem Spezialteam an, und mittlerweile ist mir auch klar, warum es so lange gedauert hat, bis zu unserem Verhörbeginn. Die mussten erst noch *meine* komplette Vorgeschichte in dem Fall recherchieren.

Adi, Olaf, ich, diverse Shitstorms, nun auch noch Mord, die ganzen Verwerfungen. Du sagst es!

Klar, das Verhör nimmt kein Ende, und ich nehme meinen zigsten Sitzpositionswechsel vor, indem ich den Popo neu justiere, den Rücken entlaste, sowas eben, aber das Gespräch selbst artet nie in ein Gemetzel aus, Abteilung *Alles ist erlaubt.* Die beiden versuchen auch nicht, mich zu beschwatzen oder mir irgendwas unterzuschieben oder suggestiv abzuringen. Sie sind wirklich okay. Dreimal ergab es sich sogar, dass wir uns versehentlich geduzt haben. Keiner wurde verletzt.

Meine Angst, die beiden seien primitive Rüpel, war unbegründet. Meistens ist es halt doch immer nur die Angst vor der Angst vor dem Unbekannten. Wenn das Unbekannte dann Gegenwart wird, unterliegt es ganz anderen Befindlichkeiten.

Es ist deutlich nach ein Uhr, als ich mich von den Herren verabschiede und gebeten werde, das Bundesland in den kommenden Tagen bitte nicht zu verlassen. Auweia. Zudem informieren sie mich, dass sie der Presse eine Finte gelegt hätten, weshalb draußen »keiner von *denen* wartet«. Ach ja, die Presse. Die musste erst noch in die Irre geführt werden, weil die sonst wie die Schakale ums Gebäude schleichen würden. Mir wird kurzzeitig fast schlecht, denn mir geht nun endgültig auf, dass es um meinen Part in dem ganzen verfahrenen Kladderadatsch wohl doch etwas heikler bestellt ist.

Schöne Scheiße.

Wir drei verabschieden uns mit einem wohlwollenden »Tschau«, was unsere Kommunikationsebene ganz gut zusammenfasst. Und vielleicht auch vorwegnimmt, dass wir uns bald wiedersehen.

Zurück im vorderen Bereich der Polizeiwache sagt mir die Frau von vorhin, »Ihre Leute warten draußen«, und zeigt hinaus durchs Fenster, vors Haus, auf das Rondell und seine blumenbepflanzte Mittelinsel. Sogar von hier aus betrachtet sieht der honigfarben beleuchtete Anfahrtsbereich der Inspektion urgemütlich und nach staader Zeit aus. Irre.

»Dauert noch kurz, aber Sie werden gleich zurück zum Sender gefahren«, informiert mich die Beamtin.

»Danke«, sage ich, ein bisschen zerstreut. Ich eile noch schnell auf die Toilette und wasche mir unter eiskaltem Wasser (anderes gibt's nicht! Wieso?) die Hände mit einem abgegriffenen Stück Seife in Plätzchenform (ist ja hier die Weihnachtsbäckerei), und ziehe mir ein raues Papierhandtuch, es kommen vier.

Eine Zäsur. Die letzten Stunden: sorgfältig abgewaschen.

»Hey, du hättest doch nicht auf mich warten müssen«, rufe ich dem Wolf zu, als ich aus dem Gebäude stürme, was natürlich Quatsch ist. Was hätte er denn sonst machen sollen?

»Na klar«, antwortet er. »Wir lassen dich hier zurück, ich fahr per Anhalter heim und werde aufm Weg vielleicht noch vergewaltigt. Meinst du das?«

»Ja, ja, is scho recht. Wo ist der Aloisi?«, frage ich und schau mich um.

»Der ist längst heimgegangen, wohnt ja irgendwo hier in der Nähe. Er und die anderen *Shop Drop*ler waren mit ihren Befragungen zügig durch. Die sind alle längst wieder zum Sender zurückkutschiert worden. Wir warten hier auch schon knapp eine Stunde auf dich.«

»Aha, verstehe, ja, hat lang gedauert, mein Verhör. Sorry.«

»Gab's Probleme?«

»Ich glaube nicht … sie wollten halt eine Menge wissen. Ist doch etwas vertrackt, das Ganze …«, sage ich und überlege einen Moment. »Du hast gerade von *wir* gesprochen, von wegen *Wir warten hier auch schon knapp eine Stunde …*? Wer ist denn *wir*?«

»Ach so, ja, die Mindy ist auch noch dageblieben, um auf dich zu warten.«

»Die Mindy?«, presse ich raus, als hätte ich mich verhört. »Aha! Hast du sie so umgarnt, dass sie freiwillig hiergeblieben ist, um noch länger bei dir zu sein?«

»Jetzt red koan Blödsinn. Die treibt sich irgendwo rum, spaziergehmäßig. Die ist schlecht drauf. Keine Ahnung, wieso die auf dich warten wollte. Die kommt sicher gleich«, erklärt der Wolf, kein bisschen gekränkt. Die Müdigkeit steht ihm gut. Er noch mal: »Die Polizistin drinnen hat mir vorhin gesagt, wir drei werden wieder zurück zum *Shop Drop*-Parkplatz gefahren, sobald du fertig bist.«

»Ja, hat sie mir auch gerade gesagt. Wie war *dein* Interview? Wurdest du auch von zwei Hanseln ausgequetscht?«, frage ich den Wolf, frage mich selbst jedoch simultan ununterbrochen, weshalb die Mindy bis jetzt wegen mir hier ausgeharrt haben könnte. Und genau in dem Moment, als der Wolf mir antworten will, sehe ich sie aus der Dunkelheit der Straße treten und schnurstracks auf mich zumarschieren.

Ich rufe: »Mindy, ja, dass du noch da bist! Der Wolf meint, du hättest wegen mir hier ge…«

»Die haben dich gehen lassen?«, blafft die Mindy mich in einem spitzen Ton an, den ich nicht zuordnen kann. Ich denke erst, sie macht einen Scherz, weswegen ich noch gluckse: »Ha ha, allerdi…«

»Bist du jetzt zufrieden?«, stänkert sie weiter.

Ich stutze, schweige. Sage: »Was meinst du?«

Und schon steht die Mindy direkt vor mir und schaut hoch in meine Augen. Sie ist gut und gerne zwanzig Zentimeter kleiner als ich, aber gerade auf hundertachtzig, das macht sie, na ja, auch nicht größer.

»Hast *du* den Scheiß veranlasst?«, keilt die Mindy. Ihre Aggression, das Theater, ich kann's mir nicht erklären.

»We… Wa… Wh«, knalle ich ihr aber sowas von vor den Latz. Präziser geht's gerade nicht. Ich glaube, mein ganzes Gesicht ist ein einziges Fragezeichen. Mindys breiter, schöner Mund bebt, die Nüstern ihrer geschwungenen, aber eher kräftigen Nase flattern, sie streicht sich eine schwarze Haarsträhne aus der Stirn.

»Wovon bitte redest du, Mindy?«, setze ich mit restloser Verwunderung noch mal an. Das warme Licht der Laternen, das kalte Herz von der Mindy, da passt doch was nicht.

»Tu nicht so. Ist ja lächerlich. Wer steckt noch dahinter? Hä? Hast du jemanden angeheuert, um den Olaf kaltzumachen?«, fegt die Mindy einfach weiter und ihre Hand schnellt nach vorn, als wolle sie mich am Kinn packen. Ich werfe instinktiv meinen Kopf zurück. »Oder hast du's selbst erledigt?«, keift sie mit abschätzigem Lächeln. »Mit *dem* da?« Ohne den Wolf anzusehen, zeigt sie mit ihrem Daumen auf ihn.

O Gott, was soll das denn? Ich soll den Olaf … zusammen mit dem Wolf? Das ist ja absurd. Aber irgendwie habe ich den Eindruck, sie meint es ernst … Eine schnappschusskurze Erkenntnis: So oder so, Mindys und mein Verhältnis ist praktisch ruiniert.

»Bist du fertig? War's das jetzt?«, sage ich nicht, aber mein Blick spricht Bände, und ich hoffe, wir können das hier sofort beenden.

Nachdem ich mich also eines Kommentars enthalte, pflaumt die Mindy mich weiter an, »Du Bitch!«, macht einen Schritt auf mich zu, viel Luft ist nicht mehr zwischen unseren Körpern, und jetzt wird's mir doch schlagartig ein bisschen *zu* profan, weil: *Bitch*? Also bitte! Das sagt die Richtige. Gut, das passt auch perfekt zu den Slogans auf ihren Kindermode-Accessoires, was hab ich erwartet, aber trotzdem!

Die Oide ist ja übelster Straßenbelag.

Du kannst das Hasenbergl in dir einfach nicht verleugnen! Auch nicht mit noch so hohen Alimentenzahlungen aus deiner Pflichtehe mit einem Pharmaerben. Straße bleibt Straße. Aber pass auf, das kann ich auch. Ich kann auch Straße! Und zwar die hinterletzte Siffgasse jenseits vom Hauptbahnhof Ostflügel beim Stellwerk!

Und gerade als ich der Mindy zeigen will, was passiert, wenn man mir's Kraut ausschütt, und ich mich schon mal aufpluster, haut mir diese Britschn ihre kleine weiche Handfläche auf die Brust und verpasst mir einen Schubser, der mich nach hinten stoßen soll.

Ja, Herrschaftszeiten.

Einen Moment lang bin ich völlig konsterniert, logisch.

Aber so fangen wir gar nicht erst an.

Ich merke, wie ich rot werde. Stinksauer. Ich koche.

Und trotzdem! Trotzdem! Schau, und das ist der Unterschied zwischen einem billigen Bückstück und einer Lady von Format! Auch wenn es in mir brodelt: Ich schalte nicht sofort in irgendeinen Blinde-Rage-Gang, denn ich bin mir völlig bewusst, dass die Mindy keine ebenbürtige Gegnerin ist. Geht's doch schon damit los, dass sie nur eins zweiundsechzig ist, höchstens. Und ich bin eins zweiundachtzig, mindestens. (Wir beide ohne Stöckelschuhe und Haare gemessen. Also netto.) Die Mindy wiegt entsprechend auch nur halb so viel wie ich. Meine Güte, das zarte Ding.

Doch, doch, ich bin jetzt schon *sehr* angefressen, brauchst nicht meinen, und wirklich wahr, in diesem Augenblick bedauere ich, dass ich mich künstlich zurückhalten muss. Aber glabst as a – während ich mich selbst ermahne, schubst mich die Mindy, die Mistmatz, doch tatsächlich *noch* einmal, und zwar diesmal mit einem Hieb auf die Schulter.

»Verteidig dich!«, gebietet sie mir, und es kommt einem Flehen näher als einer Drohung. Aber ihre Aufforderung ist gar nicht nötig, denn ohne Scherz, dieser Rempler war einer zu viel. Das hätt' sie besser nicht getan. Eben wollt ich ihr sogar noch was Verständnisvolles sagen, auch um meine anrollende Wutwelle abzuwenden, aber jetzt steigere ich mich bereits bis zum Anschlag rein ... aber ich verspreche dir, und dem Christkind, und der AOK: Fair und sportswomanlike werde ich mich bemühen, die durchgedrehte Mindy nicht all*zu* vernichtend zu verprügeln. (Tief drinnen probe ich schon mal, wie ich mich bei ihren Hinterbliebenen entschuldigen werde.)

»Jetzt hört's hoid auf«, raunt der Wolf, der neben uns steht und uns wechselweise ansieht. Ich glaub ja, er ist eher begeistert von dem Spektakel, das sich da vor seinen Augen zusammenbraut.

»Wolf, bitte«, gebe ich ihm ein Zeichen, das *halt du dich da raus* bedeutet. Und da kommt auch schon ein weiterer Schulterrempler von der Mindy Schwamminger. Berührung Nummer drei! Ja, gibt's des a!

Du willst kämpfen? Also dann.

Wie zum Anpfiff hebe ich meine Hände, Gefechtsposition, und die Mindy tut es mir gleich. Und als befänden wir uns nicht auf dem Rondell vor der Bad Seltshamer Polizeiinspektion, sondern in einem Boxring, setzen die Mindy und ich uns in Bewegung, während wir einander mit Blicken fixieren. Im Uhrzeigersinn beschreiten wir einen Kreis, und ich tue so, als müsste ich meine Arme zur Deckung hochhalten. Wenn sie mir doch nur körperlich nicht so deutlich unterlegen wäre …!

Da beginnt die Mindy mir nichts, dir nichts, das Tempo zu erhöhen und um mich herum zu tänzeln, so übermütig wie ein Mädchen, das mit sich selbst Fangen spielt. Was soll das bitte? Lernt man das beim Power Yoga? Ich bin nicht sicher, ob sie auf ein Lob von mir zu ihrem Hüpftalent spekuliert, aber das empfände ich momentan als unangebracht.

Um etwas Unerwartetes zu tun, setze ich einen sehr, sehr leichten Rechtsausleger auf ihren Oberarm, damit wir hier mal weiterkommen. Sie kassiert den Schlag und federt überrascht zurück. Nichts für ungut. Dürfte nicht besonders wehgetan haben. Alberne Keilerei. Wirklich, wenn schon, dann stünde ich lieber einer ebenbürtigen Kontrahentin gegenüber. Aus Fairness tue ich der Mindy sogar den Gefallen und lasse meine Stöckelschuhe an. In der Damen-Nahkampf-Welt ist das in etwa so, als würde ich mir einen Arm auf den Rücken binden.

Bitte, gern geschehen.

Ich lege noch einmal einen exakt identischen Softschlag nach. Diesmal jedoch weicht die Mindy mit katzenhafter Behändigkeit aus. Fein gemacht! Aber uns *beiden* ist doch wohl letztendlich klar, dass das hier, wenn ich auf ernst mache, ein sterbenslangweilig unausgewogenes Duell wäre. Warum tut sie sich nicht den Gefallen und lässt das mit dieser albernen Kleinmädchenschlägerei blei… Ein Magenschwinger trifft mich mit voller Wucht direkt über meinem Nabel. Aus wenig klaren Gründen hab ich den nicht kommen sehen. Was keine Entschuldigung sein soll. Ich krümme mich nach vorn und bemerke selbst mein unwillkürliches Speiübelgesicht. Semmelt mir doch da die kleine Schwamminger Mindy aus dem verdammten Münchner Norden einen rein. Oh, tut das weh.

Kurzzeitig schaltet mein Hirn so weit runter, dass es für keine nennenswerte Tätigkeit mehr einsatzbereit ist. Dann fange ich mich aber und richte mich wieder auf. Ich starre die Mindy an. Ich hatte eher Kratzen, Beißen, Spucken erwartet, um ehrlich zu sein. Sie aber tänzelt unverändert vor sich hin, denkbar frei von Schamgefühlen, und macht mit ihrem Arm weiterhin so provokativ fächelnde Bewegungen. Eine neu erreichte Stufe der Feindseligkeit blitzt mit einem Mal zwischen uns auf.

Leider habe ich meine Arme noch nicht wieder hochgenommen, denn sie geht erneut in die Vollen und wuchtet mir ihre Faust ein weiteres Mal in den Bauch. Für meinen Geschmack ein bisschen sehr forsch. Kurzum, ich hasse es auf den Tod. Der Schlag trifft mich fast noch passgenauer als der davor und lässt meine Augen wässrig werden, was dazu führt, dass ich niesen muss. Eine knifflige Situation, womöglich sogar weitaus mehr als das, doch noch weigere ich mich, die Angelegenheit wirklich ernst zu nehmen. *Diese Frau ist ein Zwergerl und wiegt so viel wie ein halbes Hendl,* das gibt's doch nicht.

Ich niese ein weiteres Mal und halte die rechte Hand so, als wäre das der alleinige Grund für meine Auszeit. Dabei überlege ich, ob dieses Schauspiel vielleicht etwas mit einer versteckten Kamera zu tun hat. Ist die Mindy der verdammte Lockvogel, so was wie die Ulknudel vom Dienst, für eine Jubiläumsshow, die die von *Shop til you Drop TV* gerade heimlich aufzeichnen?

Die Mindy macht zwei scharwenzelnde Schritte zurück und betrachtet mich wie ein antikes Ölgemälde. Ich blicke zwar überhaupt nicht durch, aber wenn das mit der versteckten Kamera der Fall ist, vermute ich, ist sie gerade besonders witzig.

Und da besitzt sie doch tatsächlich die Frechheit »Na, und jetzt?« zu fragen, bevor sie einen Ausfallschritt auf mich zumacht und mir ihre Faust überfallartig mitten ins Gesicht donnert. Müßig zu erwähnen, dass ich noch keine Deckungshaltung eingenommen habe.

Mitten ins Gesicht. Ausgerechnet! Ja, spinnt die? Nicht meine Nase, verdammt noch mal. Bloß nicht meine Nase.

Weißt du, wie oft ich die hab korrigieren lassen, bis die mal grundsätzlich gepasst hat? Weißt du das? So viele Pfuscher. Eine Odyssee!

Ich spüre, wie mein Hirn gegen meine Schädeldecke schwappt. Es fühlt sich an, wie wenn man sich in vollem Lauf irgendwo heftig den Kopf anstößt – mal hundert. Um mich herum dreht sich alles, und mir wird schwindelig. In mir drinnen spüre ich dagegen zähflüssige Stille. Meine Knie knicken ein, und ich komme ins Straucheln, verliere komplett die Orientierung und vermeide nur haarscharf einen ungewollten Suizid, als ich volle Kraft voraus mit meinem Schädel gegen die Seite eines der geparkten Polizeiwägen krache (BMW), so halb federnd vom Blech zurückpralle und mich dann zu erinnern versuche, wie das mit der aufrechten Haltung noch mal funktioniert.

Mit einem Mal sehe ich nichts mehr und kriege keine Luft. Wie lange ich ohne Sauerstoff überleben kann, weiß ich nicht, aber das werden wir wohl gleich herausfinden, schätze ich.

Von meinem Selbsterhaltungstrieb doch noch aus diesem Kurzkoma geweckt, öffne ich die Augen und sehe den Wolf, der gerade eben noch kopfschüttelnd ein paar Meter neben uns gestanden hat, jetzt aber mit hinter den Kopf gelegten Händen und verzerrtem Gesicht das Szenario vor ihm entsetzt verfolgt. Ich frage mich, ob er sich gerade überlegt, im Präsidium nach einem Defibrillator zu fragen. Aber trotz seines bestürzten Blicks plant er wohl, nichts zu unternehmen, was ihm auch hervorragend gelingt.

Es ist außerdem enorm, wirklich enorm, dass kein einziger der Polizisten mal aus der Bude rauskuckt und unsere Prügelei hier bemerkt und dann vielleicht auch mal herkommt. Hätte ich gerade nichts dagegen. Aber nein, nada. Keine Sau taucht auf, um diese Farce hier zu schlichten. Timing ist alles.

Ich fange mich wieder ein bisschen, suche die Mindy, finde sie unerwartet auf mich zukommen und mache instinktiv einen Schritt zurück, noch bevor sie weiterschlägt und unsere sowieso schon zerrüttete Beziehung damit endgültig ruiniert. In meinem Kopf schreie ich mich an: Was tue ich hier. Mich prügeln! Scheiße, ich bin Künstlerin. *Ich habe kein Recht, mir selbst so etwas anzutun.* Erstaunlich, zu welch inadäquatem Zeitpunkt einem das Hirn eine solche Erkenntnis zur Verfügung stellt.

Jetzt muss ich mir auch noch die Schulter meines verrutschten Kleids zurechtzupfen, was mich in meinen High Heels ein wenig ins Wanken bringt … aber schon bin ich wieder bereit. Retten, was zu retten ist. Oder vielmehr: Einfach überleben. Die Mindy hat ja nicht mehr alle Latten am Zaun.

Kurz bevor mich der nächste Schlag trifft, der natürlich wieder auf meine Nase gerichtet ist, setze ich meinem Gesicht einen Ausdruck fester Entschlossenheit auf, gemildert von einem Hauch Nachdenklichkeit, der mich einfach mal die fünf üblichen Sterbephasen durchdeklinieren lässt: Leugnen, Wut, Verhandeln, Depression, Zustimmung – was mir gegenwärtig auch alles durchaus nachvollziehbar erscheint. Aber so weit sind wir doch wohl noch lange nicht. Oder?

Und dann macht es ein dumpfes Geräusch, das ich so noch nie gehört habe, und komischerweise spielt in meinem Kopf auf einmal die Melodie von »Last Christmas« leise vor sich hin, wie nebenbei, total verrückt. Und in mir knipst es sämtliche Lichter aus.

Tot?

Könnte sein.

7

»Geht's?«

»Mhmmm«, murmle ich, den Kopf an die Kopfstütze des Beifahrersitzes gelehnt, Augen geschlossen. Diesmal steuert der Wolf meinen Mini und jagt ihn durchgängig aufs Maximum. Trotz geschlossener Augen spüre ich die vibrierende Geschwindigkeit, mit der wir über die Garmischer Autobahn nach Hause rasen. Durch den Fensterspalt zieht ein bisschen Fahrtwind auf mein Gesicht, der das Schwellungsgefühl aber kaum lindert. Zum Nasenbluten neige ich nicht, doch auch wenn man nichts sieht außer einer aufblühenden Schwellung, die Mindy und ihre Schwinger haben ganze Arbeit geleistet.

Mit etwas Glück hat sie sich dabei wenigstens einen Knöchel gebrochen.

»Hammer, seit einer Ewigkeit kommt uns keiner entgegen, und vor uns ist auch keine Sau«, sagt der Wolf, und jetzt öffne ich doch die Augen und starre in die zappendustere Nacht. Als ich gerade auf den Tacho kucken will, um mich zu orientieren, wie schnell unsere Rennsemmel an den finsteren Bäumen und rabenschwarzen Wiesen vorbeiheizt, sehe ich den Wolf am Handy rummachen.

»Du, bitte, auch wenn ich mit meinem pochenden Schädel gerade nichts dagegen hätte, final abzutreten: Es muss nicht unbedingt *deshalb* sein, weil du mit hundertneunzig Sachen gleichzeitig Handy checkst.«

»Weißt du, was mir immer schon aufgefallen ist?«, brabbelt der Wolf, ohne sich ablenken zu lassen. »Je langweiliger der Mensch, desto mehr hängt er am Leben. Also nicht, dass ich dich jetzt damit meinen würde …«

»Schon klar!«

»… aber ich hab alles im Griff, keine Sorge. Es ist nur so interessant … weil auf faz.de und spiegel.de und bild.de seh ich hier, bist du definitiv im engeren Kreis der Verdächtigen, was den Mord am Olaf betrifft. Gratulation.«

»Schön zu hören, danke.« Mist, ich wusste es. Die Hyänen von der Presse umkreisen mich. Logisch, so musste es ja kommen. Einen Moment lang frage ich mich, ob ich den Olaf vielleicht wirklich umgebracht habe und es mir nur irgendwie entfallen ist.

»Und was ist mit dir?«, will ich vom Wolf wissen. »Du warst doch vorhin auch mit mir im Büro vom Olaf. Kommst du in den Artikeln nicht vor?«

»Ich – bin eher eine Randnotiz«, wartet der Wolf auf, schaut fürsorglich zu mir rüber und mustert mein Gesicht, während er sein Handy wegsteckt: »Tut's noch weh?«

Ich sage: »Nur, wenn ich bei Bewusstsein bin.«

Er schnaubt, ich schmunzle. Ist sowieso schon allerhand.

»Sicher, dass wir nicht doch ins Krankenhaus fahren sollen, damit die sich deinen Kopf mal ansehen? Ich meine, die Mindy Schwamminger ist ja als Straßenkämpferin weltberühmt«, quasselt der Wolf mit gerunzelter Stirn, »und da muss man sich nicht schämen, wenn man von so einer Zyklopin von mindestens einem Meter sechzig zu massigen fünfundvierzig Kilo auch mal eine kassiert. Oder zwei! Oder drei!«

Jetzt auch noch Sarkasmus. Was habe ich erwartet … Mindys und meine Schlägerei muss ausgesehen haben wie eine Freakshow, gelinde gesagt.

Einmal durchatmen, dann sage ich: »Nix Krankenhaus. Da holt man sich nur was.«

»Krankenhausbedingte Krankheiten? Ja, fehlen darf einem nichts.«

»… aber ich wette, es hat dir einen Riesenspaß gemacht, uns beim Prügeln zuzuschauen. Vor allem der Mindy im extra engen Shirt in voller Action … Du hast Stielaugen bekommen, erzähl mir nichts!«, reibe ich dem Wolf unter die Nase.

»Oh, Madame haben Wachhalluzinationen. Vielleicht lieber doch ins Krankenhaus? Ich habe mit dir gelitten, gelitten wie ein Hund, nichts weniger als das.«

»Wenn ich jetzt sage, *ich glaube dir*, dann lügen wir beide«, schwafele ich und bin schon wieder erschöpft. Mit leerem Blick und leisem Seufzer läute ich die nächste Stillephase ein.

Wie ausgehungert verschluckt unser Wagen die Fahrbahnstreifen unter sich, einen nach dem anderen, während er dem eigenen Scheinwerferkegel hinterherhetzt. Die Einsamkeit einer Autobahn nachts um drei ist schon was Besonderes. Weil, am schönsten ist es doch immer zwischen den Orten. Zwischen dem Ort, den man gerade hinter sich lässt, und dem Ziel, das vor einem liegt. Und trotzdem heizt man immer dahin wie geistesgestört, um nur ja schnellstmöglich anzukommen. Wo auch immer, warum auch immer.

»Es ist echt komisch«, meint der Wolf gedehnt und spricht den Satz aus, als schmecke er schlecht. »Jetzt ohne Schmarrn: Schon seit Bad Seltsham, als uns die Polizei zurück zum Sender gebracht hat und wir in den Mini umgestiegen sind, fahren uns diese Penner in konstantem Abstand hinterher.« Nachdem er ausgeredet hat, bleibt seine Zunge auf der Unterlippe liegen. Für jeden, der ihn kennt, bedeutet das, er ist wirklich alarmiert.

Wovon redet er?

Ich drehe meinen lädierten Kopf nach hinten und schaue aus dem Heckfenster. In gebührendem Abstand sehe ich ein entferntes Scheinwerferpaar wie zwei Glühwürmchen vor einer tiefschwarzen Wand leuchten. Stecknadelgroß.

»Die sollen uns verfolgen? Seit Seltsham?«

»Seltsam, oder?«, billigwitzelt der Wolf ernst.

»Also, das kann auch Zufall sein. Ich meine, wie willste denn sonst nach München kommen, wenn nicht über diese Strecke?«

»Checken wir's aus!«, flüstert er und biegt, ein paar Kilometer weiter, ziemlich rasant in den nächsten Rastplatz ein, einen schmalen Parallelstreifen, der zu beiden Seiten nur von Büschen und Sträuchern flankiert ist, aber kein Klohäuschen oder Sitzbänke hat. Ein formloser Wildpinkelparkplatz also.

Erst kurz vor dem Ende der Harfe bringt der Wolf unseren Wagen zum Stehen, da, wo es fast schon wieder zurück auf die Strecke geht. Er lässt bewusst die Lichter an, damit unsere potenziellen Verfolger unser Manöver im Ernstfall auch bemerken, aber siehe da: Ein paar Momente später brettert die dunkle Limousine unverändert schnell auf ihrer ursprünglichen Spur weiter, links an uns vorbei. Keine Gefahr.

Ohne quietschende Reifen, aber nah dran, scheren wir wieder auf die Autobahn ein, ganz in Gedanken und eigenartig erleichtert, bis der Wolf sagt: »Ich meinte ja nur.«

Schnell haben wir erneut die maximale Umdrehungszahl erreicht und sehen die Rücklichter des Mercedes vor uns zügig in der Ferne verschwinden. Er muss an Tempo zugelegt haben, oder wir sind jetzt eine Nuance gemächlicher.

Mein Kopf fühlt sich noch immer so an, als würde der Klöppel einer läutenden Kirchturmglocke in ihm herumschwingen. Ich lehne mich tiefer in meinen Sitz, und der Wolf, der in seiner schweren Motorradlederjacke selbst der heißesten Sommernacht trotzt, kommt erneut auf das rapide um sich greifende Medienecho zu sprechen, das ihm vorhin beim Handycheck ins Auge gesprungen ist: »Die Onlinepresse wetzt schon die Messer, die haben 'nen Blutsturz. So schön finden die, dass der fragwürdige WhatsApp-Olaf-Kreischke jetzt auch noch abgeschlachtet wurde. Noch dazu so gekonnt garniert, mit Smartphone in der Fresse. Nach dem ganzen vorangegangenen Theater mit dem Dietz und dir ist das jetzt die Kirsche auf der Sahnetorte. Fast zu schön, um wahr zu sein.«

»Kann man ja auch verstehen – aus deren Sicht«, sage ich lapidar, was mich aber leider auch nicht aufmuntert. »Bin *ich* etwa die Sahnetorte?«

»Was sonst?«, bekräftigt der Wolf. »Wenn ich so überlege, sind wir eigentlich glimpflich davongekommen, bei der Polizei. Die hätten uns gut und gerne auch dabehalten können. Ich meine, du und ich, wir haben ja nicht nur den Olaf tot aufgefunden, wir waren auch einige Zeit allein mit ihm in seinem Zimmer – also das könnte man schon auch anders auslegen. Von wegen *wir waren die Täter*, und so.«

Ich antworte nicht, denn ich kann heute keinen klaren Gedanken mehr fassen. Aber der Wolf muss spüren, dass ich ihn ansehe, weil er den Kopf zu mir dreht, dann aber gleich wieder auf die dunkle Straße schaut, die für ihn vermutlich wirklich einzig und allein dunkel ist, weil er, wie alle Männer in seiner Familie, farbenblind ist.

Ich schaue auch wieder nach vorn. Haftet man mir jetzt auch noch das Etikett *mutmaßliche Mörderin* an? Ist ziemlich sicher längst passiert. Da gibt's nichts zu deuteln! Das haut mich um.

Klar wirkt die Welt nachts bedrohlicher und man ist emotional verletzlicher, aber wenn man sich solchen Perspektiven ausgesetzt sieht, du, da scheißt man sich um jede

Uhrzeit vor Angst in die Hose. Bildlich gesprochen. Ich sehe den Olaf vor mir, in seinem Bürosessel, Kopf nach hinten geknickt, Handy längs im Mund bis zum Rachen, Loch in der Schläfe ... Erst jetzt kommt's mir wieder, erst jetzt, wo sich alles legt, kommt die Erinnerung zurück. Und es ist nicht so, dass ich übertreibe. Ein Anblick war das, verheerend.

»Ah, Fuck!«, faucht der Wolf aus dem Nichts, und ich schaue ihn an, wie er in den Rückspiegel starrt. Die Autobahngabelung Starnberg haben wir bereits hinter uns gelassen. »Wusst ich's doch! Fuck!«, wiederholt er energisch, wie es seine Art ist, wenn er vermitteln möchte, dass hier etwas nicht mit rechten Dingen zugeht. Ruckartig drehe ich mich um und erkenne, wie zwei Abblendlichter aus einer der Parkbuchten schießen, die wir gerade passiert haben. Schauschau. Der schwarze Mercedes von vorhin.

Also das ist mir jetzt auch nicht geheuer.

Irgendwas stimmt hier nicht.

Die Limousine pegelt ihren Abstand ein, näher als vorhin, und fährt uns einfach konstant hinterher.

Auf Spekulationen, wer das sein könnte, haben der Wolf und ich derart wenig Lust, dass wir überhaupt nichts reden. Es vergehen ungefähr drei Minuten, bis die Situation für den Wolf plötzlich eine Konfrontation erforderlich macht ...

Mitten auf der mittlerweile beleuchteten Autobahn, wir sind bereits im Stadtgebiet, nicht weit vor der Ausfahrt Forstenried, schert der Wolf rechts auf den Standstreifen und legt, direkt neben der Leitplanke, eine Vollbremsung hin, die sich gewaschen hat. Er schaltet die Warnblinker an und steigt derart stürmisch aus, dass es keines ausgewiesenen Experten für Körpersprache bedarf, um zu erkennen, wie geladen er ist.

Wild gestikulierend bedeutet er der Limousine, die langsamer werdend herangleitet, ebenfalls rechts ranzufahren und sich uns zu stellen. Ich beobachte den Zirkus erstaunlich ungerührt von meinem Beifahrersitz aus und kann mich nur immer wieder wundern, was so alles im Wolf schlummert. Gleichzeitig jagt mir der Gedanke an die möglichen Mercedes-Insassen einen kolossalen Adrenalinstoß durch den Körper. Könnten die uns was Böses wollen?

Der klobige Blechkasten schleicht auf der mittleren der drei Spuren erhaben heran, beinah konfrontativ, und der Wolf, eine Hand in die Hüfte gestemmt, mit der anderen heranwinkend wedelnd, verwandelt sich in die personifizierte Drohgebärde. Eines Gorillas.

(Er hat definitiv einen an der Waffel. Aber wer nicht?)

Etwa auf unserer Höhe angekommen, lässt sich endlich erkennen, dass zwei Männer hinter der Windschutzscheibe der Luxuskarosse sitzen, mit Krawatte und Anzug. Und trotz des geschlossenen Seitenfensters kann ich den Umriss eines Gesichts ausmachen, das, na ja, wie soll ich sagen, ein Gesicht, das ein wenig dem von Elyas M'Barek ähnelt. Aber halt mit schlauen Augen. (Das macht einen ganz schönen Unterschied.)

»Hey, bleibt's stehn, ihr Arschlöcher!«, brüllt der Wolf in die Nacht hinein und komplettiert mit seinem Organ das Zwitschern der Morgenvögel, die bereits vor Sonnenaufgang aktiv sind.

Wie zu erwarten war, fährt die Limousine samt ihren Anzugträgern ungerührt weiter, wenn auch mit langsamen dreißig km/h, aber dann legt sie doch wieder zu. Deutlich. Überdeutlich. Vollgas.

Weg ist sie.

Der Wolf lässt die Arme fallen und schaut unseren dubiosen Verfolgern noch ratlos hinterher. Innere Schwerstarbeit.

Der Spuk ist vorbei.

»Was waren denn das für Nasenbohrer, verdammt noch

mal«, pestet er vor sich hin, und ich muss ihm mit seiner Frage Recht geben.

»Allez hopp«, rufe ich ihm aus dem Wageninneren zu, um ihn zum Einsteigen zu bewegen. Wenn uns die Polizei hier noch wegen eines Verkehrsdelikts rausfischt, dann gute Nacht. Noch ein Etikett in der Presse brauch ich gerade wirklich nicht.

»Hast du die Typen gesehen?«, fragt er, während er sich wieder in den Mini presst.

»Sicher nicht so gut wie du«, erkläre ich munter, wie zur Belohnung für seinen Einsatz. »Ein bisserl wie der Elyas M'Barek hat der eine ausgesehen …«

Und plötzlich prustet der Wolf laut los, was ganz gut passt, weil er gleichzeitig auch laut losfährt.

Er schaut auf seine Apple Watch, scheinbar völlig ohne Zusammenhang und Sinn, und dafür, dass er beim gleichzeitigen Spurwechsel den rückwärtigen Verkehr kein bisschen prüft, kommen wir erstaunlich gut voran.

Es vergeht eine gewisse Zeit. Wir kommen wieder etwas runter. *Wir*, oder besser gesagt, das, was von uns übrig geblieben ist.

Ich meine, was hier gerade passiert, ist etwas, womit keiner so leicht fertig werden kann.

»Was heißt Gerüst auf Türkisch?«, stößt der Wolf abrupt heraus und verlangt sich vermutlich einen Kalauer in Assoziation mit *M'Barek* und *türkisch* ab, wie zur Selbsttherapie.

»Gerüst? … Keine Ahnung, was denn?«, frage ich, bereit, mit ihm in ein nachsichtiges Kichern einzustimmen, egal, was jetzt kommt, und er antwortet: »Gürüst!«

Und leider muss ich über diesen totalen Schwachsinn derart lachen, dass wir bis zu mir nach Hause immer wieder kurze Rückfälle albernen Gackerns erleiden, was nur zeigt, wie dünnhäutig wir bereits geworden sind.

Kein Stein steht mehr auf dem anderen.

Der schwarze S-Klasse-Mercedes taucht den ganzen Weg über nicht mehr auf, und ich denke mir noch: Mach dir keine Sorgen über nichts.

Der Wolf setzt mich zu Hause vor der Tür ab. Meinen Wagen kann er behalten, den hol ich mir morgen bei ihm ab. Oder so, irgendwie.

Als er meint, »Wenn was is', mein Handy liegt immer griffbereit«, kratzt er sich heftig an der Stirn, ein roter Fleck bleibt zurück.

»Bis morgen, gut' Nacht.« Ich steige derart lächerlich schwerfällig aus, dass ich selbst erschrecke.

Der Wolf erklärt bestimmt: »Schlaf gut, das Schlimmste ist mit dem heutigen Tag definitiv vorbei. Das ist doch was.«

Ich nicke, werfe die Beifahrertür gefühlvoll zu und winke durch die Scheibe. *Danke.*

Leider, leider, leider habe ich das Gefühl, es hat gerade erst begonnen.

8

Darf ich vorstellen? Die gesamte Belegschaft der WunderBar auf einem Haufen. Alle sind sie da, die in den letzten fünfundzwanzig Jahren mit diesem ganz speziellen Nachtclub verbandelt waren. Ob als Angestellte, Entertainer oder Stammgäste.

Ob Schattengeister aus den Anfangstagen oder Partypeople-Nachwuchs: Keiner lässt sich die Jubiläumsfeierlichkeiten *der* Location entgehen, deren Offenheit auch für mich einen wichtigen Ankopplungspunkt im queeren Kosmos markiert hat, nachdem ich, noch völlig grün hinter den Ohren, aus meinem provinziellen Übertreibling ins verheißungsvolle München gezogen bin.

Genau diese bunt gemischte Truppe sorgt gerade für dichtes Gedränge auf der Dachterrasse der Deutschen Eiche, mitten in München, ein paar Meter entfernt vom Gärtnerplatz.

Es ist früher Nachmittag, Sonne satt. Die Sonnenschirme spenden Schutz vor dem gleißenden Licht, stauen die Hitze darunter aber derart unerbittlich, dass alles zu spät ist. Die Luft steht. Schweiß in Bächen, sag ich nur. Aber keiner schweißelt …

25 Happy Birthday WunderBar 25 steht auf mehreren silbrig glänzenden Girlanden, die wie Hängebrücken unter den gelben Schirmdächern angebracht sind.

Die Aussicht von hier oben ist spektakulär. Man sieht über die Stadt bis hin zu den Bergen. Zudem sind Küche und

Cocktails der Deutschen Eiche für ein kulinarisches Grillfest als Auftakt der Festivitäten nicht zu übertreffen.

Es ist nämlich so: Die eigentliche Party findet heute Abend in der WunderBar selbst statt, gleich ums Eck. Die große Feierei: Beats und Drinks, Massaker bis in den Morgen.

Aber vorweg gibt es für den engsten Kreis, so circa hundert Leute, schon mal ein Warm-up in der Eiche, unter Insidern auch Eichel genannt. Die Deutsche Eiche ist ein legendäres, eher schwules Restaurant mit angeschlossenem, eher schwulem Hotel und weist eine illustre, eher schwule, nein, *ziemlich* schwule Historie auf.

Natürlich vermischt sich hier mittlerweile alles, und im Lokal im Erdgeschoss essen schon seit Langem auch nichtschwule Gäste, und so weiter, aber nur, damit du Bescheid weißt: Ihre weltweite Berühmtheit als rosa Epizentrum verdankt die Eichel zu einem nicht unerheblichen Teil seinen prominenten Gästen aus den prägenden Siebzigern und Achtzigern, die hier regelmäßig aufgeschlagen sind. Die expliziten Berichte dazu hab ich aus erster Hand. Nämlich von meiner geschätzten Freundin, der Coco Neumayer, ehemaliges Busenwunder und Seichte-Kost-Schauspielerin, die sich während dem Ausklang ihrer Filmkarriere sukzessiv zur Schwulenmutti entwickelt hat und einigen der hier verkehrenden Stars ziemlich nahestand. Unter anderem dem miefigen Fassbinder Rainer Werner, dem zarten Dornenvögel-Schauspieler Chamberlain Richard, und vor allem dem Größten aller Zeiten, dem Mercury Freddie, der zwischen '79 und '86 das Glockenbachviertel derart unsicher gemacht haben soll, dass man noch heute Zeitzeugen sagen hört: kein Kind von Traurigkeit, der Fredl. Was natürlich auch bedeuten kann: großes Kind von Traurigkeit.

Jedenfalls waren unter anderem diese drei Berühmtheiten früher regelmäßig hier und haben dadurch den Mythos um die Deutsche Eiche indirekt mitbegründet. Ein Mythos, der auch auf die berüchtigte Saunalandschaft im Untergeschoss zurückzuführen ist. Eine riesige Cruising-Area in gediegenem Wellnessambiente. Mehr muss ich nicht sagen.

Na ja, vielleicht doch: Sodom und Gomorra! Aber mehr muss ich jetzt wirklich nicht sagen.

Gut, aber die Gay-Sauna liegt im Keller. Wir hingegen befinden uns ja gerade ganz oben im Haus. Wobei sich die erlauchte WunderBar-Mannschaft, die momentan die komplette Dachterrasse der Eichel in Beschlag nimmt, mit Exzessen schon auch ganz gut auskennt, so ist es nicht. Doch zum heutigen Festtag erfreuen wir uns – ganz harmlos – an alten Geschichten aus der Frühzeit der WunderBar, erregen uns noch immer über seinerzeitige Zwischenfälle mit Gästen oder Behörden und werden künstlich nostalgisch, weil wir, o Wunder, früher auch jünger waren.

Ich gleite in aufgedonnerter Gestalt gemächlich durch die Menge, zwischen den ratschenden Leuten hindurch, von einer zum anderen, nicke mit meinem Köpfchen, mal huldvoll, mal albern, Champagnerglas in der Hand, smalltalke kurz hier, charmiere mal eben da, witzel bei diesem, bin ganz Ohr bei jener, probiere ganz nebenbei etwas Vegetarisches vom Grill und lande schließlich bei der Kathi, meiner siebzehnjährigen Nachbarin von unter mir, die natürlich eine Spezialeinladung erhalten hat, weil sie doch so neugierig ist auf die ganzen Verrückten und Exoten aus meiner Nightlife-Mischwelt und deshalb natürlich unbedingt vorbeischauen wollte.

Sie steht etwas schüchtern eingequetscht zwischen einer aufgekratzten Menschentraube und dem Tresen-Eckstück der Bar. Ich stelle mich neben sie und sage fürsorglich: »Da bist du ja. Gästeliste hat also geklappt? Sehr gut.«

»Ja, alles easy«, drosselt die Kathi meine Betütelung gleich mal vollkommen zu Recht und kann ihre Augen gar nicht von dem Wald an Köpfen um sie herum abwenden. »Ist das da drüben nicht der Ressischeur von *Cold Days in Sunshine*?«

»Das isser!«, bestätige ich, ohne dass mir sein Name einfiele.

Die Kathi sagt immer Re*ssisch*eur statt Re*giss*eur. So wie manche auch den Vornamen der Queen als Eli*thabess* statt Eli*sabeth* aussprechen. Als die Kathi mal über das Parkinson ihrer Oma erzählt hat, hat sie Pakistan gesagt. Süß, oder?

Ich mustere sie heimlich von der Seite, um ihre kostbare Euphorie einzufangen und vielleicht etwas davon zu übernehmen, wobei ich mir denke: Ich bin mir gar nicht sicher, ob ich gern wieder so jung wäre. Hoppala. Wahrscheinlich durch unsere Jubiläumsfeier ausgelöst sentimentalisiere ich gerade ein wenig vor mich hin. Entschuldigung.

Von diesem Wehmutsanfall aber mal abgesehen: Kathis Frisur und Make-up, du wirklich, das ist eine neue Generation. Fast schon eine neue Spezies Mensch. Die Kathi ist von klein auf dermaßen süchtig nach Beauty- und Styling-YouTuberinnen gewesen, dass sie das ganze Thema beinah genetisch verinnerlicht hat, man kann auch schon fast von Kunstform sprechen. Ungelogen: Früher haben Mädels eine jahrelange Ausbildung für sowas absolviert. Heute wartet jedes Teenie-Girl mit einem fundierten Gesamtwissen über Produkte und Schminktechniken auf, da fällt dir nichts mehr ein.

Für die ist das natürlich völlig normal.

Wie auch immer, die Kathi schaut wieder aus … so perfekt, als wäre sie *in real life* gephotoshoppt.

Seit sie zwölf ist, kreuzt die Kathi regelmäßig einfach bei mir in der Wohnung auf, kommt das eine Stockwerk zu mir hoch und klingelt. Und dann ratschen wir, oder kucken Internet und kommentieren alles und jeden ausufernd kritisch bis lästernd, oder arbeiten an unserem gemeinsamen Blog … Das mit dem unangemeldet Auftauchen hat die Kathi einfach mal angefangen, weil sie sich eingebildet hat, mich kennenlernen zu wollen. Wir sind schnell Freundinnen geworden, auch weil sie so eine siebenmalkluge Sturmaus ist. Speziell über die letzten zwölf Monate hinweg haben sich dann noch viele neue Wendungen in unserem Verhältnis ergeben. Zum einen wurde die Kathi nämlich letztes Jahr entführt, weil mich jemand erpressen wollte. Das haben wir aber geregelt gekriegt.

Ist eine andere Geschichte.

Zum anderen musst du wissen, ist die Kathi schon seit zwei Jahren ein Riesenstar im Netz. *Kathi Sweet Allaround* ist ihr Profilname. Im allerersten Coronafrühling hat sie auf YouTube einen zwanzigminütigen Blog gepostet, in dem sie ihren Zuschauern erklärte, wie man mit dem richtigen Make-up und der richtigen Mimik seine Augen maximal ausdrucksstark sprechen lassen kann, auch wenn man eine Mund-Nasen-Maske trägt. Wie man richtig lächelt, wie man mitfühlend dreinblickt, und so weiter.

Der beste Augen-Lifehack aller Zeiten! hieß das Video und ging bombenmäßig viral, sodass die Kathi von jetzt auf gleich eine kleine Institution für ihre Zielgruppe wurde.

MMMM – Maximale Mimik mit Maske. Acht Millionen Klicks.

Wie, du kannst nicht glauben, dass so ein Blödsinn derart die Runde macht! Na, wenn du das nicht glauben kannst (ich auch nicht), dann bist du eben … bereits *zu* jenseits. Willkommen im Club.

Gefreut hat mich dieser Erfolg für meine kleine brünette Gazelle aber natürlich sehr. Und nachdem sich ihr Ego wieder beruhigt hat, war sie auch wieder fast ganz dieselbe.

Denn du musst definitiv einen Preis zahlen, wenn du im

Netz so berühmt bist. Psychologisch ist das nicht unbedenklich. Die Abgebrühtheit, die die Kathi immer so nach außen kehrt, nehme ich ihr nie und nimmer ab. Hundertmal am Tag lesen zu müssen, was irgendjemand an dir scheiße findet, kann keiner verkraften. In dem Alter noch dazu.

Vielleicht bin ich aber auch einfach nur zu gefühlsduselig.

(Natürlich nicht!)

Übrigens möchte die Kathi, dass ich sie so bald wie möglich bei *Shop til you Drop TV* unterbringe. Sie hat über eine Million Follower auf Insta. Jung, trendy, sie wäre ideal für das Format. Nächsten Mai wird sie achtzehn, dann kriegen wir das schon hin.

Wenn es *Shop Drop* dann überhaupt noch gibt. Da wird in der Chefetage ja weggestorben, was geht …

Galgenhumor, nichts weiter.

»Kommt der Wolf auch noch?«, fragt die Kathi, weil sie sich vermutlich nach jemandem sehnt, den sie kennt. Damit sie sich nicht so verloren vorkommt, wenn ich mich mal gerade nicht um sie kümmern kann. Den paar lüsternen Knackern um uns herum, die immer wieder verstohlene Blicke auf sie werfen, werde ich sie schon mal garantiert nicht überlassen.

»Der Wolf arbeitet noch und schaut erst heut Abend vorbei, wenn wir in die WunderBar umgezogen sind«, muss ich die Kathi enttäuschen. Aber sie fängt sich schnell … wahrscheinlich weiß sie gar nicht mehr, was sie gerade gefragt hat.

Ich muss mich nur einmal etwas zur Seite drehen, um uns zwei alkoholfreie Cocktails beim Barkeeper zu ordern, der zu seinen Hotpants lediglich Hosenträger übergezogen hat. Auf mein »Danke dir« reagiert er mit einem katzenhaften Fauchen und simuliert mit angewinkeltem Handgelenk eine Pfote mit ausgefahrenen Krallen.

»Kennst du die alle?«, will die Kathi wissen, während sie

an einem der drei Strohhalme ihres *Fruity Peniscolada* kaut und wir an den Dachterrassen-Sims gelehnt die Meute beobachten.

»Ich glaub schon«; sage ich und starte einen Rundumblick auf der Suche nach möglichen Unbekannten. Mein Gott, was ich schon alles an Menschen kennengelernt habe. Die reinsten Kuriositäten aus Fleisch und Blut sind da dabei. Die Feenezia, zum Beispiel, drüben, am anderen Ende der Terrasse, nur weil ich sie gerade seh. Die hat ja eigentlich noch gar nichts an Exzentrik, im Vergleich zu so manchem anderen Gast. Aber trotzdem, nur als Beispiel, wen es in der WunderBar so alles anspült: Die Feenezia war vor einer Ewigkeit Exotiktänzerin (Lack, Leder, Gummi) und hat in der WunderBar ab Mitternacht die Stimmung auf dem Dancefloor angeheizt. Sie konnte sich beim Tanzen derart vergessen und gehen lassen – das war nah am Wahnsinn. Eigentlich heißt sie Larissa, oder Ursula, so genau weiß ich's jetzt auch nicht mehr, sie war immer nur die Fee. Wie Cher und Madonna und Shakira, kein Nachname. Die Fee hat ewig versucht, unseren kubanischen Türsteher (der immer nur jeden zweiten Samstag da war und schon drei Kinder von drei Frauen hatte) ins Bett zu kriegen. Toller Fang. Brutal, dass das manchen Frauen überhaupt nichts ausmacht.

Ist das naiv, oder großherzig?

(Wir wissen, was es ist …)

Irgendwann hat die Fee dann ihre Hakennase korrigieren lassen und war, infolge eines Keimbefalls während der Operation, anschließend über zwei Jahre lang halbseitig gesichtsgelähmt. Während dieser Phase hat sie ihr Antlitz mit Baseballcaps und Rollkragenpullis immer so gut wie möglich zu verhüllen versucht. Zur Überbrückung hat sie mir auch eine Zeit lang als Assistentin bei meinen immer mehr werdenden Auftritten als Sängerin und Conférencieuse geholfen, Auf-

und Abbau und Chauffeuse, hat langsam, aber stetig massiv zugenommen und sich schließlich bei einem ziemlichen Armleuchter von Steuerberater als Assistentin verdingt, der dann wegen krummer Gschäfterl eingewandert ist, weil er nebenbei auch noch mit Adelstiteln gehandelt hat – aber eben eher mit Titeln von fragwürdigem Landadel aus Entenhausen. Knast also. Währenddessen hat sich die Fee eine Schlange auf die ehemals gelähmte Wange tätowieren lassen und ist bis in die Magersucht gerutscht. Hungern statt tanzen. So weit mein letzter Stand. Und heute seh ich sie, ihren knochigen Leib und die schwarze Mamba in ihrem Gsichterl, zum ersten Mal seit Jahren.

Sie bemerkt meinen Radarblick und winkt mir zu. Ich winke zurück, mit so einem »Wir rotieren im Laufe des Nachmittags sicher noch aufeinander zu«-Zeigefingerdreher.

Es ist anstrengend, auf einer Veranstaltung zu sein, auf der du jeden kennst. Ah, da hinten ist ja auch die Coco, huhuu, winke, winke, bis glei-hiech. Die Coco, weißt schon, die ganz früher oft mit den erwähnten Stars hier in der Deutschen Eiche unterwegs war. Humpelt sie leicht, oder täusch ich mich? Ist das ein Wickelkleid, das sie anhat? Schön! Immer geschmackssicher, die Coco. Und dabei stets die barocken Formen betonend.

Die Kathi beobachtet mein unausgesetztes Grüßen und Kucken, und jetzt wedle ich meine Hand noch jemandem zu, den ich noch nie gesehen habe, weil er mir gar so freundlich zuprostet. Man weiß ja nie.

Im Grüppchen neben uns sagt eine ehemalige Promoterin der WunderBar gerade zu einer anstrengend blondierten Frau, die irgendwann mal Security bei uns gemacht hat: »Bei aller Liebe, aber Jack the Ripper könnte doch auch Jacqueline the Ripperess gewesen sein!« Und dieser wirklich tiefschürfende Gesprächsfetzen ist erst zu Ende, als die ehemalige Securitydame mit »Weiß man's?« antwortet.

Das sind Dialoge! Irgendwie leben alle nur noch in Begriffswelten und nicht mehr in der Wirklichkeit.

Neulich habe ich auch mal mitbekommen, wie eine Diskussion darüber entbrannte, ob man in Zombiefilmen schwarze Zombies überhaupt töten dürfe, wegen Rassismusalarm! Ich sage jetzt nicht, birnemäßig geht neuerdings alles den Bach runter. Aber brutal aufwärts geht's jetzt gerade auch nicht, finde ich.

Weil ich schlagartig für kleine Königstigerinnen muss, stelle ich mein Glas auf dem Blech der Brüstung ab, summe der Kathi »Bin gleich wieder da« zu, und mache mich zu den Toiletten im hinteren Bereich auf.

Als ich mich bewusst charmant durch die eng an eng stehenden Gäste geschlängelt habe und den menschenleeren Gang erreiche, atme ich erleichtert auf, nestle aus gegebenem Anlass an meinem monumentalen Ohrreifen herum, sitzt, und kurz bevor ich die Tür mit dem Schild DAMEN aufdrücken kann, steht auf einmal *er* vor mir. Wie mit Simsalabim aus der hohlen Hand gezaubert. Grad, dass ihn nicht noch eine Rauchwolke umhüllt.

Ich erkenne ihn sofort. Ist ein Unikum.

Der Erwin Faltermeyer.

Der Erwin »Dampfhammer« Faltermeyer.

Braungebrannte fünfundsechzig Jahre alt, noch immer drahtig und kantig im Gesicht, dünnes, fein krauses, zurückgelecktes Geheimratseckenhaar. Dreitausend-Euro-Maßanzug, eng geschnitten, letzter Schrei, athletischer Körper, stechende Augen, *Präsenz!* sag ich nur. Denk an: Bond-Bösewicht.

Neben ihm, eine beinah kleinwüchsige blonde Frau mit stupsiger Himmelfahrtsnase und der Anhängsel-Aura einer hochnäsig-verstockten Schweigerin, die zu Handtasche nicht Handtasche, sondern Hermès-Tasche sagt. Denk an: Barbie in winzig.

»Vikki, es freut mich sehr, dich hier zu treffen«, begrüßt mich der Erwin mit der für ihn so typischen, fast unwirklichen Höflichkeit.

»Es freut mich auch sehr, Erwin. Ich bin ganz überrascht. Ich wusste nicht, dass du kommen würdest.« Der Erwin hat sich schon ewig nicht mehr in der WunderBar sehen lassen. Zudem war er dem Haus nie so eng verbunden gewesen, als dass sich seine heutige Anwesenheit erklären ließe. Ich bin sofort etwas unruhig. Umsonst nennt man den Erwin nämlich nicht »Dampfhammer« mit Spitznamen.

»Wenn du mir die Bemerkung erlaubst, verehrte Vikki, deine Nase sieht wunderbar aus. Man sieht nichts, gar nichts«, versichert er mir gleich mal ohne erkennbaren Kontext.

Ich sage: »Danke, das ist sehr nett, dass du das sagst.« Warum auch immer. Natürlich ist mir klar, dass er auf das Video Bezug nimmt, das irgendein Hirnrissiger von meinem Faustkampf mit der Mindy Schwamminger vor einer Woche heimlich gedreht und den Medien zugespielt hat. Das Gerangel auf dem Rondell vor dem Präsidium, wo ich der Mindy aber mal gezeigt hab, wo der Bartel den Most holt … Ja gut, sie hat mich k. o. geschlagen, bitte schön. Durch Hieb ins Gesicht. Zweifach. Jahaaa, is ja gu-hut.

Aber komischerweise hat die Nase nur ein paar Tage lang wehgetan, dann war sie wieder okay. Das möchte ich ihr auch geraten haben, also der Mindy. Die Nase ist das Wichtigste überhaupt, das Zentrum von allem, das prägende Merkmal eines jeden Gesichts.

Insgesamt bin ich zwar schon noch etwas malad, schwerer Kopf, Nacken verspannt, aber Hauptsache nichts Sichtbares, sag ich immer …

Jedenfalls muss irgendjemand aus irgendeinem Busch heraus, keine Ahnung, unsere Schlägerei auf seinem Handy mitgeschnitten haben – und das ging medial ab, wie du es dir nicht vorstellen kannst. Aber was red ich, du hast's ja wahrscheinlich auch schon im Netz gesehen.

Also publicitymäßig hab ich gerade einen Lauf, wirklich wahr.

Das geht ganz ohne mein Zutun. Leider auch ganz ohne mein Wollen. Mal als Zwischenstand, Tusch, hier die aktuellen Top 3, die mein öffentliches Bild prägen – angesammelt innerhalb zweier Wochen:

1. Quotentransen-WhatsApp-Geschädigte
2. Olaf Kreischkes Leichenauffinderin
3. Eine der zwei Faustkampf-Tussis von *Shop Drop TV* vor einer Polizeistation

Ein Burner nach dem anderen. Ich muss aufpassen, dass ich nicht zur Witzfigur mutiere.

»Geht es dir denn ansonsten wieder gut? Die Keilerei mit der Mindy sah ja wirklich wild aus, oder Lydia?« Der Erwin Dampfhammer Faltermeyer schaut erst mich und dann seine kleine Begleiterin an, die nickt stumm und bedingungslos.

»Danke, Erwin, alles bestens«, sage ich etwas pastoral. »Wir sehen uns ja sicher gleich noch. Ihr seid noch länger hier, oder?«, möchte ich das Gespräch beenden. Es pressiert a bisserl. Ich muss Pipi, hab innere Unruhe – und den Erwin brauch ich jetzt gerade auch nicht unbedingt.

»Vikki, ganz kleinen Moment noch bitte.« Das Lächeln vom Erwin ist derart *britischer Gentleman mit sanftem Herzen*. Wie der seine zahllosen Puffs so knallhart leiten kann, wie man immer hört, verstehe ich gar nicht.

»Äh, ja klar, Erwin, was kann ich für dich tun?«, kapituliere ich.

»Wir sind uns ja wirklich eine Ewigkeit nicht mehr persönlich begegnet, du und ich. Was ich sehr bedauere! Aber seit man den Meldungen über diese WhatsApp-Affäre um den Adi Dietz und dich nicht mehr entkommt und ich so viel über dich lese und höre, hab ich mir gedacht, ich werde mal wieder vorstellig bei dir. Einfach nur, um Hallo zu sagen, Vikki.«

»Aha«, stammle ich. Wenig souverän. Ein »Und was soll der Blödsinn?« spare ich mir. Stattdessen sage ich: »Na dann: *Hallo! Hallo,* Erwin.«

Der Erwin kichert, die Lydia an seiner Seite hingegen bleibt versteinert. Wie als ob sie wüsste, dass Erwins Kicherei kein gutes Zeichen ist.

Mit seinem Hochdeutsch, das nur einen leichten Münchnerischen Einschlag hat – die Münchner, die Hochdeutsch für ein Statussymbol halten, trainieren sich das schon früh an –, fährt der Erwin ungerührt fort: »Wenn du das wünschst, meine liebe Vikki, stelle ich sicher, dass die Mindy die Rechnung dafür bezahlt, dass sie dich in einen solch entwürdigenden Kampf verwickelt hat. Indiskutabel, wirklich schäbig, was sie da veranstaltet hat, wenn man bedenkt, dass …«

»Was hast denn *du* mit der Mindy zu tun?«, fahre ich ihm gleich mal dazwischen.

Er lächelt abwiegelnd, und es klingt wie vorgeordnet, als er meint: »Sag nur ein Wort, und der Mindy wird ihre gerechte Strafe zuteil, für das, was sie dir angetan hat. Keine Spuren, keine Konsequenzen!«

Mir fehlen die Worte. Rauch weht vom Grill herüber, und obwohl der Erwin hier gerade in Hieroglyphen redet, kann ich mich nicht daran hindern, zu hoffen, dass sich der Rauch nicht allzu stark in den Stoff meines Kleides frisst.

»Danke, Erwin, ich plane keine Rache an der Mindy. Ich weiß nicht, was in der Nacht in sie gefahren ist, aber ich …«

»Du hast auch keine Anzeige gegen sie erstattet, soweit ich weiß?«

»Äh, nein, hab ich nicht. Aber interessant, dass *du* das *weißt*.«

Der Erwin legt den Kopf zur Seite, was wohl so viel heißt wie: Tja, nun, ich habe meine Quellen.

»Also dann … war schön, dass wir mal wieder …«

»Kleinen Moment noch bitte, Vikki, kleinen Moment noch … Bitte!«

Wenn eine Rotlichtlegende von Erwin Faltermeyers Kaliber zweimal hintereinander *bitte* zu dir sagt, dann kommst du dieser Bitte besser nach. Vertrau mir! Es ist wahrlich nicht so, dass ich eine obrigkeitshörige, duckmäuserische Person wäre. Wirklich nicht. Aber hast du schon mal Näheres vom Erwin gehört? Weißt du was über den? Zumindest die Basics?

Nein?

Das könnte ein furchtbarer Fehler sein.

9

Als Boxer hat er Mitte der Siebziger angefangen, der Erwin »Dampfhammer« Faltermeyer aus München-Giesing. Zügig hat er 1978 seinen Karrierehöhepunkt erreicht, als er kurz Europameister im Mittelgewicht gewesen ist – dank seiner harten Linken, mit der er seine Gegner eben wie ein *Dampfhammer* durchgestempelt hat. Die sind reihenweise umgekippt. Wie die Fliegen. Einer ist sogar gestorben.

Ich weiß nicht mal so richtig, was das ist, ein Dampfhammer.

Gut ausgesehen hat er auch noch, der Herr Faltermeyer, und seinen gestählten Adoniskörper hat er auf den Pressekonferenzen vor seinen Kämpfen immer in einer Latzhose (und sonst nichts) präsentiert. Das hat zu seiner charismatischen Erscheinung natürlich unbändig beigetragen.

Noch dazu der Vater Nigerianer, die Mutter flachsblonde Kioskfrau vom Wettersteinplatz neben dem Sechzgerstadion: Der Erwin war ein adretter Kerl mit wachen Augen und definitiv nicht dafür gemacht, bloß einen Nebendarsteller im Leben abzugeben.

Leider ist er dann aber ziemlich schnell nach seinem Meistertitel wieder in der boxerischen Versenkung verschwunden *worden*. Opfer dunkler Machenschaften von rivalisierenden Boxverbänden, so ist das wohl gelaufen. Gebrochener Ellbogen beim Erwin, toter Verbandspräsident im Straßengraben, Lösegeldzahlungen für ein entführtes Funktionärskind und zig Brandsätze in verschiedenen Trainingshallen und Büros. Ich glaub, es ging gar nicht mal so sehr ums Geld, eher um Mannesehre und Prestige, irgendsowas Kleingeistiges, gehupft wie gesprungen. Und der Dampfhammer himself: weg vom Fenster.

Erst mal.

Vorerst.

Wenige Jahre später gab's dann nämlich eine Neuerfindung. Und wie! Abteilung Phoenix aus der Asche. Da zog über dem Münchner Horizont mit einem Mal ein Zuhälterstern auf, das kann man sich heute kaum mehr vorstellen.

Ende der Siebziger hat der Dampfhammer Erwin mit ein paar Bordsteinschwalben am Straßenstrich in der Landsberger Straße losgelegt. Und sehr schnell ist er vor allem dafür berühmt-berüchtigt geworden, dass er seine eigenen weiblichen Angestellten zwar streng, aber stets rein rhetorisch an der Kandare hielt (»Sonst tanzen die dir nur auf der Nase rum«), dafür aber sein Körperverletzungstalent umso unbekümmerter an konkurrierenden Luden ausließ, wenn die ihm leichtsinnigerweise in die Quere kamen. Oder wenn er deren Revier und Belegschaft zu übernehmen gedachte. Denn als selbstständiger Unternehmer bist du freilich stets um ein gesundes Firmenwachstum bemüht.

Und da wurde die unliebsame Zuhälterkonkurrenz offensichtlich schon mal so zusammengebrettert, dass die Schädelbasis gequietscht hat und die Notaufnahme im Klinikum Großhadern auch nachts um vier noch beschäftig war. Ehrenmann.

Weil der Erwin, nach wie vor in boxerischer Übung, nicht so holterdistolper unelegant rumschlägerte wie die ganzen anderen Affen, wurden seine graziösen Rechts- und Linksausleger in der Rotlichtszene bald schon nicht mehr nur gefürchtet, sondern sagenumwoben. Weshalb sich sein ehemaliger Kosename »Dampfhammer« schnell auch in seinem neuen beruflichen Umfeld etablierte.

Hatte er nichts dagegen. Da weiß jeder gleich, woran er ist. Ein Name, ein Konzept.

Hinzu kam: Der Erwin hatte nach wie vor ein Händchen für seine Außendarstellung. Der hat sich einfach neu erfunden. Boxen war over, da hat er sich gesagt, für einen neuen Lebensabschnitt muss was Frisches her. Und um die Wirkung von Kleidung hat er instinktiv immer schon gewusst, und deshalb hieß es ab sofort: früher Latzhose und Boxhandschuhe, jetzt Maßanzug und Rolex.

Gewusst wie.

Und die arschkriecherische Boulevardpresse hat ihn natürlich glorifiziert und hofiert, ja bist du deppert.

Bald schon hat der Erwin eines der ersten Laufhäuser eröffnet, was in Bayern wirklich heikel ist. Kennst du dich da ein bisschen aus? Ein Laufhaus ist ein mehrstöckiges Gebäude, in dem sich alle drei Meter ein Zimmer befindet, links vom Gang und rechts vom Gang, hotelflurmäßig, und der Freier schreitet da durch und schaut sich die Mädels an, die da auf ihrem Hocker in der geöffneten Tür sitzen und ihn mit lockeren Sprüchen oder laszivem Hauchen oder arroganter Ignoranz zum Reinkommen bewegen wollen. Eventuell entscheidet sich der geile Bock für eine der Mäuse und entsprechend verschwinden die beiden in ihrem Zimmer. Dann sagt er, der Blödmann, »Du, Soraya, wie wär's mit fünfzig Euro von hinten ohne Gummi«, und sie sagt, »Hast du 'n Arsch offen, hier geht's nur mit Kondom und unter einem Hunnie fang ich gar nicht erst an.« Also das Gespräch kann natürlich auch anders ablaufen, aber vom Prinzip her ist *Laufhaus* jetzt klar, nehm ich an.

Auf jeden Fall gab's das Businessmodell Laufhaus damals eigentlich schon überall in Deutschland, außer eben in Bayern, wegen Behörde und katholisch und Franz Josef Strauß und überhaupt, aber dass am Ende dann doch das erste dieser Dinger in München eröffnet werden konnte, das, ja das, haben wir dem Dampfhammer Erwin zu verdanken.

Sein Laden lief vom Eröffnungstag an wie geschnitten Schniedel. Der hatte hundertfünfzig Kandidatinnen im Dienst, und von jeder hat er vierzig Prozent kassiert. Da muss ein Geld geflossen sein, abartig, was man so hört. Dann noch ein bisschen Erpressung hier und ein bisschen Nötigung da.

Aber das hat dem damals noch sehr feschen Burschen mit den für seinen Berufsstand gar so untypisch guten Manieren natürlich *auch* schon bald nicht mehr gereicht.

Da kamen die Großpuffs und die Bums-Megacenter – der Erwin expandierte. Neue Clubs, zuerst in Freimann und Moosach und etwas außerhalb von München. Und dann schon bald deutschlandweit. Die goldenen Achtziger waren längst angebrochen. Golden, trotz Aids. Und der Erwin wurde Multimillionär. Sein Geld legte er in Immobilien an, und heute gehört ihm halb Giesing, weil er seinen Ursprüngen immer treu geblieben ist. Mei, der hat eigentlich Mietshäuser überall. Auch Schwabing, Haidhausen, Bogenhausen. Quasi auf der ganzen relevanten Welt … Sogar in Pullach und Solln.

Freilich hat das Internet den Strich über das letzte Jahrzehnt verändert und mächtig den Umsatz reduziert. Den jungen Menschen ist das Rotlicht einfach zu echt. Echte Frauen, echte Begegnungen, echt, echt, echt, dafür sind die zarten Millennials-Seelen einfach nicht mehr gemacht. Die chatten lieber ewig auf Dating-Portalen, um dann im Anschluss doch keinen Sex miteinander zu haben, weil sogar das zu nah am *wahren Leben* ist. Muss man doch sein Gegenüber von Angesicht zu Angesicht treffen, reden, riechen und, igitt, sogar berühren, o Gott, und eben die eigene Komfortzone verlassen, damit überhaupt was weitergeht.

Jedenfalls HIV, Internet, Covid-Hype: Der Erwin und sein Geschäftsmodell haben bislang noch alles überlebt.

Er hat nämlich, nicht blöd, sich schon Anfang der Zweitausender parallel ein neues Standbein geschaffen. Escort Services. Weil Luxussegment geht immer. Der Markt für die Gutbetuchten ist unverändert lukrativ, und da kann dir kein YouPorn und auch keine Pandemiepanik dazwischenfunken. Du musst halt Mädels finden, die sich benehmen können und nicht hauptsächlich Chips essen, weil die geldige, anspruchsvolle Kundschaft natürlich Wert auf Gepflegtheit und Auftreten legt. Gleichzeitig müssen die smarten Damen aber tolerant und sinnlich belastbar sein … wo findet man sowas?

Uni? Modelagentur? Therme Erding?

Edelnutten are hard to find – altes nepalesisches Sprichwort.

Aber ganz ruhig, das lass mal Erwins Sorge sein, der macht das schon. Die Frauen, die für ihn arbeiten, bleiben jahrelang bei ihm und sagen nur das Beste über den Chef. Immerhin.

Organisatorisch hat der Ordnungsfanatiker und Disziplinfreak Faltermeyer Erwin, der immer noch täglich Ausdauer und Kraft trainiert, alles im Griff.

Denn allein fünf der zehn größten Online-Escort-Portale gehören wem? Du ahnst es: dem Dampfhammer. Fünfundsechzig jungenhafte Jahre auf dem Buckel, auch wenn sich die Wangen mit dem Gewicht des Alters längst gesenkt haben, marineblauer Smoking, schmale Krawatte, trotz Hitze kein Tropfen Schweiß auf dem Gesicht … und in genau dieser Erscheinungsform jetzt gerade *live* und persönlich vor mir stehend, auf der Dachterrasse der Deutschen Eiche, im Nebenbereich vor den Toiletten.

»Bist du sicher, dass ich der Mindy nicht doch einen kleinen Denkzettel verpassen soll? Ich meine, dich in eine Rauferei zu nötigen, ist doch nicht gerade die feine Art«, fragt mich der Erwin überzeugt und feinfühlig ein zweites Mal, obwohl ich doch gerade dankend abgelehnt habe.

»Erwin?«, ziehe ich den Ton vorsichtig in die Höhe, nicht zu belehrend, aber ich meine, ich habe mich doch bereits verabschiedet und Richtung Toilettentür gewandt. Was will er denn noch? »Ich schwöre hoch und heilig, dass ich der Mindy nichts nachtrage und dass ich keine Vergeltung will … und … Erwin, wenn ich von der Mindy was wollen würde, würde ich das selbst machen. Dafür würde ich dich niemals zu bemühen wagen. Wirklich. Aber danke«, sage ich jetzt schon etwas kühner, weil er es übertreibt und das ja wohl selbst merken muss. Ich zwinkere ihm und der Lydia zu und drehe mich erneut zur DAMEN-Tür.

»Haha, sehr gut. Da hast du recht, Vikki, da hast du vollkommen recht. Die Mindy, das ist nur ein kleiner Fisch. Warum sich damit aufhalten, haha, ich hätte da noch eine andere Idee«, lacht der penetrante Erwin, der mit dem ganzen Käse angefangen hat, ohne dass ich wüsste, warum. Denn dass er mich hier abgepasst hat, weil er was will, ist mir schon klar. Und wenn unser Rotlichtpapst mir was mitteilen möchte, dann wird er das tun, komme, was wolle.

»Okay, Erwin«, seufze ich, weil mir, ehrlich gesagt, nichts anderes übrig bleibt. »Was kann ich für dich tun?«

»Aber, Vikki, nein, absolut *nein*, ich möchte etwas für *dich* tun!«

Sakradi! Das klingt nicht gut! Nicht gut! Sekundenlang bin ich dicht dran, alles einfach geschehen zu lassen. Soll er reden, der Dampfhammer, und ich stürze mich anschließend einfach vom Dach.

»Vergiss die Mindy, völlig korrekt, deine Reaktion!«, sagt

er, und ich sehe, wie mich die Lydia an seiner Seite fast ohne Blinzeln anstarrt, als würde sie gerade Zeugin eines Auffahrunfalls, und ich bin die, der man gerade frontal reinknallt.

Ihr Kleidchen wirkt übrigens reichlich überkandidelt, was ihr aber irgendwie steht.

Der Dampfhammer sagt: »Was hieltest du davon, meine liebe Vikki, wenn dafür gesorgt wird, dass stattdessen der Adi Dietz eine kleine Abreibung erhält, für all das, was er dir angetan hat?«

»Wie kommst *du* jetzt auch noch auf den Adi Dietz? Was hast *du* denn damit zu tun? Außerdem: Der Adi Dietz hat mir nichts *angetan*!«

»Na ja, er hat dich du-weißt-schon-was genannt, also, das war nicht besonders nett.«

»Der Herr Dietz kann mich gegenüber seinen Bekannten nennen, wie er will ...«

»Haha, ich weiß, ich weiß. Und die Bekannten von Herrn Dietz, die das dann an die Öffentlichkeit leiten, die bringst du anschließend höchstpersönlich dafür um, richtig?«

»Ich habe den Olaf Kreischke nicht ... ach, was red ich überhaupt. Erwin, das ist jetzt wirklich ein großer ...«

»Haha, nichts für ungut, Vikki, nichts für ungut. Nur ein kleiner Scherz. Was die Schmierer in der Presse schreiben und mutmaßen, alles Dreck. Natürlich hast du den Kreischke nicht umgebracht. Nein. Pass auf, ein Vorschlag: Ich werde dem Adi Dietz ein bisschen auf den Zahn fühlen, unter anderem für seine Quotentransen-Unverschämtheit«, er spricht *Quotentransen-Unverschämtheit* betont leise aus, um seine eindeutige moralische Abscheu darüber zum Ausdruck zu bringen, »und vielleicht lässt sich diese ganze peinliche Angelegenheit ja für alle Beteiligten doch noch zu etwas Positivem wenden.«

Väterlich schaut er mich an. Fassungslos schaue ich zurück.

»Also!«, betont er wie ein Grundschullehrer den Auftakt zu seiner Frage: »Wollen wir dem Adi Dietz ein bisschen auf den Zahn fühlen, dem Schweizer Bazimilliardär, hm? Was meinst du, Vikki?«

Um sicherzugehen, dass ich auch verstanden habe, was *auf den Zahn fühlen* bedeutet, stellt der Erwin seine Worte mit anschaulichen und leicht verständlichen Gesten dar. Mit der Handfläche streicht er horizontal über die Kehle, unter anderem.

»Dazu bräuchte ich jedoch ein klein wenig deine Hilfe. Kurzum, Vikki, es soll dein Schaden nicht sein! Wollen wir das gemeinsam mal versuchen? Wir, ein Team?«

Es soll mein Schaden nicht sein? Himmel hilf. Im Moment hab ich *wirklich* einen Lauf … Lauter Mist.

Ich bin völlig perplex. Wenn ich meine Sinne etwas mehr beieinanderhätte, würde ich sicher nicht so undiplomatisch sein, sondern mich eher künstlich noch etwas winden, anstatt zu sagen: »Danke, Erwin, aber nein. I will nur mei Ruh. Servus, Erwin, Servus.«

Aber ich sage es, und zwar genau so, und drehe mich endgültig um. Als sich die Toilettentür bereits hinter mir schließt, höre ich den Erwin noch mir nachrufen: »Vikki?«

Und ich dumme Kuh, ich blöde Gans, ich unendlich doofe Pute, wende mich halt doch noch mal um, stoße die Tür einen Spalt auf, schau raus und steh so zwischen Tür und Angel, vorgebeugt, mit der Tür gegen meinen Unterarm gedrückt, und sage mütterlich: »Was denn, Erwin, *was denn*?«

»Das war eigentlich kein Vorschlag, Vikki. Eher eine, ähm, Bitte. Wir zwei, wir sollten ein Team bilden. Glaub's mir. Wir zwei. Nur wir zwei. Wir sollten dem Adi Dietz eine Abreibung verpassen, glaub mir's. Weißt du, ich sag das nicht gern, aber … na ja, jetzt kann ich's dir ja beichten, jetzt, wo wir zwei ein Team sind: Weißt du, mir wäre das sehr wichtig … das wäre es mir. Ich möchte, dass du das weißt. Und ich möchte, dass du mit mir genau das machst, was ich dir gerade vorgeschlagen habe.« Er fokussiert mich durchdringend und meint nach einem Augenzwinkern versöhnlich: »Wir sollten dem Adi Dietz einfach mal ein bisschen Feuer unterm Dachstuhl machen … verstehst!«

Weißt du in etwa, wie eine Katze schaut, die an einer Zitrone gerochen hat? So schau ich gerade.

»Einfach mal ein bisschen Feuer unterm Dachstuhl machen? Aha!«, zirpe ich, als hätte er einen Gag vom Stapel gelassen. Reines Kompensationsgezirpe. Natürlich bin ich mir darüber im Klaren, ein Gag war das keiner. Aber gemeinsame Sache möchte ich mit dem Erwin auch nicht machen, also tue ich dieses Mal so, als würde ich es mir ernsthaft überlegen, weil ich vorhin gar so undiplomatisch war, nur um das Ganze dann doch gleich wieder entschlossen abzuwiegeln: »Bitte, bitte, tu mir einen Gefallen und … lass mich in Frieden. Mach's gut, Erwin, tschau, Lydia.«

Und zu fällt die Tür vom Damenklo in der Deutschen Eichel. Hinter mir, versteht sich. Ich steh bloß da, in der gekachelten Zelle. Stocksteif, starr. Vor den zwei verwaisten Waschbecken.

Glabst as a!

Ich bin innerlich mal wieder vollkommen durchgespült.

Wie sprudelndes Wildwasser geht's in mir rund.

Kannst du dir das vorstellen? Will mich jetzt der Erwin Faltermeyer auch noch vereinnahmen für irgendwelche Gschäfterl! Nicht zu glauben. Der ganze restliche Tag ist im Arsch. Total.

Als die Partygesellschaft abends die paar Meter in die WunderBar umzieht, merke ich, dass ich die merkwürdige

Avance vom Dampfhammer Erwin erst nach und nach verdaue. Eine zähe Sache, egal, wie sehr ich versuche, meine Gedanken in eine andere Richtung zu lenken.

Als aber gegen Mitternacht das Leben um mich herum endgültig zum Kochen kommt und die Strobolichter das plüschige Ambiente des Clubs durchzucken, der Sound unserer DJane Madame Marougé durch die Boxen fegt, die Menge der Gäste sich wie ausgehungert gehen lässt und sich ein Teil der Anwesenden auf die Suche nach dem anonymsten Orgasmus der Nacht begibt, kann ich mich doch wieder etwas fassen und mich am Anblick meiner Pappenheimer erfreuen. Ich bin sowieso eher eine Beobachterin als eine, die sich kompromisslos ins Geschehen fallen lassen könnte.

Um eins rum werde ich meinen neuen Song »Pfui Deife« performen, mit einem Hauch von Marlene Dietrich und einer Ahnung von Greta Garbo, und noch ein paar Sachen mehr, und dann wollen wir doch mal sehen.

»Gehst du schon?«, schreie ich der Kathi ins Ohr, nachdem sie mich hektisch zu sich gewunken hat und auf ihr Handy zeigt.

»Komm mit mir raus«, fuchtelt sie mich zum Ausgang, wie um die ohrenbetäubende Musik nur ja nicht zu übertönen. Selten elastisch schlängeln wir uns durch das Dickicht an Körpern.

»So, jetza«, stoße ich wie nach getaner Arbeit heraus, als wir vom Clubinneren auf den Gehsteig gespuckt werden. »Willst du heim?«, wiederhole ich meine Vermutung, aber die Kathi nimmt mich bei der Hand und sagt: »Die Mama hat angerufen, wir müssen sofort nach Haus, komm.«

Sie zerrt an meinem Arm, um mich zum Laufen zu bewegen, und ich kriege Panik. Was könnte mit der Sabine los sein? Die Sabine ist Kathis Mutter, alleinerziehend, beruflich hochbelastet, Dauerstress. Wäre kein Wunder, wenn was wäre.

»Sag doch, was is'n los?«, hechle ich der sprintenden Kathi hinterher.

»Komm!«, ist alles, was sie antwortet.

Du, dramatisch, wie ich bin, frage ich mich sofort, ob ich mich womöglich um die Kathi werde kümmern müssen, wenn die Sabine heute Nacht vielleicht stirbt. Adoption, Sorgerecht, sowas. Weißte, solche panischen Gedanken kommen einem, wenn man von jetzt auf gleich derart in Schrecken versetzt wird und halt so gar keine Ahnung hat, wer wie was.

Wir laufen die paar Meter zu unserem Haus, also kurz vor zur Blumenstraße, die Blumenstraße dann wenige Schritte entlang Richtung Viktualienmarkt, und gleich davor, am Eck Utzschneiderstraße, liegen schon die Wohnung von der Kathi und ihrer Mutter, im Vierten, und meine darüber, ganz oben im Fünften.

Bereits als wir in die Blumenstraße einbiegen, sehe ich weiter vorn das Heck eines roten Einsatzwagens, der schlampig geparkt vor unserem Haus steht. Ach du meine Güte, Notarzt. Sabine mit Herzinfarkt? Schlaganfall? Werd ich die Kathi vielleicht *wirklich* bei mir aufnehmen müssen? Das kriegen wir schon hin!

Ein paar Schritte weiter vergrößert sich mein Sichtwinkel auf unser Eckhaus, und ich erkenne, dass lodernde Flammen aus dem obersten Geschoss wie giftigrote Zungen pulsen. Und zwar aus jedem einzelnen der von mir offen gelassenen Fenster, um die brütende Sommerhitze aus dem Dachgebälk wenigstens ein klein wenig abziehen zu lassen.

»Ah, da seit's ja!«, ruft die Sabine, wohlauf, und nimmt die Kathi in den Arm.

Völlig entgeistert stehen wir vor unserem Haus, die ganzen Bewohner, inklusive der beiden Neuankömmlinge: der Kathi und mir. Alle starren wir stumm nach oben, wie angewurzelt. Mit ausdruckslosen Augen.

Die Feuerwehrler sind mit drei Einsatzwägen am Start. Gerade wird die Drehleiter auf einem der Laster ausgefahren.

Ich blicke weiter nach oben, zum entfesselten Feuertanz unterm Dach. Ein furioses Flammeninfernal. Glühendes Flackern, Rauschen, Knistern. Aussichtslos, es ist längst zu spät für alles. Ich möchte den Feuerwehrlern fast zurufen: »Spart's euch das Löschwasser!« Ein Totalschaden.

Muss ich noch mehr sagen?

Es ist fast zum Lachen, so tragisch ist das. Mein ganzes Hab und Gut. (In Gedanken exerzier ich schon die ganzen Behördengänge zur Wiederbeschaffung durch. Der Boden tut sich auf!)

Da hat er's aber eilig gehabt! Da hat er's aber *wirklich* eilig gehabt.

Ich lange mir auf die Stirn.

Hab ich's vermasselt?

Ich meine … ahnst du, welches Zitat zu diesem Debakel hier passt wie die Faust aufs Auge? Wie die Dampfhammer-Faust aufs Auge?

Macht es bei dir auch Klick?

Einfach mal ein bisschen Feuer unterm Dachstuhl machen.

10

Wenn du die ganze Nacht nicht schlafen kannst, dann aber doch noch wegratzt, kurz bevor du aufstehen musst – dann ist der ganze Tag im Eimer, so gerädert bist du. Da wäre es besser gewesen, gar nicht erst noch mal einzuschlafen.

Diese bittere Erkenntnis wird mir gerade mal wieder zuteil, als ich aus meinem Gnadennickerchen aufschrecke – wirklich völlig platt. Die typischen Geräusche morgendlicher Routinehandgriffe dringen durch Wolfs Antiquitätenladen an mein Ohr. Ob die mich geweckt haben, ist schwer zu sagen. Es ist auch sehr hell hier drinnen.

Ich liege auf einer roten Chaiselongue, umgeben von unzähligen Möbelstücken, Couches, Lampen und Wohnaccessoires, Statuen und Teppichstapeln. *Antik Wolff* in München Sendling ist der vermutlich schönste Antiquitätenladen Europas. Muss man gesehen haben. Eine Riesenhalle, gigantisch. Jeder kleinste Fleck wird zur Präsentation genutzt, und dabei ist alles präzise platziert, drapiert, inszeniert, so anheimelnd wie stilvoll zugleich. Wer reinkommt denkt automatisch, der Inhaber, der hat ein Händchen. Also der Herr Wolf Wolff. Dazu kommen noch der Holzboden und die leuchtstarken Deckenstrahler, die den früheren Maschinenraum zu einer Mischung aus Industriehalle und Wohnzimmer werden lassen. Hier stimmt alles. Beim Wolf von ästhetischer Besessenheit zu sprechen, wäre eine Verharmlosung.

Ich hab die letzten Stunden im mittleren Bereich dieses Stöberparadieses verbracht. Auf einer Chaiselongue, laut

Preisschild auch Ottomane genannt, die schlappe zwölfhundert Euro kostet. (Tipp unter uns: beim Wolf immer ein bisschen verhandeln.) Natürlich haben wir erst noch ein Bettlaken drüber gespannt. (Du kannst die Chaiselongue also nach wie vor bedenkenlos erwerben. Ich bin auch keine große Schwitzerin.)

Ausgehöhlt von meinem flüchtigen Schlaf, lausche ich dem Gurgeln der Kaffeemaschine, bleibe in Rückenlage auf meiner etwas harten Matratze (wer's mag) liegen und höre den Wolf sich anpirschen.

»Uh, du bist scho wach? Ich hoff, ich hab dich nicht geweckt«, macht er auf sensibel, und an den beiden Sätzen stimmt ja wohl so ziemlich gar nichts. Woher will er denn wissen, dass ich bereits wach bin? Ich liege da wie eine Leiche. Und zweitens, mich zu wecken dürfte sehr wohl der Plan gewesen sein. Ich öffne nämlich gerade erst meine verknitterten Augen und stelle fest, dass der Wolf mit zwei Tassen Kaffee in der Hand vor mir steht. Oder hat er die Tassen etwa dabei, weil er mich im Schlaf mit dem Inhalt verbrühen wollte?

»Guten Morgen. Du hast mich nicht geweckt.« Ich tue trotzdem absichtlich benommen, räkle die Zunge. »Ist es schon neun?« Die übliche Öffnungszeit für den Laden.

»Fast«, sagt der Wolf.

»Ist mir heute Nacht meine Bude abgebrannt?«

»Komplett, ja.« Er fletscht die Zähne zu einem irrwitzigen Grinsen, wie Pennywise, der süße Clown.

»Dacht ich mir's doch. Kein Traum.« Ich schlage meine dünne Bettdecke zurück und stütze mich seitlich auf den Ellbogen.

»Leider nein. Guten Morgen noch mal, meine geschätzte heimatlose Rose.« Der Wolf reicht mir eine der beiden Tassen. Ich greife danach und rieche sofort: Das ist die patentierte Hausmarke, der Dallmayr Prodomo Schädelspalter. Die Dosierung macht's!

»Danke. Und ich dachte, den Olaf tot aufzufinden ... und von der Mindy ein paar Schwinger reingezwirbelt zu bekommen, seien bereits die Highlights des Monats gewesen.«

»Da sagst du was«, zischt der Wolf und rührt seinen Kaffee um, obwohl er ihn schwarz trinkt. »Und der August ist noch nicht mal rum!«

»Queen of Disaster?« Ich rolle mit den Augen. »Allein bis ich alle Dokumente wiederbeschafft hab, die ganzen Ausweise, Geburtsurkunde – alles verbrannt. Bei der Bank werden die mich ohne Perso nicht mal reinlassen, wenn ich Geld brauch ... Ich hatte gestern für die WunderBar lediglich mein Handy und ein paar Geldscheine eingesteckt. Alles sonst lag in der Wohnung, aber gleich wirklich *alles.*«

»Perfekter Zeitpunkt für ein Feuerchen, ehrlich wahr.«

»Steuerunterlagen, Ordner, Laptop ...« Ich kann gar nicht mehr aufhören, meine Verzweiflung in Listenform zu packen. Verbrannt, verkohlt, zerstört.

»Das kriegst du schon alles wiederbesorgt. Was meinste, wie vielen sowas schon passiert ist?«

»Dass die Wohnung ausbrennt?«

»Ja!« Der Wolf nickt, als wären das täglich ganz sicher Millionen.

»Also so viele auch wieder nicht«, norde ich seine bodenlose Übertreibung mit einem angedeuteten Kopfschütteln wieder ein und nippe am Kaffee. Uaaah! Verzeihung für die Wortwahl, aber, leck mich am Arsch: Der Kaffee ist derart stark, da werd ich sofort noch müder. Ich unterdrücke ein Schütteln.

»Ob's eine App für Dokumentenwiederbesorgung nach einem Brand gibt?«, fällt mir einfach so ein. Wäre doch möglich!

»Ui, des wär eine Idee«, ist unser Energiebündel Wolf gleich ganz hellhörig. Er zurrt sich gedankenversunken seinen Zopf zurecht, was in etwa heißen könnte: Wo ist das Anmeldeformular für die nächste Staffel *Die Höhle der Löwen*?

Der Wolf ist immer auf der Suche nach originellen Ideen. Einmal wollte er die Tonleiter urheberrechtlich auf seinen Namen anmelden, ein anderes Mal dachte er, es könnte ein Fetisch-Nischenmarkt sein, wenn man Frauen zwei Brüste auf ihren Rücken operiert und dazu eine Online-Plattform einrichtet. Er hatte bereits rückenbrüste.de und backbreasts.com reserviert. Hat natürlich nicht gezündet. Wolfs letzte Knalleridee war, sich als Banksy auszugeben, Abteilung: »Ich bin das Mysterium Banksy. Das Geheimnis ist endlich gelüftet. Jetzt ist es raus. Bitte überweisen Sie künftig sämtliche Lizenzzahlungen für meine Kunstwerke an die Kreissparkasse München Starnberg, IBAN: DE58 7025 …«

Schraube locker, ganz klar.

Siehe auch: verkanntes Genie.

»Die Feuerwehr hat die Brandstiftung bestätigt«, sage ich und lenke das Gespräch wieder in geordnete Bahnen. »Da muss literweise Benzin ausgegossen worden sein.«

»Dass der Dampfhammer Erwin sich auf so ein Niveau herablässt, die alte Drecksau!«, sagt der Wolf, und es fehlt ihm dabei nicht an Nachdruck.

»*Wenn* er's war!«, übernehme ich völlig grundlos Erwins Verteidigung. Einfach so. Vielleicht, um mich selbst zu besänftigen? *Wir sollten dem Adi Dietz einfach mal ein bisschen Feuer unterm Dachstuhl machen*, hat der Erwin doch noch zu mir gesagt. War das ein Hinweis oder Zufall? »Was geht hier vor?«, nuschle ich, plötzlich völlig durch den Wind. Was vielleicht auch der Grund ist, weshalb es mir nichts ausmacht, dass unvermittelt der Winnie aus dem hinteren Bereich des Ladens auftaucht und ruft: »Hey, Morgen, ihr beiden. Alles gut? Ich hab belegte Brötchen mitgebracht, wie gewünscht, Wolf!«

Normalerweise darf mich niemand völlig ungemacht zu Gesicht bekommen, schon gleich gar nicht in der Früh. Gut, beim Wolf ist das natürlich was anderes, mit dem war ich ja mal intim, früher. Da gelten dann andere Gesetze, auch in der Zeit danach.

Der Wolf und ich, wir waren, gleich als wir uns vor fünfzehn Jahren kennengelernt haben, länger zusammen, dann wieder auseinander, dann wieder ein bisserl zusammen, dann gab's hin und wieder vereinzelte Übernachtungsepisoden, deren Zeitabstände stetig zunahmen, und schlussendlich hat sich zwischen uns was ganz Eigenes entwickelt, was man wohl eine verlässliche Freundschaft nennen kann.

Die leisen Schuldgefühle und die Beklommenheit, die einen nach einer solchen Beziehung immer begleiten, weil man sich ursprünglich ja doch unwiderruflich aufeinander eingelassen hat, die gehen natürlich nie ganz weg, klar, die sind für alle Ewigkeit ein Teil des Gefühlsmixes, der einen verbindet. Aber so wie's jetzt ist, zwischen uns, so platonisch und prosaisch, ist's gar nicht mal so schlecht.

Jedenfalls bin ich heute mental offensichtlich so derangiert, dass es mir nichts ausmacht, wenn der Winnie mich nach meiner Katastrophennacht ungeschminkt und schlafverquollen auf der Chaiselongue liegen sieht. Ich bin nicht mal gschamig. Letztlich kein gutes Zeichen.

Der Winnie stellt die beiden Tüten von der Bäckerei Zöttl auf ein Beistelltischchen und hebt das Tischchen zwischen den Wolf und mich, wobei ich riechen kann, dass er draußen gerade noch eine geraucht hat.

Der Winfried Munzinger ist Wolfs bester Mann im Stall. Er hat sämtliche Schlüssel und ist mit allem Wichtigen im

Laden betraut, bis hin zur Kassenvollmacht. Obwohl er deutlich unter vierzig ist, trägt er kein einziges Tattoo unter seinem dunklen Ramones-T-Shirt, und obwohl er nur eins achtundsechzig groß ist, muss man keine Angst vor ihm haben. Und ich bin die Erste, die sagt: Hüte dich vor kleinen Männern. Weißt du ja.

Der Wolf und ich berichten dem Winnie im holprigen Wechsel, was gestern passiert ist, nachdem mich der Dampfhammer Erwin in der Deutschen Eiche abgepasst hat und mich dafür einspannen wollte, dem Adi Dietz ein bisserl – ja, was genau? – einzuheizen. Warum auch immer.

»Krass, echt krass, Mann«, sagt der Winnie, der sogar zu seiner Mutter *Mann* sagt, wenn er etwas nachdrücklich betonen möchte. Er hat sich längst ein zweites Modell von dem Plüschhocker herangezogen, auf dem auch der Wolf sitzt (je 180 Euro). Bedrückt schüttelt er den Kopf: »Leute, ich will euch jetzt auf keinen Fall beunruhigen oder Angst einjagen oder so, aber ich bin gerade über die hintere Tür reingekommen, und ich glaube, da wurde am Schloss rummanipuliert. Mein Schlüssel hat zuerst nicht richtig gegriffen, und da hab ich dann näher hingeschaut und gesehen, dass da tiefe Kratzer auf dem Lack um den Zylinder rum sind …«

Der Wolf und ich sehen uns entgeistert an. Er hat heute in seiner Wohnung geschlafen, die sich direkt über dem Laden befindet. Von seinem Schlafzimmer aus sieht man die Bavaria, falls ich's noch nicht erwähnt haben sollte. Nur, dass du dich geografisch ein wenig orientieren kannst.

Wollte sich heute Nacht jemand Zugang zum Laden verschaffen?

Stell dir nur mal vor, der/die/das Einbrecher:innen wäre/n wirklich ins Geschäft eingedrungen – nicht auszudenken. Ich, allein, hilflos. Im Schlaf überrascht. Schlimmstes Trauma ever. Du schlägst die Augen auf und über dich gebeugt sagt einer/eine/eines zu dir: »Darf ich reinkommen? Ach, ich bin ja schon drinnen! Keine Bewegung, sonst Peng!«

Das sollte niemand in seinem Leben durchmachen müssen.

Werde ich jetzt also auch noch verfolgt?

Der Wolf fragt: »Denkst du auch sofort an die beiden Anzugträger im Mercedes? Die von der Garmischer Autobahn?«

»Die du vom Fahrbahnrand aus so charmant rauswinken wolltest?«

»Ja?«, betont der Wolf wie eine Frage, als wäre meine Spezifizierung so unnötig wie noch mal was gewesen.

»Keine Ahnung. Kann auch der Dampfhammer Erwin und seine Gipsköpfe gewesen sein, oder was weiß ich«, entgegne ich. »Aber was es auch ist …«

»… es kommt näher«, vollendet der Wolf meinen Satz. Und erst dadurch, erst dadurch, dass jemand anderes es ausspricht, werden mir die Drastik und die Summe der Ereignisse der letzten zwei Wochen vollends bewusst. Die Transen-WhatsApp, die x Shitstürme, der widerborstige Markus Keil, der Mord am Olaf, die Anschuldigungen, ich wäre seine Mörderin (Rufmord Ehrensache), die sinnfreie Schlägerei mit der Mindy, die verdächtige Verfolgerlimousine auf der nächtlichen Autobahn, die Dampfhammer-Auflauerei in der Deutschen Eiche, dann die rabiate Brandstiftung in meiner Wohnung, und jetzt vielleicht auch noch ein missglückter Einbruchsversuch in Wolfs Laden, um mich aufzuschrecken oder um … ich will's mir gar nicht ausmalen.

»Du sitzt ganz offensichtlich auf 'nem Pulverfass, Vikkilein«, sagt der Wolf sorgenvoll.

»Na, vielen Dank, jetzt geht's mir gleich besser.«

»Aber wir wissen nicht, auf welchem«, fährt er ungerührt fort, ganz nebenbei, als kämen die Worte automatisch aus ihm heraus, während er sich den Kopf zerbricht.

»Wenn des so weidergeht, dann pfiati Gott, scheene Bayerin«, sage ich so dürftig, wie man's ist, wenn das Gegenüber in totale Abwesenheit verfällt. Der Winnie und ich sind nämlich ganz in den Bann gezogen von Wolfs Entrücktheit. Vermutlich wartet er gleich mit einem Geistesblitz von weltrettender Dimension auf, und ich schaue den Wolf mit gerunzelter Stirn an, was so viel heißt wie: Ich höre.

Dann zucke ich aber erst mal zusammen, als das typische *Ding Dong* der Ladentür ertönt. Die anderen zwei reißt's schon auch, so ist es nicht. In Deckung! Rette sich, wer kann! Mein Gottchen, ist doch nur die Eingangstür.

»Huhuu«, schallt eine Mädchenstimme durch die Halle. Der Winnie springt auf und trippelt von unserem provisorischen Krisenmanagement-Lager in der Mitte des Ladens vor zur Kasse, die auch Infostand und Café ist. Und schon kommt er mit der Kathi an seiner Seite wieder zurück. In vollem Schischi sieht die Kathi auch heute wieder aus wie ein Püppchen, volle Kanone aufgebrezelt, dezent und deutlich zugleich, einfach geschmackssicher, obgleich ihre Nacht genauso kurz gewesen sein dürfte wie meine. Da sie mit ihrer Mutter ja in der Wohnung unter mir wohnt, waren die beiden von den Auswirkungen des Brandes über ihnen klarerweise ebenfalls betroffen. Löschwasserbeseitigung, Rauchluft, Unruhe durch tausend Dinge.

»Hi ihr!« Die Kathi setzt sich auf den Schemel mit Leopardenmuster, den ihr der Winnie anbietet, der sich vor lauter Zuvorkommen beinah überschlägt. Ganz unabhängig von der indiskutablen Altersdifferenz zwischen den beiden schätze ich allerdings, dass die Kathi sich schämen würde, wenn ihr Freund deutlich kleiner wäre als sie. So hat jeder seine Vorstellungen.

Sich für jemand anderes zu schämen, macht natürlich keinen Sinn. Aber man kann sich selbst meistens einfach nicht daran hindern, sogar wenn man die Unsinnigkeit durchschaut. Scheint etwas ganz Natürliches zu sein.

Bleibt die Frage zu klären, ob manche kleinen Männer sich auch mit einer deutlich größeren Partnerin schämen würden. Diesen Aspekt darfst du bitte nicht außer Acht lassen, bevor du deine Beschwerde-E-Mail betreffs *Oberflächliche Kathi* absendest.

»Kaffee?«, fragt der Winnie die Kathi mustergültig und geht gleich darauf einen holen.

»Dass du scho da bist«, sage ich zur Kathi, weil wir uns erst für elf verabredet haben, also in zwei Stunden. Zugegeben, ich klinge etwas linkisch, aber du musst dir das mal vorstellen: Der Wolf: kommt gerade frisch geduscht aus seiner Wohnung überm Geschäft, der Winnie: Der ist ganz normal zurechtgemacht, wie man halt zur Arbeit erscheint, und die Kathi: Die ist ganz übernormal zurechtgemacht, wie man halt aussieht, wenn man permanent Instagram-Stories von sich aufnimmt. Und ich? Ich liege da, im Behelfsbett, mit wildem Eigenhaar. Ausgerechnet ich, verstehst. Die Aufdonnerei in Person.

Ein Paradigmenwechsel.

»Die Polizei war eben noch im Haus, und von der Versicherung waren auch schon zwei Männer oben«, schildert die Kathi die aktuelle Lage vor Ort. Ich frage mich, ob ich je wieder in meine verkokelte Wohnung zurückkehren werde. Wann wird sie wiederhergestellt sein? Und wie wird es überhaupt weitergehen? Vorerst schaut's da drinnen wohl eher aus wie in einer Gruft.

Der Winnie bringt ein Tablett mit zwei Tassen, eine für sich und eine für die Kathi, und einer Kanne samt Milch und Zucker. Auch der Wolf schenkt sich noch mal nach (der trinkt von der Schädelspalter-Plörre zweieinhalb Liter am Tag, was medizinisch nicht zu erklären ist), und wir drei bringen die Kathi auf den neuesten Stand. So viel Neues gibt es seit den paar Stunden sowieso nicht.

Den Dampfhammer Erwin nennt die Kathi einen Tsycho, weil sie das anstatt *P*sycho immer so ausspricht. Sie meint, dass der »ja wohl völlig drüber« ist. Parallel mache ich mir die ganze Zeit Gedanken, was jetzt zu tun ist, und ich glaube, ich weiß es inzwischen. Die Kernfrage in meiner Misere lautet: Wer hat den Olaf Kreischke umgebracht? Da muss ich ansetzen. Denn ich habe längst beschlossen, dass es mal wieder so weit ist: Ich muss selbst handeln. Höchstselbst die Initiative ergreifen.

Schon bald entschuldige ich mich, gehe in Wolfs Wohnung, um zu duschen und mich fertig zu machen, und bin gespannt, wie die drei ohne mich zurechtkommen, weil der Wolf und die Kathi sich zwar gut leiden können, aber nie ein Gesprächsthema miteinander finden, was es halt manchmal gibt zwischen zwei Menschen. Aber der Winnie kann sich ja als Conférencier versuchen.

»Wollen wir los?«, sage ich zur Kathi, als ich (mithilfe von Kathis mitgebrachtem Behelfs-Make-up und meinem Kleid von gestern) halbwegs wiederhergestellt zurück im Laden erscheine.

»Jetzt schon?«, fragt sie.

Sie weiß noch nicht, dass es einiges zu tun gibt, bevor um eins meine Live-Sendung beginnt und wir in Bad Seltsham sein müssen.

Seit Olafs Ermordung ist das heute bereits meine dritte Sendung, die ich ganz regulär absolviere. *Shop Drop TV* wollte meine Sendung nicht aussetzen. Es gab keine Freistellung oder desgleichen – musst du dir mal vorstellen. The Show Must Go On. Es ist doch immer wieder interessant, dass das Leben einfach weitergeht, egal, was um dich herum explodiert oder wie sehr's sonst wen derbröselt.

Ich wunder mich selbst, dass die mir bei *Shop til you Drop TV* nach wie vor die Stange halten. Sie hätten meinen Programmplatz auch einfach streichen und mir die Zusammenarbeit kündigen können.

»Bevor wir zum Sender fahren«, erkläre ich also der Kathi, »müsste ich dringend ein paar Sachen besorgen und anschließend noch kurz was erledigen. Gut, dass du früher gekommen bist. Ready?«

Sie nickt und nimmt ihr Handtäschchen, das sie sich nur durch ihren Instagram-Erfolg leisten kann, der ihr ungesund viele Sponsoren und Euros beschert. Aber man kann es sich schließlich auch nicht entgehen lassen, wenn einem die Angebote nur so zufliegen. Und außerdem: Wer zu mir sagt, er sei nicht käuflich, den hat nur noch keiner gewollt.

Aufgrund der gestrigen Situation hat mir die Kathi angeboten, mich heute zum Sender zu begleiten. Man könnte auch sagen, sie hat sich rangewanzt, ganz wie man will. Ich hab das ja seit Längerem rausgezögert, weil ich fand, dass es noch zu früh war, um sie dort vorzustellen. Aber gestern Nacht hat sie den richtigen Zeitpunkt dafür erwischt, mir das abzunötigen. Und es schadet auch nix, wenn ich sie bei *Shop Drop* mal ein bisschen hineinconnecte. (Bevor die mich eventuell doch noch hinausconnecten. Auf Nimmerwiedersehen und so. Wer weiß.)

Der Wolf entschuldigt sich: Er muss heute im Geschäft bleiben und kann mir deshalb kein Geleit geben, was ich aber auch nicht unbedingt wollen würde.

Dampfhammer »Zündler« Erwin hin, manipuliertes Türschloss her, ich fühl mich jetzt nicht *derart* akut gefährdet, dass ich mich nicht mehr allein vor die Tür trauen würde.

Außerdem: Der Wolf reist zwar schon gern mit mir herum, vor allem zum Sender, aber so gern nun auch wieder nicht. Zumal jetzt, wo sich das Flirten mit der Mindy Schwamminger wohl erledigt hat …

Der Wolf hat mir angeboten, mir zwei Switch Bladesler an die Seite zu stellen (das sind die Jungs aus seiner Biker-Gang), aber nein, ich will auch nicht mit zwei Schränken in Ledermontur durch die Gegend gondeln. Lächerlich. Das hatt ich schon mal.

Die Kathi und ich verlassen den Laden. Wir schlängeln uns an Wolfs Motorrad vorbei (einer riesigen Maschine mit hochgezogenem Lenker, dem chinesischen Nachbau einer Harley Davidson), das wie immer schräg vor dem Eingang geparkt steht, und als wir aus dem Schatten des Vordachs unter den freien Himmel treten, stelle ich fest: Auch heute besteht keine Glättegefahr! Wir haben Wüstenwetter samt gelblicher Sandschicht überm ganzen Gehsteig.

Mein Mini parkt etwas weiter entfernt, und wir marschieren los, als die Kathi etwa auf halber Höhe der stark befahrenen Straße plötzlich aufmerkt und mit dem Kopf irgendeinem vorbeiziehenden Auto folgt. Weil in München einfach so viele Promis rumlaufen, reagiere ich zuerst gar nicht besonders, als die staatlich anerkannte Allesbeobachterin Kathi entzückt gegen den Straßenlärm anschreit: »Hey, das war doch grad der Elyas M'Barek, da in dem Wagen!«

Und ich denke mir, ja schön.

Aber dann – dann durchzuckt's mich wie nichts Gutes. Kannst dir ja vorstellen.

11

Die Kathi meint, es könnte durchaus ein schwarzer Mercedes gewesen sein, in dem der Elyas M'Barek aufm Beifahrersitz gesessen hat. Aber sicher ist sie sich nicht. Sie kennt sich mit Automarken nicht so aus. (Bei weitem nicht so gut wie mit den verschiedenen Jahrgängen von Gucci-Sonnenbrillen.)

Ich frage nach: »Hatte er schlaue Augen, der Elyas, oder doch eher so, wie er halt immer aussieht in seinen Filmen und den Talkshows?« Weil, ich glaube, es könnte sich bei ihrer Sichtung durchaus um das Elyas-Double aus der Limousine gehandelt haben, die uns letzte Woche auf der Autobahn verfolgt hat.

Lifestyle-Expertin Kathi versteht die Frage nicht, also gleich *überhaupt* nicht, und ich denke mir, vielleicht stimmt ja mit *mir* was nicht. Ich sage: »Schon gut, nicht wichtig.«

Mein Mini ist von der Sonne derart aufgeheizt, dass es einem beim Einsteigen vorkommt, als würde ein Feuerdrache über einem zuschnappen.

Na gut, an die Arbeit.

Schnurstracks fahren die Kathi und ich in die Innenstadt, ins Parkhaus am Oberanger, weil ich als *Frau ohne jeglichen Besitz* (ein möglicher Buchtitel?) noch schnell bei Rossmann, Zara und Intimissimi das Nötigste einkaufen muss, um nachher wenigstens einigermaßen restauriert auf Sendung gehen zu können. Abends werde ich dann weitersehen, was ich mir noch alles an Kleidung und Sonstigem wiederbesorgen muss. (Der Wolf hat mir einen Tausender in bar geliehen. Zehn Hunderter. Er hat das Geld, ganz nebenbei, als dickes Bündel aus seiner Jeans gezogen, abgezählt und mir gereicht. Das ursprüngliche Bündel war nach der Entnahme nicht sehr viel dünner als zuvor. Manchmal frag ich mich schon, was der Antiquitätenladen wirklich so abwirft, und ob es da tatsächlich nur um Antiquitäten geht.)

Okay, wir besorgen also in Rekordzeit die Basics für *mein Leben ohne Zuhause* (noch ein Buchtitel? Fortsetzung?), hasten mit den zig Tüten zurück ins Parkhaus, ich nehme noch schnell einen Kredit auf, um die unverschämte Parkgebühr am Automaten begleichen zu können (Parkplatzpreise in München nennt man in Bremen Monatsmiete), und bevor wir uns auf nach Bad Seltsham machen, fahren wir noch schnell in den Münchner Westen, in den schicken Teil des Waldfriedhofviertels.

Warum?

Weil ich mich endgültig in meinem Gefühl bestärkt sehe, eigenmächtig aktiv werden zu müssen. Da draußen geht irgendwas vor, etwas, das ich noch nicht durchblicke. Alle drehen durch, die Einschläge kommen näher. Und die Vikki steht im Zentrum dieses Orkans. Vor allem die Flammenhölle gestern, die hätt's nimmer gebraucht, ehrlich wahr. Die gab den Ausschlag, dass ich sage: Was hier auch vorgeht, was auch getan werden muss, um Licht in die Sache zu bringen – Vikki, das erledigen wir jetzt selbst. Mal wieder!

Moment, Moment, du bist noch in dem Stadium, in dem dir Selbstgespräche völlig absurd vorkommen? Wart's ab, das wird sich ändern. Und wenn nicht, dann ist das nicht unbedingt ein gutes Zeichen. Selbstgespräche sind die Grundlage einer jeden Persönlichkeitsfindung. Da kannst du mich gern bei deinem Psychiater zitieren.

Weiter geht's. Der Münchner Innenstadtverkehr ist inzwischen derart klug geregelt, dass jede Haupttangente pro Richtung nur noch *eine* Fahrspur für Autos hat, was zu der komfortablen Situation führt, dass man als Autofahrer im Dauerstau in aller Ruhe die Fahrradfahrer beobachten kann, die auf ihren nun zwei Meter breiten Radwegen vereinzelt an einem vorbeisausen und für das ökologische Gegengewicht zum Schadstoffausstoß der stundenlang im Leerlauf vor sich hin tuckernden Autokolonnen sorgen.

Kurzum: Der Stau ist ein Skandal.

Die Kathi, ich und mein Mini brauchen eine Ewigkeit, bis wir im Waldfriedhofviertel ankommen.

Überraschend schnell finde ich dann aber das Apartmenthaus, in dem die Mindy wohnt. Ein Luxusbunker für vom Leben Verwöhnte, die wissen, wo's langgeht. Im dritten von vier Stockwerken hat die Mindy ihre zweihundertzwanzig Quadratmeter, die sie seit ihrer Scheidung vom Milliardärssprößling Albert Söderbohm bewohnt.

Ich weiß gar nicht mehr, woher ich eigentlich weiß, dass die Mindy hier lebt. Es könnte eine Mischung aus Promimagazin-Fernsehbeitrag und Mal-mit-einer-Bekannten-zufällig-hier-vorbeigefahren-und-drauf-aufmerksam-gemacht-worden-sein sein. Geht mir mit vielem so.

Direkt vor dem Designer-Betonbau finden wir einen Parkplatz, und mir gelingt das Rückwärtseinparken zufällig derart virtuos, dass ich es vor der Kathi so beiläufig ignoriere wie einen Basketballwurf aus zweihundert Metern Entfernung, der direkt in den Korb trifft. War was? Pah, das ist doch *gar* nichts!

Auf den polierten Klingelschildern stehen lediglich die Initialen der Bewohner. *TS*, oder *GV*, oder *FF*, oder *KB*. Als Diskretion bemäntelte Wichigtuerei. Sosehr die Kathi und ich die acht Schilder wieder und wieder studieren, wir finden kein *MS* für Mindy Schwamminger. Und schon gar kein *SM* für, na, kannst dir ja vorstellen.

Ach so, ja, ich hab ja noch gar nicht gesagt, wieso ich hier bin: Ich halte die Mindy für den einzigen Ansatzpunkt meiner Recherchen. Sie hat mich verdächtigt, irgendwas mit Olafs Ermordung zu tun zu haben, und, nicht zu vergessen, ich werde nicht müde, es zu erwähnen: Sie hat mir als Dreingabe gleich noch eins auf die Mütze gegeben – und eine Woche später kommt aus einer ganz anderen Ecke der Dampfhammer Erwin auf mich zugeschlichen und bietet mir an, die Mindy genau dafür abzustrafen … Also Mindy, Mindy, Mindy überall. Auch wenn ich rein gar nichts check, die Mindy scheint Dreh- und Angelpunkt in diesem undurchsichtigen Geflecht zu sein. Mal schauen.

Die Klingelschilder mit ihren blöden Abkürzungen helfen uns also nicht weiter. Gerade als die Kathi und ich uns umdrehen und unverrichteter Dinge zurück zum Auto gehen wollen, kommt eine ältere Frau aus dem Gebäude. Typ *feine Dame*, Omafrisur, kein Kinn. Ihre Mundpartie geht direkt in den Hals über. Einfach Pech gehabt. Aber sauteure Kleidung, sieht man sofort, Bonzentante. Einfach Glück gehabt.

Während die Eingangstür bereits hinter ihrem Rücken ins Schloss fällt, wirft sie uns diesen Eindringlingsblick zu, den Leute aufsetzen, wenn sie ihr Revier markieren wollen. Eine Mischung aus *Was machen Sie hier?* und *Kennen wir uns?*.

Ich frage mit bestem Benehmen: »Entschuldigen Sie, wir suchen eine Mindy Schwamminger, kennen Sie die vielleicht?«

Vernünftig misstrauisch schaut mich die Dame an: »Dazu möchte ich nichts sagen … ich kenne Sie ja gar nicht!«

»Äh, meinen Sie mit *Sie* jetzt mich, oder die Frau Schwamminger?«, frage ich künstlich blöd, um Zeit und vielleicht doch noch etwas Vertrauen zu gewinnen. Humor als Schlüssel, weißt scho.

Die Dame kichert und sagt: »Bedaure, ich kann Ihnen da keine Auskunft geben.« Und weil ich doch weiß, wie wir Menschen gestrickt sind, heuchle ich vollstes Verständnis, was wiederum meine Seriosität betonen soll. Die Dame nickt. Eine Frau mit Prinzipien!

Aber dann, als die Kathi und ich uns verabschieden und die erste der drei Treppenstufen Richtung Bürgersteig nehmen, muss ich revidieren: Nee, doch keine Frau mit Prinzipien, denn sie ruft uns hinterher: »Die Frau Schwamminger wohnt schon lange nicht mehr hier.« Ich drehe mich um. Animiert.

»Ist ausgezogen. Wenig ruhmreich!«, meint die Dame abfällig, und ich frage schüchtern: »Was war denn los?«

»Hat ein halbes Jahr lang die Miete nicht mehr gezahlt. Und ständig dieser Radau in der Wohnung. Männerbesuche, Partys, hat ihre Mülltüten neben die Container geschmissen, lauter leere Flaschen, keine Mülltrennung, ein Verhau, das hat ausgschaut, schrecklich, ist mit ihrem Auto beim Parken in der Tiefgarage mehrmals gegen verschiedene Betonpfeiler gekracht und hat sich mit der Hausverwaltung angelegt. Aber vor allem diese laute Musik immer, die Gelage, naa! … Aber mehr möcht ich jetzt wirklich nicht sagen«, salbadert sie gespreizt, als ob wir sie auf eine Streckbank gespannt und die Informationen aus ihr herausgefoltert hätten. *Mehr* Info muss auch gar nicht sein. Mir ist klar: Die Mindy steckt also in größeren Schwierigkeiten.

»*Wann* ist die Frau Schwamminger denn ausgezogen?«, möchte ich noch wissen, woraufhin die Frau Kinnlos sagt, »Ich misch mich da nicht ein«, was zwar keine Antwort auf meine Frage ist, aber wohl ihre Unbescholtenheit betonen soll, nachdem ihr vermutlich gerade aufgeht, dass sie bereits zu viel ausgeplaudert hat.

Als ich ihr ein freundliches »Vielen lieben Dank. Wiederschaun« zurufe, schaut Madame Trichterhals uns verdattert an und erwidert nicht mal mehr meine Verabschiedung. In ihr arbeitet's. Das Gefühl, gerade etwas Unbedachtes geäußert zu haben, ist mit am schwersten zu verdauen. Kenn ich.

»Die war ja lustig«, interpretiert die Kathi die alte Dame, als wir wieder im Auto sitzen. Und das ist, was ich an der Kathi so schätze. Sie klingt nie absichtsvoll böse. Es ist ihr kein Bedürfnis, über jemanden hinterm Rücken zu lästern. Das ist eine Seltenheit.

Ich dagegen sage nämlich: »Ja, das stimmt. Diskret wie ein Megafon!« Schade, dass ich so ein mieser Mensch bin.

Auf der Autobahn nach Bad Seltsham ist derart viel los, dass sich ein eventueller Verfolgermercedes beim besten Willen nicht ausmachen lässt. Elyas oder nicht – keine Chance, das festzustellen. Eine gute Nachricht nebenbei: Auf Höhe Wolfratshausen ham's mich vorhin geblitzt, mit so einem niedrigen Dreibein-Stativ, aber ich war nur circa siebzehn drüber. Abzüglich drei km/h Kulanz: passt.

Da, Ausfahrt Bad Seltsham. Blinker, rechts einbiegen und gleich wieder links abbiegen.

Als wir aus dem Waldstück brettern und auf das Ziegelgebäude von *Shop til you Drop TV* zufahren, sieht alles wie immer aus. Ganz normal, ganz harmlos. Als gäbe es keine Toten oder Rufgeschädigten oder Wohnungslosen.

Die Kathi hält mit ihrem Handy auf das Sendergelände vor uns und beginnt ihre Instagram-Story. Wir sind quasi live drauf. Sie sagt zu ihrer Community, die wohl gerade zusieht: »Hallo, ihr Lieben, wuhu, ratet mal, wohin ich unterwegs bin, wuhu, voll aufregend, und zwar, nämlich zu *Shop Drops TV* (sie sagt Drops) vor den Toren Münchens, um dort mal …« Herrlich! Nicht enden wollendes Geschwafel. Es geht weiter: »Wir sind gleich da. Ich bin mit der Vikki unterwegs, hi, Vikki«, die Kathi schwenkt auf mich, und ich winke in ihr Handy, kreuzblöd kuckend, weil total überrascht. Die Kathi fokussiert wieder die Strecke vor uns und labert weiter, »Wir waren voll schnell da, in null Komma fünf, geschwind wie der Wind, haha, und ich werde euch nachher zeigen, wie's bei *Shop Drops TV* so abge…« Die Kathi sagt immer null Komma *fünf* statt null Komma *nichts*. Lieb!

Ich ahne, dass sie während unseres *gesamten* Aufenthalts ihre eigene Insta-Show moderieren und alles nur durch ihren Handybildschirm verfolgen wird, anstatt mit ihren eigenen Augen anwesend zu sein und die Atmosphäre aufzusaugen. Ein Leben aus zweiter Hand. Ich seufze.

Als wir die strahlend weiße Kapsel der *Shop Drop*-Eingangshalle betreten, ruft mir der Aloisi hinter seiner Empfangstheke gleich mal zu: »Hello, Vikki, da bist ja, *kkchrha*«, als wäre ich zu spät. Bin ich aber nicht.

»Aloisi, Servus. Alles im Lot?« Ich habe mir einen ganz eigenen Slang mit dem Aloisi angewöhnt. Seitdem wir gemeinsam den toten Olaf in dessen Büro gefunden haben, sind wir noch enger, weil der Aloisi mich etwas arg vereinnahmt hat. Er schreibt mir regelmäßig WhatsApps, will halt a bisserl reden, und hält uns für eine Art Schicksalsverwandte. Ich kann ihm das nicht verwehren, auch wenn es ein bisschen anstrengend ist.

»Darf ich vorstellen, das ist die Kathi«, sage ich zum Aloisi, dessen Akne heute wieder besonders stark blüht. Auch Fieberbläschen zieren seine Mundwinkel. Kurzum: Sein Gesicht wirkt wie ein Quarkgulasch. Was durchaus ein Grund gewesen wäre, sich gerade deshalb wenigstens mal die Haare zu waschen. Aber egal.

»Hallo und willkommen bei *Shop Drop TV*, Kathi,

kkchrha!«, sagt der Mann von Welt, der Leingschwendner Alois aus Bad Seltsham. Aufgeschlossen mustert er in seinem adretten Z-for-Zombie-T-Shirt die flotte Kathi, die heute für ihre Verhältnisse besonders viel Bein zeigt, leider aber dem Aloisi auch die kalte Schulter. Sie haucht ihm lediglich ein abgelenktes »Hi« zu, während sie ihre Community unterhält und dabei durchs Smartphone die hohe gläserene Lobby-Kuppel filmt, langsam durch den gesamten Raum zoomt (»Kuckt mal, wie geil ist das denn!«) und dabei immer wieder selbstbesessen ihr eigenes Gesicht streift, das sie dann zu einer Grimasse verdichtet, als würde sie annehmen, ihr Gesicht sähe im Normalzustand nicht attraktiv genug aus.

Der Aloisi ist etwas irritiert von dem ganzen Gefilme und davon, dass ihm so gar keine Aufmerksamkeit zuteil wird. Wenn er allerdings wüsste, dass die Kathi sowieso nur auf lachhaft schöne Männer steht und dass so eine Fixierung sowieso nie Glück bringt, keinem der Beteiligten, dann könnte sich der Aloisi fast schon als gnädig Verschonter im Spiel des Begehrens betrachten.

»Du, die Mindy ist immer noch im Urlaub, oder?«, frage ich den Aloisi wie nebenbei und kriege nur noch mal bestätigt, was ich bereits seit einer Woche weiß: »Die Mindy, ja, nee, ja … die hat sich ja Urlaub genommen, Sonderurlaub, *kkchrha*, wegara da seelischen Überlastung.« Seine Stimme bebt verräterisch, weil er sich nach wie vor so zusammenreißt, um souverän zu klingen, falls die Kathi doch mithören sollte. »Da weiß ich auch nix Neues, *kkchrha*«, sagt er noch, dann vibriert was bei ihm hinterm Tresen, woraufhin er hektisch rumnestelt und irgendwelche Kopfhörerkabel zu entheddern beginnt. Auch gut.

Ich will gerade mit der Kathi in meine Garderobe gehen und mich für die Sendung fertig machen, als der Manfred (schau, seinen Nachnamen habe ich jetzt glatt nicht parat) die Lobby durchschreitet. Der Manfi ist der neue *Shop Drop TV*-Geschäftsführer, *Interims*geschäftsführer, offiziell vorerst, solange noch kein fester Nachfolger für den Olaf Kreischke (†) gefunden ist. Vielleicht wird er's ja auch selbst, der Manfi (wir sind hier alle per Du). Der Manfi grüßt mich euphorisch, wie das unter Medienleuten Usus ist, hat's aber ein wenig eilig, wie er mir deutlich macht, aber das ist alles wurst. Was ich nur sagen will, ist, dass die Kathi fast ihr Handy fallen lässt vor Begeisterung, weil, du musst wissen, der Manfred ist ein Hingucker.

Aber ich muss dir jetzt gleich auch eine Relativierung vor den Latz knallen. Aus meiner Sicht. Der Manfred, ganz klar: groß, schlank, dunkelhaarig, braungebrannt, sportlich, schönes Gsichterl, er ist *perfekt*.

Da stimmt *alles*!

Da ist *nichts*!

Das hat schon seinen Grund, warum ich mir seinen Namen nicht merken kann. Ohne Schmarrn, wenn du dich mit dem unterhältst, da bekommst du ein Gefühl dafür, was Leere ist.

Eine Aufzugfahrt zum Beispiel, nur du und er: Das ist gruselig. Weißt, wenn da so gar nichts kommt.

Aber du, das kann doch die Kathi nicht wissen. Und wenn sie's wüsste, dann wär der das scheißegal. Und dass er viel zu alt für sie ist – ebenfalls vollkommen bedeutungslos. Hauptsache schön. Uijuijui. Die Kathi schaut dem Manfi hinterher, wie früher ältere Männer jungen Dingern hinterhergeschaut haben. Das kommt einem vor wie eine groteske Rollenumkehrung. Grad, dass sie ned noch zu pfeifen anfängt. Weißt schon, so ein Uh-la-la-Pfeifen.

Die jungen Frauen von heute? Holla, die Waldfee! Ich wünsche den jungen *Männern* von heute viel Glück.

Ihr werdet es brauchen.

»Jetzt geh weiter, dir fallen ja glei die Augen raus«, sag ich belustigt, und sie nickt gleichmütig, als wäre sie Tadelungen für ihren Voyeurismus gewöhnt. Und sogar der Aloisi, dem inzwischen dicke Kopfhörerkabel aus den Ohren hängen, erkennt endgültig, dass für ihn bei der Kathi nix zu holen ist, und macht ein tieftrauriges »*Kkchrha*«.

Die Constanze, meine übliche Hair-&-Make-up-Assistentin, hat sich krankgemeldet. Da ist es ein glücklicher Zufall, dass die Maria-Klara, die sonst Mindys angestammte Spezialistin ist, heute netterweise einspringt.

Ich sitze also in der Garderobe vor dem hell erleuchteten Schminkspiegel, um mich für die Sendung fertig zu machen und fertig machen zu lassen, und plaudere mit der Maria-Klara, die an meinem Gesicht rumwerkelt, während die Kathi im hinteren Bereich des Raums chillt, was ich deshalb so exakt weiß, weil ich mithöre, wie sie ihrer Insta-Community gerade genau das mitteilt. »Wuhu, meine Lieben – bin hier gerade mega am Chillen, in der Maske von Shop Drops. Megaentspannt.«

Ich will jetzt nicht sagen, dass mich Kathis durchgehende Filmerei mitsamt ihrer Live-Kommentierung stören würde, es ist vielmehr … also, es macht mich wahnsinnig.

Eher würde ich mir aber die Zunge abbeißen, als ihr das zu sagen, weshalb ich mich, in meinem Schminkstuhl sitzend, ganz auf die Maria-Klara konzentriere, die neben mir steht, meine Wangenknochen akzentuiert und prüfend in den Spiegel schaut, wo sich unsere Blicke treffen.

»Gut so?«, will sie wissen und zeigt mit dem Pinselstil auf die gemeinte Stelle. Wie es in ihrem Berufsstand vorausgesetzt wird, ist die Maria-Klara immer enorm motiviert und betont fröhlich und redselig, wo ich mich immer frag, ob man dafür mit tiefer Schwermut bezahlen muss, wenn man dann abends wieder mit sich selbst allein ist. Kreuzunglücklich vorm Fernseher.

Perfekt so, nicke ich begeistert und frage: »Du sag mal, die Mindy ist seit dem Vorfall mit dem Olaf im Urlaub, oder? Untergetaucht, quasi?« Als ob ich das nicht wüsste, ich taste mich halt vor.

»Ja. Traurige G'schicht, das alles«, antwortet die Maria-Klara ein bisschen vage, weshalb ich nicht erkennen kann, ob sie damit auch Olafs Tod meint, oder lediglich den Effekt, den er auf die Mindy hat.

»Es ist schon erstaunlich, wie stark das die Mindy hernimmt, findest du nicht auch?« Ich schaue die Maria-Klara an, nicht *zu* investigativ. Mit ihren fast einundfünfzig Jahren sieht sie immer noch mädchenhaft aus, wirklich enorm. Da ist kein einziges graues Strähnchen im blonden Haar.

»Mei, es ist halt viel zusammengekommen bei ihr, über die letzten Jahre«, sagt sie, und es folgt ein Räusperer. Als ihre Stylistin steht die Maria-Klara der Mindy natürlich viel näher als mir, und ich habe nicht nur deshalb das Gefühl, als beträten wir gerade vermintes Gelände.

Der Aufnahmeleiter kommt rein und sagt, »Noch vier Minuten«, was bedeutet, dass ich in vier Minuten am Start sein muss, um mal wieder meine Kollektion *live on air* zu präsentieren. Falls du also was brauchst, schalt gleich *Shop til you Drop TV* ein.

»Jetzt pass auf …«, murmelt die Maria-Klara, wie auf Kommando wieder hochkonzentriert und echt über ein normales Maß angespornt (die *muss* depressiv sein, deshalb auch die Jugendlichkeit, typisch für Melancholiker), »jetzt mach ich dir da noch einen Highlighter für den perfekten Glow hin … nur so ganz leicht … hier, tupf, tupf, dann mit dem Wattepad hier so raufstreichen … ja-woll … per-fekt! Siehst du? Schee, oder?«

Sieh an, da hab ich auch noch was gelernt. Das ist wirklich enorm. Kleiner Kniff, große Wirkung. Die Maria-Klara versteht ihr Handwerk. Ich bestätige ihr, wie toll das wirkt. Das freut sie. Mich auch. Muss ich mir merken. Sogar die mit Schmink-Tutorial-Muttermilch aufgezogene Kathi hat kurz von ihrem iPhone aufgeblickt, war aber nur so halb geplättet von Maria-Klaras Technik. Die haut einfach nichts mehr vom Hocker.

Ich schaue mir mein Antlitz kopfdrehend noch etwas an und sage, ohne zu übertreiben: »Weißt du, Maria-Klara, ich versuche schon die ganze Zeit rauszufinden, wieso genau die Mindy geglaubt hat, mir letzte Woche vor der Polizeistation eine mitgeben zu müssen.« Ich werfe einen prüfenden Blick in den Spiegel. »Seitdem hab ich sie nicht mehr gesehen und auch telefonisch nicht erreicht«, Lüge durch Auslassung, ich würde die Mindy niemals anrufen oder antexten, das wäre aussichtslos, »und vorhin wollte ich bei ihr daheim vorbeischauen, aber da wohnt sie nicht mehr. Ich weiß jetzt nicht, wie eng ihr seid, aber … du weißt nicht zufällig, wo ich sie finden könnte, oder?«

Die Maria-Klara macht ein Gesicht, als hätte ich sie was ganz Intimes gefragt. Schön ist das nicht, und gerade für ihre Verhältnisse eine wahrhaft sperrige Reaktion. Man kann sich's vorstellen, Make-up-Artists, Friseurinnen, Menschen aus dem körpernahen Dienstleistungssektor generell: Die sind in Sachen Konversation wirklich geschliffen, die verfügen da über einige Erfahrung. Und wenn dann so jemand derart rumdruckst!

Die Maria-Klara windet sich also, Marke *Cringe*, und entscheidet sich für eine Runde Stammelei: »Ähm, die Mindy … ich weiß jetzt gar nicht, ob ihr das recht wär, wenn ich dir ihre Adresse …«

»Ach, Maria-Klara, es wäre wirklich großartig, wenn du

mir helfen könntest. Für mich ist das nämlich auch sehr belastend, nicht zu wissen, was da zwischen uns steht. Die Polizei kommt mit den Ermittlungen zu Olafs Ermordung keinen Schritt weiter, und in meinem Leben geht's seitdem rund – ach, ich sag's dir –, damit will ich dich gar nicht behelligen.« (Und damit, dass eine Zuhälterlegende namens Dampfhammer Erwin mir gegenüber Mindys Namen ebenfalls ins Spiel gebracht hat, erst recht nicht.)

»Du würdest mir wirklich einen großen Gefallen tun, wenn du mir verraten könntest, wo ich die Mindy finden ka…«

»Prälat-Zistl-Straße, glaub ich, Hausnummer weiß ich nicht, aber es ist ein gelbes Haus links«, haut die Maria-Klara unerwartet schnell raus, was vielleicht daran liegt, dass meine Sendung gleich beginnt.

Überrascht mache ich »Ah«.

Sie sagt: »Von mir hast du's nicht!«

»Natürlich nicht«, versichere ich ihr hastig. »Wem soll ich's denn sagen!« Als ob's darum ginge!

Du, und nebenbei, die ganze Zeit, im Hintergrund, dauernd, die Kathi, wirklich durchgehend: schwafelt und lächelt in ihr Handy. Furchtbar. Die Abschaffung von Scham und Langeweile durch Smartphones war einfach keine gute Idee.

»Prälat-Zistl-Straße … ist das nicht in der Innenstadt?«, frage ich die Maria-Klara noch, während ich mir bereits das Papierlätzchen abmache und mich aus dem Schminkstuhl erhebe. Es wird höchste Zeit. Heute beginnen wir die Sendung mit meinem Parfum im goldenen Stiletto-Flakon. Das roséfarbene kannst du aber auch nach wie vor bestellen. Schalt nachher ein, wirklich, nur interessehalber, natürlich!

»In der Innenstadt?« Die Maria-Klara schaut mich kurz irritiert an, was ich denn mit *Innenstadt* meine. Dann scheint sie etwas zu begreifen: »Ach so, nein, nicht in München. Ich mein die Prälat-Zistl-Straße hier in Bad Seltsham.«

Mich haut's fast direkt wieder in meinen Stuhl zurück. Hab ich mich verhört? Soll das ein Witz sein?

Die Ex des Milliardärserben Albert Söderbohm, unsere High-Society-Dirndlmoden-Designerin, meine Schickimicki-Schickse: Die wohnt jetzt hier ums Eck vom Sender? Aufm Dorf quasi? Sie? Die Stadtschnecke? Ausgerechnet?

Gegenüber der Maria-Klara versuche ich, nicht zu viel Überraschung erkennen zu lassen, sage, »Danke dir, vielen Dank!«, sowohl für den Prälaten Zistl als auch für die Maske, und trotte grübelnd ins Aufnahmestudio.

Nur wenige Augenblicke später leuchtet auch schon das rote Lämpchen über einer der Kameras auf, und die Regisseursstimme, die durch meinen Ohrknopf zu mir spricht, sagt: »Die drei ... zwo ... eins ... und – *bitte*!«

»Einen wunderschönen guten Nachmittag, meine Damen, meine Herren, schön, dass Sie wieder eingeschaltet haben zu Vikki Victorias *Wham! Bam! ...*«, spule ich routiniert runter, bin aber nur so halb bei der Sache. Gerade, dass ich mich nicht verhaspel.

Die Schwamminger Mindy in Bad Seltsham!

Entschuldige bitte das erbärmliche Wortspiel (ich darf auch mal), aber ... das ist mehr als seltsam.

12

Sofort nach Ende meiner Sendung springen die Kathi und ich ins Auto und verlassen den *Shop til you Drop TV*-Parkplatz, biegen aber nicht nach links Richtung Autobahn München ab – schön wär's –, sondern nach rechts. Nach Bad Seltsham City. Mittenrein.

Mindy, wir kommen.

Supergirl hat gesprochen.

Ich hoffe, du hast dir meine heutige Sendung, wie ich's dir vorhin empfohlen habe, gerade eben nicht angesehen. Ich war so schlecht drauf, Hölle. Unkonzentriert, fahrig, ich hab die ganze Zeit an die Mindy gedacht, und finde es immer noch unerklärlich, dass sie jetzt in Seltsham wohnen soll!

Da stimmt doch schon wieder etwas ganz und gar nicht.

Zügig folgen die Kathi und ich der geteerten Einfallstraße, deren Belag ab dem rötlichen Fachwerkbau, der das Touristik-Informationszentrum beherbergt, zu ruckligem Kopfsteinpflaster wird. Uns schüttelt's richtig durch in unseren Sommerkleidchen (meines vorhin ja neu gekauft), und meine Perücke kratzt auch ein bisschen an der Seite, und … ach Gott, meine ganzen Perücken muss ich ja auch neu organisieren. Alle verschmort. Ich weiß jetzt gleich gar nicht, wie das mit der Versicherung ist. Nein, ich darf nicht dran denken, was für einen Rattenschwanz der Brand nach sich zieht.

Der Dampfhammer hätte sich doch auch damit begnügen können, mir erst mal nur die Reifen aufzuschlitzen. Oder mir einen Totenkopf per Post zu schicken. Oder mir was ganz Fieses zu twittern … Abteilung *Erste Warnung.* Aber gleich so?

Auf unserem Weg durch die Ortschaft geht's vorbei an diversen urigen Hotels, wie dem Bad Seltshamer Kurhotel (nicht zu verwechseln mit dem moderneren Bad Seltshamer Parkhotel), Geschäften im Retrochic und mit Landtouch, einem obligatorischen REWE und einem Rentner, der stoisch eine Kleinbaustelle beobachtet, bis wir kurz vor einer der zwei Flussbrücken dem Wegweiser Sennerwirt/Seilbahn folgen, genau so, wie uns die Maria-Klara das beschrieben hat.

Die Kathi nimmt meine Angespanntheit deutlich wahr und hat sogar aufgehört, Instagram zu füttern. Stell dir das mal vor! Meine Nerven: Wackelpudding. Kann man durchaus so sagen, wenn das sogar die Kathi merkt.

Parallel zum Fahren versuche ich die ganze Zeit, den Straßennamen von Mindys Wohnung ins Navi einzugeben, als zusätzliche Hilfe zur mündlichen Schilderung von der Maria-Klara. Die Kathi kann mein Nebenbeigetippe gar nicht mitanschauen.

»Was erwartest du dir denn überhaupt von der Mindy«, fragt sie mich, was auch bedeuten könnte: »Fahren wir doch gleich heim!«

»Ich weiß es nicht so genau«, gebe ich zu. »Ich hoffe, sie kann mir verraten, warum sie so urplötzlich glaubte, dass ich an Olafs Ermordung beteiligt war … Vielleicht kann ich daraus irgendwas ableiten.«

»Dein Boxkampf mit der Mindy, ach stimmt! Momentchen!«, sagt die Kathi und prüft ihr Handy, das sie zwar temporär gerade nicht benutzt, aber dennoch selbstverständlich keine Sekunde aus der Hand gelegt hat. Handy und Hand: verwachsen. »Eins Komma drei fünf Millionen Views auf

YouTube«, reibt sie mir die aktuellen Klickzahlen meiner schmählichen Niederlage unter die Nase. Was für ein schöner Erfolg … Ich wünschte, einer meiner Auftritte oder Songs bekäme auf YouTube mal eine solche Resonanz. Aber infantilisiert, wie der Planet mittlerweile ist, kommst du nur noch mit Kuriositäten, Trash oder Klamauk ans Licht.

Da! Prälat-Zistl-Straße. Auch die Kathi reißt's, als sie das blaue Straßennamensschild sieht, das nach links zeigt.

Eng und kurz ist die Straße, so sehe ich linker Hand sofort das von der Maria-Klara beschriebene gelbe Haus. Die Nummer 6.

Ein zweistöckiger Rauputzbau mit breitem Giebeldach und stirnseitiger Holzverkleidung. Sieht nach einem Dreiparteien-Wohngebäude aus. In jedem Stockwerk ein Mieter.

Erdgeschoss, erster Stock, Dachgeschoss.

Stadt, Land, Fluss.

Hund, Katze, Maus.

Ene, Mene, Muh.

Du siehst, mir geht der Arsch auf Grundeis.

Auf den Klingelschildern dieses Wohnhauses sind die Namen wenigstens komplett ausgeschrieben, nicht wie bei Mindys alter Adresse im Waldfriedhofviertel.

Vorschnell will ich schon das Konservative, das Traditionelle, das Rustikale am Landleben lobpreisen, aber wenn man ehrlich ist: Bei einem getöpferten und handbemalten Klingelschild im Salzteig-Dekor, auf dem steht:

Hier wohnt und lebt und liebt die Familie Lettenbichler!
Der Hansi, die Biene, der Pauli, das Mäxchen
und die Lilly, samt Tippsy, der Hündin

… also, da kriegt man doch auch gleich mal das kalte Kotzen. Trotz der enormen Informationsdichte und Transparenz!

Die ist natürlich vorbildlich, um Gottes willen, da will ich gar nicht dran mäkeln. Datenschutz alter Schule. Nur weiter so. Aber dennoch.

Bevor ich die Klingel betätige, schaue ich die Kathi an, meine moralische Unterstützung. Sie lächelt aufmunternd, ich atme durch und drücke den Klingelknopf neben dem Namen *Min y Schwamminger*. Keine Ahnung, was mit dem *d* passiert ist.

Durch die Gegensprechanlage dringt zunächst ein Rauschen, dann technoide Musik und daraufhin eine knarzige Stimme: »Hallo?«

Sie ist es!

»Ja hey, Mindy, hi! Ich bin's, die Vikki«, sage ich und erwarte einen Tornado, eine Hasstirade oder zumindest eine abschätzige Abwimmelei. Stattdessen summt der Türöffner, und ich stemme mich viel zu stark gegen die dicke Glastür, sodass ich beinah in den Flur fliege.

Begleitet vom Geklapper meiner Reisepumps-Sohlen (4,5 cm Absatzhöhe) und dem leisen Schmatzen von Kathis Converse Sneakern nehmen wir die marmorne Treppenflucht in den ersten Stock.

Mit einer Schulter ans halbgeöffnete Türblatt gelehnt, nicht unbedingt lässig, vielmehr, als würde sie sich abstützen, stiert uns die Mindy aus ihrer Wohnung entgegen. Sie sieht aus wie ein Nervenzusammenbruch. Diesbezüglich könnten wir Zwillinge sein.

»Ja, wen haben wir denn da?«, sagt sie in gekonntem Ton, der Argwohn und auch ein bisschen Nachsicht spüren lässt, vor allem aber Argwohn.

Noch bevor mir irgendetwas Geistreiches einfällt, dreht sie sich auch schon kommentarlos um, lässt die Tür offenstehen, ohne ein »Kommt rein«, was es aber heißen soll, und stakst zurück ins Herz der Wohnung, wobei sie ihr Gleichgewicht gerade so mit abgespreizten Armen austarieren kann. Ein Boot in heftigem Wellengang.

Bei Betreten der Wohnung eröffnet sich einem ein weitläufiger Raum, der einem Loft mit Holzdecke ähnelt. Der Kathi und mir fallen sofort die vielen verschiedenen Gelbtöne auf, was die Kathi mit einem geflüsterten »Wuw, ganz schön gelb!« treffend zusammenfasst. Sowohl das überdimensionierte Ecksofa links als auch die Fronten der offenen Küchenzeile rechts und sogar die Verkleidung der bis zur Decke verstrebten Bar, alles ist in einem satten Goldgelb gehalten. Durch den Kontrast zu den sonst vorwiegend schwarzen Flächen und den zahllosen Fensterrahmen zu beiden Seiten, sieht es hier aus wie in der Lieblingswabe von Biene Maja.

An der kleinen ovalen Stereoanlage, die auf einem Beistelltisch steht, dreht die Mindy den plärrenden Kirmestechno leiser. Absolute Primitivenmukke aus den Neunzigern. (Positiv gemeint, natürlich.)

»Sehr nett, dass du uns empfängst, Mindy ... noch dazu unangemeldet«, sage ich, während ich die Tür vorsichtig ins Schloss drücke. Die Mindy stützt sich indessen erschöpft mit ihrem Ellbogen auf dem Tresen der runden Bar ab, die quasi den zentralen Blickfang des Zimmers darstellt, das Kernstück. So als wäre die Wohnung um die Bar herum gebaut worden.

»Geh, red doch ned so gschwollen daher. Wollt's was trinken?«, lallt die Schwamminger Mindy ausm Hasenbergl uns entgegen. Subtilität? Weit gefehlt.

»Erst mal nicht, danke«, wiegle ich ab – und sprech da gleich für die irritierte Kathi mit. Die Mindy schaut beleidigt, macht ein abschätziges »Hm« und streicht sich durch die strubbeligen schwarzen Haare. Heute schon geduscht?

Hatte ich vorhin lediglich den Verdacht, ihr glasiger Blick

und die babbelnde Aussprache könnten ein leiser Hinweis sein, so kann ich es nun als gesichert bestätigen: Die Oide is hackedicht. Und zwar nach Strich und Faden.

Mein Vorteil? Mein Nachteil?

»Schön hast du es hier«, lasse ich sie wissen, und das stimmt auch irgendwie. Bloß passt die Einrichtung in ihrer Biederkeit halt nicht zu dem Glitzerchic, für den die Mode designende Mindy S. sonst steht. Ich habe so viele Fragen. Aber eins nach dem anderen.

»Das ist die Kathi. Kathi, die Mindy«, stelle ich die beiden erst mal einander vor. Sofort poltert die Mindy heraus, »Kenn ich doch, logisch. Ich weiß Bescheid«, und wendet sich direkt an die Kathi: »Ich folg dir auf Insta. Und auf YouTube auch. *Kathi Sweet Allaround*, ja logo.«

Die Kathi plustert's gleich auf, ihre Augen glänzen, und ich bin mal wieder überrascht, welche Reichweite meine Kleine aus dem Stockwerk unter mir hat.

Im sentimentalen Duktus einer Angeheiterten schwadroniert die Mindy weiter: »Dein Blog über den pinken Lidschatten von Miko Gambaccini hat mir echt das Leben gerettet. Ich hab schon geglaubt, ich bin verrückt, weil das auf meiner Haut immer gleich zu klumpen begonnen hat. Bis du gekommen bist, mit deinem Beitrag. Du hattest vollkommen recht! Wer die Foundation vergisst, der ist …«

»… *selbst schuld!*«, plärren die Mindy und die Kathi gleichzeitig heraus, ohne Vorwarnung oder Absprache, und lachen sich schlapp, wie zwei Schwestern, die einen alten Insiderwitz wieder rausgekramt haben.

Jetzt ernsthaft?

Wer die Foundation vergisst, der ist *selbst schuld*?

Ist das in der Insta-Welt sowas wie *Sein oder Nichtsein*?

Allgemeinbildung?

»Su-uper«, schließt die Mindy die kleine Exkursion mit

einem langen Ausatmer ab und schiebt sich achtlos ihr Ralph-Lauren-T-Shirt an der Schulter zurecht. »Nehmt's Platz!« Sie zeigt auf das Ecksofa, auf dem gut und gern ein Dutzend Menschen abhängen könnten. Ist so eine schaumstoffige Chillcouch.

Anstatt einem »Also, was willst du hier?« fragt mich die Mindy ernst, »Wie geht's deiner Nase?«, und ist schlagartig wieder ganz die Alte.

»Wenn du sie mir nicht gleich noch mal einzuschlagen versuchst, müsste sie bis an mein Lebensende halten«, knurre ich künstlich echauffiert. Ich möchte ja was von der Mindy, also kreise ich im Charmebolzinnenmodus um sie herum! Ich vermelde: »Aber: Entschuldigung angenommen!«

Die Kathi und ich, wir setzen uns, während die Mindy sich frontal vor uns postiert. Stehend. Herrin im Haus.

»Hast also rausgefunden, wo ich jetzt wohne!«, meint sie in verächtlichem Ton, und ich will mir schon eine fadenscheinige Erklärung aus den Fingern saugen, ohne die Maria-Klara bloßzustellen (ich frage mich aber schon, wieso Mindys neue Wohnung so ein Geheimnis ist?), da schlurft die Mindy zurück zur Bar und sagt über ihre Schulter: »Dann sind der Erwin und du jetzt wohl ganz dicke. Ich hab's schon gehört!«

Moment! Gib mir einen Augenblick! Die Mindy glaubt, der Dampfhammer Erwin hätte mir verraten, wo ich sie finde? Sie glaubt, er und ich seien *ganz dicke*? Ich habe den Dampfhammer doch noch überhaupt nicht erwähnt. Und dicke bin ich mit dem Lackaffen ganz bestimmt nicht.

»Hm«, murmle ich, weil, widersprechen werde ich der Mindy ganz sicher nicht. Vielleicht kann ich einen Nutzen aus diesem Irrtum ziehen.

»Ihr beiden passt ja auch gut zueinander. Ruchlos und skrupellos. Ihr beseitigt alles, was sich euch in den Weg stellt!«, witzelt die Mindy und schaut mir knapp unters Kinn, weil Betrunkene mit ihrem Blick immer etwas tiefer rutschen.

»Schickt mir der gottverdammte Dampfhammer die gottverdammte Vikki Victoria ins Haus, ich glaub's ja nicht«, fährt sie fort und will sich mit ihrem nachgefüllten Glas torkelnd auf den Weg zu uns machen, aber da werden die Kathi und ich Zeugen, wie sie mit der geübten Ungelenkigkeit einer schweren Säuferin über einen der Stühle neben dem Tresen fällt und alles mit sich reißt. Es macht einen Heidenkrach. Man hat das Gefühl, einem Naturschauspiel beizuwohnen. Vermutlich einem, das sich hier in dieser Art neuerdings täglich ereignet.

Wir springen auf, um der Mindy zu Hilfe zu eilen, aber die schreit sofort: »Hört's auf ... ned ... lasst's ... lasst's ... setzt's euch wieder hin ... alles okay ... alles okay.«

Wir tun, wie uns geheißen. Schockierend ist der Anblick aber schon, kannst du ja sicher nachfühlen.

Nachdem sich die Mindy wieder derrappelt, zurechtgezupft und mit einem frischen Whiskey Cola zu uns auf die Couch gesetzt hat, überlege ich mir, wie ich mich jetzt verhalten soll. Weil, gerade hat sie mir, völlig ohne mein Zutun, verraten, dass sie ein Problem mit dem Dampfhammer hat und noch dazu ernsthaft glaubt, *er* hätte mich geschickt. Fantastisch.

Ich hab mal einen Film gesehen, da war der schrullige Inspektor derart schlau, dass er den Verdächtigen ganz gezielt nicht nach etwas gefragt hat, sondern so tat, als wüsste er sowieso schon Bescheid – woraufhin der Delinquent von allein alles ausgeplaudert hat. Weißt schon, das ist eine psychologische List, angewendet bei Menschen, die zum Redseligen neigen.

Und Betrunkene tun das ja gemeinhin sowieso. Offensichtlich auch die Schwammingerin, mit ihrem alkoholgeschwängerten Atem.

Jetzt sag ich dir was: Diese Inspektor-Schlaumeier-Taktik versuch ich gleich mal selbst.

Um einen Anfang zu machen, sage ich: »Als der Dampfhammer mir erzählt hat, dass du jetzt aufm Land lebst, war ich im ersten Moment schon überrascht.« (Nicht, dass du mir jetzt auch noch durcheinanderkommst: Der Dampfhammer hat mir einen Pfeifendeckel erzählt.)

»Deinen Sarkasmus kannst du dir sparen«, faucht die Mindy, obwohl ich total samtpfötig klinge.

»Bist du denn nicht happy hier?«, wahre ich mein Gesicht und lasse ihre Abwehrhaltung ins Leere laufen.

»Willst du mich verarschen? Hier im Kaff, bei den Landeiern? Komm, hör mir auf!«

»Na ja, so richtig gezwungen hat dich ja keiner ...« Ich wage mich noch ein Stück vor und ertrage ihren Ton.

»Wenn dir der Gerichtsvollzieher den Uhu an den Türpfosten pappt ... da weiß ich nicht, was du an meiner Stelle gemacht hättest, Vikkilein.« Die Mindy nimmt einen Schluck aus ihrem geschliffenen Glas. Unter uns: Ich glaub, dass ihre Schwatzhaftigkeit nur zur Hälfte meiner genialen Strategie geschuldet ist. Die Mindy ist halt voll bis oben hin.

»Vielleicht hättest du dich nicht so auf den Dampfhammer einlassen sollen ... Könnte doch sein, meinst' nicht?« Boah, ich wage mich hier auf wirklich dünnes Eis. Ich habe keinen Schimmer, wovon ich spreche, ich schieße einfach mal ins Blaue und hoffe, dass das Blau schlimmstenfalls so blau wie die Mindy ist.

»Was hätt ich denn machen solln? Der Dampfhammer war die beste Alternative ... hab ich gedacht. Aber du hast schon recht ... Bloß, im Nachhinein ist man immer schlauer.«

»Ja, das stimmt«, nicke ich naiv mit dem Kopf. Ich darf Mindys Schwallerei auf keinen Fall abreißen lassen! Und während ich wie ein kopfgewordenes Schaukelpferd so nicke, habe ich eine meiner seltenen Eingebungen – alle anschnallen! – und denke mir: Halt, Stopp! Die Mindy hat gesagt, der Dampfhammer war »die beste Alternative«? Und da schnackelts bei mir, und ich bin schlagartig bereit, mich richtig in die Nebelwerferwolke zu stürzen, die ich gerade selbst entstehen lasse. Was soll schon passieren?

»Aber der Dampfhammer hat doch allgemein so einen guten Ruf, dass er seine, ähm, Mitarbeiterinnen immer top behandelt. Faire Konditionen, saubere Sache und so. Stimmt das nicht?«, frage ich und muss aufpassen, es mit meiner gestelzten Naivität nicht langsam zu übertreiben. Aber du checkst schon, woher meine Eingebung gerade kommt, hoffe ich. Wir haben *hier* den Dampfhammer Erwin, und wir haben *da* die Mindy. Beide sind ganz offensichtlich miteinander verbandelt. Das haben sie mir, getrennt voneinander, mitgeteilt. Und weiter: Er: legendärer Großzuhälter. Sie: ein offensichtlich aus seinem Koordinatensystem gefallenes, nicht mehr ganz junges Mädchen.

Den Rest könnte man sich zusammenreimen.

Könnte, hätte, würde, sollte, dürfte, ich weiß. Aber schau an, die Mindy steigt ein. Sie sagt: »Zu anfangs war der Dampfhammer okay, das stimmt. Und die Jobs hat er immer eins a abgerechnet. Da gab's nie Probleme. Bis eben … der Olaf aufgetaucht ist. Da wurde er plötzlich hellhörig.«

»Ja, verstehe.« Ich verstehe rein gar nichts. Außer, dass hier gerade eine Tür aufgeht, ach was, ein haushohes *Scheunentor*. Ich fasse nach: »Also der Dampfhammer wurde hellhörig, meinst du?« (Könnte ja auch der Olaf gemeint gewesen sein.)

»Ja, klar, der Dampfhammer, wer sonst?«

»Ja, klar, logisch«, bestätige ich schnell. Wie lange das hier wohl noch gutgeht?

Ziemlich lang, könnte ich mir mit einem Mal vorstellen, denn aus heiterem Himmel fängt die whiskeyselige Mindy an, so zu wimmern und regelrecht zu schluchzen, dass es einem selbst fast die Luft abschnürt. Zum Steinerweichen. Da schau her. Die Mindy krümmt sich vornüber, klappt praktisch in sich zusammen, den Kopf nach unten geknickt, und verschüttet dabei beinah ihr Glas. Wobei es so weit natürlich nicht kommt. Alkohol verschütten – niemals. Übung macht den Meister.

Aber traurig ist das alles schon.

Sie tut mir leid. So richtig. Ich schaue die Kathi an, die auch ein Mitgefühlsgesicht macht, so mit runtergezogenen Mundwinkeln und Bambiblick, und ich rutsche auf der Couch zur kurzatmigen Mindy rüber und nehme sie in den Arm, weil ihr schüttelfrostartiger Weinkrampf ja nicht mitanzuschauen ist.

Mit gerührter Stimme (ich will das gar nicht) flüstere ich ihr alle aufmunternden Phrasen zu, die man so kennt – denn es sind nun mal genau deshalb allgemein anerkannte Phrasen, weil sie in solchen Situationen auch total aufrichtig aus dir rauskommen. Und wenn es ein ehrliches Trostspenden gibt, dann ist es genau das, was ich da gerade mit der Mindy mache.

Ich würde mich nämlich sagen trauen – und ich weiß nicht, wie der Rest der Welt das sieht –, aber ich persönlich würde mich bereits sagen trauen, dass die Mindy als Prostituierte für den Dampfhammer Erwin gearbeitet hat. Ohne mich zu weit aus dem Fenster lehnen zu wollen, dürfte das, nach derzeitigem Kenntnisstand, an diesem frühen Abend im zweiunddreißig Grad warmen Bad Sehr Sehr Seltsham als nahezu gesichert betrachtet werden.

Und allein wegen diesem Umstand bedaure ich die Mindy, wie ich es nie für möglich gehalten hätte, seit sie mir erst vergangene Woche so richtig saftig die Fresse poliert hat.

Bitte sieh mir meine Ausdrucksweise nach, denn die Mindy ist nicht die Einzige hier, die energetisch auf Kante genäht ist. Oder über emotionales Schmirgelpapier schlittert. Nenn es, wie du willst, aber das alles hält ja kein Mensch aus.

Während ich die Mindy immer noch in meinem Arm halte, zwinkert mir die Kathi zu und zeigt mit ihrem Blick diskret auf ihr Handy, das neben ihr an der Sofa-Rückenlehne aufrecht postiert steht. Sie zeichnet alles mit, in Ton und Bild, scheint mir. Meine geniale Kathi! Perfekt.

Nein, dieses Gespräch mit der Mindy ist noch nicht vorbei. Zumal die Mindy, gramgebeugt, wimmernd und nach wie vor in sich gekrümmt, einen weiteren Schluck von ihrem Whiskey Cola nimmt. Sie zieht ganz schön was weg. Prima, prima. *In vino veritas*. Und ein bisschen mehr *veritas* könnte ich durchaus noch gebrauchen, Mindylein. Wohl bekomm's!

13

Die Schleusen sind offen. Alle. Nachdem sich die Mindy wieder gefangen hat, aber immer noch genügend von ihrem eigenen Schicksal ergriffen ist, um sich die Dinge von der Seele reden zu wollen, entlasse ich sie aus meiner Umarmung und rutsche auf meinen ursprünglichen Platz auf dem Biene-Maja-Sofa zurück, neben die Kathi.

Vereinzelte Schluchzer zeugen noch von Mindys vorangegangenem Weinkrampf, sind aber nur verebbende Nachwehen. Sie fasst sich langsam, das Whiskeyglas noch immer in der Hand, ja sicher, was glaubst denn du!

Unverändert in meiner Inspektorin-Vikki-tut-allwissend-Rolle aufgehend, suche ich nach einem Anschluss zu Mindys Enthüllungen aus ihrer gar nicht mal so schönen jüngsten Vergangenheit.

»Geht's wieder?«, frage ich sie zunächst mal, weil sich das so gehört. Und die Mindy schnieft anstandshalber als Antwort. Eine höflicher als die andere.

Etwa die Hälfte der unglaublichen *zwölf* Doppelfenster dieses Raums ist sperrangelweit geöffnet, was aber an der Stickigkeit hier herinnen nicht das Geringste ändert. Am Popo und am Rücken werd ich schon ganz glitschig.

Ich fahre fort, vollauf detektivisch: »Du hast gemeint, du und der Dampfhammer Erwin, ihr hättet zunächst keine Probleme miteinander gehabt, als du für ihn als …«, beinah wär mir *als Nutte* rausgerutscht, »… als du für ihn gearbeitet hast. Und dann ist der Olaf aufgetaucht«, trage ich behutsam vor.

»Genau«, nickt die Mindy und zieht ihre Zungenspitze horizontal über die Oberlippe. Anspannung.

»Ich war schon überrascht, zu hören, dass du beim Dampfhammer angefangen hast. Und dass es bei dir finanziell derart eng geworden ist, dass du diesen Schritt wagen musstest, das hab ich mir erst gar nicht vorstellen können«, rate ich mal mutig drauflos. Letztlich geht's doch immer ums Geld.

Und siehe da: Die Mindy widerspricht mir nicht, windet sich nur ein wenig und sagt gebrochen: »Keinen Cent hatte ich mehr. Der Schwachmat hat seine Zahlungen einfach eingestellt!«

Du kennst meine Allwissend-Technik. Ich frage nicht: »Welcher Schwachmat?«

Ich sage stattdessen: »Ach, der Alfred!« Alfred Söderbohm: ihr Exmann, der Milliardärsspross.

»Ja, sicher. Es war schon ein Geschiss nach der Scheidung, die Scheißwohnung beim Waldfriedhof zugestanden zu bekommen, des kannst du dir gar nicht vorstellen.«

Du kennst meine Allwissend-Technik. Ich frage nicht: »Was? Wie bitte? Hattest du nach der Scheidung nicht etwa mordsmäßig ausgesorgt, für alle Zeit?«

Ich sage stattdessen: »Ja, Männer sind einfach schäbig!«

»Schäbig? Ich hab nach der Scheidung erst mal gar nichts bekommen. Die Söderbohms haben drei Anwälte eingeschaltet, um die Trennung abzuwickeln. Die ham mich abgespeist wie den letzten Abschaum. Wie eine kleine, dahergelaufene Unterschichtentrulla.« Jetzt kommt die Mindy in Schwung. Wir sind anscheinend wieder auf Freundinnenniveau. »Arrogante Schweine. Die ganze Familie vom Alfred hat mich von Anfang an nicht akzeptiert. Denen war ich schon immer zu niedrig, vom Stand her. Richtig Spaß hat's denen gemacht, ihre Rechtsverdreher auf mich zu hetzen. Endlich konnten sie sich an mir rächen.«

Mir zieht's automatisch die Augenbrauen hoch. Krass, das zu hören. Missgunst, Komplexe, Standesdünkel – eine ganze Lebensgeschichte entfaltet sich hier in ein paar hingeworfenen Sätzen. Und ich und die Presse und die Öffentlichkeit und alle, wir dachten immer: der Alfred und die Mindy, das absolute Traumpaar. Perfekte Kombi. Der reiche Traumprinz und das einfache Mädel – die ultimative Märchenbeziehung. Zusammen im Paradies des Wohlstands, die große Liebe als der unumstößliche Gleichmacher. Und was für schöne Lächelfotos immer in den Zeitungen abgedruckt waren. Strahlemann und Söhne. Ich bin sicher, wer die Bilder von den beiden gesehen hat, war sofort ganz neidisch.

Hinter den Kulissen sieht's einfach meistens anders aus. Man macht sich halt immer übertriebene Vorstellungen von Milieus, die man nicht kennt. Nur das Unbekannte lässt einen an Perfektion glauben.

Die Söderbohms haben die Mindy also nach der Scheidung abgezockt. Unglaublich, bei einem geschätzten Familienvermögen von knapp vier Milliarden Euro. Merke: Von Milliardären kriegst du im Zweifelsfall vermutlich weniger Alimente als von einem Durchschnittsverdiener. Also proportional.

Du kennst meine Allwissend-Technik. Ich frage nicht: »Und der Alfred und du, ihr hattet vorab keine Vereinbarung für den Scheidungsfall geschlossen?«

Ich sage stattdessen: »Bei so einem Aufgebot an Staranwälten hilft am Ende auch kein Ehevertrag.«

Treffer! Weil die Mindy präzisiert von ganz allein: »Mit nichts wollten die mich abspeisen. Kannst du dir das vorstellen? Mit nichts, null, nassing (= nothing). So knausrig sind die, die ehrenwerten Söderbohms, dieses Pack!«

Ich möchte den Kopf einziehen, so sehr steigert sich die Mindy rein. Dann nimmt sie aber einen großen Schluck und schon geht's wieder.

Enorm. Ihr zarter Körperbau verrät nicht, was sie alles wegtrinken kann.

Du kennst meine Technik. Ich frage nicht: »Aber sowas wie eine Pflichtabfindung mussten sie dir nach zehn Jahren Ehe doch zahlen, oder? *Nichts*, also im Sinne von null, das ist doch rein rechtlich gar nicht möglich. Es sei denn, du hattest was auf dem Kerbholz, das gegen dich verwendet werden konnte.« Hüten werd ich mich, das zu fragen!

Ich sage stattdessen: »Aber zum Glück hast du am Ende ja dann doch die wundervolle Wohnung beim Waldfriedhof bekommen.«

»Pfff, ja – nach einem harten Kampf. Weil ich gedroht habe, der Presse zu stecken, dass der Alfred ein impotenter Schlappschwanz ist, seit er sich das lächerliche Propecia täglich ins Haar massiert hat.«

Ich frage nicht: »Propecia? Das Mittel gegen Haarausfall? Das hat eine derartige Wirkung?«

Stattdessen sage ich: »Ach, wegen der Hormone, die über die Kopfhaut aufgenommen werden und zu Potenzschwierigkeiten führen? Ja, ja, davon hab ich auch schon öfter gehört.«

»Nur weil ihm vorn ein bisschen die Haare ausgefallen sind, hat er sich den Schwachsinn zweimal am Tag auf seinen Schädel geschmiert. Und dann hat seine Nudel nicht mehr funktioniert. Na, danke. War wahrscheinlich eher psychisch. Das Zeug hat noch dazu kein bisschen geholfen. Jetzt ist er vorn fast kahl, der blöde Arsch …«

»… und schlaff wie Schluffi«, witzel ich, aber nur, um die Mindy zu triggern. Ich kann den Alfred nämlich verstehen, und es tut mir leid, so was Dummes gesagt zu haben. Haarausfall raubt einem den letzten Nerv. Das weiß ich von den paar wenigen Männern, die die Eier haben, darüber zu reden. Und bis auf den Markus Keil ist so ziemlich jeder Mann früher oder später von einem Glätzchen betroffen. Arme Schweine, letztlich.

Magst du noch was Persönliches erfahren? Die Männer in meiner Familie haben, alle miteinander, schon früh an der Reserve geknapst. Da hat die Kopfhaut schon mit Mitte zwanzig durchs Flaumhaar durchgewunken. Geheimratsecken, Tonsur, Lichtung in Sicht, Hallihallo glänzende Glatze! Ich bin dem Ganzen nur knapp entkommen, weil ich gerade noch rechtzeitig mit meiner Hormoneinnahme im Zuge der Angleichung begonnen hab. Nicht zu vergessen die Kastration. Sonst hätt's auch bei mir geheißen, adieu, liebe Haarpracht, weg ist weg. Und dann wär ich dagestanden.

Ich kann Alfreds Panik also nachvollziehen, weshalb mich die Propecia-Problematik fast ein bisschen für ihn einnimmt. Hinzu kommt: Die ewigen Opfergeschichten von getrennten Frauen, die darf man nämlich auch nicht immer eins zu eins unhinterfragt übernehmen. Schau dir die Mindy an: Die hat's schon auch in sich. Oder meinst du, dass der Alfred sie zum Schluss so geschasst hätte, wenn die sich immer astrein verhalten hätte?

Oder muss aus Liebe denn *immer* Hass werden? Ist das Physik?

Ach, keine Ahnung. Meine bescheidene Lebenserfahrung sagt mir, immer erst mal beide Seiten hören. Und am Ende lautet die Wirklichkeit meistens: Aha, da schau an, pfeilgerade, in dieses Beziehungsdilemma sind exakt *zwei* Deppen verwickelt, von denen einer depperter ist als der andere.

Aber ich werde mich hüten, die Mindy auch nur einen Hauch von meinen Zweifeln an ihrer Version spüren zu lassen. Deshalb auch mein blödes Scherzchen mit *Alfred, schlaff wie Schluffi*, woraufhin die Mindy ein heiseres, bronchial rasselndes Lachen loslässt, das ich so von ihr noch nie gehört habe und das irgendwie ihr wahres Ich zu entblößen scheint. Ich erschrecke fast über das derbe Geröhre. Eine ganz neue Mindy. Im Sinne von: ganz die alte! Das ist pathologisch. Ham wir ja schon mal festgestellt.

Ich drehe meinen Kopf zur Kathi. Sie ist entsetzt darüber, was die beiden älteren Weiber da so reden. Kulinarische Metaphern für Penisse, erblich bedingter Haarausfall, Erektionsprobleme, Milliardäre als die größten Knauser, was soll sie damit bitte anfangen? Sie kommt aus einer Welt mit maximal bearbeiteten Hochglanzfotos und dem Glauben, Kim Kardashian sei kein verhätscheltes, narzisstisches Wrack, sondern ein ernstzunehmendes Vorbild für einen vernünftigen Lebensweg.

Wir, die Echten, wirken auf die Kathi dagegen wie Außerirdische.

Die arme Kathi schaut wirklich drein, als hätte sie Angst und als wäre ihr gleichzeitig eine Laus über die Leber gelaufen. Ich zwinkere ihr zu. Es tut mir leid für sie, auch wenn das hier mitzuerleben ihr jetzt nicht unbedingt den Boden unter den Füßen wegreißen dürfte. Reality Check unter meiner fachkundigen Aufsicht. Kriegen wir auch rum.

Sie lächelt ein wenig gequält zurück. Und ich wende mich wieder an die Mindy.

Nun, du kennst inzwischen meine Allwissend-Technik. Dernach frage ich die Mindy nicht: »Und nach deiner Drohung, den Alfred öffentlich als Haarschaum-Geschädigten zu entmannen, waren die Söderbohms etwas kompromissbereiter und haben dir ein bisschen was rüberwachsen lassen, in Form einer Immobilie?«

Ich sage stattdessen: »Aber dann war ja alles paletti. Du

hattest zumindest die Wohnung und gut war's. Gratulation!«

Mit hochgezogenen Schultern wehrt die Mindy gleich mal jegliche Glückwünsche ab: »Na super. Die Wohnung! Aber wovon sollte ich denn leben? Kein Cash, nicht mal eine Fixkostenübernahme. Allein das Wohngeld für so eine Riesenwohnung beträgt im Monat einen Tausender. Und einen gewissen Lebensstandard hab ich schon auch. Den kannst du ja nicht von heut auf morgen einfach so aufgeben. Ich war zehn Jahre an Alfreds Seite, hatte immer nur das Beste von allem. Und plötzlich stand ich da. Mittellos.«

»Ja klar«, steuere ich bei und liege damit genau richtig, weil die Mindy nur einen kleinen Zwischenschluck nimmt und gleich weiterredet: »Jetzt ganz unter uns Gebetsschwestern!« Sie schaut erst mich an, dann die Kathi, dann wieder mich, und schließlich aus einem der Dutzend Fenster und wird dabei ganz philosophisch: »Vikki, du kennst mich.« Na ja. »Ich bin wirklich keine Verschwenderin. Sicher, ich hab ein gewisses Niveau.« Ich übersetze das mal: Beim Shoppen gibt es für meinen Verschwendungshunger kein Halten mehr! »Aber bei aller Einschränkerei, die ich notgedrungen in Kauf genommen hab, Vikki, ich bin da ganz ehrlich: Leicht war es nicht. Bei mir ist's richtig knapp geworden.«

Anders gesprochen: Du warst bereits nach kürzester Zeit bankrott? Ich frage nicht: »Und weil du keinen Heller mehr auf deinem Giro hattest, hast du den Dampfhammer Erwin kontaktiert und wurdest eines seiner Callgirls? Das ist bemerkenswert. Vor allem, weil du nach zehn Jahren Ehe mit einem schwerreichen Knallkopf offenbar nicht mal diskret fünf Euro fünfzig zur Seite gelegt und augenscheinlich jegliches Maß verloren hast.«

Niemals. Würde. Ich. Sowas. Sagen.

Ich sage stattdessen: »Sowieso. Mindy, ich kenn dich doch. In deiner Situation war es völlig nachvollziehbar, dass du dich nach Einkommensalternativen umgeschaut hast.«

Die Mindy nickt zustimmend: »Ich kannte den Dampfhammer Erwin halt noch …«

»Ja klar, wer kennt den nicht. Treibt sich ja überall rum.«

»… genau, und wir kamen auf einer Veranstaltung wieder so ins Gespräch, und da hat sich das dann entwickelt …«

»… dass du für ihn …«

»… Escort Service hab ich gemacht, nur *ausgewählte* Kunden. Keine Assis! Das Portal, auf dem ich mein Profil eingestellt hatte, war absolut seriös, wirklich, ich hatte nur ausgesuchte Freie…, also Kunden. Gehobenes Klientel, Akademiker, Manager, Führungskräfte«, schildert sie, sichtlich bemüht um Spezifizierung.

Führungskräfte. Fällt ihr denn gar nichts Besseres ein, um uns klarzumachen, dass wir sie doch bitte unbedingt in dieselbe Kategorie stecken sollen.

Sie zerfasert sich weiter: »Das war ganz sauberes Arbeiten. Schon aufgrund meiner Preiskategorie.« *Preiskategorie* klingt nach Kuhhandel de luxe. Mindy kann ihren Stolz, eine besonders teure Kuh gewesen zu sein, nicht verhehlen.

»Verstehe. Ja, toll«, labere ich, weil ich kurzzeitig nicht weiß, was ich sagen soll. Mir steht quasi der Mund offen. Alles ist exakt so, wie ich es der Mindy auf Verdacht aus der Nase suggeriert habe. Und das ist das *komplette Gegenteil* von dem, was ich bis zu diesem Augenblick über Mindys Leben gedacht habe. »Und dann kam der Olaf?«, drücke ich etwas auf die Tube. Ich treffe, mit mehr Glück als Verstand, einen wunden Punkt, das merke ich sofort, denn wie auf Knopfdruck gerät die Mindy ins Schleudern, und ich hoffe, dass sie nicht gleich wieder losheult.

Beruhigenderweise erhebt sie sich bloß schwerfällig vom

Sofa, schlurft zur Bar (schon wieder?), greift über den Tresen, zieht eine Karaffe hervor, dreht sich wieder zur Kathi und mir um und gießt sich großzügig nach. Freeze! Sollte irgendwann mal eine Statue von der Mindy erschaffen werden, würde genau diese Pose ihrer würdig werden.

Sollte sie aber gleich wieder über einen der Stühle stürzen, nehmen wir halt das als Motiv.

»Ich habe den Olaf geliebt.« Wackeliger Schritt für wackeliger Schritt kommt sie zu uns zurückgelaufen, und am Klang ihrer wehmütigen Stimme kann ich erkennen, dass die Mindy zu vier Vierteln aus purem Hass besteht. Der Rest ist Sentimentalität.

»Wie kommt denn jetzt der Olaf Kreischke ins Spiel, erzähl doch mal so genau wie möglich?« frage ich natürlich nicht, du kennst ja meine Technik.

Stattdessen sage ich: »Dass ein Mann von Welt, wie der Olaf, eine Escort-Homepage konsultiert, ist bemerkenswert!« (Aber so bemerkenswert nun auch wieder nicht.)

»Überhaupt nicht. Wenn du wüsstest, wer alles bei mir vorbeigeschaut hat.« Ersetze *wer alles bei mir vorbeigeschaut hat* durch *wer mich alles gebucht* hat. »Da waren große Kaliber dabei. Bänker, Politiker, Celebrities.« Ja, ja, wissen wir jetzt schon, ist gespeichert, du hattest nur die tollsten Typen als Kundschaft! Die Mindy klingt fast ehrerbietig. Sie wird von mächtigen oder wohlhabenden Männern einfach angezogen. Und wahrscheinlich hat sie sich über ihren Escort-Job letztlich auch einen neuen Fang versprochen. Wieder nach oben heiraten. Sich einen zweiten Alfred Söderbohm fischen.

»Und dann tauchte also eines Tages der Olaf auf!«, erwähne ich wie nebenbei und verursache bei der Mindy eine bebende Unterlippe.

»Der Olaf und ich, wir haben uns sofort gut verstanden. Da

war gleich eine Scheemie (= Chemie) da. Er hat dann auch bald regelmäßig bei mir übernachtet und …«

»Du hast deine Frei…, äh, deine Gäste bei *dir daheim* empfangen?«, unterbreche ich.

»Äh … ja und?«, blafft mich die Mindy an. Ich mache einen sofortigen Kniefall, indem ich sie in Körpersprache mit »Nö, nö, cool, ich mein ja nur« beschwichtige. Sie erklärt: »In privaten Räumlichkeiten ist es den meisten lieber. Das ist persönlicher. Da hast du auch gleich eine viel größere Stammkundenbindung, und das führt zu mehr Trinkgeld, mehr Empfehlungen, Pipapo …« Gleich kriegt das Gespräch was von Berufsberatung. Erneut muss ich die Mindy wieder zurück zum eigentlichen Thema bringen: »Ich wollte dich nicht unterbrechen, sorry. Der Olaf hat also schon bald bei dir übernachtet, hast du gesagt …«

»Er und ich … Wir haben uns … einfach Hals über Kopf ineinander verliebt, weißt du!«, sagt die Mindy mit dem Pathos von 2,1 Promille. »Total. Er war bald, sooft es zeitlich bei ihm ging, bei mir. Und dann bin ich sowieso aus meiner Wohnung geworfen worden …«

»Äh, ich dachte, deine Wohnung war eine Eigentumswohnung«, bohre ich kühn nach und gebe damit meine anstrengende Rolle als Inspektorin-Allwissend auf. Wir haben sowieso längst eine neue Ebene erreicht.

Mag es am Suff oder an ihrem Flow liegen, die Mindy sagt völlig ohne Scham: »Die Bude hatte ich mittlerweile verkauft, aber mit Wohnrecht. Ich hab nach dem Verkauf noch weiter drin wohnen bleiben dürfen.«

»Wieso hast du die Wohnung denn verkauft, um Himmels willen?«

»Ich hab halt Geld gebraucht, mei, is halt so!«

What?

Ich hätte die Mindy, deren einziger Abschluss die knapp

bestandene Prüfung zum kleinen Seepferdchen ist, trotz allem für deutlich lebenstüchtiger gehalten. Aber siehe da, sie ist eine von denen, der du heute eine Million in die Hand drückst, und morgen ist alles weg. Und sie könnte nicht mal sagen wofür.

Ich setze ein Verständnis heuchelndes Gesicht auf und genieße es überhaupt nicht, wie sie sich jetzt doch ein bisschen dreht und windet, mit so einer vom Alkohol abgemilderten Scham.

»Dir wurde also deine ehemalige Wohnung gekündigt, in der du mittlerweile nur noch Mietrecht hattest«, treibe ich uns weiter voran.

»Genau«, bestätigt die Frau in funkelnagelneuer Sechshundert-Euro-Haushose …

»Und *wieso* hat man dich rausgeklagt?« (Wegen des regen Publikumsverkehrs?)

»Die Spießer in dem Bunker waren nicht auszuhalten. *Wer sind denn die ganzen Besucher, Frau Schwamminger*?«, äfft die Mindy die Bewohner ihres ehemaligen Hauses nach. »*Können Sie bitte wenigstens ab zehn die Musik leiser drehen*?«, folgt eine weitere abschätzige Imitation der kleinkarierten ehemaligen Nachbarn.

»Schlimm. Aus der Wohnung zu fliegen, hat dir gerade noch gefehlt, oder?«

Die Mindy schnaubt rechtschaffen durch ihre rechte Mundhälfte. »Letztlich war alles cool, wie's gelaufen ist«, rückt sie sich dann aber gleich ihr Leben zurecht. Kennt man ja, sowas. Selbstbeschwichtigung als Rettungsanker. »Ich hatte von den ganzen Wichsern sowieso die Schnauze voll. Und von dem Escort-Job auch. Es war einfach nicht mehr so wie früher. Wenn du jung bist, macht dir das nicht so viel aus.«

Huch! Mich reißt's. Hat die Mindy da gerade versehentlich gestanden, dass sie bereits früher anschaffen gegangen ist?

Der Vorhang fällt. Immer *noch* mehr und mehr. (Hat sie am Ende sogar ihren Alfred seinerzeit in ihrer Funktion als Escort kennengelernt?)

»Du bist ja eine wilde Hilde«, sage ich, weil ich irgendwie finde, was sagen zu müssen. Die Mindy nickt, offensichtlich geschmeichelt.

»Und was hast du dann gemacht, als du aus der Wohnung rausmusstest?«

»Ich bin gleich zum Olaf gezogen!«

»Echt? Da schau an. Wo hat der gewohnt?«

»Nein, ich bin hierher gezogen. Gleich hierher.«

»Wie? *Das hier* ist Olafs Wohnung?«

»Nee. Nicht direkt. Der hat sie auch nur gemietet. Als die vor zwei Jahren angefangen haben, *Shop Drop TV* in Bad Seltsham aufzubauen, hat er halt eine Bleibe in der Nähe gebraucht, weil er ja twenty-four seven hier gearbeitet hat. Und da hatte er keinen Bock, dauernd im Hotel zu sein. Und seine Family lebt ja in Konstanz …«

»Seine Frau und die beiden Kinder«, werfe ich ein, von denen weiß ich nämlich. Hätten wir das auch geklärt. Darum hat die Mindy ihren neuen Wohnort und vor allem ihre Beziehung mit dem Olaf geheim gehalten. Damit's kein Getratsche in der Firma gibt.

»Genau. Und so hatten wir hier unser kleines, privates Nest.« Sie schaut sich um. Die Kathi und ich blicken auch gleich mal völlig diffus herum, fast wie bei einer Besichtigung. *Aha, euer Refugium, ja, sehr nett,* so in etwa.

»Das ist so eine Wohnung, die nur komplett möbliert vermietet wird«, rechtfertigt sich die Mindy dafür, dass sie die Gelb-Schwarz-Einrichtung nicht verbrochen hat.

Es entsteht eine Pause, die sich gleich unangenehm anfühlt. Als hätte die Mindy den Eindruck, sich für heute ausreichend geöffnet zu haben.

Mit einem raschen »Du hast also mit dem Job beim Dampfhammer Escort aufgehört, als du hierher zum Olaf gezogen bist?«, lasse ich unseren Lauf nicht abreißen, und plötzlich kommt wieder Leben in die Schwamminger: »Ich wollte aufhören mit dem Job. Aber der Dampfhammer hat mich nicht einfach so gehen lassen.«

»Wieso?«

»Der alte Sack hat gemeint, ich wäre ihm noch was schuldig!«

»Schuldig? Inwiefern? Hattest du bei ihm denn *tatsächlich* Schulden? Also finanziell?«

»Ja, auch, aber nicht viel!«

Hat's die Matz in Rekordzeit geschafft, bei ihrem Zuhälter Schulden anzuhäufen. Die Oide muss eine Katastrophe sein.

»Wieso hattest du denn Schulden bei ihm?«

»Wieso willst'n das wissen?«, pampt mich die Mindy an. Und ich muss sagen, nicht ganz zu Unrecht.

»Hat dir der Olaf da nicht aushelfen können?«

»Den hätte ich doch mit sowas nicht behelligt«, sagt sie.

»Kann ich verstehen.«

Und wieder verstummt die Mindy, auf eine resolute Weise. Ihre Stimmungsschwankungen sind haarsträubend. Ich übernehme noch einen letzten Versuch, ein Appell an ihre Hilfsbereitschaft.

»Mindy, hör zu. Offensichtlich hältst du mich nicht mehr für die Mörderin vom Olaf. Sonst hättest du mich gar nicht erst reingelassen, richtig?«

Sie nickt.

»Aber jetzt ist gestern ausgerechnet der Dampfhammer bei mir aufgetaucht, übrigens auf der Jubiläumsfeier von der WunderBar in der Deutschen Eiche …«, sage ich. Die Mindy macht eine Sieh-an-Kopfbewegung. Sie ist definitiv davon ausgegangen, den Dampfhammer und mich würde mehr verbinden. Hoffentlich hab ich mich jetzt nicht selbst rausgekegelt.

Zu spät, ich muss die Schiene weiterfahren, hilft nichts: »Also gestern taucht der Dampfhammer bei mir auf und du erzählst mir gerade eben, wie eng ihr beiden die letzten Jahre verbandelt wart. Ist das nicht ein Zufall? Er erwähnt dich, du erwähnst den Dampfhammer. Mindy! Mir wurde heute Nacht die Bude angezündet (kaum Reaktion von der Mindy), die Presse schiebt mir irgendwie zumindest eine Mitschuld an Olafs Tod unter (ist der Mindy schnurzpiepegal) – ich steh unter Dauerbeschuss von allen Seiten. Du hingegen verdächtigst mich inzwischen *nicht* mehr, den Olaf auf dem Gewissen zu haben … das ist doch alles miteinander verwoben. Verstehst du, was ich meine. Mindy! Bitte! Wenn du noch was zum Dampfhammer weißt, oder was zum Mörder vom Olaf, oder zu beidem, dann sag's mir bitte.«

– sag's mir bitte – sag's mir bitte – sag's mir bitte –

Wie ein Echo hallt der Satz in meinem Kopf nach, so eindringlich ist mein Flehen. Ich hab sogar das Gefühl, die Worte schweben durch den Raum.

Gönnerhaft und mit einer Prise Alle-Mann-in-Deckung in den Augen schweigt die Sadistenmindy. Ich kenn sie gut genug, um sagen zu können, dass sie jetzt das Machtgefüge zwischen uns abklopft, wie es Menschen gern tun, wenn sie das Gefühl haben, die Oberhand zu gewinnen.

Ich starre die Mindy an. Bringt aber nichts, außer dass sie zurückstarrt, ein Zwiegespräch der Blicke, das sich nahtlos in einen Wettbewerb verwandelt, bei dem der, der zuerst wegsieht, verloren hat.

Ich bin Gast hier, ich bin Bittstellerin. Rate mal, wer den Contest abbricht und klein beigibt. Wie zur Belohnung beendet die Mindy dafür gnädig ihr Schweigen und trägt mit der heldenhaften Stimme einer Tabubrecherin vor: »Also gut.« Einatmer, Ausatmer. »Vor zwei Jahren ist durch die Medien gegeistert, dass ein Schweizer Konsortium plant, in Deutschland einen neuen Shoppingsender zu etablieren. Dabei ist auch Olafs Name immer wieder erwähnt worden, was den Dampfhammer aufmerksam gemacht hat. Dem ist nämlich eingefallen, dass der Olaf einer meiner Stammkunden ist, und da ist er zu mir gekommen und hat gemeint, er mag sich den Herrn Künftigen-Geschäftsführer mal genauer anschauen. Heute weiß ich, dass es dem Dampfhammer dabei nicht um den Olaf ging, der war ja nur ein vergleichsweise kleiner Fisch, sondern dass es ihm eigentlich um den Adi Dietz gegangen ist. An den wollte er rankommen, über den Olaf … aber das hab ich, wie gesagt, zu dem Zeitpunkt nicht gewusst.«

Tatütata, der Name Adi Dietz ist gefallen. I break together. Wirklich wahr. Es hat nichts mit falscher Bescheidenheit zu tun, wenn ich sage, mich dürfte jetzt ruhig der Schlag treffen, weil ich ahne, was gleich kommt.

Die Mindy fährt fort: »Ein paar Tage später dann hat mich der Dampfhammer genötigt, dem Olaf was aufm Handy zu installieren. So eine unsichtbare App zum Ausspionieren, keine Ahnung, wie das heißt, war aber ganz leicht …«

»*Genötigt* hat er dich, der Dampfhammer?« Die Frage ist meine einzige Reaktion. Das ist ja alles so furchtbar.

»Jetzt tu nicht so überheblich, Vikki. Ich hab dir doch gesagt, dass ich beim Dampfhammer Schulden hatte. Und es sollte am Ende schon auch noch was für mich rausspringen, so ist es nicht. Das war außerdem noch ganz früh, da hab ich mit dem Olaf privat noch nichts am Laufen gehabt. Das kam erst etwas später.«

Genau mein Humor.

»Vom Adi Dietz hab ich anfangs ja gar nichts gewusst«,

redet sie weiter, ganz Susi Sorglos. »Dass dem das *Shop Drop*-Imperium gehört und sein sagenhafter Reichtum … ich hatte davon damals wirklich keine Ahnung. Ich dachte, der Dampfhammer will ein paar Daten von Olafs Handy abgreifen und halt seine kleinen Erpressungsspielchen durchziehen. Sowas eben. Und als sich das zwischen dem Olaf und mir zu was Festerem entwickelt hat und ich zu ihm gezogen bin … also hierher (die Kathi und ich, wir nicken schon-klarmäßig, wie hypnotisiert), ja, da hab ich das mit der installierten Ausspäh-App irgendwie … halt irgendwie vergessen. Auch, weil der Dampfhammer so lang nichts mehr von sich hören hat lassen. Und ich war auch so beschäftigt mit meiner neuen Sendung bei *Shop Drop*, des war alles so aufregend.«

Ich fürchte fast, die Mindy lügt nicht. Aber wenn sie wirklich vergessen hat, ihrem Freund ein trojanisches Pferd untergejubelt zu haben, dann ist sie entweder dumm wie Brot oder Doppelagentin aus Leidenschaft.

Was es auch ist, es spielt keine Rolle.

Ich vermute, die Schuldgefühle fressen sie auf.

Und deshalb frisst der Alkohol jetzt ihre Leber.

Ich will sie auffordern, bitte, bitte weiterzusprechen, aber – es geht schon von allein weiter: »Kurz und gut, du weißt's ja selbst, Vikki. Vor ein paar Wochen hat der Adi Dietz dem Olaf dann diese WhatsApp geschickt, wo der Dietz ihm so lustig schreibt und fragt, ob du die *Quotentranse* vom Sender bist!«

»Okay! Und was hat das jetzt mit dem Dampfhammer und mit dir und mit mir zu tun?« Ich bin ratlos, weil ich mich völlig unbetroffen fühle von dem, was die Mindy uns da auftischt.

»Du verstehst nicht, Vikki! Es war nicht der Olaf, der die Quotentransen-WhatsApp vom Adi Dietz veröffentlicht hat. Das war der Dampfhammer – und zwar über die installierte App auf Olafs Handy. Der Dampfhammer hatte vollen Zugriff. *Der* hat von Olafs Handy aus die Nachricht vom Dietz online gestellt – unter Olafs Namen –, um die beiden in die Scheiße zu reiten. Um ihren Ruf zu ruinieren. Du weißt es ja selbst am besten.«

Wumms. Stimmt. Ich weiß es *wirklich* selbst am besten, weil *mein* Ruf ganz nebenbei auch noch schön mitramponiert wurde.

Zitternd vor Schreck und Überraschung rutsch ich fast von der Couch. *So* war das also mit der WhatsApp. Ich war einfach nur ein willkürlicher Kollateralschaden. In einem Spiel vom Dampfhammer, mit dem ich eigentlich nicht das Geringste zu tun hatte, und das so, wie es aussieht, noch lange nicht vorbei ist.

Wenigstens stehen jetzt die Mitspieler fest: die Mindy (besoffen), der Dampfhammer (perfide), der Olaf (tot), der Adi (untergetaucht) und die Vikki (restlos überfordert).

»Was hat der Olaf denn gemacht, nachdem er rausgefunden hat, dass sein Handy gehackt worden ist?« Intuitiv greife ich mir in den Nacken, weil ich mit einem Mal meine obligatorischen Verspannungen besonders deutlich spüre. Ich hab die ganze Zeit leicht den Kopf gedreht und nach links zur Mindy geschaut, das reicht schon.

»Also zu mir hat er nichts gesagt.« Sie fährt sich mit der Zunge im Mund herum. »Er hat nur gemeint, dass er die WhatsApp nicht veröffentlicht hat und dass ich ihm das glauben soll. Mehr könne er mir nicht verraten.«

»Klingt gefährlich. Und du konntest ihn natürlich nicht auf das ausspionierte Handy ansprechen, weil du sonst eingestanden hättest, dass *du* ihm den Trojaner verpasst hast!«

Die Mindy ignoriert das und meint: »Der Olaf hatte Todesangst. Er hat zu mir gesagt, dass er und der Adi erpresst würden und dass es besser sei, wenn ich von alldem nichts

Genaueres wüsste. Der Olaf ist aber nicht zur Polizei gegangen, der hatte einfach Panik, dass dann was noch viel Schlimmeres passiert. Der stand die letzten Tage … also vor seinem … Ableben … derart unter Druck, das kannst du dir nicht vorstellen. Der war völlig fertig.«

»Tja, berechtigterweise, wie's aussieht«, kommentiere ich Olafs Tod etwas zu flapsig. Blöd. Ich frage dafür besonders ernsthaft: »Mich würde jetzt noch interessieren, wieso du erst geglaubt hast, *ich* hätte den Olaf auf dem Gewissen. Und wieso glaubst du das jetzt nicht mehr?« (Mit anderen Worten: Was weißt du noch?)

»Genug, genug.« Theatralisch fuchtelt die Mindy mit ihrer freien Hand in der Luft herum, als würde sie Mücken verscheuchen. Was soll das werden, wenn's fertig ist? *Haut ab* in Zeichensprache? »Hör zu, Vikki. Ich hab dir das alles nur aus einem einzigen Grund erzählt … Sagen wir es so: Ich war es dir schuldig, weil du unschuldig in etwas reingezogen wurdest, an dem ich beteiligt war. So. Und nun hab ich dich in Kenntnis gesetzt, und es tut mir leid, was ich da getan habe, aber das war's jetzt auch. Den Rest kannst du dir selber zusammensuchen.«

»Heißt das, du weißt, wer Olafs Mörder ist? Magst du das nicht vielleicht der Polizei erzählen, wenn du es schon mir nicht mitteilen magst?«

Die Mindy kocht und zischt: »Ich weiß, dass du mich für blöd hältst! Aber vielleicht bist auch *du* die Blöde, weil eigentlich müsstest du den Dampfhammer kennen. Und jetzt – schlechte Nachricht! –, du steckst da nun nämlich auch mit drin …« Und wie ein Blitz aus heiterem Himmel bekommt die Mindy einen Wutanfall, schreit »Raus hier, aber dalli! Verpisst euch!« und zeigt uns damit ihre insgesamt vierte charakterliche Seite innerhalb einer Dreiviertelstunde.

Hausfriedensbruch fehlte mir gerade noch in meinem noch nicht vorhandenen Vorstrafenregister, weswegen die Kathi und ich vom Sofa aufspringen, beschwichtigend mit den Handflächen um ein paar Sekunden flehen, damit wir wenigstens zur Wohnungstür gelangen können. Währenddessen kommt die tollwütige Mindy jedoch bereits zur Kathi gestürmt, die nur ein verdutztes »Hey« stammeln kann, bevor die Mindy ihr das Handy aus der Hand reißt und es mit einer solchen Wucht auf den Boden schmeißt, dass es zwei Meter zur Seite prallt und erst nach ein paar Hüpfern zum Liegen kommt. Wie eine Furie läuft die Mindy dem iPhone nach und zerbricht mit drei, vier, fünf, gezielten Fersentritten das Display und kreischt: »Hast unser Gespräch aufgenommen, was? Glaubst du, du bist besonders schlau, Fräulein Influencerin? Glaubt ihr etwa, ich bin total bescheuert?«

Nein. Aber zumindest verrückt.

Die Kathi ist derart überfordert, dass es sich beinah auf mich überträgt. Dennoch bücke ich mich schnell, greife mir ihr restlos zersplittertes Handy und schiebe die Kathi stoisch zur Wohnungstür. Nichts wie raus hier.

»Fickt euch«, schallt es hinter uns her, und aus dem Augenwinkel sehe ich eine breitbeinig polternde, schnaufende Mindy, die frappierende Ähnlichkeit mit dieser einen Tobsüchtigen aus diesem einen Splattermovie hat – der Name fällt mir jetzt nicht ein. Sie rattert noch ein paar niederschmetternde Beleidigungen runter, und man hat das Gefühl, sie möchte gar nicht zum Ende kommen, weil dahinter nur wieder die traurige Wahrheit wartet. Ihre schulderfüllte Einsamkeit. Ein Leben voller Lügen. Auf Treibsand gebaut.

Wir sind bereits auf der Treppe, als die Mindy plötzlich mit überraschender Ernsthaftigkeit ruft: »Vikki?«

Ich bleibe stehen, und ohne mich umzudrehen, antworte ich mit einem verwunderten, bereitwilligen »Ja?«.

»Geh sterben!«

Mindy, bitte!

14

Der Bimmlinger Wirt in Bad Seltsham ist wirklich das Letzte. Da herinnen schaut's aus wie in einem Sperrmülllager. Auf der Karte werden zwar Weißweinrisotto mit Preiselbeeren angeboten, gegrilltes Lachsfilet mit Babykartoffeln, Fleischpflanzerl mit Rotweinbratensauce und Salatbouquet oder auch Penne mit Avocado und Mangowürfeln. Und das liest sich auch alles super, aber das hat er bloß von irgendwem abgeschrieben, der Bimmlinger Harry. Was du dann nämlich auf den Teller bekommst, ist noch mal was ganz anderes. Da hat sich unser neunmalkluger Wirt gedacht, bevor ich teuer renovier oder mir einen neuen, jungen Koch nehm, der vielleicht sogar noch zehn Cent über der Mindestlohnmarke vergütet werden möchte, such ich lieber im Internet ein bisserl, geb dem Essen bombastische Namen und gut is'.

Ganz klarer Warnhinweis für den Bimmlinger Wirt an alle, die Bad Seltsham mal besuchen wollen. *Stay away!*

Aber als die Kathi und ich vorhin aus Mindys Wohnung gehetzt kamen (grad, dass sie mir nicht noch einen Kinnhaken mitgegeben hat), waren wir zwar völlig durcheinander, nur hat sich dann trotzdem gleich der Hunger bei uns gemeldet, und wir haben die gemeinsame Aufarbeitung unseres Erlebnisses mit der Schwammingerschnalle in den nächstgelegenen Gasthof verlegt.

Mit leerem Magen kannst du die Welt nicht retten.

Und da sitzen wir nun, auf einer urgemütlich ungemütlichen, bretthartcn Eckbank ohne Kissen, an einem Sperrholztisch ohne Deko, auf dem nur ein tönerner Maßkrug steht, in dem das Besteck steckt – und zwar mit den Mundstücken nach oben! Man muss Messer, Gabel oder Löffel also mit den eigenen Dreckspratzen auf die Spitze langen. Das sagt alles.

Ich lege die Speisekarte aus der Hand und versuche, mich zu sortieren. Mindys Enthüllungsrausch war starker Tobak.

»Das mit deinem Handy tut mir leid, da finden wir eine Lösung«, kommentiere ich Kathis zerstörten Lebensmittelpunkt. Ich kauf ihr ein neues.

»Kein Problem, ich hab daheim noch drei«, sagt sie fix, schiebt sich mit dem Finger eine Lockenstab-Locke aus der Stirn, und ich stutze: »Wie! Drei?«

»Connections«, lächelt sie vieldeutig. »Ich hab drei ganz neue daheim.«

»iPhones?«

Sie nickt. Na logisch, was hab ich mir bloß gedacht. Ich bin so naiv.

»Alles halb so schlimm«, versichert sie mir.

»Und die Daten? Ich hab das schon richtig verstanden, dass du mitgeschnitten hast, oder?«

»Von Anfang an. Wenn wir unseren Talk mit der Mindy brauchen sollten, den haben wir. Komplett. In Wort *und* Bild. Das Video wurde garantiert nicht gelöscht, als die Mindy mein Smartphone zerdeppert hat. Ist ja alles auf der SIM und nicht im Gehäuse gesaved ... Außerdem hab ich auch noch das automatisierte Zwischenspeichern auf meiner Cloud aktiviert, also ist meine Datensicherung doppelt gemoppelt«, sagt die Kathi, und ich bin so froh, dass sie so schlau war. Ist. Schlau *ist*.

»Großartig«, untertreibe ich erleichtert.

»Daheim check ich gleich, ob alles heil ist, aber keine

Sorge.« Die Kathi lächelt siegesgewiss, und schon kommt eine schneidige Bedienung an den Tisch, um unsere Bestellung aufzunehmen. Wir wissen bereits, was wir wollen. Die Kathi und ich sind Schnellbesteller. GetränkSpeiseBitteDankeFertig. Wir sind ganz begierig, unsere Sätzlein aufsagen zu dürfen. Weil: echt Hunger!

»Was derf's sein?«, fragt die Kellnerin geübt, und mir fällt auf, dass sie einen furchtbar hässlichen Daumennagel hat, aber dafür große, runde, ausdrucksstarke Augen, die wunderschön wären, wäre sie eine Eule.

Nachdem wir alles geordert haben (Großer Salat mit Tofu für die Kathi, Hendl à la Bavarienne für die Vikki) und ich jetzt schon bete, dass uns nicht schlecht davon werden wird (der Daumennagel der Bedienung hat mir wirklich zugesetzt), geht die Kathi, die sich in Mindys Wohnung zurückgehalten hat, gleich mal in medias res, indem sie kriminalistisch zusammenfasst: »Laut der Mindy wurde dieser Olaf Kreischke also umgebracht, obwohl er die Q-T-Message gar nicht selbst öffentlich gemacht hat und, so gesehen, völlig unbeteiligt war!« *Q T* ist Kathis und meine interne Abkürzung für das unsagbare *Quotentranse.* Weil wir's nicht mehr hören wollen. Genau wie man nur noch N-Wort und Z-Wort sagt, wenn man ein bestimmtes Thema notwendigerweise umkreist. Gute Lösung. Neger, Zigeuner, weg mit diesen Begriffen. Ein *Zigeuner*schnitzel findest du übrigens nicht mal mehr beim Bimmlinger Wirt auf der Karte.

»Ja, seltsam. Ein unschuldiger Olaf, dessen *Handy* gehackt worden ist, wird akratt mit einem *Handy* im Mund ermordet«, bestätige ich Kathis Fazit. Man muss sich neue Sachverhalte ja auch immer erst mal selbst erklären.

»Vielleicht war der Mörder ein Hater?«, mutmaßt die Kathi drauflos. »So ein random Typ, der einfach überreagiert hat?«

»Ein frömmlerischer Regenbogen-Eiferer, meinst du? Ja,

vielleicht«, kopple ich an und frage mich, wieso wir eigentlich von einem männlichen Mörder ausgehen. Aber bei allem feministisch propagierten Fifty-fifty-Mann-Frau-Gleichstellungsziel verbleiben Kanalbau und Gewaltverbrechen wohl auch weiterhin nominell in Männerhand. G'lernt is g'lernt.

Wie würde sich das auch anhören, zum Beispiel: Vergewaltiger*in! Das gendert man nicht. Der Job bleibt offiziell weiter maskulin.

Apropos Mann. Ich schaue auf die Uhr, 18 Uhr. In Australien ist es jetzt zwei Uhr nachts, also plus acht Stunden. Das ist so gar nicht unsere übliche Zeit. Aber ich probier's mal und frage den Pascal in einer WhatsApp, ob er vielleicht noch wach ist.

Während ich meine Nachricht *Noch wach? Telefonieren?* tippe, sage ich zur Kathi: »Du, bevor wir weiter brainstormen, lass uns doch den Pascal dazunehmen, dann ist der auch gleich auf dem neuesten Stand. Ich kuck mal, ob er noch am Start ist.«

Ich sende ab. Und schnell wie der Wind antwortet er auch schon mit *Bereit.*

Ich lege mein Handy vor uns auf den kargen Sperrmülltisch (Second Hand, Third World), drücke auf *Wählen* und dann auf *Lautsprecher*.

»Hey, Schatz«, kommt es der Kathi und mir aus dem Smartphone entgegen. Gemeint bin damit aber nur ich. Der Pascal und ich sind seit knapp einem Jahr zusammen, auch wenn er gerade in Canberra weilt (Australiens Hauptstadt, beliebte Quizfrage – *nicht* Sidney!), um seinen dementen Vater während der vermutlich letzten Wochen seines Lebens zu begleiten. Eine belastende Phase.

»Ich sitz hier mit der Kathi und hab auf laut gestellt«, teile ich dem Pascal eilig mit – wie man so eine Warnung eben ausspricht, nicht, dass der Ahnungslose noch eine Vertrautheit vom Stapel lässt, die einen irgendwie entblößt.

»Alles klar, ja hi, Kathi«, sagt ein umgehend abgeklärter Kommissar Pascal Herzberg, den ich kennengelernt habe, als er und sein Chef mich als Hauptverdächtige (!) im Fall von Kathis letztjähriger Entführung vernommen haben! Ausgerechnet. Das sind Zufälle. Auch wenn damals natürlich sämtliche Welten aus den Fugen geraten waren und einem der Sinn nur nach Aufklärung gestanden hat, hatte sich dem Pascal und mir in jenem Moment doch eine gewisse gegenseitige Anziehungskraft vermittelt. Trotz der verheerenden Situation.

Weißt ja, wie das ist. Auch auf Beerdigungen wird gelacht, das ist kein Widerspruch, und eines mindert das andere nicht. Alles ist immer ein Teil von allem.

Und nachdem ich kurze Zeit später Kathis Entführung im Alleingang gelöst hatte (*Alleingang*: reine Aufschneiderei! Ich hatte ein Riesenglück), kamen der Pascal und ich uns zügig näher.

Der Herzberg Pascal aus der Münchner Maxvorstadt. Er hat was Attraktives, ohne dass es was Aufdringliches hätte. Und er hat was Typisches, ohne dass er was Auffälliges hätte.

Ein paar Jahre jünger als ich ist er auch, und das schadet nichts, weil ich seh's ja am Wolf: Die Midlife-Crisis macht aus Männern ganz schöne Heulbojen, und das bin ich mitunter schon selbst. Wenn auch aus anderen Gründen.

Mensch, ich komm ins Erklären ... Zurück ins Hier und Jetzt.

Die Kathi, der Pascal, mein Handy und ich, wir vier halten also Telefonkonferenz (TelKo) im Bimmlinger Wirt (BiWi).

»Was weiß die Mindy denn über den Mörder? Hat sie was Näheres erwähnt?«, dringt Pascals geschmeidige Stimme aus meinem vor uns liegenden iPhone, nachdem die Kathi und ich ihm das Wichtigste aus Mindys wendungsreicher Offenbarung zusammengefasst haben.

»Als wir an dem Punkt angelangt waren, hat die Mindy unser Gespräch abrupt beendet und ist regelrecht ausgeflippt«, antworte ich. »Aber ich bin mir zumindest ziemlich sicher, dass sie *nicht* den Dampfhammer für den Mörder hält. Oder es nicht auszusprechen wagt. Das hätte sie uns ansonsten nämlich ziemlich wahrscheinlich während ihrer Schimpftirade verraten.«

Die Kathi nickt mir zu, wir sind uns einig.

»Verstehe. Aber den Mörder kennen dürfte die Mindy ziemlich sicher trotzdem. Denn sie hatte ja erst dich verdächtigt, Vikki. Und wenn sie das jetzt *nicht* mehr tut, muss sie zwischenzeitlich neue Erkenntnisse gewonnen haben«, schließt der Pascal rück.

»Gleichzeitig dürfen wir auch nichts vorschnell reininterpretieren«, ist das Einzige, was ich dazu auf Lager habe.

»Na ja, sie weiß bestimmt was. Sonst gäbe es, wie gesagt, keinen Grund, dich nicht mehr zu verdächtigen.«

Ich nicke unnötigerweise, und die Kathi sagt: »Warum geht die Mindy denn bloß nicht zur Polizei?«

»Aus demselben Grund, aus dem auch der Olaf nicht zur Polizei gegangen ist, könnte ich mir vorstellen«, erkläre ich ihr, mir, uns allen drei. »Einen Dampfhammer Erwin und seine Fisimatenten, sowas verrät man nicht. Seine Rache könnte furchtbar sein. Und, dass die Polizei verlässlich diskret mit deinen Hinweisen umgeht, kannst du vergessen. Der Mindy ist klar, dass der Dampfhammer von ihrem Verrat Wind bekäme und sie ihn dann ihr Leben lang nicht mehr loswürde. Ins Zeugenschutzprogramm wird man sie deshalb nämlich auch nicht gleich aufnehmen. Abgesehen davon: Was sollte die Mindy der Polizei auch sagen: dass sie dem

Dampfhammer letztlich zugearbeitet hat, weil sie für ihn das Handy vom Olaf angezapft hat?«

»Ist ja schon allerhand, was sie *euch* so alles gebeichtet hat«, meint der Pascal, und die Kathi flechtet nahtlos ein: »Ja, sie war völlig dicht.« Dem Pascal entkommt ein Stoßlacher auf der anderen Seite der Erdkugel, aber ich bin dafür viel zu sehr in meine Gedanken vertieft. (Vielleicht waren Mindys Bekenntnisse auch Verlade? Oder indirekte Warnung?)

Ich murmle: »Wisst ihr, was ich nicht verstehe? Wieso hat die Polizei nicht herausgefunden, dass Olafs Handy manipuliert worden ist? Ich meine, wenn sie es festgestellt hätte, wäre das doch entweder bekannt geworden, oder aber der Fall wäre längst gelöst. Hat also der Mörder die Trojaner-App nach dem Mord von Olafs Smartphone gelöscht? Oder war das Handy in Olafs Mund gar nicht seins? Hat der Mörder sein eigentliches Handy vielleicht mitgehen lassen?«

So. Ich stelle also rundheraus Fragen in den Raum. Immerhin – bitte vergegenwärtige dir das noch mal – in Anwesenheit eines Kriminalkommissars der Münchner Polizei.

Tja, und genau da wird's heikel, zwischen mir und meinem Pascal, mit dem ich, die ich eigentlich mein Leben lang von chronischem Unabhängigkeitsdrang geplagt war, doch tatsächlich inzwischen eine ziemlich intime Beziehung pflege.

Eigentlich möchte man doch meinen, dass es für mich von Vorteil wäre, einen Ermittler wie den Pascal an meiner Seite zu haben, vor allem, seit mich die ganze Q-T-Geschichte quält (und auch meine Wohnung abgefackelt wurde). Aber der Pascal ist nicht nur genau vor etwa drei Wochen, zu Beginn der ganzen Q-T-Affäre, zu seinem Vater nach Australien geeilt. Mehr noch, er hat auf fast selbstquälerische Weise immer schon versucht, mir aber auch absolut rein überhaupt gar nichts von seinem Job zu erzählen, weil er auf keinen Fall riskieren möchte, geheime Polizeiinterna auszuplaudern. Interessenkonflikt privat/beruflich. Da ist nix zu machen.

Das ist ab und an schon ein kleiner Streitpunkt zwischen mir und dem Mann, mit dem ich während des Liebemachens immerhin ein gehauchtes *Ich liebe dich* austausche – sonst aber nie.

Nicht nur lässt mich mein Pascal also kein Fitzelchen an Ermittlungsergebnissen aus seiner Behörde teilhaben, mehr noch ist er auch nahezu paranoid, wenn es um unsere *private* Kommunikation geht – was aber mal so richtig beschissen ist, seitdem er sich auf der Rückseite des Globus befindet.

Grund hierfür ist allerdings kein banaler Gewissenskonflikt (schön wär's), sondern eine Art innerer Schweigezwang. Weil – wirst du gleich sehen.

Du musst nämlich wissen, dass der Pascal Spezialist für Cyber- und Internetkriminalität ist. Der kennt sich also aus. Und weißt du, was er sagt? Dass *alles*, was wir uns an Abhör-, Belausch- und Datenabgreifszenarien nur ausmalen können, auch praktiziert wird. Permanent. Der Pascal behauptet, dass die ganzen Spekulationen von wegen *Dein Handy hört mit*, oder *Messenger-Services werden durchgehend nach Auffälligkeiten gescannt*, oder *Es werden Datenbanken mit Profilanalyse über jeden Einzelnen von uns erstellt*, dass also diese ganzen vermeintlichen Mythen wahr sind. Alle. (Noch etwas, das du bitte niemals beim Keil sagen solltest.) Na, und wenn einer eine Ahnung hat, dann doch ein Mann, der im Zentrum der Branche arbeitet.

Und genau das ist der Grund, weswegen der Pascal, seitdem er bei seinem Vater in Australien die Pflege übernommen hat, so gut wie gar nichts an Vertraulichkeiten oder gar fallbezogenen Hinweisen (Gott bewahre) mit mir austauscht. Vor Sorge, er als Staatsbeamter mit Geheimhaltungsstatus im IT-Sektor könnte ertappt werden, wie er seiner armen Freundin ein paar Zwischenstände zum Olaf-Mord in Bad Seltsham zuschanzt.

(Und dann Kopf ab, oder was?)

Klar regt mich das auf bei dem Mann, von dem ich glaube, ihn als meine Ergänzung entdeckt zu haben, und demgegenüber meine Zuneigung zweifellos auf einem Gefühl der Unersetzlichkeit beruht. Aber wie gesagt, er wird schon wissen, wie sich das mit dem umspannenden Abgreifen von Daten verhält.

Also reden wir, wenn wir zusammen sind, nur unter vier Augen offen miteinander … Handys im Nebenraum – kein Witz!

Sag jetzt nicht, er *ist* verrückt (find ich manchmal schon auch), aber zum Vergleich musst du dir bloß mal überlegen: In der Vorstandsetage eines Zigarettenkonzerns raucht ja auch keiner! Weil die wissen, was Sache ist und was die Folgen sind. Die sind doch nicht blöd.

Oder im Silicon Valley: In den Vorstandsetagen dort verbietet auch jeder seinen Kindern Handy und Internet! Weil die wissen, was Sache ist und was die Folgen sind. Die sind doch nicht blöd.

Oder in den Pharmafirmen: In der Vorstandsetage lässt sich doch auch keiner einen Stoff verabreichen, der nicht mindestens sieben Jahre vor Markteinführung getestet wurde, sondern lediglich eine Notzulassung erteilt bekam! Weil die wissen, was Sache ist und was die Folgen sein können. Die sind doch nicht blöd.

Und genau so handelt mein Pascal eben in puncto beruflicher Diskretion und digitaler Kommunikation und hält deshalb die Klappe zur Akte Olaf Kreischke und Vikki Victoria. Leider eben auch gegenüber Letzterer selbst, obwohl uns ansonsten auch keine unserer Worte und Gesten zu intim sind … Mist also.

Manchmal könnt ich ihn für seine Prinzipientreue schon schütteln (jede Beziehung hat ihre ganz individuellen Fallstricke). Obwohl ich's natürlich kapier.

Die Kathi, der Pascal und ich, wir spielen in unserer TelKo (Telefonkonferenz) im BiWi (Bimmlinger Wirt) noch ein paar Hypothesen durch, bevor wir feststellen, dass alles gesagt ist und wir den Tag erst mal ausklingen lassen sollten. Gut für heute. Und da ruft der Pascal »Tschau, Kathi, bis bald. Vikki, stellst du mich noch kurz zurück auf Hörer?« Ich nehme das Handy vom Tisch, schalte den Lautsprecher aus und drücke mir das Telefon irgendwie besonders nah ans Ohr, wie um Pascals Bitte betont sorgsam nachzukommen.

Er meint: »Ich komm übermorgen sowieso heim. Dann kann ich dir wieder direkt zur Seite stehen. Mein Vater ist vor zwei Stunden gestorben. Die Überführung nach München ist organisiert und genehmigt. Das war's hier für mich. Mach dir keine Sorgen, wir kriegen das mit dem ganzen Thema dann schon hin. Okay?« Wie ein Schlag trifft es mich, und ich kann es überhaupt nicht begreifen, wie er sich diese erschütternde Mitteilung bis ans Ende unseres Gesprächs hat aufheben können. Und wie er das Ganze auch noch derart nüchtern einflechtet, so Ach-übrigens-mäßig!

Ist das Gefühlskälte oder Breitschultrigkeit?

Kurz schwanke ich in meiner Einschätzung und versuche, meinen Pascal einzuordnen zwischen dem musischen, sensiblen Mann, der mir zu Beginn unserer Beziehung sogar einen Song geschrieben hat (»Du gfoist ma«), und der Person, die es wie eine Aktennotiz klingen lässt, wenn gerade ihr letzter Elternteil verstorben ist.

Natürlich ist es naiv zu glauben, dass die Ausformung eines Gefühls immer den gängigen Verhaltensmustern entsprechen müsse. Als wäre Gerührtheit das einzig denkbare

Anzeichen von Trauer ... Trotzdem erscheint einem jede Abweichung sofort suspekt. Was völlig bescheuert ist.

»O Gott, das tut mir leid«, hasple ich ganz durcheinander ins Telefon. »Ich ruf dich nachher in Ruhe an, ja? Das ist ja furchtbar.« Sich kurz zu sammeln erscheint mir gerade die richtige Verfahrensweise. Findet der Pascal auch, das erkenne ich an seiner Stimme. Wir legen auf. Ich atme durch. Mehrmals.

Die Kathi ist von meiner Reaktion ganz konsterniert, sie ahnt was, ich flüstere »Später« und trinke meine Apfelschorle aus.

»Ich würde gern zahlen, bitte«, rufe ich unserer Eule zu und gebe ihr ein saftiges Trinkgeld – damit's für eine Maniküre reicht.

Einigermaßen satt verlassen wir so gegen sieben die Bruchbude vom Bimmlinger Wirt. In unserem Essen haben wir während des Telefonats ganz nebenbei gestochert. Und weißt du was? Das Hendl war gar nicht mal schlecht.

Wir sind bereits ein paar Meter vom Bimmlinger Wirt entfernt und wollen gerade die Straße überqueren, als mich jemand von hinten an der Schulter packt. Aber so richtig ruppig. Unentschuldbar. Instinktiv alarmiert kreische ich »Hey!« und drehe mich ihm zu. Ich starre in das Konfrontationsgesicht eines blonden Hünen, so ein Watschngesicht Mitte zwanzig, und stutze, *wer bist du?*, *was soll das?*, *schleich di!*, klar, die unerwartete Überrumpelung macht mich kurz manövrierunfähig, und dann passiert eine Menge fast auf einmal.

Mit erkennbar slawischem Einschlag kommandiert dieser großgewachsene Adidas-Fan mit Undercut, Ohrring und O-Haxn »Mitkomm'n!«, und betont es wie ein Kind, das trotzig »Mag nicht!« sagen würde. Genauso reagiere ich auch. Ich reiße meinen Arm hoch, um mich von seiner Schulterumkapselung zu befreien, doch da höre ich die Kathi fiepen und sehe, dass sie von einem anderen Dummbatz von ähnlicher Muckibuden-Statur wie mein Angreifer (muskulös und doch schwammig) am Oberarm gepackt und bereits in Richtung eines VW-Transporters gezerrt wird, dessen offen stehende Ladetür darauf hinweist, dass er für uns vorgesehen ist. Und sofort ist alles ungleich schlimmer.

»Lass mich los!«, schreie ich, wenig schüchtern, adressiere dabei natürlich beide Dödel, und gestikuliere ausladend mit den Händen, um meine Worte zu unterstreichen, was mir aber einen etwas fahrigen Ausdruck verleiht. Könnte an meinem schlagartig angestiegenen Angstpegel liegen. Mit aller Kraft, die ich aufwenden kann, versuche ich, in das aufwärts gekehrte Gesicht des mir zugeteilten Riesen zu schlagen. Leider bringt mein Auftritt rein gar nichts und kommt auch nicht sonderlich gut an, denn ich werde sogleich grob am Nacken gepackt, aber gleich *dermaßen* grob!, was mir klar werden lässt: Die Kathi und ich, wir haben keine Chance.

Wir sind verratzt.

Ich kriege eine Panikattacke, weil ich mir vorstelle, wie wir in dem Transporter mit den abgedunkelten Fenstern hilflos unserem Schicksal ausgeliefert sein werden. Ein dunkles Loch auf vier Rädern, das uns in ein höllisches Nirgendwo verfrachtet. Grauenerregend.

»Wenn du noch mal schreist, leg ich dich um«, keift mich mein Peiniger mit zusammengebissenen Zähnen und Glutaugen an. Wow, so viel Aggression. Ich bin schon froh, dass er nicht mit »leg ich dich *flach*« gedroht hat.

»Was soll der Scheiß?«, möchte ich wissen, ladylike ist was anderes, das ist mir bewusst, aber hey, immerhin scheint es seine Sprache zu sein. Fast schon milde (für seine Verhältnisse) kneift er die Augen zusammen, wobei es aber auch bleibt.

Zuckungen jagen durch meinen Körper – ich begreife einfach nicht, dass sich letztens alles nur noch um völlig abgefahrenes Zeug dreht.

Was würde Barbara Streisand tun …?

Ich sehe, wie ein Passant in zivilcouragefähigem Alter vorbeikommt, interessiert kuckt und zügig weitereilt, anstatt der Kathi und mir vielleicht mal eine Zwischenfrage zu stellen, beispielsweise, wie's uns so geht, oder ob wir Feuer hätten, oder 'nen Euro. Nix da, weg ist er. Gute Entscheidung. Wenn auch nicht für uns.

Noch einmal werfe ich mich mit ganzer Wucht nach vorn, um diesem verdammten Nackengriff zu entkommen, der auch meine Haare beinhaltet (also eine *echte* Katastrophe!). Doch das hätte ich besser nicht getan, denn ich spüre einen Stoß in meine Kniekehlen, fange mein Stolpern in letzter Sekunde ab – jetzt nur nicht stürzen – und weiß, das ist alles vergebene Liebesmüh: Wir sind unentrinnbar geliefert. Die Kathi ist seltsam still (vermutlich geschickter so). Sie wurde von ihrem Entführer mit einem affenähnlichen Laut bereits bis kurz vor den VW-Bus bugsiert.

»Gemma!« Mit einer Stoßbewegung setzt mich mein Entführer in Bewegung, und ich füge mich bereits allumfassend, als ganz plötzlich zwei Männer in maßgeschneiderten dunkelblauen Anzügen auftauchen, weiß der Teufel, woher, und im Laufschritt näher kommen. Ganz gezielt. Ein Fotoshooting? Jogger in Hugo Boss, ein neuer Trend?

Was ist denn jetzt los?

Der eine Anzugträger rennt schnurstracks zur Kathi und ihrem Flachwichser, während der andere mir und meinem Flachwichser entgegensprintet und mich mit einer verwinkelten Handbewegung umgehend aus dessen Krakengriff befreit. Wobei er ihm simultan mit der anderen Handfläche den Kiefer zur Seite drückt und ihn dadurch recht dusselig wirken lässt. Anschließend verpasst der Anzugträger ihm eine Serie von Haken auf exakt dieselbe Stelle und hört erst nach dem sechsten Hieb auf. Genau zum richtigen Zeitpunkt. Er scheint ein Menschenkenner zu sein.

Mit einer Mischung aus Entkrampfung und Entsetzen beobachte ich dieses surreale Geschehen, das sich direkt vor mir auf dem unschuldigen Bürgersteig nur wenige Meter vom Bimmlinger Wirt entfernt abspielt. Wie in einem Quentin-Tarantino-Streifen attackieren die beiden elegant gekleideten Herren die zwei Trainingsanzügler mit sauberen Schlägen und gezielten Griffen und setzen diese damit präzise außer Gefecht. Sie agieren dabei ganz klassisch in ihren Bewegungsabläufen, sich aufs Wesentliche beschränkend. Es könnte Karate sein. Mit der einen Hand wird Flachwichser Nummer 1 am T-Shirt-Kragen gepackt, mit der anderen am Gürtel, dann wird sofort hart zugetreten, und schließlich wird er wie ein nasser Sack auf den Boden geworfen. Nachtreten. Sicher ist sicher. Es ist ein Genuss zuzuschauen. Wie vertraut.

Ich muss lächeln, auch wenn ich eigentlich nicht will. Sind das Zivilbullen? Dafür sind ihre Anzüge zu teuer. Alles geht wahnsinnig schnell. Sie sprechen kein Wort, machen mit ernsten, reglosen Gesichtern kurzen Prozess. Auch Flachwichser Nummer 2 wird regelrecht hingerichtet. Ein Vorgang, der meine Laune schlagartig hebt. Es erfreut meine niederen Instinkte, ihn auf den Boden gehen zu sehen. Sein Kopf: hochrot.

Und schau an, schon ist alles vorbei. Innerhalb weniger Sekunden. Das Gesocks ist außer Gefecht gesetzt.

Wir sind gerettet, würd ich sagen.

Das war knapp.

Ich bin so erleichtert.

Aber Moment. Vor lauter schnellschnell und kantigen Bewegungen hab ich's zunächst gar nicht bemerkt: Der Anzugträger, der sich meinen Hünen vorgenommen hat – ja glabst as a –, das ist ja der Elyas M'Barek! Also sein Lookalike. Sein Doppelgänger. Jetzt wirst du fragen, ob's nicht auch möglich wäre, dass das der *echte* Elyas M'Barek ist. Jaha, Obacht!

Natürlich schließt sich das nicht automatisch deshalb aus, bloß weil man sich denkt, na ja, der echte Elyas wird schon nicht einfach so in Bad Seltsham für einen schneidigen Straßenkampf auftauchen.

Nein, dieses windige Ausschlussverfahren ist nicht der Grund.

Dass das hier vor mir nicht der echte Elyas M'Barek ist, das erkennt man daran, dass *dieser* Elyas hier ganz wache Augen hat, wie ich ja bereits betont habe, als ich ihn das erste Mal gesehen habe.

Aber jetzt pass auf, jetzt kommt's. Der andere Anzugträger, der, der der Kathi zu Hilfe gekommen ist: Also, ob du mir das nun glaubst oder nicht … aber der sieht ungelogen aus wie der Erol Sander. Kennst du den? Der war früher mal so ein Frauenschwarm in ARD- oder ZDF-Schmonzetten. Egal. Das Einzige, was du zu ihm wissen musst, ist, dass dieser Erol-Sander-Doppelgänger – im Gegensatz zum Elyas-Doppelgänger – nicht so leicht anhand von intelligenteren Augen vom Original zu unterscheiden ist, weil *unser* Erol Sander hier, der hat nämlich, ganz wie das Original, auch dessen Original-Augenausdruck. Leider. Also diesen Burger-King-Azubi-in-der-zweiten-Praktikumswoche-Augenausdruck. Aber trotzdem: *Unser* Erol hier ist bestimmt auch nicht echt.

Was aber völlig zweitrangig ist, weil: Kämpfen können die beiden. Athleten wie aus dem Lehrbuch. Beeindruckend. Ihre rigorose Brutalität ist echt grenzwertig. Man ist gleich eingeschüchtert.

Genau übrigens wie die beiden Figuren, die wie betende Nonnen am Boden knien, sich schmerzverzerrt krümmen und sich wahlweise an Bauch oder Hals greifen. Einer stöhnt. Der andere tastet prüfend, ob seine Lippe geplatzt ist. Ist sie.

Man könnte sich an dem Anblick fast erheitern, aber während die Kathi und ich bloß dastehen und zu begreifen versuchen, was sich hier gerade abgespielt hat, machen sich unsere beiden Retter bereits schnellen Schrittes aus dem Staub und verschwinden um die nächste Ecke. Ohne auch nur ein Wort gesprochen zu haben. Mit uns schon gleich gar nicht.

Ziemlich abgefahren.

Weg sind sie, der Elyas und der Erol.

Sang- und klanglos.

Die Kathi und ich starren einander an. Sollen wir ihnen hinterherrufen? Dank'schön? Vergelt's Gott?

Am Boden raschelt es. Wir richten unsere Blicke auf die zwei niedergestreckten Pinsel.

Mein Hüne macht Anstalten, sich stöhnend aufzurichten. Ich kann an seiner Haltung erkennen, dass er einen gebrochenen Arm hat und eine leuchtend rote Stelle am Adamsapfel, die gar nicht gut aussieht. Indessen nimmt Kathis Bubi eine sehr eigenartige fötale Seitenlage ein, als hätte er innere Blutungen.

Die zwei werden uns also nicht mehr gefährlich werden. Was will man mehr. Das hätte auch ganz anders ausgehen können.

Trotzdem: Abgang.

Mit dem Kopf nach links zeigend, gebe ich der Kathi zu verstehen, dass wir uns verziehen sollten. Sofort. Sie lächelt, schiebt ihre Augenbrauen nach oben, und wir überlassen die Verletzten sich selbst und spurten los. Wie kleine Mädchen. Wohl aus Erleichterung.

Wir rennen über die Straße zu meinem geparkten Wagen,

dessen Türen ich längst aus der Ferne entriegelt hab, und hechten förmlich auf unsere Sitze.

Zündung, Abfahrt, gerade noch so ohne quietschende Reifen.

»Was war das denn für ’ne Nummer?« Die Kathi quasselt gleich aufgedreht drauflos. »Wer waren die denn? Bullen? Nee, oder? Dann wären die nicht gleich wieder verschwunden.« Sie kriegt sich gar nicht mehr ein. Letztlich ist sie, das merke ich, nicht sonderlich verstört. Sie kann wirklich was wegstecken.

»Diese Cuties in den Anzügen haben den Adidas-Dudes ja sowas von Parole geboten, krass!«, plappert sie munter weiter vor sich hin, und meint natürlich Parol*i* statt Parol*e*.

Wir gleiten am Ortsschild von Bad Seltsham vorbei, links von uns taucht das *Shop Drop*-Gebäude auf, bloß weiter, weiter Richtung A95.

»Sahen aus wie Bodyguards … ich mein, hallo!? Das waren Nahkampfprofis im Anzug!«

Überfordert, reizüberflutet und ausgebrannt höre ich der Kathi bloß zu, versuche, die Dinge einzuordnen, und ahne, dass die Limousine, die mir spätestens seit dem Tag folgt, an dem sie dem Wolf auf der Autobahn aufgefallen ist, dass also genau diese Limousine mit dem M’Barek Elyas und dem Sander Erol wohl sowas wie mein Begleitschutz sein soll.

Kannst du dir das erklären?

Ich nicht.

Als wir uns nach kurzer Zeit auf der Autobahn nach Hause befinden (*nach Hause*: meine ausgebrannte Wohnung mal für einen Moment ausgeblendet), setzt leichter Sprühregen ein, ohne dass die Temperatur absinkt. Das ist irgendwie wundervoll.

Erst, als die Windschutzscheibe richtig nass und undurchsichtig ist, schalte ich die Scheibenwischer ein.

Langsam senkt sich mein Adrenalinspiegel. Es ist, als würde mich der softe Regen auftanken. Auch die Kathi hat den Versuch aufgegeben, das Unfassbare in Worte zu kleiden. Das wirkt alles wie im Film. Sicher ist nur, dass wir es erlebt haben.

Die Kathi und ich in: Die Ahnungslosen. Jetzt im Kino.

Wir fahren lediglich 140. Das sagt doch alles.

Wenn ich in den Rückspiegel schaue, sehe ich die dunkle Mercedes-Limousine, die uns in gebührendem Abstand folgt. Konstant. Diskret. Profis.

Und ohne zu wissen warum, fühle ich mich zum ersten Mal seit Langem zumindest ein klein wenig sicher.

Auch wenn diese Konstellation ganz schön schräg ist.

Wow. Das ist die Untertreibung des Jahrhunderts.

15

Zweieinhalb Tage später. Ich bin so gut wie fertig mit meinem Frühstück und kaue auf dem letzten Bissen Brot herum, einem Pfister Spezial von der Hofpfisterei, das die Mama immer kauft. Erinnert mich an meine Jugend. Keine Ahnung, warum ich mir selbst nie ein Pfisterbrot besorge. Der ganze Küchentisch ist im Prinzip so gedeckt, wie er es schon vor fünfundzwanzig Jahren jeden Morgen war, als ich noch hier bei meinen Eltern in Übertreibling im Bayerischen Wald gewohnt habe. (Sogar der Tisch selbst ist noch der alte.) Vier Käsesorten, Wurst ohne Ende, Marmelade, Honig, Butter, Milch.

Bloß Kakao, beziehungsweise Ovomaltine gibt's keine mehr, die wurde von Kaffee abgelöst. Altersbedingt. Nicht wegen der Kalorien!

Wirklich Wahnsinn, was wir früher gegessen und getrunken haben, ohne auf Zuckergehalt oder Fette zu achten. Und dünn waren meine Schwester und ich, und alle meine Freunde und Mitschüler, dünn wie Bleistiftstriche.

Wie beruhigend, dass Eltern heutzutage bewusster mit dem Thema Ernährung umgehen und deutlich mehr auf Ausgewogenheit bei der Mahlzeitenzubereitung achten. Immer, wenn ich mal S-Bahn oder Bus fahre und die kleinen, fetten Schweinchen auf ihrem Weg in die Schule sehe, geht mir das Herz auf. Während es bei uns damals höchstens *ein* dickes Kind pro Klasse gab, sehen jetzt fünfzig Prozent aller Kids wie aufgeplusterte Kugelfische aus. Ausgestattet mit der Motorik arthritischer Rentner. Dabei aber mustergültig vegan und fettarm verpflegt. Und zur Abrundung gibt's noch 'ne Vitamintablette, mit Stevia gesüßt.

Jedes Mal, wenn ich unsere Neuzeitkinder mit ihren putzigen Basketballköpfen und Wabbelhüften sehe, krieg ich Heimweh nach 1995. Aber das ist wahrscheinlich auch nicht ganz richtig zu Ende gedacht.

Ich setze die Glocke auf den Käseteller und schraube die Himbeermarmelade zu. Schon während des ganzen Frühstücks schleicht mir die Minka (Idealgewicht, Top-Figur) permanent um die Beine und vollführt ihre schmeichlerische Choreografie, wie sie auch schon die ganzen letzten beiden Tage immer ganz aufgedreht um mich herumscharwenzelt, weil ich mal wieder zu Hause bin und sich endlich ein bisserl was rührt. Und natürlich widme ich mich ihr auch ganz besonders. Mehrmals am Tag spiele ich mit unserem selbstgebastelten Flaschenkorken am Strick mit ihr, ziehe halt den Korken kreuz und quer über den Boden, und sie hechtet danach. Schon bald lässt sie sich jedes Mal ganz damenhaft auf den Rücken fallen, und der Korken muss ihr letztlich direkt in die Pfoten gependelt werden, sodass sie sich nicht mehr allzu viel bewegen muss, aber trotzdem ausreichend Rambazamba herrscht. Oft schaut sie – allen Ernstes – mitten im Spiel desinteressiert woandershin und düpiert mich durch geistige Abwesenheit, bis sie sich urplötzlich doch wieder reinsteigert und mit ihrer drolligen Zuschnapperei Vollgas gibt.

»Also glabst es a!«, rüge ich sie während ihrer Absenzphasen entrüstet, weil ich mir doch solche Mühe gebe … aber das tangiert sie kein bisschen.

Mit einer Katze zu spielen ist sooo langweilig, aber für die Minka ist es sooo spannend, dass ich mich zusammenreiß und eisenhart durchhalte, ihr zuliebe. Mein Gewinn an dem Theater besteht darin, sie einfach nur anzuschauen und zu bewundern. Warum auch immer das so ist, eine Katze ist das Anmutigste, was es gibt. Genetisch haben die das genial hingekriegt. Dazu noch schön sein, und flauschig, und jeden Menschenkontakt mit einer Prise Leck-mich-am-Arsch garnieren. Schon haben sie einen am Haken. Also mich zumindest.

»Vorsicht, Minka«, sage ich, als ich aufstehe und beginne, den Tisch abzuräumen. Ihr ist das egal, sie presst sich weiter an meine Beine, als würde sie betteln (dabei hat sie vorhin erst gefressen!), und vielleicht will sie mich ja auch zum Stürzen bringen. Aber sogar dann: Ich würde als Erstes kucken, dass *sie* sich bei meinem Sturz nicht verletzt, und mich pro forma für den Aufruhr entschuldigen. Erst dann würde ich die 112 rufen – für *meinen* Abtransport in die Unfallchirurgie. Da schläft die Minka dann natürlich schon längst auf ihrem Plätzchen.

Ein Schlüssel sperrt das Haustürschloss auf. »Die Istanbul-Brüder warten immer noch vorm Garten. Ausdauer ham's, die Kollegen!«, höre ich die Mama rufen, als sie den Flur betritt und den Geräuschen nach schwere Einkaufstüten am Boden abstellt. Politisch ist es zwar nicht ganz korrekt, wie sie den Elyas und den Erol da scherzhaft tituliert (sie hat sie auch schon die *Döner-Bagage* genannt), aber du, es ist von dem Elyas M'Barek und dem Erol Sander ja auch nicht so ganz politisch korrekt, in ihrem Benz durchgehend vor dem Haus meiner Eltern zu stehen. Jedes Mal, wenn ich mich ihnen nähere, um sie zu fragen »Was soll das?«, »Wer seid ihr?«, »Wie lange geht das noch?«, rollen sie mit ihrem Mercedes von dannen, noch bevor ich überhaupt in Sprechweite bin. Nur, um anschließend sofort wieder an derselben Stelle zu parken wie davor. Kasperltheater.

Seit der Elyas und der Erol wissen, dass ich weiß, dass sie mir folgen, seitdem folgen sie mir ganz unverblümt überallhin. Rund um die Uhr. Zum Einkaufen, zum Spazierengehen, zum Rathaus … Apropos Rathaus! Ich weile nicht zuletzt deshalb bei der Mama und beim Papa, weil ich meine verbrannten Unterlagen wiederbesorgen muss. Und dazu brauchte ich erst mal unser Familienbuch, damit ich über das Übertreiblinger Geburtenregister meine Geburtsurkunde neu anfertigen lassen kann, weil ich nur damit wiederum einen neuen Personalausweis und Reisepass beantragen kann und, und, und. Lauter Eilanträge.

»Du brauchst doch nix aufzuräumen, des erledig ich scho«, meint die Mama zu mir, als sie zur Küche reinkommt. Obwohl sie im Nachbarort Mitgiftegg den Gasthof Rosengarten führt, ein Restaurant mit Biergarten und Veranstaltungsräumlichkeiten, hindert sie das nicht daran, auch zu Hause noch den Haushalt zu schmeißen, und zwar zu hundert Prozent. Mit über sechzig. Ein Staubschichtlein, eine kleine Unordnung oder eine versehentliche Nachlässigkeit kannst du lange suchen! Oder wartest du vielleicht abends auf ein kleines Winseln Marke »Hach, wie anstrengend, i kann nimmer«? Da kannst du lange warten!

Die Mama ist aus anderem Holz geschnitzt. Aber langsam kommt sie in das Alter, in dem man nicht nur älter wird, sondern alt. Ich merk das Schritt für Schritt. Ich kann nicht unbedingt genau definieren, wie sich das äußert. Es sind eher verschiedene subtile Untertöne und Schübe. Bewegungsablauf, Sprechweise, Stimmklang, Hautkonsistenz, Halsfalten, Mundrunzeln. Es ist verstörend, dem schleichenden Verfall der eigenen Eltern beizuwohnen. Da freu ich mich schon, wenn ich bald meinem eigenen Verfall beiwohnen darf. Ach, ich brauch mir da eigentlich nichts vormachen – letztlich hat der schon längst begonnen.

Zweite Lebenshälfte? Muss man mögen. (Ich hör mich schon an, wie der midlife-kriselnde Wolf …)

»Abräumen kann i grad noch!«, antworte ich der Mama und stelle schon mal ein paar Sachen besonders sorgfältig in den Kühlschrank. Ich hab nämlich den Verdacht, dass die Mama nur deshalb immer die ganze Arbeit erledigt, weil sie uns für zu deppert hält, alles so ordentlich zu machen, wie es ihren Standards nach gemacht gehört.

Außerdem ist die Mama auch noch Jungfrau-Frau. Arbeitstier, Pragmatikerin, Pedantin, bleib ma weg. Staubtrocken und unsentimental. Und pleite wird die auch nie gehen.

Jetzt, wo ich das ausspreche, kann ich mir durchaus vorstellen, dass manche Leute sagen werden: *Aber das sind doch nun größtenteils nicht gerade positive Eigenschaften!*

Da siehste mal: So unterschiedlich sind die Menschen. Das seh ich nämlich anders.

»So, und jetzt schau, was ich da hab!«, sagt die Mama nun und legt ein Exemplar der Münchner Abendzeitung auf den Küchentisch. Ich komm angedackelt, und wir beide stehen vor der Titelseite, wie die Orgelpfeifen. Die Mama, grad so über eins sechzig, und ich, weißt ja, einen guten Kopf größer. Gemeinsam starren wir die Schlagzeile auf Seite 1 an:

News-Hammer im Schläfenstecher-Fall

Rotlichtkönig wegen Mordverdachts an TV-Boss verhaftet

Erwin »Dampfhammer« Faltermeyer wurde gestern Abend als Hauptverdächtiger im Mordfall Olaf Kreischke (»Shop til you Drop TV«) festgenommen

München/Bad Seltsham – Ein erster Ermittlungserfolg gelang der Münchner Kriminalpolizei (Sonderkommission »Handymund«) im Laufe des gestrigen Tages, nachdem ein anonymer Hinweis zu

einer Hausdurchsuchung der Neuaubinger Villa des Bordellbetreibers und Rotlichtmoguls Erwin Faltermeyer (65, Spitzname »Dampfhammer Erwin«) geführt hatte, bei der ein Schraubenzieher sichergestellt wurde, an dem sich DNA-Restspuren fanden, die dem vor eineinhalb Wochen ermordeten Olaf Kreischke (48) zugeordnet werden konnten. (Die AZ berichtete: Der gestopfte Tote – abgestochener Shoppingsender-Geschäftsführer mit Handy im Rachen in Büro aufgefunden).
Ist der bizarre Mord damit aufgeklärt? – weiter auf Seite 5

»Wahnsinn«, stammle ich, nachdem ich fertiggelesen habe. »Ist die von heute?« Aktionistisch nestle ich an der AZ rum, um das Datum zu eruieren.

»Freilich, hab ich grad gekauft«, sagt die Mama. »Ist ganz frisch.«

»Des ist doch totaler Blödsinn. Der Dampfhammer ist doch nie und nimmer in Olafs Büro in Bad Seltsham gekrochen und hat den abgestochen. Und lässt sich dann noch auf diese Weise erwischen ... Was soll denn das?«, schießt es aus mir raus.

Die Mama, natürlich von mir im Laufe der vergangenen Tage aufs Genaueste über jedes Detail der letzten Wochen informiert, kommentiert trocken: »Absurde Unterstellungen.«

Mein Kopf wendet sich automatisch in ihre Richtung. Ich schaue sie an und runzle die Stirn: *Absurde Unterstellungen?*

Passiert dir das bei deinen Eltern auch manchmal, dass du über manche ihrer Bemerkungen regelrecht stolperst, weil du derartig überrascht bist, wenn sie plötzlich mit ganz anderem Vokabular als sonst bestimmte Sachverhalte wie nebenbei zusammenfassen? Das kommt einem dann vor, als wären die eigenen Eltern ganz andere Menschen als die, die man sonst in ihnen sieht. Egal. Ich lese mir den Titelseitenbericht noch mal durch und sage: »Pff, wusst ich gar nicht: Der Dampfhammer wohnt in einer *Villa* in *Neuaubing*. Ist das nicht ein Widerspruch in sich?«

»Was? Villa in Neuaubing?«, fragt die Mama nach.

Ich nicke, ich hab halt ein Witzchen gemacht. Und füge hinzu: »Klingt wie Kaviar bei McDonald's.«

Und die Mama, ganz schnell: »Oder Manolo Blahniks bei KiK!«

Da!

Schon wieder!

Hast du's gemerkt? Wie kommt die Mama (Hauptschulabschluss, Niederbayern lebenslang, hemdsärmliges Umfeld), wie kommt ausgerechnet *sie* auf diesen Vergleich? Der ist gigantisch! Ich meine, klar kennt sie Manolo Blahnik von mir, weil ich halt manchmal mit ihr über meinen Schuhtick rede, aber abgesehen davon, ist das gar nicht ihre Welt. Dass sie diese Edelmarke jetzt sarkastisch dem Billigheimer KiK gegenüberstellt, als Entsprechung zu meinem Gag von wegen Kaviar versus McDonald's, oder Villa versus Neuaubing … ich kann's nicht glauben, was für eine Komikerin in ihr steckt!

Wer sind Sie? Meine Mutter? Mama? Bist du's wirklich?

»Da, schau her«, die Mama blättert auf die Seite 5, zeigt mit einem Finger zielsicher auf die angepeilten Zeilen und fasst schnell lesend zusammen: »Gefunden hat die Polizei im Gartenhäuschen vom Dampfhammer einen … Moment … da: einen Edelstahl-Schraubenzieher mit einem 9-Zentimeter-Griff und einer 12-Zentimeter-Torx-Edelstahlklinge mit 4-Millimeter-Spitze. Am Griff war alles saubergewischt, keine Fingerabdrücke, an der Klinge selbst ham sie aber noch Blutreste gefunden und dann deren DNA isoliert und mit der DNA vom Kreischke verglichen, und: Ergebnis positiv.«

Ich mach ein ungewolltes Prustgeräusch. Das ist nicht besonders schön, aber die Mama und ich, wir schauen uns an, als verstünden wir uns auch ohne Worte.

»Als ob ein Vollblutverbrecher wie der Dampfhammer ein halbherzig gereinigtes Mordinstrument – einen Schraubenzieher – im eigenen Schuppen lagern würde! Damit er ihn mal wiederverwenden kann, oder was? Um die Schräubchen am Handtuchhalter im Klo seiner Neuaubinger Villa irgendwann mal nachziehen zu können? Das ist ja lächerlich.«

Die Mama schüttelt auch den Kopf. »Abstrus! Der ist bald wieder draußen, wirst sehen.«

Es hat einige Trotzjahre gedauert, um das zu lernen, aber: Wenn deine Mutter solch einen lapidaren Kommentar ohne jeglichen Zweifel ablässt, dann gehst du besser davon aus, dass der seine Richtigkeit hat. Deshalb sage ich: »Man riecht wirklich von hier, dass da was faul ist. Ein Mann Mitte sechzig soll unerkannt bei *Shop Drop TV* ins Chefbüro spazieren und einen Endvierziger mit einem gezielten Werkzeughieb abmurksen? Und anschließend auch noch verschwinden? Dass sie sich selbst nicht zu blöd sind, die Polizei und die Staatsanwaltschaft …«

»Des war bestimmt die Mindy, die oide Schnoin, die dem Dampfi den Schraubendreher untergeschoben hat«, lacht die Mama höhnisch auf, derart glasklar scheint sich ihr die Faktenlage darzustellen.

Meine Güte, jetzt gib dir noch mal meine Mama! Vier Auffälligkeiten in nur einem einzigen Satz: Die Mindy tituliert sie locker vom Hocker als *Alte Schnalle* und hält sie eindeutig für die Denunziantin. Dem Dampfhammer verpasst sie eine

Verniedlichungsform für seinen Spitznamen (Dampfi!), und zu guter Letzt hat sie statt Schrauben*zieher* Schrauben*dreher* gesagt, was die aktuellere Wortversion ist. Was ist denn heute los? Mama, ohne Schmarrn, wer bist du?

Jedenfalls weiß ich, was Sache ist. Die Mindy ist der Dreh- und Angelpunkt. Danke, Mama. Seh ich genauso. Und wider alle Vernunft spüre ich, wie mir leicht ums Herz wird, weil ich glaube, einen kleinen Schritt weitergekommen zu sein … bis mir kommt, dass der Dampfhammer eventuell gar *mich* für die Denunziantin halten könnte, die ihm das Werkzeug untergeschoben und der Polizei den Hinweis gegeben hat.

(Schon ist's wieder vorbei mit der Erleichterung.)

Denn mal angenommen, der Dampfi war der, der mir die beiden slawischen Schläger nach meinem Besuch bei der Mindy geschickt hat, dann könnte es sein, dass er die Mindy und mich für Verbündete hält. Was wiederum fatale Folgen für mich hätte.

Damit ist nicht zu spaßen.

Ich krieg eine Hitzewallung!

Diese Spontanbedenken teile ich der Mama jetzt lieber nicht mit. Ich will sie nicht unnötig belasten. Sie macht sich sowieso immer mehr Sorgen um mich als um sich selbst.

»I würd den beiden Pfeifen einen Kaffee rausbringen, aber sie haun ja immer glei ab, wenn ich näher komm …«, höre ich die Mama noch über den Elyas und den Erol sagen, während sie die Einkaufstüten auspackt und ich, ganz in Gedanken, hoch in mein Kinderzimmer gehe (Jugendzimmer, Vergangenheitszimmer), in dem ich seinerzeit, das muss ich schon sagen, endlose verzweifelte Stunden meiner Pubertät verbracht habe, niedergeschmettert vom Gefühl unlösbarer Gegenläufigkeit und dauerverletzt von den Reaktionen vieler Übertreiblinger auf meine Andersgeartetheit – aber das war einmal. Dem Zimmer mach ich keine Vorwürfe. Das war und ist sehr schön: hell, geräumig, unterm Dach.

Ähnlich wie meine ausgebrannte Wohnung übrigens. Fällt mir jetzt erst auf, wo ich so darüber nachdenke.

Ich geh packen. Es geht zurück nach München.

Mit meinen beiden prall gefüllten Taschen (Inhalt: lauter neu erworbene Sachen, sogar die Taschen sind neu) komm ich wenig später die Treppen wieder runter und sage zur Mama, die den restlichen Frühstückstisch natürlich längst abgeräumt hat: »So, ich bin so weit.«

»Kein Mittagessen mehr?«, fragt sie.

»Ich muss ja um zwölf am Gate sein.« Ich muss auf dem Weg nach München noch am Flughafen vorbei. Also am Münchner Flughafen, nicht am Übertreiblinger International-Mega-Airport.

»Ach, um zwölf scho? Ja, dann musst los. Grüß ihn von mir.«

»Mach ich«, sage ich. Die Mama kennt den Pascal bislang nur aus Erzählungen. Noch nicht persönlich. Nichts überstürzen. Meinen Eltern meinen Freund vorzustellen, ist für mich aus vielerlei Gründen stolprig. Musst nicht meinen, das wär wegen meinen Eltern. Im Gegenteil. Die haben immer vorbehaltlos hinter mir gestanden. Schon damals, nach meiner erfolgten Angleichungsoperation, die ich ihnen (vor lauter Offenbarungsangst) von meinem Onkel hatte mitteilen lassen. Die Kompliziertmacherei liegt einzig und allein an *mir*!

»Brauchst a Geld?«, fragt meine Mutter.

»Ich bin *aus*gebrannt, nicht *ab*gebrannt«, scherzel ich.

Die Mama schaut mich mit schräg gehaltenem Kopf an.

»Danke, aber ich hab schon wieder Zugang zu meinem Konto«, versichere ich ihr.

»Geld braucht ma immer«, meint sie resolut, woraufhin

ich insistiere: »Nein danke, wirklich nicht.« Logisch, zwecklos, denn sie zieht fünfhundert Euro aus der Hosentasche, und zwar so, wie es nur Unternehmerinnen können: beiläufig, routiniert, fast schon gelangweilt.

»Da!« Die Mama hält mir die Scheine hin, und du kannst mir das ernsthaft glauben, ich möchte das Geld nicht annehmen, und ich brauch es auch nicht, aber ich finde, dass man wissen muss, wem man das Wasser nicht reichen kann, und dann heißt es eben: einfach mal's Maul halten und weisungsgebunden handeln.

Mit eingeübtem, sanftem Widerwillen nehm ich die Scheine entgegen, die Mama schaut Na-also-mäßig, gibt mir einen Schmatz auf die Wange, und ich bitte sie: »Sag dem Papa Tschau von mir.« Der ist mit seinem Lkw unterwegs. Von dem erzähl ich ein andermal. Dass er zwei verschiedene Ohrläppchen hat, ein angewachsenes und eins mit Waschel, wird dann aber total nebensächlich sein.

Die Mama flüstert »Mach ich«, ich nicke, und die Minka kriegt von mir noch ein Bussi auf ihre weiß-schwarze Schnute. So!

Die Matz sitzt frech aufm Küchentisch, was sie eigentlich nicht darf. Unser Standardsatz, wenn jemand zu Besuch da ist und ihr ignorantes Benehmen mitbekommt, lautet: »Das macht sie sonst nie!«

Na klar.

Die Minka ist Krebs vom Sternzeichen. Hochsensibel. Hat's aber in sich.

Von Übertreibling zum Flughafen München ist's schon ein Stück. Die ersten Kilometer führen mich durch die Ausläufer des Bayerischen Waldes, und ich bin, soweit das beim Fahren möglich ist, von der Schönheit der Landschaft ganz in den Bann gezogen. Meine allzu seltenen Abstecher in die alte

Heimat machen mir das Flair der Natur jetzt noch deutlicher bewusst, als ich es zu der Zeit wahrgenommen habe, während der ich hier aufgewachsen bin.

Das Verkehrsaufkommen ist entspannt, und den größten Teil der Strecke habe ich bereits geschafft, wobei mir natürlich, du ahnst es, die ganze Zeit eine gewisse schwarze Limousine in gebührendem Abstand folgt. Man gewöhnt sich an alles, und der Elyas, der Erol und ich, wir haben uns längst lieb gewonnen und sowas wie eine Routine miteinander entwickelt, weshalb Überholmanöver, Beschleunigungs- und Bremsvorgänge wie aufeinander abgestimmt vonstattengehen.

Doch als ich in meinem Rückspiegel sehe, wie der Mercedes plötzlich hinter einem einscherenden Laster verschwindet, bekomme ich die spontane Idee, mich meiner beiden Dauerverfolger (so *lieb gewonnen* nun nämlich auch wieder nicht) für ein Weilchen zu entledigen.

Passenderweise befinden wir uns gerade auf dem Autobahnstück, das nach München führt, wenn man immer geradeaus weiterfährt, das einen aber zum Flughafen Franz-Josef-Strauß bringt, wenn man rechts abbiegt. Eine ideale Weggabelung, um meine zwei Kletten abzuschütteln, die von meinem Abstecher zum Flughafen vermutlich nichts wissen.

Zackig knackig nehme ich in letzter Sekunde die Abzweigung … und kann (hurra!) im Rückspiegel feststellen, dass Erol & Elyas aufgrund der Sichtsperre durch die beiden Laster vor ihnen leider, leider zu spät bemerkt haben, dass die gute Vikki Victoria Siebenschlau mit rasanter Geschwindigkeit die Tangente Richtung Airport dahinrast, während sie hilflos weiter geradeaus die A92 entlangrollen, ohne ihrer Beschattungsaufgabe weiter nachkommen zu können.

Blöd.

Gleich mal den Chef anrufen. Oder? (Sorry: Chef:in. Ich hab's einfach noch nicht verinnerlicht.)

Bitte nicht aufregen. Bitte. Falls doch, dann am besten gleich direkt meinem Anwalt schreiben, denn immer dran denken: Wer sich als Erster verletzt fühlt, hat gewonnen. Hier schon mal die Daten: Dr. jur. Mickey Mouse, Fickt-Euch-Allee 4a, 8 146 993 Recktal-Steckingen. Kann etwas dauern mit den Antworten.

Schau, kaum gelingt mir so ein Winkelzug, wie der mit Erol & Elyas, schon werd ich übermütig. Da menschelt's. Merkst' es?

Auf dem gelben Ortsschild neben meiner Zufahrtsstraße steht *München-Flughafen*. Der Flughafen hat ein eigenes Ortsschild!

Ist mir noch nie aufgefallen.

16

Die wichtigste Architektenregel bei der Planung von Flughäfen? Stellen Sie sicher, dass der Zufahrtsbereich für Besucher und Abholer so beschissen als nur irgend möglich gestaltet ist. Beengend, unübersichtlich, chronisch überfüllt. Dann passt's.

Als ich in die überdachte Parkharfe von Terminal 1C einfahre, fühle ich mich unnötig unter Druck gesetzt. Zusätzlich zu den zahlreichen Pfeilern und Markierungen hängen überall Schilder, die einem mitteilen, dass man fürs Verweilen und Verladen maximal drei Minuten Zeit habe und sich anschließend umgehend verpissen möge, sonst würde man ohne Vorwarnung angepflaumt, abgeschleppt oder standesrechtlich erschossen.

Vielleicht hat es ja aber auch seine Richtigkeit, dass allen Beteiligten an dem Ort, von wo aus Reisende mit Jumbojets von A nach B befördert werden, durch räumlich-hektische Verknappung ein wenig Feuer unterm Hintern gemacht wird. Der Mensch braucht ja was, worüber er sich aufregen kann. Das ist nun mal Fakt.

Wundersamerweise finde ich eine mickrige Parkbucht und ziehe natürlich kein Ticket an dem endlos weit entfernten Automaten (Dermaßen weit entfernt! Der Automat bräuchte einen eigenen Flughafen). Das wird schon gutgehen.

Ich eile durch die Glasschiebetür in den dunkel gefliesten Ankunftsbereich. Der ist gut gefüllt, und ich postiere mich vor der bombastischen Infotafel mit den digitalen Umklappbuchstaben, die mir mitteilt, dass die Qantas-Airways-Maschine aus Sydney bereits gelandet ist (verfrüht!), und dass sich die Gepäckausgabe in Vorbereitung befindet.

Neben mir steht ein älteres Ehepaar, piekfein gekleidet. Auf wen die wohl warten? Man sieht ihnen an, dass sie seit Langem daran gewöhnt sind, einander zu langweilen. Ohne es zu wollen, mustere ich sie. Beziehungen, Partnerschaften, Lebensgemeinschaften! Eine Wissenschaft für sich. Keine gleicht der anderen.

Ausgelöst von diesen Gedanken, bekomme ich ein bisschen Lampenfieber, den Pascal nach drei Wochen wiederzusehen. Nach unserem knappen Jahr Beziehung ist die anstehende Reunion sowas wie eine Premiere: Eine zeitliche und örtliche Trennung von diesem Ausmaß haben wir zuvor noch nie absolviert.

Lampenfieber! Zu nichts nütze.

Ich hab mich natürlich etwas zurechtgemacht. Tu ich ja immer, aber heute eben das entscheidende Quäntchen mehr. Was dazu beiträgt, dass ich gerade eine *noch* auffälligere Erscheinung abgebe als sonst. Manchmal ist mir die allgemeine Aufmerksamkeit durchaus recht und ich gefalle mir in der Rolle, aber just in diesem Augenblick, angesichts des intimen Anlasses, geht es mir gehörig auf die Nerven.

Nicht, dass du meinst, ich beschwer mich. Aber kennst du den Spruch, der sinngemäß besagt, dass sich ein Mann nie und nimmer vorstellen kann, wie es ist, als Frau durch die Stadt zu laufen und dabei unablässig den abschätzenden Männerblicken ausgesetzt zu sein? Das ist aber mal sowas von wahr! Doch jetzt setz ich noch einen drauf: Kein Mensch – weder Mann noch Frau – kann sich vorstellen, wie es ist, als offensichtliche Transperson durchgehend der Wahrnehmung *aller* um einen herum ausgeliefert zu sein, egal, wie wann wo.

Keine Sorge, ich starte keinen Spendenaufruf. Wo doch meine Gemütsverfassungskurve sowieso zum ersten Mal seit Ewigkeiten endlich wieder nach oben zeigt, angesichts der Aussicht, den Pascal gleich aus der Check-out-Zone kommen zu sehen.

Die ist mittlerweile restlos verstopft. Ohne Witz, der Gepäckausgabebereich quillt plötzlich über vor Menschen. Halligalli-Atmo. Knapp vor einer Massenpanik. Auch hier konnten sich die Flughafen-Planer anscheinend nicht vorstellen, dass es mal *so* voll werden würde. »Ein Passagieraufkommen aus fünf Maschinen auf 40 Quadratmetern? Werd scho gut gehn.«

Mein Herzerl beginnt zu bumpern, als der Pascal nach zehn Warteminuten (die Abschleppgefahr sitzt mir im Nacken, ich schaue ständig raus auf den Parkplatz) tatsächlich auftaucht, inmitten eines Pulks aus Kurzhosen-und-Halstattoo-Touristen.

Er, mit seiner athletischen Statur, den braunen Haaren und dem Fünftagebart sticht regelrecht heraus. Vielleicht nur für mich? Ich übertreibe sicher? Müsste man mal testen. (Vielleicht findest du ihn ja total gewöhnlich.)

Weil der Pascal Mitte dreißig und ziemlich stilbewusst ist, gehen seine obligatorischen Hochwasserhosen samt sockenloser Knöchel vollkommen in Ordnung, auch wenn damit jeder Mann erst mal aussieht wie ein Teilnehmer von Love Island oder ähnlichen Reality-TV-Formaten. Aber der Pascal kommt in diesem Outfit nicht dumpf und verblödet rüber wie die Jämmerlinge ausm Fernsehen, sondern helle und smart. Was ja doppelt was über ihn aussagt. Hinzu kommen noch seine gemeißelten Wangenknochen … aber ich will nicht zu weit ausschweifen – den Rest muss man sich dazudenken.

Er sieht mich, winkt mir, ich winke ebenfalls, wir lächeln,

jeder hält sich zurück, noch ein paar Meter, gleich werden wir einander ganz nah gegenüberstehen. Ich kann es kaum erwarten. Ich bin auf das Schlimmste gefasst.

Als er seine beiden Koffer neben sich abstellt, mich in den Arm nimmt, mich küsst und so weiter, da geht mir eine Menge durch den Kopf, das mit Freude, Fremdeln und Überforderung zu tun hat, was wohl daran liegen könnte, dass sein Vater vor wenigen Tagen gestorben ist, dass ich galaktische Baustellen – von Mordverdacht über Mediendruck bis hin zu Internetmobbing – zu beackern habe, dass der Pascal einen Fünfundzwanzig-Stunden-Umsteigeflug in den Knochen hat, und dass wir erst mal kucken müssen, wo sich unsere emotionale Verbindung nach drei Wochen Distanz wieder von Angesicht zu Angesicht aufgreifen lässt.

Entsprechend vielschichtig fühlt sich unsere Nähe gerade an.

Ich habe noch nie Beziehungen geführt, die auch nur im Entferntesten Ähnlichkeit mit Hugh-Grant-Filmen gehabt hätten.

Womöglich bin ich für das blinde Glück nicht begabt. Natürlich hab ich im Laufe meines Lebens schon mehr als einmal versucht, den Verstand rückhaltlos auszuschalten. Klar, ich hab's probiert. Es lohnt letztlich nicht.

(Kennst du das auch? Wenn dich jemand anziehend findet und auf dich steht, und du denkst als Erstes: Was stimmt mit dem wohl nicht?)

»Schön, dich zu sehen!«, sagt der Pascal Herzberg, ehrgeiziger Kommissar, professioneller Hobbymusiker, und nimmt seinen Hipsterschal ab, den er wohl noch wegen der Klimaanlage im Flieger anhatte (aber schon auch, weil er es fertigbringt, sich bei 35 Grad Außentemperatur einen Schnupfen zu holen).

»Ebenso«, antworte ich extra formell, weil alles andere ja

kaum auszuhalten wäre. Er schaut mich mit seinen tiefliegenden grüngrauen Augen an, was mich sofort ziemlich kriegt. Ich grinse, er auch. Dann werde ich ernst, er auch, und … ich will dich jetzt wirklich nicht mit übertriebenen Gefühlen belästigen. Deshalb schlage ich vor, wir überspringen die nächsten fünf Minuten und machen da weiter, wo der Pascal und ich in meinem unabgeschleppten Mini bereits das Flughafengelände zügig hinter uns lassen und zurück auf der A92 sind, wo ich vor nicht einmal einer Dreiviertelstunde das berühmte Komikerduo Elyas & Erol und ihre legendäre S-Klasse-Kiste abgehängt habe, wovon ich dem Pascal gerade erzähle.

Dabei schaue ich reflexhaft in den Rückspiegel, so sehr hatte ich mich schon an die Omnipräsenz des schwarzen Kühlergrills gewöhnt. Aber da ist nichts, nur ganz normale Autos! Fast fehlen mir der Elyas und der Erol. Irgendwann beginnt man, an seinen Hemmnissen zu hängen, ohne es zu merken.

»Ich hoffe, wir sind auch ohne Begleitschutz sicher«, scherze ich, und der Pascal schüttelt ungläubig den Kopf über meine Geschichte. Bewusst schwenke ich auf ein dringenderes Thema um, indem ich frage: »Und die Beerdigung ist nächsten Donnerstag?«

»Voraussichtlich. Ist noch nicht endgültig sicher. Es ist alles maßlos kompliziert. Als wäre der Leichnam meines Vaters der erste, der von Australien nach Deutschland überführt werden muss. Allein die erforderlichen Genehmigungen der Behörden in Canberra synchron mit der deutschen Botschaft geregelt zu kriegen, war ein einziger Krampf.«

Ich nicke. An Pascals Tonfall kann ich erkennen, dass er über die Endstadiumdemenz seines Vaters, dessen chaotische Lebensverhältnisse vor Ort und das sonstige Drumherum gerade genauso wenig sprechen möchte wie über seine vogelwilde Familiengeschichte überhaupt, in die er mir bislang immer nur häppchenweise Einblicke gewährt hat. Sein jahrzehntelang desinteressierter Vater war einst ein amerikanischer Soldat mit Nachnamen Kemp (Vorname Steve) gewesen, der nach seiner Stationierung in Germany und der Schnellzeugung eines Sohnes (yeah, Pascal) wie ein wahrer Freigeist nach Australien abhaute und Pascal mit einer ziemlich fragwürdigen Mutter zurückließ, Verena Herzberg, die seit dreizehn Jahren nicht mehr lebt und über die ich mir kein rechtes Bild zu machen wage, da der Pascal zu sämtlichen Aspekten seiner familiären Verflechtungen nur abschätzige Andeutungen macht, die in einem denkwürdigen Augenblick zu einem der größten philosophischen Sätze der Kulturgeschichte führten, als er halbernst meinte: »Privat möchte ich mit meiner Familie nichts zu tun haben.«

Da kann der Oscar Wilde mit seinen Aphorismen einpacken.

Ich hab's mir aufgeschrieben, ernsthaft.

Ich sage zum Pascal, der kerzengerade neben mir sitzt und aus dem Beifahrerfenster starrt: »Dann ist ja schon in einer Woche alles vorbei und du kannst mit so vielem endlich endgültig abschließen.«

Er summt »Hm-m« und tut mir zuliebe so, als hätte ihn das getröstet. Abwesend beginnt er, an seinem Zeigefingernagel zu kauen. Aber nur so halb. Und mir geht durch den Kopf, dass er immer unglücklich aussieht, wenn er schläft.

Wenn ich etwas im Leben gelernt habe, dann, dass alles, was ich über Menschen aus zerrütteten familiären Verhältnissen gehört habe, zutrifft.

»Weißt du was?«, wird der Pascal auf einmal rührig. Ich nicke unbestimmt, und er sagt: »Lass uns die Handys mal eben auf den Rücksitz legen.«

Was so viel heißt wie: Wir reden jetzt gleich über dich

(also mich), den Mordfall und alles, was damit zusammenhängt.

Ich gebe dem Pascal mein iPhone, er dreht sich zur Rückbank, legt seins und meins zwischen seine beiden Koffer und unter seinen Schal, legt meine Handtasche noch obendrauf und schaltet das Radio an, Bayern 3.

Ich hab ja schon erzählt, dass der Pascal davon ausgeht, dass wir durchgehend abgehört, unser Schriftverkehr gescannt und unsere digitalen Daten personenbezogen ausgewertet werden. Siri und Alexa, die manche ja sogar freiwillig nutzen, sind dabei noch Kinkerlitzchen.

In einer seiner engagierten Warnungen, die er mir ab und an angedeihen lässt, hat er einen weiteren Bringer geprägt, den ich mir ebenfalls notiert habe. »Immer dran denken: Das Internet *gehört jemandem*!«

Also mir wird da ganz anders.

Mit dudelndem Radio und abgedeckten Smartphones klingt der Pascal sofort befreiter (oder bilde ich mir das nur ein?), als er sagt: »Der Dampfhammer wurde verhaftet, habe ich gehört. Unglaublich.«

»Ich hab's auch erst heute Morgen erfahren«, entgegne ich, verwundert, dass der Pascal davon weiß, weil er ja einen Tag lang in zwei aufeinanderfolgenden Fliegern saß.

»Bist du erleichtert?«, fragt er, und ich klappe meine Sichtblende nach unten, weil uns seit der letzten Kurve die Sonne durch die Windschutzscheibe ins Gesicht feuert. Hilft kaum. Ich antworte: »Wenigstens werden nun die Unterstellungen gegen mich aufhören, hoffe ich. Man sagt die Wahrheit und kein Mensch glaubt einem, furchtbar. Dieses ganze Gift auf Social Media zerfrisst mich. Aber wie lange wird das vorhalten? Die Story mit dem Schraubenzieher im Gartenhäuschen und der anonyme Hinweis ... das ist hanebüchen!« Merkst du, wie eckig ich daherrede? Grad, dass der Wagen dabei nicht ins Schlingern gerät. Kommt daher, weil mein Freund, mein ultravorsichtiger Freund, doch immer so genau Acht gibt, nur ja nicht unsere Beziehung und seinen Job zu vermischen. Was dazu führt, dass auch *ich mich* mittlerweile zusammenreiße, um *ihn* bloß nicht versehentlich in Verlegenheit zu bringen, mir womöglich ausweichen zu müssen und ja kein vertrauliches Polizeiwissen auszuplaudern.

Muss denn alles immer so einen komplizierten Twist haben? Da hat man einen Polizisten an seiner Seite, und genau der ist, aufgrund seiner prinzipientreuen Verschwiegenheit, weniger hilfreich als eine Stoffpuppe. Ehrlich, ausgerechnet *so* einen Freund zu erwischen, kann auch nur mir passieren!

Auffallend besonnen erklärt der Pascal: »Nachdem ich vorhin aus der Maschine gestiegen bin, habe ich mit dem Zepter telefoniert.« Zepter ist der SoKo-Chefermittler im Fall Olaf Kreischke. Er war einer der Beamten, die mich unmittelbar nach dem Mord auf dem Revier in Bad Seltsham verhört haben. Weihnachtsbäckerei, du erinnerst dich?

»Aha.« Überrascht wende ich meinen Blick von der Straße weg, hin zum Pascal. Kommt jetzt etwa mehr als abgespecktes Allgemeinwissen von dem Mann, bei dem ich heute einziehen werde, zumindest, bis ich eine neue Wohnung gefunden habe?

»Der Zepter ist derselben Meinung wie du. Keiner in der Abteilung glaubt, dass der Dampfhammer irgendwas mit dem Mord zu tun hat. Keiner glaubt an den Schraubenzieher-Humbug. Aber es kann sehr gut sein, dass sie den Dampfhammer trotzdem wegen Mordes anklagen werden, hat der Zepter gemeint. Ungeachtet der ganzen Ungereimtheiten und Widersprüchlichkeiten. Die Staatsanwaltschaft ist nämlich ganz scharf drauf, ihn dingfest zu machen – wegen der tausend anderen Delikte aus den letzten Jahrzehnten, für die sie ihn bislang nie ausreichend belasten konnten. Da kommt ihnen dieser fadenscheinige Mordverdacht gerade recht.«

»Wie meinen? Der Verdacht ist nicht stimmig, aber die Staatsanwaltschaft möchte darauf beharren?«

»Sieht so aus. Das Prinzip ist ganz einfach. Schau, Al Capone hat auch jahrelang sein Unwesen getrieben: als Drahtzieher in den Bereichen Prostitution, Schutzgelderpressungen, Glücksspiel, mit Alkoholhandel während der Prohibition und was noch alles … Und nie konnten sie ihm genug nachweisen, um ihn zu verurteilen. Am Ende haben sie ihn dann wegen *Steuerhinterziehung* drangekriegt und ihm eine saftige Freiheitsstrafe draufgeknallt. Also für eine vergleichsweise Bagatelle! Aber unter der Hand war es natürlich eine Querkalkulation, um ihm wenigstens ein klein wenig für seine lebenslange kriminelle Gesamtleistung beizukommen.«

»Was wirklich nicht sonderlich korrekt ist! Also ein Unrecht mit einem anderen zu sühnen.« Boah, hör dir an, wie ich klinge. Ich, als Dampfhammers Advokat. (Oder Al Capones?) Nein. Ich meine: Nicht, dass es mit dem Dampfi den Falschen träfe, aber unfein ist sowas dennoch.

»So läuft das eben – manchmal. Rechtsprechung und Juristerei, das ist alles ein großer Deal«, kommentiert der Pascal. »Wobei man erst mal abwarten muss, ob es dabei bleibt. Noch ist der Fall nicht abgeschlossen. Da kann sich nach wie vor viel tun.«

»Ja«, nuschle ich abwesend und denke mir: Wenn der Dampfhammer unschuldig ist (was er schätzungsweise ist!), dann bleibt die Frage: Wer hat den Olaf auf dem Gewissen? Der ganze Zirkus läuft auf die Mindy raus, wenn du mich fragst. Nicht, dass sie selbst notwendigerweise die Mörderin ist. Aber sie ist der Knoten, um den sich die unendlich vielen Verstrickungen drehen. Oder?

Sie war es schließlich, die der Kathi und mir eintrichtern wollte, der Dampfhammer hätte über die (von der Mindy installierte) App auf Olafs Handy die Quotentransen-Nachricht vom Adi Dietz veröffentlicht, um »den Olaf und den Adi in die Scheiße zu reiten«. Das waren Mindys Worte.

Aber Sprache ist dazu da, die Wahrheit zu verschleiern.

Vielleicht war genau *das* der Grund für Mindys Geschwätzigkeit in ihrer Biene-Maja-Wohnung. Verschleierung. Vielleicht hat sie uns nur deshalb so viel so ausführlich geschildert, weil sie uns eine Version aufdrücken wollte, die wir glauben sollen. Und damit wiederum zu vertuschen, wie die Sache *wirklich* war.

Nichtsdestotrotz, nach wie vor: alles Spekulation, Hypothese, Rätselraten.

An meiner inneren Unruhe ändert sich auch nichts, als der Pascal mich zu entkrampfen versucht: »Sieh's doch mal so: Durch Dampfhammers Verhaftung bist du raus aus der Nummer. Kein Mordverdacht mehr gegen dich! Keine Hater mehr, kein Kommissar Zepter, der eventuell *noch ein paar Fragen* hat. Es hätte wahrlich schlechter ausgehen können.«

Ich nicke. Unter anderem, weil mir klar wird, dass man den Schraubenzieher auch *mir* statt dem Dampfi hätte unterschieben können.

Über dem Asphalt der Fahrbahn flimmert die Luft, und die giftige Sonne knallt jetzt von links durch die Scheibe. Mit aufgekratzter Unsicherheit sage ich zum Pascal: »Meinst du, du könntest eventuell eruieren, ob auf Olaf Kreischkes Handy eine App installiert war, durch die man ihn abhören und aktiv auf sein Handy zugreifen konnte? Beziehungsweise, war das Handy in seinem Mund überhaupt sein eigenes? Das wäre in erster Linie interessant, um Mindys Geschichte zu verifizieren. Weil ich denke, dass die Mindy ihre Finger da deutlich mehr im Spiel hat, als sie uns gesagt hat.«

Und dann schließe ich mit einem Eiertanz an, indem ich sage: »Ich weiß, du möchtest auf keinen Fall, dass sich Privates mit deinem Job überschneidet, aber …«

»Hab ich längst erledigt. Ich hab das mit Olafs Handy sofort überprüft, nachdem du mit der Kathi bei der Mindy warst.«

»Und?«, frage ich tonlos. Mein Pascal packt aus? Echt jetzt? Es geschehen noch Zeichen und Wunder. Ich bremse ihn nicht.

»Erstens: Es war Olaf Kreischkes eigenes Handy, das er da im Mund hatte.«

»Super. Das vereinfacht einiges. Und zweitens?«

»Auf dem Handy befand sich keine Ausspäh- oder Steuerungs-App. Und es hat sich vermutlich auch nie eine darauf befunden.«

Ich sage nichts.

Diese Information ändert alles. Eine völlig neue Wirklichkeit.

Der Dampfhammer hat unter Umständen gar nichts mit der QT-Affäre zu tun.

Womöglich war er auch nicht Mindys Zuhälter? (Na ja.)

Die Mindy und ihre überwältigende Verlogenheit.

Ich hab's geahnt.

Nein, stimmt nicht. Ich hatte ihr geglaubt. Ich hatte ihr ihre Tränendrüsenarie voll abgenommen. Unsere Mindy, ganz narzisstisch gestörte Opferdarstellerin (unsere bayerische Meghan Markle). Ich hab ihr geglaubt.

Ich darf mir hier im Nachhinein nichts zurechtrücken!

Mitgefühl ist das sinnloseste Gefühl von allen. (Kommt noch vor Lampenfieber.)

»Danke, dass du mir das gesagt hast«, presse ich heraus, als wäre Pascals Offenheit ein Zugeständnis, das ich explizit honorieren müsste. Wobei ich mir vielleicht einfach nicht darüber im Klaren bin, welche Schweigeparagraphen seines Arbeitsvertrags er da gerade für mich gebrochen hat. Was mich aber nicht daran hindert, zu sticheln: »Aber interessant, dass ich erst fragen musste.«

»Keine Sorge, das hätt ich dir gleich sowieso alles erzählt.« Er lächelt und lässt es verlegen aussehen. Was mir kopfschüttelnd ebenfalls ein Lächeln abnötigt, das mir jedoch schlagartig vergeht, als es plötzlich dunkel im Wagen wird und ich gleich gar nicht weiß, was los ist. Ein Sommergewitter? Ein Wolkenbruch, bei dem die Tropfen noch auf sich warten lassen? Unwillkürlich steige ich auf die Bremse und sehe im Rückspiegel, wie ein Transporter mir von hinten ganz nah auf die Pelle rückt, nur ein paar Meter entfernt, und das bei über 150 auf der rechten Spur. Er klebt fast an uns, gleich kracht's, hab ich das Gefühl.

Als ich meine Augen nach links richte (das alles passiert in Bruchteilen von Sekunden), sehe ich einen weiteren schwarzen Transporter, genau auf unserer Höhe. Er nimmt unser Tempo an und rast parallel zu uns die Autobahn entlang. Wer sind diese Honks? Natürlich habe ich sofort einen Verdacht! Aber leider kann ich nicht erkennen, wer hinter dem Steuer sitzt, der Van ist deutlich höher als mein Mini.

Als wäre es noch nicht genug, dass zwei Transporter uns einkasteln, hat sich ein dritter VW Multivan direkt vor uns platziert. Drei also? Drei?

Ganz schlecht.

Der Pascal und ich gleiten als flankiertes Autosandwich über die A92, und ich überlege fieberhaft, was zu tun ist. Nach rechts, auf die einzige freie Seite, kann ich unmöglich ausscheren. Es gibt nicht mal einen Standstreifen. Hinter der Leitplanke wartet gleich die Böschung. Wenn wir hier also ohne Platzwunden und Brüche rauskommen wollen, sollte ich jegliches Manövrieren unterlassen.

»Was soll die Scheiße?«, wispert ein sich am Handknauf der Tür festkrallender Pascal mit starrer, verstörter Miene, und ich wette, genauso ein Gesicht habe ich auch gerade aufgesetzt. Dabei stammle ich »Was wird das werden?«, entweder zu mir selbst oder zu den Fahrern der Transporter, ich habe keinen Schimmer. Erneut schaue ich in den Rückspiegel. Der Van hinter uns hat sich zwei, vier, zehn Meter (bei dem Tempo schwer einzuschätzen) zurückfallen lassen, weshalb ich den Fahrer erkennen kann, oder besser gesagt, seine Silhouette und ein paar Details. Er sieht aus wie ein – wie sage ich das jetzt, ohne dass die Korrektheimer von der Befindlichkeitsfeuerwehr gleich wieder Blitzmasern bekommen? –, der Fahrer des Vans hinter uns sieht aus wie ein … hm, also wie ein Affenmensch. Werwolfbehaarung und Neandertalerkopfform zu weißem Unterhemd. Womit schon mal klar wäre, dass weder der Elyas noch der Erol in den gemeingefährlichen Kisten sitzen. Der Affenmensch am Steuer hinter uns ist nämlich weniger Typ Türkisch-Connection als vielmehr Typ Hellabrunn-Raubtiergehege.

Was mich jetzt auch nicht unbedingt beruhigt.

Eher im Gegenteil.

Zu Recht. Denn wenige Sekunden später schleudert es den Pascal und mich mit einem abartigen Rumms nach vorn, knapp vors Armaturenbrett, vor dem uns lediglich die einschnappenden Gurte bewahren. Der derbe Primat hinter uns hat meinen Wagen mit voller Wucht gerammt. Was dem Pascal und mir klarmacht, die haben was ganz Konkretes vor. Und die haben es eilig.

(Ich vermisse meine Bodyguards Elyas & Erol so, so sehr! Was hab ich nur getan.)

Um das ganze Manöver nicht unnötig in die Länge zu ziehen, folgt ein weiterer Stoß in unsere Kofferraumklappe, diesmal noch stärker als beim ersten Mal. Mein Mini wird nach vorn geschleudert und kracht in die Heckpartie des Vans vor uns. Und das alles bei voller Fahrt. Wumms. Ich hasse das!

Wir prallen vom Vordermann ab, worauf uns der hintere Wagen erneut anstupst. Anstupst! Was red ich denn. Der Pascal und ich schrammen knapp am Schleudertrauma vorbei, so hart ist der Aufprall. Es nimmt kein Ende. Mit Hängen und Würgen halte ich das Lenkrad fest, und es kommt mir vor, als würde ich innerhalb von Sekunden meine Muskelkraft verlieren.

Auch wenn ich nichts anderes tun kann, als den Wagen auf Spur zu halten, beschleicht mich das Gefühl, alles falsch zu machen, was man falsch machen kann.

Zu allem Überfluss entscheidet sich nun auch noch der Van zu meiner Linken, aktiv ins Mehrpersonenstück »Vikkis biblischer Blechschaden, ein Vollkasko-Fiasko in drei Akten« einzugreifen, und rammt uns schräg von der Seite. Himmelherrgott, sollen wir hier wirklich elendig krepieren?

Diese durchgeknallten, unzurechnungsfähigen Motherfucker.

Dieser Karambolagenkorso ist echt *next level*.

Weil ich eine wirklich sehr kurze Handlinie habe, war ich mir immer absolut sicher, dass ich jung sterben würde, ich hab stets fest damit gerechnet. Und jetzt schau mich an. Ich lag richtig mit meiner Annahme! Grabbeigaben bitte senden an …

»Vorsicht, brems! Brems! … rechts, rechts!«, höre ich den Pascal neben mir kreischen. Er scheint von seiner Position aus etwas zu sehen, das sich mir noch nicht offenbart hat.

Oh!

Noch nie hat mich ein so heftiges, dermaßen überbordendes Gefühl von Hilflosigkeit übermannt als in dem Moment, in dem der Van vor uns ruckartig nach links ausschert, die

Straße vor uns frei macht und ich plötzlich einen Wald aus blinkenden Pollern einer Baustellenabsperrung sehe, hinter denen ein Traktor, nein, wie heißt das noch mal?, na?, ein *Bagger* geparkt hat. Unrettbar rasen wir auf das Fahrzeug zu, oh heilige Scheiße … Da muss ich kein Fachmann für Gravitation oder Hartmetall sein, um zu wissen, dass das gerade nicht gut ausschaut.

Bevor alles am Pascal und mir für immer ramponiert sein wird, fasse ich noch mal kurz zusammen: links, parallel zu uns, zwei Vans, hinter uns ein weiterer; rechts von uns eine Leitplanke! Das alles bei ordnungsgemäßen hundertvierzig Kilometern pro Stunde!

Was würdest *du* da jetzt machen? In der Kürze der Zeit?

Das ist wie bei einer Quizshow. Auf'm Sofa kennt man alle Antworten.

A. Bremsen.

B. Beten.

C. Fluchen.

D. Alle drei, und dabei ein Gesicht vom Feinsten ziehen.

Also mach ich A, B, C und D.

Uns retten? Krieg ich das hin?

»Uaaaaaaaaaaaaaaaaaah!«, macht der Pascal mit einer Stimme, die ich noch nie gehört habe. Ein Impuls lässt mich das Steuer herumreißen. Ich glaube, nach rechts. Ob das gut oder schlecht ist, wer weiß das schon! Und dann geht alles, aber auch wirklich alles, schief, und ich bin mir ganz sicher, morgen tot aufzuwachen.

Geh immer vom Schlimmsten aus, dann wird's schon nicht so schlimm werden …

Ein Heidenlärm. Ein Stoß. Geraune (von mir? vom Pascal?).

Plötzlich ist alles geräuschlos.

Das war's.

Aus und vorbei.

Aber nein.

Wie viel Zeit inzwischen auch vergangen sein mag: Ich wache in einem Raum mit gedimmtem rötlichen Licht auf. Niedrige Decke, plüschiges Ambiente. Nein, nicht die WunderBar. Ich blinzle. Ich lebe.

Trockene Augen. Schmerzen? Eruiere ich später.

Ich sehe: Barhocker, unzählige davon. Couches, Pole Dance Stange, Tanzfläche mit gläsernem Boden. Ist das ein Puff?

Mehrmals nicke ich ein, derart k. o. bin ich.

Da bin ich wieder. Ich atme durch. Es fällt mir schwer. Diesmal versuche ich, bei Bewusstsein zu bleiben.

Und das ist gar nicht so einfach.

17

»Hallo?«

Die, die da ruft, bin ich. Ich mag eine Spur hysterisch klingen, das kann schon sein, aber das liegt nicht daran, dass ich Unterzucker hätte, oder schlechte Laune. Ich bin nur gerade offensichtlich im Animierbereich eines leeren Bordells aufgewacht! Einem großflächigen, fensterlosen Raum, der in zig verschachtelte Areale unterteilt ist und aus Sitznischen, einer ellenlangen Bar mit zahllosen Hockern, einer ovalen Tanzfläche mit Bodenbeleuchtung, einem Eck-Whirlpool, diversen Plüschsofas sowie drei kreisrunden Podesten besteht, die von Poledance-Stangen durchbohrt sind. Es hängen Discokugeln und Spiegel an der Decke, zusammen mit fransigen Girlanden und Federboas, ganz als wäre Fasching. Die Wände zieren drapierte Tücher und samtene Teppiche, ebenso ein paar Kratzbilder und Aktfotos in altmodischen Rahmen.

Hier steht so viel Nippes rum, der ganze Laden könnte als Freudenhaus-Dependance von Wolfs Trödelhandel durchgehen.

Und, da schau her, ein Einpersonenkäfig steht auch noch hinter einer römischen Säule rum. Für meinen Geschmack ist das alles ein bisschen arg klischeebehaftet. Mir scheint, als unterlägen Puffs keinem Modetrend. Ähnlich wie Badehosen- und Pistolendesigns. Sie sind zeitlos.

Obwohl kein Betrieb herrscht, ist das rötliche Schummerlicht angeschaltet. Gibt's für den Fall kein normales Licht?

Putzlicht? Oder spart generelles Dimmen der Beleuchtung Kosten?

Erst jetzt, wo ich mich ein wenig orientiert habe, bemerke ich meine Nackenschmerzen und meine wunden Kniekapseln, und leider weiß ich genau, woher die stammen. Die Gnade, dass schwere Unfälle angeblich doch Gedächtnislücken hinterlassen, wird mir wohl nicht zuteil. Ich erinnere mich an jede Kleinigkeit, präzise, wie in Zeitlupe. Und wie ich so auf der rubinroten Couch aus Nickistoff liege, den Kopf auf die siffige Armlehne gelegt, spult mein Gedächtnis die Sekunden vor dem fatalen Aufprall ein ums andere Mal ab.

Die Baustelle, die ich zu spät sehe, weil der Van vor mir erst in letzter Sekunde die Spur wechselt und die Sicht freigibt. Wie der Pascal und ich mit der Front meines Minis auf die vielleicht einen Meter breite Lücke zwischen dem geparkten Bagger und der Leitplanke zusteuern. Bruchteile von Sekunden vor dem unausweichlichen Kontakt von Stahl auf Stahl, weil ein Meter Abstand zwischen Bagger und Planke für mein knapp zwei Meter breites Auto nun mal zu schmal ist. Weswegen der Pascal (Beifahrersitz) und ich (Fahrer*:-Innensitz) sogleich unseren jeweils ureigenen Kollisionsmoment erleben. Ich habe noch genau vor Augen, wie sich die Airbags öffnen, während unsere Oberkörper nach vorn geschleudert und unsere Gesichter mit unwirklicher Heftigkeit ins synthetische Mikrofaser der aufgepumpten Kissen gepresst werden. Zwei Crashtest-Dummys aus Fleisch und Blut. Richtig ungemütlich. Wobei der ohrenbetäubende Knall der sich öffnenden Airbagballons auch kein Spaß ist. Kommt noch der Krach der berstenden Karosseriefront hinzu, bevor alles schwarz wird.

Mal sehen, wie's jetzt um mein Hörvermögen bestellt ist. Das werde ich aber erst beurteilen können, wenn ich wieder ein Geräusch wahrnehme. Bin gespannt.

Hier drinnen im Puff ist jedenfalls nicht nur die Luft stickig, es ist auch totenstill.

Erneut rufe ich »Hallo?«. Mich selbst nehme ich akustisch auf alle Fälle schon mal ganz normal wahr. Immerhin. Aber was war das?

Unvermittelt höre ich ein leises Stöhnen. Unter mir! Also nicht direkt unter meinem Körper, sondern unter der Couchbank, auf der sich mein Körper befindet.

Wer ist denn da? Augenblicklich erweitert sich mein stechender Nackenschmerz zu brachialen Kopfschmerzen (staatlich geprüfte Migränespezialistin!), als ich mich nach vorne und schließlich vornüberbeuge, gerade so weit, dass ich aus meiner Liegeposition nicht auf den Boden purzle. Unter meiner Couch sehe ich meinen Pascal leichengleich in Rückenlage auf dem karmesinroten Kunstsamt-Teppich ausgestreckt röcheln. Bis auf eine Schramme über der linken Augenbraue scheint er körperlich unversehrt. Es ist die spastische Verkrampftheit seines Körpers, die beunruhigend wirkt.

Schockwellen durchfluten mich, weil ich sofort Assoziationen von Rollstuhl und ewiger Umnachtung in mir aufsteigen sehe, wobei ich mich einmal mehr frage, warum ich immer gleich vom Extremsten ausgehe, anstatt von Das-wird-schon-wieder. Frohnatur kann man nicht lernen.

Aber andersrum geht's dir doch vermutlich auch so. Wenn einer zu dir sagt, »Wissen Sie, mein Glas ist immer halb voll, ich bin ein *positiv denkender Mensch*«, dann weiß man doch gleich: Ui! Ganz klar, ein Depri!

»Pascal?«, hauche ich, weil wir uns bislang noch nicht auf Kosenamen geeinigt haben. Schatz, Maus, Hase … weder noch. Warum? Das wenn ich wüsste.

Er antwortet mit einem expliziten Stöhnen, und es dauert mindestens zehn Minuten, in denen ich auf ihn einrede, bis sich sein Stöhnen zu einem Brummen und schließlich zu einem Satz formt, der in etwa »Wsne hablsn nnf« heißen soll. Was meine Besorgtheit nicht mindert. Wenn der Pascal die Augen öffnet, tut er das immer nur kurz, und sein leerer Blick richtet sich ausschließlich auf die Unterseite der Couch, mehr nicht.

Dass auch ich mich keinen Millimeter bewege, während ich dem benebelten Pascal ermutigend zuspreche, sagt hingegen nicht halb so viel über *meine* Verfassung aus wie der Umstand, dass ich, steif vor Schreck, Gesicht voran, wie ein nasser Sack auf den Boden plumpse, als sich eine der weit entlegenen Türen öffnet und ein absolut gefühlloses »Na, schon wach?« durch den Raum schallt.

Bäuchlings komme ich direkt neben dem Pascal zum Liegen, der weiter vor sich hin stammelt und eventuell mehr mitbekommt, als man denken möchte. (Ist das gerade wie bei einem Wachkomapatienten? Volle Wahrnehmung, aber keine Reaktion? Ist das überhaupt wünschenswert?)

Der forsche Fragesteller nähert sich mit schweren Schritten, und ich erkenne, soweit ich das aus meiner Position heraus beurteilen kann – und ich möchte da wirklich niemanden vorschnell verurteilen –, einen stämmigen Trampel mit starker Gesamtbehaarung und schwammiger Hohlkopffresse, der sich mit breitbeiniger Gelassenheit zwei Meter vor mir aufbaut. Na, das geht ja schon gut los.

»Unsere zwei Turteltauben wären so weit, würd ich sagen. Kannst kommen«, ruft er über seine Schulter, mich dabei unablässig fixierend. Seine heisere Stimme: ein Mordgrund.

Ah! Sieh an, der Pascal reagiert! Gott sei Dank. Nein, Fehlalarm. Das geröchelte »Hnlap Okräjt« hilft uns auch nicht weiter, es klingt vielmehr wie das gutturale *kkchrha* vom Leingschwendner Aloisi von der *Shop Drop TV*-Rezeption.

Meine Güte! Pascal! Gewöhn dir das bloß nicht an. (Ehrlich, sowas denk ich mir, in *so* einer Situation.)

»Wie geht's Eurer Hoheit?«, fragt mich der Orang-Utan des Hauses, bei dem es sich höchstwahrscheinlich um den Typen aus dem hinteren Transporter von vorher handelt. Nur so eine Eingebung von mir. Müßige Zusammenspinnerei, um das Remmidemmi hier halbwegs in Kontext zu setzen.

»Hervorragend geht's, danke. Ich hab nur gerade ein paar Sit-ups und Stretches gemacht. Jede Gelegenheit will genutzt werden!«, antworte ich schwerfällig und muss dabei aus meiner Bauchlage heraus ganz blöd nach oben schauen, um dem Typen in die Augen sehen zu können. Mich vom Boden in eine aufrechte Position zu stemmen, bringe ich nämlich ums Verrecken nicht fertig. Vielleicht fehlt's doch weiter bei mir.

Er zieht sich seine Adidas-Jogginghose am Bund zurecht und sagt: »Verstehe. Fit bleiben. Ich war heute Morgen auch schon trainieren!«

Sprachlos stiere ich ihn an. Ist das jetzt Humor der fortgeschrittenen Sorte, oder ist er wirklich so beschränkt? Du, ohne Schmarrn, seit mir TikTok zeigt, wie sagenhaft dumm die Menschheit ist, kann ich mir das durchaus vorstellen.

»Könntest du bitte einen Arzt holen? Dem Mann hier geht es nicht besonders gut, wie du vielleicht schon festgestellt hast! Mir übrigens auch nicht«, teile ich ihm mit, woraufhin er entgegnet: »Hättste halt die Sit-ups sein lassen! Sowas macht man auch nicht nach einem Unfall.« Kein Zweifel, es muss einen Zusammenhang zwischen seiner Schlichtheit und seiner Werwolfbehaarung geben. Oder … Moment mal … bin *ich* die Depperte und check *seine* Konter nicht?

»Das wird schon wieder, halb so schlimm«, ertönt eine kehlige Stimme aus dem Hintergrund, die einem Berufsjugendlichen Anfang fünfzig gehört, der zusammen mit einem Stoßtrupp von drei Mann auf mich zumarschiert. Schlagartig erfüllen fremde Energien den Raum. »Hier stirbt schon keiner.«

»Sind Sie … bist du Arzt?«, frage ich schnippisch, ein Zeichen meiner Hilflosigkeit. Ich verachte ihn instinktiv.

Angespornt von dem recht hohen Personenaufkommen versuche ich jetzt doch noch einmal, mich auf den Rücken zu drehen, muss dazu aber wirklich meinen ganzen Willen aufwenden, auch weil ich Angst habe, unter Umständen etwas orthopädisch Schwerwiegendes an mir diagnostizieren zu müssen, aber … ich recke und strecke alles durch … erst mal *nein*, alles in Ordnung … weswegen ich, beflügelt und mit einem fast schon übermütigen Ruck, meinen Körper hochwuchte. Für ein paar Augenblicke habe ich das Gefühl, meine Beine wären zu lang. Unbeholfen und ungelenk wackle ich hin und her, wobei ich wie ein frisch geborenes Kalb immer kurz vorm Wegknicken bin, schließlich aber doch ganz normal aufrecht zum Stehen komme und durchatme, als wären Frontalcrashes in Kleinwägen mein täglich Brot.

Mein Skelett scheint intakt. Davongekommen. Gerade noch. Mir geht's gut. (Eigentlich verwunderlich.)

Der Pascal jedoch liegt unverändert dreiviertelohnmächtig unter der Couch. Das müssen wir jetzt als Allererstes klären.

»Na bitte! Wer braucht hier noch einen *Arzt*? Du scheinst ja schon wieder einigermaßen fit zu sein. Schön!«, sagt der Möchtegernjugendliche mit dem Haarknoten am oberen Hinterkopf (der jetzt leider auch schon länger Trend ist), fügt nahtlos ein »Oh!« hinzu und fängt komisch und nur auf einer Seite des Mundes zu lächeln an. Er, seine drei Adjutanten und Captain Werwolf glotzen mir, die ich nun aufrecht vor ihnen stehe, auf die Brüste, was wirklich sehr schmeichelhaft wäre, wenn ich in diesem Laden als Striptänzerin arbeiten würde. Danke schön, ihr primitven Lackl. Aber dann erscheint mir das Ganze doch zu merkwürdig, und ich schaue an mir herab, um festzustellen, dass auf dem Stoff meines hellfarbenen Kleides je ein schwarzer Handabdruck meine Brüste verziert.

Da hat aber jemand ganz genau zugepackt.

Hat dieser jemand davor seine Hände mit dem Inhalt eines Aschenbechers eingerieben?

»Volltreffer, Gratulation«, kommentiere ich mein neues Muster, aber das ist nebensächlich. Außer mir vor Sorge wiederhole ich, an den Zopfmann gerichtet, den offensichtlichen Anführer: »Bitte holt einen Notarzt. Meinem Freund geht's nicht gut.«

»Dem geht's bestens. Besser als dir. Wir haben nur ein wenig nachgeholfen, damit er noch etwas länger Ruhe gibt«, mischt sich der geringfügig jüngere Kerl ein, der links hinter Zopfmann steht. Er kommt rüber wie einer, der am Wochenende K.-o.-Tropfen auf Ü40-Partys verteilt. Hemd zu weit offen, wuchtige Silberkette um den Hals, Klobrillenbart, Lederarmband. Aussterbende Spezies.

»Da hat er recht. Dein Freund ruht sich nur noch ein bisschen aus, damit wir uns entspannter unterhalten können«, übernimmt Zopfmann wieder das Wort. »Du und ich!« Es klingt wie Dunnich. »Zunächst mal muss ich mich für das Chaos auf der Autobahn entschuldigen. Die Herren hier«, mit einer Kopfbewegung zu jeder Seite zeigt Zopfmann auf den K.-o.-Tropfen-Vergewaltiger und den Werwolfkopf, sowie auf die beiden anderen Fuzzis im Hintergrund. Einen davon, den Slawenschädel mit dem Kaugummi im Mund, hauptberuflicher Blut- und Samenspender, könnte ich schon aus Bad Seltsham kennen (wegen des miesen Lichts hier drinnen und meiner miesen Gehirnerschütterung bin ich mir aber nicht sicher). Der andere ist so ein magerer Freak, der aussieht, als ob er mehr raucht und trinkt als isst, und damit so verdörrt wirkt wie eine Eidechse.

»Die Herren hier haben es mit ihrer Einfangtaktik auf der A92 ganz eindeutig etwas *zu* gut gemeint. Ich hatte sie lediglich gebeten, dich auf einen kleinen Plausch hierher einzuladen.« Der Zopfmann blickt mich eindringlich an, wie zur Besänftigung. Er ist ziemlich uncharismatisch, aber wenn er die Augenbrauen hebt, geht's.

»Wir wollten sie eigentlich die nächste Ausfahrt rausdrängen, aber dann kam halt diese Baustelle dazwischen. Was hätten wir denn machen sollen?«, rechtfertigt sich die Eidechse mit zerstörter Nikotinstimme trotzig.

»Du bist ein Idiot, Ende!«, blafft Zopfmann ihn an und wendet sich erneut an mich: »Verzeihung … Ich bin Bryan.« Er macht einen Schritt nach vorn und reicht mir seine Hand. »Ich bin Erwins Bruder.«

Ach du liebe Güte. Ich stutze einen Augenblick. Brüder! Null Ähnlichkeit. Und sicher eineinhalb Jahrzehnte auseinander. Aber klar, Fiesheit ist genetisch.

Der Dampfi, unser Exboxer in Untersuchungshaft, lässt seinen Bruder klären, was zu klären ist, und retten, was zu retten ist. Macht Sinn. Bryan Faltermeyer also.

»Hallo.« Unterkühlt strecke ich ihm meine irgendwie verklebte Hand entgegen. Hemmungen? Ich hab echt andere Probleme.

Er drückt meine Hand, viel zu fest – der weit verbreitete Irrglaube, dadurch Rückgrat zu zeigen.

Ich fackele nicht lange und sage: »Bryan, was soll der Mist? Ich möchte auf der Stelle hier raus und meinen Freund ins Krankenhaus bringen.«

Und der zopfige Bryan Faltermeyer, in seinem weißen

T-Shirt mit großem Rundausschnitt und seiner dunklen Jeans mit zerrissenen Knieausschnitten, macht auf souverän: »Immer mit der Ruhe.«

»Wie bitte? Hast du sie noch alle? Wir hätten auf der Autobahn sterben können! Komm mir also nicht mit *immer mit der Ruhe*«, schaukel ich mich hoch. »Was ist denn los mit euch? Habt ihr einen Gewaltkomplex, oder was?«

»Mach mal easy, Lady. Easy, ja?«, will er mich besänftigen und hebt pastoral die Arme, Handflächen nach unten. Schlimm genug, aber hat er gerade auch noch *Lady* gesagt? Jetzt hat er's g'nah beinand.

»Du hast gehört, dass mein Bruder verhaftet wurde?«, wechselt er abrupt das Thema und spielt den Unnahbaren.

»Hab ich! Wirklich tragisch«, antworte ich und schau mich um, ah, da geht's raus. Ist kindisch, ich weiß, aber ich bin derart außer mir, dass diese Witzfiguren uns vorsätzlich in einen Unfall verwickelt haben und dem Pascal nun auch noch medizinische Hilfe verwehren, dass ich knapp davor bin, vor Wut zu heulen anzufangen. Auf den Pascal zeigend presse ich hervor: »Was habt ihr mit ihm gemacht? Du hast gesagt, ihr habt *nachgeholfen*. Wie genau?«

»Wie gesagt: Nix Schlimmes! Beruhig dich, das überlebt der schon, dein hübscher Bulle«, wiegelt der Bryan jovial ab, und seine vierköpfige Crew aus dem Kuriositätenkabinett kichert höhnisch. Ich hätte nie gedacht, dass ich das mal sagen würde, aber: Wenn sich jetzt gleich – irgendwie – die Gelegenheit bietet, stech ich diese Vollpfosten alle der Reihe nach ab.

Vom Bryan hör ich: »Jetzt pass auf, Vikki. Wir haben da ein Problem!«

»Das glaub ich auch«, fauche ich ihn an.

»Nicht frech werden.«

»Du kannst mich mal.« Ich lasse es klingen wie eine erschöpfte Nebenbemerkung. Weil, benebelt, gestaucht und mit Tatsch-Spuren auf den Brüsten, da benimmt man sich auch mal frei Schnauze.

Er schaut, schluckt es, sagt »Piano, piano!«, und ich denke, da kommt sicher noch was Fieses nach. Vorerst macht er mir aber nur weis: »Wir können das sicher schnell klären! Okay?«

Pff. Also gut.

Ich höre!

Nach einer Pause sagt der Bryan: »Mein Bruder sitzt in Untersuchungshaft … und es sieht ziemlich übel für ihn aus. Die wollen ihn verknacken, komme, was wolle.«

»Ja, es trifft immer die Falschen …« Ich schüttle den Kopf.

Der Bryan erduldet das. »Wir wissen ziemlich sicher, dass es die Schwamminger Mindy war, die meinem Bruder den scheiß Schraubenzieher untergeschoben hat. Sie hatte gedroht, was Derartiges zu tun … Außerdem wissen wir, dass du bei der Mindy warst. Wir haben dich beobachtet.«

»*Beobachtet* habt ihr mich? Schön gesagt! Sprichst du von den zwei Tröten, die mich und meine Freundin Kathi direkt vor dem Gasthaus in Bad Seltsham in einen von deinen windigen Transportern zerren wollten?«

Der Bryan versucht, sich daran zu erinnern, wie man lächelt, und meint: »Wie auch immer.«

»Schwamm drüber, oder was?« *Schwamm, Schwamminger, Schwubidu.*

»Dein Besuch in Mindys Wohnung legt die Vermutung nahe, dass du da irgendwie mit drinsteckst. Grund genug hättet ihr beide, euch gegen den Erwin …«

»Moment mal«, fahre ich dem Bryan das x-te Mal dazwischen. Die Summe an Blödsinn ist ja nicht auszuhalten. »Gleich mal vorweg: Ich hab mit der Mindy nicht das Geringste am Hut. Vielleicht erinnerst du dich: Die Gute hat mich am Tag des Mordes am Olaf Kreischke sogar vor der Polizeiwache zusammengeboxt …« Merkst es? Ich rechtfertige mich schon! Ja wo kommen wir denn da hin! Auf der Stelle möchte ich zurückrudern, doch da redet mir der Bryan drein: »Mag ja sein, dass ihr euch zu dem Zeitpunkt nicht grün wart. Aber ich könnte mir vorstellen, dass sich euer Verhältnis wieder eingerenkt hat, nachdem die Mindy geschnallt hat, dass sie dich gegen den Erwin mobilisieren kann, weil du plötzlich auch einen Grund hattest, dich an ihm zu rächen … nachdem deine Wohnung abgebrannt ist.«

Ja spinnst du! Bestätigt mir der Bryan gerade ganz nebenbei, dass die Brandstiftung tatsächlich auf das Konto vom Dampfhammer geht? Wusst ich's doch.

Auch dem Bryan entgeht nicht, dass er gerade eine ungestellte Frage beantwortet hat.

Ich also, weil jetzt scheinbar schon alles egal ist: »Was sollte das überhaupt, dass mir dein Bruder die Bude ausgeräuchert hat?«

Der Bryan ziert sich, macht mit dem Kopf so wogende Bewegungen und druckst rum: »Mmm … manchmal ist der Erwin eben ein Hitzkopf. Es kam letztens einfach viel zusammen. Und du hast ihn anscheinend auf dem falschen Fuß erwischt …«

»Weil ich nicht gleich gesprungen bin, wie er wollte?«

»Er hat gesagt, du warst null kooperativ.«

»Ich war also *null kooperativ*, als er mich gefragt hat, ob ich mich mit ihm gegen die Mindy und den Adi Dietz verbünden möchte? Was immer das heißen sollte …! Mit anderen Worten: Weil ich ihm nicht vor Freude um den Hals gefallen bin und *aber gern doch* geschrien habe, wird meine Wohnung abgefackelt?«

»… also, da ist uns auch ein kleines Missgeschick passiert,

wenn ich ehrlich bin. Das mit dem Brand ... sollte nicht ganz so, ähm, drastisch werden. Sorry!«

»Das ist aber nett«, sage ich, bevor wir hier noch sentimental werden. Dieses Gespräch hat ja mehr emotionale Wendungen als *Vom Winde verweht.*

»Hat die Feuerlegerei auch dein Spezialteam hier übernommen?« Mit meinem Kinn zeige ich auf das bunte Nietenquartett. Der Slawenschädel kratzt gerade an seinem Schritt herum, schabt etwas vom Hosenstall ab, schnippt es weg und riecht anschließend an seinen Fingern, eine kleine Choreografie. Sieht gut aus. Die anderen drei bedenken mich mit einem Mischblick aus Irritation und Aggression, so heymäßig.

Der Bryan sagt nix, was Bestätigung genug ist.

»Verstehe«, denke ich laut. »Dann kann ich ja von Glück reden, dass ihr nicht den kompletten Wohnblock in die Luft gejagt habt ... Na schön. Lass uns jetzt den Pascal in die Notaufnahme fahren, *bitte*!«

»So weit sind wir noch nicht. Erst musst du uns einen kleinen Gefallen tun, dem Erwin und mir.« Plötzlich ist der Bryan wieder ganz Dominanzgebaren, wie zu Beginn unseres Gesprächs. Siehe Schraubstock-Händedruck.

Ich ziehe die Mundwinkel zusammen, also, schieß endlich los.

»Egal, ob du nun mit der Mindy unter einer Decke steckst oder nicht: *Du* wirst uns den Mörder von diesem Kreischke liefern«, haspelt er tonlos.

»Wie bitte?«, hasple ich mit *total viel* Ton!

»Anders kriege ich meinen Bruder nicht ausm Knast. Die Staatsanwaltschaft hat sich schon seit Jahren wegen verschiedenster Sachen auf ihn eingeschossen. Und jetzt wittern die ihre Chance, ihn für all das Zeug endlich dranzukriegen. Auch wenn kein Mensch ernsthaft glauben kann, dass der Erwin ein Mordwerkzeug im eigenen Gartenschuppen versteckt, werden die ihn nur gehen lassen, wenn wir denen den wahren Täter präsentieren.«

So sieht's wohl aus. Genau so hat mir der Pascal die Lage vorhin auch geschildert.

Stille.

Jeder für sich überlegen der Bryan und ich ein Weilchen. Er fährt fort: »Ich bin ganz ehrlich: Ich kann zwar nicht ausschließen, dass du den Mist allein veranstaltet hast oder irgendwie mitgeholfen hast, aber nenn es Intuition: Ich glaube nicht, dass du beteiligt warst. Ist nicht dein Style.«

Na wenigstens etwas, das aus seinem Mund kommt und Sinn ergibt. Aber Obacht, nur nicht gefällig werden …

Der Bryan weiter: »Wir haben keine Ahnung, *wer* mit diesem Schraubenzieher den Mord begangen hat oder woher die Mindy das Teil hatte – *sollte* sie es gewesen sein, die ihn platziert hat. Sie selbst ist jedenfalls nicht die Täterin, sie war während des Mordes auf Sendung. Aber sie *weiß*, wer es war. Und du bist nah an ihr dran, auch wenn ich keine Ahnung habe, wie nah. Spielt auch keine Rolle. Ob du der Mindy in den Arsch kriechst, oder ihr ihn aufreißt …«

»Ich kann dir nur sagen: Du täuschst dich. Ich stehe der Mindy alles andere als nah. Mir erzählt die gar nichts! Überhaupt, wieso kontaktierst du die Mindy nicht selbst?«

»Äh …«

»Ihr wisst doch, wo ihr sie findet. Ihr seids doch auch in Seltsham gewesen … Oder? … Oder … ist sie euch etwa entwischt?«, kommt mir plötzlich in den Sinn.

»Ähm, nein …«, druckst der Bryan ganz komisch rum. »Wir … wir wissen nicht, wo sie ist.«

»Ihr wisst nicht, wo die Mindy ist?« Mir entkommt ein Stoßlacher. Ich schaue den Bryan an, und da wir uns alle in einem Zustand schwerer Überreizung befinden, versuche ich, mild zu klingen: »Schnuffelhase, wie soll *ich* allein irgendeinen Mörder finden, wenn *ihr* mir nicht mal sagen könnt, wo ich die Mindy finde, bei der ich mit meinen Recherchen irgendwie andocken müsste? Wie stellt ihr euch das vor?«

»Die Mindy ist der Schlüssel. Du wirst schon wissen, wie du sie aufspürst.« Wie clever! Der Bryan verhält sich wie diese drei nebeneinander aufgereihten Äffchen, von denen sich das eine die Augen zuhält, das andere die Ohren und das dritte den Mund. Ergebnisorientiertes Argumentieren hilft hier nicht weiter.

Er meint: »Du findest raus, ob die Mindy im Besitz von dem Schraubenzieher mit der Opfer-DNA war. Wenn ja, Bingo, dann kennt sie den Mörder.«

Das glaube ich zwar auch, spitzfindig hake ich aber nach: »Mag sein. Aber warum sollte die Mindy deinem Bruder den Mord überhaupt unterschieben wollen?«

»Na aus Rache!«

»Und wofür?«, muss ich dem Bryan anscheinend aus der Nase ziehen.

Nach kurzem Schweigen meint er abschätzig: »Falls du es *tatsächlich* nicht weißt: Die Mindy hat auf einer Plattform, die meinem Bruder gehört, Escort für ihn gemacht.«

»Doch, weiß ich«, spiele ich mit offenen Karten.

»Dann weißt du auch, dass sie ihm eine Menge Geld schuldet?«

Die mürrische Frau, die ich gerade bin, summt bestätigend. Ihr kommt es auf einmal schweißtreibend heiß hier drinnen vor.

Der Bryan fabuliert: »Zwei Tage nach dem Mord an diesem windigen Manager von eurem Sender …«

»Dem Olaf Kreischke.«

»… hat die Mindy den Erwin um ein Treffen gebeten und

ihm gesagt, entweder er erlässt ihr die Schulden, oder sie sorgt dafür, dass er für diesen Mord einwandert. Und der Erwin natürlich so: *Hä, wovon redest du? Ich kenn den Typen nicht mal!* Mein Bruder hat halt erst gar nichts gecheckt, bis er nachrecherchiert hat, dass die Mindy mit dem Mordopfer …«

»Dem Olaf Kreischke«, ergänze ich.

»… genau dem, dass die Mindy mit dem halt privat zusammen war und dass sie ihn ursprünglich als Kunde über eines von Erwins Portalen kennengelernt hat.«

»Okay, kann ich nachvollziehen. Und weiter?«

»Dann hat der Erwin zwei und zwei zusammengezählt, als er gemerkt hat, dass der tote Typ …«

»Der Kreischke.«

»Ja, dass der auch in diese WhatsApp-Mediensache mit der Vikki Victoria«, eindringlicher Stirnrunzelblick zu mir, »und dem Milliardär aus der Schweiz verwickelt war!«

»Dem Adi Dietz.«

»Genau. Und da ist dem Erwin klar geworden, dass die Mindy da ebenfalls irgendwie mit drinstecken muss.«

»Das hat mir die Mindy aber ein bisschen anders erzählt!«

»So? Wie denn?«

»Sie hat gemeint, der Dampfi hätte die ganze Quotentransen-Geschichte selbst ausgelöst, indem er sie gezwungen hat, ihm eine Zugangs-App auf Kreischkes Handy zu installieren.«

»Ha! Wie bitte? Der Erwin und Apps? Handys und Internet is nix für den. Der hat ein altes Nokia, und das reicht ihm. Wenn der was klären will, macht er das analog und kommt direkt vorbei.«

Mein Blick flirrt vom Bryan zu dem Haufen Trotteln und zurück. Sosehr ich den Bryan für einen charakterlichen Totalausfall halte, ich glaube ihm. Nicht nur, weil der Pascal mir ja längst erzählt hat, dass sich auf Olafs Handy nie eine Ausspäh-App befunden hat. Ich glaube dem Bryan die ganze Geschichte. Sein Bruder, der Dampfhammer, war nicht der Initiator der QT-Affäre. Die Mindy hat allumfassend gelogen, wie's ihr gerade zupasskam. Ich schweige und höre weiter zu.

»Jedenfalls hat der Erwin halt zunächst noch gedacht, dass Mindys Drohung, ihm den Mord in die Schuhe zu schieben, ein plumper Bluff war. Ein billiger Bluff, den sich die Mindy mal wieder im Rausch ausgedacht hat, um auf einfachst mögliche Weise ihre Schulden bei ihm loszuwerden. Tja, und weil gleichzeitig dein Transendingens durch die Medien gegeistert ist«, der Bryan zeigt mit einem erneuten Stirnrunzeln auf mich, »ist ihm aufgegangen, dass er, statt der Mindy für ihren unverschämten Erpressungsversuch eins aufn Deckel zu geben, sie doch besser gleich dafür einsetzen könnte, den Milliardärsheini …«

»Den Adi Dietz.«

»… ein bisserl unter Druck zu setzen. Die Mindy sollte also quasi dem, äh …«

»Dietz.«

»*Dietz* drohen, *ihm* den Mord unterzuschieben anstatt meinem Bruder. Der Dietz würde dann *richtig* Kohle rüberwachsen lassen, und das würden sie sich dann teilen, der Erwin und die Mindy. Immerhin hätte der Dietz ja auch einen triftigen Grund gehabt, den Olaf Kreischke abzumurksen. Der hat ihn mit der Veröffentlichung der WhatsApp ja so bloßgestellt. Also Win-win zwischen der Mindy und dem Erwin.«

»Aber dann kam leider alles anders«, feixe ich, erstaunt, was für ein neunmalkluger Tausendsassa der olle Dampfhammer ist. Immer auf der Suche nach neuen Geschäftsideen.

Das musst du dir mal vorstellen! Da wird er von einer seiner Escort-Kurtisanen erpresst, will den Spieß umdrehen und seine eigene Erpresserin zur Erpressung eines unbeteiligten Tycoons anstiften. Und mich (das ursprüngliche »Opfer«) wollte er auch noch einbeziehen. Respekt. Zuhälterlogik. Hirnrissige Gedankengebäude. Größenwahn.

»Ist halt scheiße gelaufen«, quengelt der Bryan irgendwie rum, wodurch man merkt, wie einfach gestrickt er ist. »Den Rest kennste ja. Die Mindy hat eiskalt diese Schraubenziehernummer abgezogen, und das Teil haben die Bullen eben beim Erwin gefunden. Damit hat er nicht gerechnet.«

»Womit *hatte* dein Bruder denn gerechnet? Dass die Mindy sofort nach seiner Pfeife tanzt?«

»Na ja … kann sein … kann schon sein, dass er da etwas zu … *eingenommen* war, mhm«, findet der Bryan den völlig korrekten Begriff. Es klingt wie ein Geständnis. Alternde Alpha-Männer wie der Dampfi neigen einfach dazu, sich zu überschätzen. Ist Allgemeinwissen.

Egal.

Wir müssen hier schleunigst zum Schluss kommen, der Pascal hat sogar schon zu röcheln aufgehört, so als hätte er nicht mal mehr genügend Kraft zum Atmen. Der Bryan Faltermeyer unterbricht meine Sorgen: »Jetzt bist du im Bilde!« Seine Augen fixieren meine. »Also Folgendes: Du weißt besser über die ganzen Beteiligten Bescheid als alle Cops zusammen. Du warst vor Ort, hast die Leiche gefunden. Du hast mit der Mindy gequatscht, außerdem arbeitet ihr beide bei diesem komischen Sender, und ihr kennt euch von früher … machen wir's kurz: Tu, was ich sage, und bring mir den Mörder von diesem …«

»Olaf Kreischke«, vervollständige ich.

»Genau! Sonst stirbt der Typ hier.« Er zeigt auf den Pascal.

Sterben? Ich habe blitzartig Wortfindungsschwierigkeiten. Für ein »Wie bitte?« reicht es gerade noch.

Mit der Hand macht der Bryan dem Vergewaltiger ein Zeichen, und der reicht ihm ein Täschchen, etwa so groß wie ein Necessaire. Der Bryan klappt es auf, und ich sehe eine Reihe von Spritzen, mehrere Fläschchen, Wattepads.

»Deinem Lover hier haben wir ein Serum injiziert, das ihn noch ein bisschen lahmlegt«, doziert er. »Wir haben das medizinisch im Griff …«

»Wir haben Erfahrung in sowas, haha«, schaltet sich die Eidechse dazwischen und kriegt gleich mal einen Hustenanfall vom Feinsten, wie alle Kettenraucher, wenn sie lachen.

»Wir behalten ihn noch ein Weilchen hier.« Der Bryan zeigt auf den Pascal. »Du machst dich also besser zügig auf den Weg. Und sobald du deine Recherchen erledigt hast, rufst du mich an.«

Er reicht mir *mein* Handy. Kannst du dir das vorstellen? Erniedrigung pur. Widerwillig und zugleich angestachelt greife ich danach.

»Speicher dir meine Nummer ein: Null eins sieben drei …«

»Moment, Moment«, fahre ich dazwischen. Code eingeben, Zahlenfeld antippen, so, jetzt, bitte.

»Okay: Null eins sieben drei!«, wiederhole ich.

»Neun eins neun neun …«, diktiert der Bryan mir seine Nummer, in der vier Neunen und drei Dreien vorkommen, und die ich unter B Punkt F Punkt einspeichere. Ich stelle fest, dass sich vierzehn entgangene Anrufe und neun WhatsApps auf meinem iPhone angesammelt haben.

»Lieferst du mir, worum ich dich gebeten habe, kriegt der Dings …«

»Der Pascal!«

»… kriegt der Pascal sofort ein Gegenserum. Ich teile dir

anschließend mit, wo du ihn abholen kannst, und gut ist. Deal?«

Ich möchte ihm seine ausgestreckte Hand mit einem Schwung wegklatschen.

»Und keine Polizei einschalten! Is klar, oder? Sonst spritz ich den Dings …«

»Den Pascal.«

»… den Pascal ins Nirwana«, teilt mir der Bryan unsanft mit. »Sobald jemand das Gebäude umstellt, ist der … der …«

»Pascal«, ergänze ich einmal mehr. Mit Namen hat's der Bryan nicht so.

»… tot. Und die Todesursache wird wie ein handelsüblicher Herzinfarkt aussehen«, ätzt er kaltschnäuzig.

Eigentlich hätte ich auf diese Klarstellung gefasst sein müssen, war ich aber nicht. Ich zittere.

»Weißt, was ich mein?«, schiebt er hinterher, wahrscheinlich, weil mein Gesicht bodenlos entrückt wirkt. Ich erlebe nämlich gerade ein Déjà-vu. Menschenraub, Betäubung, Erpressung – genau das habe ich vor einem Jahr mit der Kathi erlebt. Da war die Kathi praktisch das, was der Pascal jetzt ist. Also mehr oder weniger. Und ich dachte, sowas Surreales passiert einem nur einmal im Leben, genau wie ein Flugzeugabsturz, zum Beispiel, oder ein Blitzeinschlag, oder ein Lottogewinn. Nur bei mir nimmt es wieder kein Ende. Zieh ich bestimmte Dinge vielleicht förmlich an?

Gibt es einen Zusammenhang zwischen diesen Zwischenfällen?

Du, ich bin die Letzte, die da was Kosmisches heraufbeschwört.

Aber komisch ist es schon.

»Hast du mich verstanden?«, redet der B.F. mit mir wie mit einem Kind. »Ich geb dir achtundvierzig Stunden. Dann will ich ein Ergebnis hören!«

Wie kommt der einfach so auf achtundvierzig Stunden? Einfach mal eine Zahl raushauen, völlig beliebig. Mit einem Hauchgeräusch reagiere ich betont nebensächlich, um mir so einen Rest Würde zu bewahren. Mein Verstand arbeitet derweil auf Hochtouren. Bis vor ein paar Minuten dachte ich noch ernsthaft, der Bryan kann mir nix.

Eine abenteuerliche Fehleinschätzung.

Er schöpft aus dem Vollen.

Aber irgendwann ist einfach genug.

Ich werde ihn töten.

Jetzt bitte nicht wieder gleich ausflippen, weil …

Obwohl. Wenn du ausflippen möchtest, *dann jetzt*!

»Husch, husch, würde ich sagen«, funkelt mich der schon bald tote Schaumschläger Bryan ›Gott hab ihn selig‹ Faltermeyer an (ich bring ihn um, sobald sich die Gelegenheit bietet), macht noch eine entsprechende Handbewegung und fügt hinzu: »Ach übrigens, die hier hast *du* bekommen.« Mit Mittel- und Zeigefinger tippt er auf eine der Spritzen, was mir sofort einen eiskalten Schauer über den Rücken laufen lässt. »Ganz saubere Sache. Dolantin, damit du die Folgen des Unfalls besser verkraftest …« Soll das heißen, sie haben mir was injiziert? Ich suche meine linke Armbeuge nach einer Einstichstelle ab, dann die rechte. Da! Oh Shit!

»Was? Dopamin?«, frage ich hilflos und niedergeschmettert. Ich hab was im Blut!

»Do*lantin*. Halb so schlimm. Ist ein Schmerzmittel. Tut gut, gibt Kraft. Wirst du brauchen«, lacht eine der vier Gestalten aus dem Hintergrund, keine Ahnung welche. Werwolfbirne vielleicht, der vorhin was von Training gefaselt hat? Stammt das Dolantin aus seiner bodybuildenden Amphetamin-Sammlung? Ich hoffe, sie haben wenigstens alles einigermaßen desinfiziert, bevor sie … *Scheiße, Bryan, bist du aber sowas von so gut wie tot, Mann!*

Ich blitze ihn an, und er, er schärft mir mit dieser ungestümen Art ein: »So, jetzt aber: Ab mit dir. Denk dran, die Frage lautet: Wer hat dem Kreischke die Schläfe durchlöchert? Liefer mir den Typen, oder die Tusse, ganz egal.« *Typen* oder *Tusse*! Geht so Gendern im Rotlicht-Milieu? »Hasta la vista, Vikki. Enzo, bring sie raus.«

»Geh ma«, heizt mir der Werwolfbirnenheini ein und schiebt mich, weniger forsch als erwartet, auf meinen noch wackligen Beinen im Schlingerkurs in Richtung einer Milchglas-Tür. Alles geht dermaßen schnell. Ich werfe noch einen letzten Blick auf den Pascal, der unverändert krampfig unter der Couch liegt. Der Bryan und sein Gschwerl ziehen schon ab, und ich bekomme gerade noch mit, wie ihnen die speckige Lederleiste eines filzenen Türvorhangs wie Gelee über den Rücken rutscht, als sie durch den Rahmen schreiten. Weg sind sie. Audienz beendet.

Mir gehen so viele Dinge durch den Kopf, vornehmlich: Was wird aus dem Pascal?, wo befinde ich mich eigentlich?, wo soll ich denn jetzt hin?, und: wie?

Ich befinde mich in freiem Fall.

Und ich bibbere, als hätte ich Schüttelfrost.

Nenn es naiv, nenn es kindlich, ich frage den Enzo, während er mich durch einen engen, schwarzlichtbeschienenen Gang drängt: »Wo sind wir hier eigentlich?«

»Club Amore Fantasia.«

Kenn ich, vom dran Vorbeifahren. »Ach, wir sind in München?«

»Was hast du denn gedacht?«

»Ja, pff … ihr habt uns auf der Autobahn bei *Freising* fast getötet. Wie soll ich ahnen, dass ihr uns danach im Shuttle-Service bewusstlos bis nach Milbertshofen verfrachtet habt?«

»Ja, ja, scho recht«, murmelt er absolut gleichgültig und drängt mich weiter den Korridor entlang.

Eine Seitentür öffnet sich, stoppt auf Spaltesbreite, und ich kann ein lurrendes weibliches Gesicht erkennen, bevor sich die Tür schnell wieder zuzieht. Weg ist das Mädchen. Eine Angestellte?

»Geht überhaupt noch jemand in Clubs wie diesen? Also Kunden, ähm, Freier?«, schweife ich aus gegebenem Anlass kurz ab. Vielleicht Verdrängungskünstlerin Vikki Victoria. V V V V.

»Ist nicht mehr dasselbe wie früher. Wird's auch nie mehr werden«, sagt der Enzo kurz und knapp, als hätte er sich längst damit abgefunden. Irgendwo läuft Dudelmusik.

Ich frage: »Was soll ich jetzt machen, wo ist mein Wagen? Mein Kleid ist versaut (von meiner Frisur ganz zu schweigen) … Wie geht's denn jetzt weiter? Ich meine, wie stellt ihr euch das vor?«

»Es muss schrecklich sein, in deiner Haut zu stecken«, lächelt er doppelbödig, weshalb ich gleich gar nicht einschätzen kann, ob er was völlig anderes meint. Ich check seinen Humor ganz offensichtlich nicht.

»Sag? Ich hab nichts bei mir, mein Zeug liegt im Auto, wie soll's jetzt weitergehen?«, frage ich, ernsthaft beklommen. Nach den fünfhundert Euro von der Mama, die ich in die Seitentasche meines Kleids gesteckt hatte, taste ich erfolglos. War ja klar.

»Keine Sorge.« Enzos Finger drücken in meinen Oberarm, und wir eilen durch den verdammten, endlosen Gang, dessen Wände seit sicher zwanzig Jahren nicht mehr gestrichen wurden. »Deine Boys warten schon auf dich.«

Meine Boys? Wer soll das sein? Wer weiß, dass ich hier bin?

Diese Fragen laut auszusprechen, spare ich mir. Würde nichts bringen.

»So! Also!«, knattert der Enzo mit seinem demolierten

Organ, als wir vor einer schlierigen Eisentür zum Stehen kommen. »Du hast gehört, was du zu tun hast. Halt dich lieber ran, nicht, dass dein Typ da drinnen krepiert. Mach's gut.« Er deutet eine polemische Verbeugung an, stößt die Tür auf und schubst mich unsanft (aber wiederum nicht so harsch wie erwartet) auf einen kargen Parkplatz.

Geblendet von der plötzlichen Helligkeit kneife ich die Augen zusammen und krieg wie auf Kommando so einen frischen Kopfschmerzschub, dass fast alles zu spät ist (Dolantin, hallo, was ist denn los? Bitte wirk!). Da höre ich jemanden sagen: »Guten Abend, Frau Victoria.«

Diese Stimme?

Nie gehört.

18

Als sich meine Augen an das Tageslicht gewöhnt haben und ich erkenne, wer mich gerade beim Namen gegrüßt hat, kann ich mich nicht entscheiden, ob ich erleichtert oder erschrocken bin.

Der Elyas kommt mir auf dem verlassenen Parkplatz des Club Amore Fantasia mit federndem Gang entgegen. Im Hintergrund steht der wohlbekannte schwarze Mercedes, den ich noch auf dem Weg zum Flughafen abgeschüttelt habe.

Ja, und seitlich an den Kofferraum gelehnt – wen hamma denn da? – den Erol. Wo der eine, da auch der andere. Hab ich mir schon gedacht. Samma wieder alle beinand.

»Geht es Ihnen gut?«, erkundigt sich der Elyas fürsorglich und bleibt respektvolle fünf Meter vor mir stehen.

Ich drehe mich nochmal zu der Bordell-Hintertür um, aus der mich der Enzo gerade geworfen hat, wie um sicherzustellen, dass dieses Kapitel abgeschlossen ist. Dann wende ich mich an den Elyas. »Wonach sieht's denn aus?«, frage ich ironisch, obwohl ich eher froh sein sollte, dass er sich freundlich erkundigt.

Weißt du, immer wenn ich nicht eins mit mir bin, gefall ich mir selbst nicht in meiner Art. Egal, ob ich mich für mein derangiertes Äußeres schäme, oder ob ich vom Auto-Aufprall noch völlig gaga bin, oder ob mir die Forderung vom Faltermeyer Bryan Übermenschliches abfordert, oder ob es deswegen ist, weil der Pascal in Lebensgefahr schwebt (und all das alles ist längst noch nicht alles) – ich weiß einfach nicht, wo mir der Kopf steht.

»Erlauben Sie, dass ich mich vorstelle?«, bleibt der Elyas mustergültig zuvorkommend.

Ich lasse mich darauf ein. Hab ich eine Wahl? Unentschlossen sehe ich ihn an und nicke.

»Mein Name ist Gardener, und das«, der Elyas zeigt auf den Erol, »ist mein Kollege Şahin.« Wir winken einander verdruckst zu.

»Wollen Sie mich vielleicht zum Wagen begleiten?«, fragt der Elyas, den ich heute zum ersten Mal sprechen höre.

»Ein Wunder, dass Sie nicht vor mir fliehen«, merke ich in Anspielung darauf an, dass die beiden in ihrer Limo bislang doch immer hurtig davongerollt sind, sobald ich aus dem Haus meiner Mutter zu ihnen rauskam, um zu fragen, wer sie sind, was sie wollen, was das soll …

»Sie müssen entschuldigen … alles hat seine Zeit, ich hoffe, Sie verstehen das. Wir haben erst jetzt Anweisung, in Kontakt mit Ihnen zu treten.«

»Ha!« Ich muss über seine gestelzte Ausdrucksweise lachen. *Alles hat seine Zeit*, ja, wie philosophisch. Passt immer.

»Wir stehen Ihnen ab sofort zur Verfügung. Uneingeschränkt.«

»Das ist aber nett.« Ich schon wieder!

»Darf ich Ihnen einen Vorschlag machen?«, spezifiziert er und schüttelt nebenbei sein Handgelenk, wobei eine offensichtlich sündhaft teure Uhr zum Vorschein kommt. Es verblüfft mich immer wieder, wofür Leute ihr schwer verdientes Geld ausgeben. Kennt man ja, Maserati fahren und auf fünfzehn Quadratmetern wohnen. Ich will da aber auch niemanden über einen Kamm scheren.

Wie auch immer, im Moment interessiert mich nur eins: »Wer hat euch denn beauftragt, sich um mich zu kümmern?«

Ich fixiere den Elyas, als witterte ich Gefahr. Es sind meine vor Erschöpfung getrübten Gedanken, die alles in einen Topf werfen: Elyas' und Erols Observierungen, ihren handfesten Kampfeinsatz gegen die beiden Entführer in Bad Seltsham und jetzt ihr Empfangskomitee vor einem Bordell in München-Milbertshofen, direkt hinterm Frankfurter Ring.

Wer, zum Teufel, hat das veranlasst?

Der Elyas, der angeblich Herr Gardener heißt, verrät mir, was ich wissen will, und als der Name seines Auftraggebers fällt, falle ich aus allen Wolken. *Das hätt ich jetzt nicht gedacht.* Und als ich von dem Plan der kommenden drei Stunden erfahre, bin ich gleich restlos sprachlos.

»Sollte es für Sie in Ordnung sein, würden wir Sie umgehend nach Oberpfaffenhofen fahren. Um Ihre medizinische Versorgung und Ihre Kleidung et cetera würde sich vor Ort gekümmert«, kommt der Elyas (Gardener? Gewöhnungsbedürftig!) direkt auf die Details zu sprechen. Ganz wortgewandter, zielorientierter Profi. Wo gibt's denn sowas noch? In Eliteeinheiten? In Oxford? Im achtzehnten Jahrhundert? Mal vom Auf-Zack-sein ganz abgesehen: Heute faselt doch jeder so, als käme er entweder aus dem Balkan (auch wenn er ausm Lehel stammt), direkt aus der Shisha-Bar oder aus dem Big-Brother-Container. Was nicht dasselbe ist, bitte schön.

Ob ich mir vorstellen könnte, mich ihm, seinem Kollegen und ihrem Auftraggeber anzuvertrauen, will der Elyas wissen. Eine Gleichung mit vielen Unbekannten. Aber dann überwiegt die Tante Scheißdrauf in mir, weil, was hab ich zu verlieren?

Ich bin mit meinem Latein sowieso am Ende.

Die Messe is g'lesn.

Ich kann das hier nicht *nicht* machen.

Allein schon, weil ich niemand bin, der, wie man's in unendlich vielen Filmen sieht, die Pistole einfach achtlos wegschmeißt, sobald das Magazin leergeschossen ist (war mir immer unverständlich! Irgendwann wird's schon wieder Munition geben! Und was dann?). Ich stimme also dem Vorschlag vom Elyas zu, rufe noch schnell die Kathi an, die – ah, super – daheim ist, und bitte sie, mich zu begleiten. Ich brauche eine vertraute Person an meiner Seite. Und nicht nur das.

Weitere Telefonate werde ich dann vom Auto aus machen. Ich bin gern vorbereitet.

Es ist ja nicht so, dass ich überhaupt keinen Plan hätte.

Während ich dem Elyas über die Steinwüste zum Wagen hinterherstakse, barfuß (meine Pumps habe ich irgendwo auf meiner Odyssee verloren), werfe ich noch einen Blick auf das dreistöckige Haus, das den Club Amore Fantasia beherbergt. Die großen Schilder mit dem gemalten Schriftzug und den erotischen Motiven, das abblätternde Mauerwerk, die Blechtüren. Alles ziemlich runtergekommen. Hatte ich anders in Erinnerung. Irgendwie geht's kollektiv bergab. Aber das ist wie mit allen Talfahrten. Es hat auch was Befreiendes.

Am Auto grüße ich noch mal den Erol, der jetzt Şahin heißt und noch nicht ganz fünfunddreißig sein dürfte, also nur einen Bruchteil so alt wie der echte Erol Sander.

»Guten Abend.«

»Guten Abend.« Er redet ins Leere, statt mich anzusehen, und öffnet mir dann die Autotür. Er wirkt ruhig, verschwiegen, fast verstockt. Also Vorsicht. Je stiller ein Mensch ist, desto lauter ist es in ihm.

Ich zupfle mein besudeltes Etuikleid zurecht, ziehe meinen dröhnenden Kopf ein und nehme auf dem Sitz hinter dem Beifahrersessel Platz, woraufhin der Erol die Tür sachte zuwirft. Sofort umgibt mich gedämpfte Stille im Wageninneren, Enklave der Ruhe.

Sowohl der Erol als auch der Elyas steigen nun ebenfalls ein, schließen die Türen.

Der Digitalanzeige im Wagen nach ist es 19:28 Uhr. Jeglichen Zeitgefühls beraubt, habe ich keinen Schimmer, was das bedeutet. Auf der Mittelkonsole flammt ein breiter Hologramm-Bildschirm auf, der unzählige bunte Messwerte anzeigt. Vor zweihundert Jahren hätte das als Wunder gegolten. Vor hundert auch. Aber ganz ehrlich: In meiner Welt ist das immer noch ein Wunder!

Wir rasen über den Frankfurter Ring, der Erol fährt. Bleifuß. Sag ich ja, stille Wasser fahren zügig. Die Klimaanlage pumpt Luftsäulen in den Innenraum, Nordpol, Südpol, Sibirien, ich hab den Eindruck, ich sitze beim Keil im Fernsehstudio, so kühl ist es. Sterb ich halt an Lungenentzündung. Als wir es schaffen, auf der Leopoldstraße stadteinwärts kurzzeitig 120 zu fahren, kralle ich mich unwillkürlich am Lederpolster fest, und mir rutscht ein ungewolltes »Wuuh!« raus, worauf der Elyas erklärend entgegnet: »Wir haben Diplomatenstatus!«

Ach so, na dann.

Diplomatenstatus bedeutet also, dass wir, wenn's uns zärtlich um einen Laternenpfahl wickelt, wenigstens keinen Strafzettel und keine Punkte in Flensburg bekommen, oder wie?

Wenn das mal gutgeht. Mein Pensum an knochenzerschmetternden Ereignissen ist für heute ausgereizt. Aber natürlich mach ich kein Trara. Bin ja nur Gästin. Und letztlich ist die Unfallgefahr meine geringste Sorge. Komisch, sich sowas sagen zu hören. Stimmt aber.

Da! Schau! 110 km/h auf Höhe Münchner Freiheit. Der Erol hat echt 'ne Schraube locker. Aber ich bin nicht in der Position, andere zu verurteilen. Niemand ist das.

»Woher wusstet ihr, dass ich im Amore Fantasia bin? Hatte ich euch nicht auf der A92 abgeschüttelt?«, frage ich den Erol per Du, der per Sie antwortet (schon die ganze Zeit):

»Wir hatten Sie und Ihren Mini bereits zehn Minuten später wiedergefunden. Wir haben die nächste Ausfahrt genommen und sind zum Flughafen gefahren, wo Ihr abgestellter Wagen vor einem der Terminals stand. Als Sie mit Herrn Herzberg von dort aus losgefahren sind, waren wir wieder an Ihnen dran. Nur haben wir zu diesem Zeitpunkt größeren Abstand gehalten, damit Sie uns nicht bemerken und wieder loszuwerden versuchen.«

»Dann habt ihr meinen Unfall mitbekommen?«

»Ja!«

»Was ist passiert?«

»Was wissen Sie noch?«

»Bis zum Aufprall leider alles.« Mehr sage ich nicht.

»Wir waren etwa einen Kilometer hinter Ihnen und haben das Geschehen verfolgen können«, sagt der Elyas. »Sie wurden zunächst von den drei Transportern eingekeilt … das war durchaus beeindruckend.«

»Das freut mich, dass es visuell was hergemacht hat für Sie.«

»Entschuldigung, so hab ich das nicht gemeint«, revidiert der Elyas seine Ehrlichkeit.

»Nein, nein, schon in Ordnung. Hauptsache, eine Nahtoderfahrung sieht auch nach was aus, sag ich immer … Aber was ist *nach* unserer Kollision mit dem Bagger und der Leitplanke geschehen?«

»Wir«, sagt der Elyas (nicht der Erol! Vorsicht!), »haben unmittelbar nach dem Crash sofort die Autobahn gesperrt, indem wir in Schlangenlinien ausgeschert sind und alle Fahrzeuge hinter uns runtergebremst haben.«

»Oh, wow.« Ich bemerke bei mir so ein Speichelknistern wegen meinem trockenen Mund.

»Die drei Transporter, die sie bedrängt hatten, kamen ein paar hundert Meter nach der Unfallstelle zum Stehen, haben noch die hinter ihnen fahrenden Wägen an sich vorbeifließen lassen und sind dann sofort zurückgesetzt, was problemlos möglich war, weil *wir* ja inzwischen die Autobahn gesperrt hatten. Bei Ihnen angekommen, haben sie Sie und Ihren Begleiter aus dem Wagen gezerrt.«

»O Gott.« Ich winde mich vor Unbehagen. »Jetzt muss ich blöd fragen: Wieso seid *ihr* uns nicht zu Hilfe geeilt?«

»Wir hatten keine Wahl«, klärt mich der Elyas Gardener auf. »Sowohl wir als auch ein paar andere Autofahrer, die angehalten haben, um zu helfen, wurden von den Fahrern der Transporter in Schach gehalten.«

»Was heißt das? Haben sie Kunststückchen zur Ablenkung aufgeführt? Jongliert? Witze erzählt? Stepptanz?«, frage ich.

»Sie hatten Schusswaffen!«, sagt der Elyas.

Oh. Da muss ich ihm recht geben, Schusswaffen lassen Situationen schnell eindeutig werden. Es muss ja wie im Wilden Westen zugegangen sein, dort auf der Autobahn südlich von Freising, als Bryans Pappnasen einen auf dicke Hose gemacht haben.

»Verstehe«, murmle ich. Kommentarlos reicht mir der Elyas eine Plastikwasserflasche (Evian). Hat ihn mein Mundknistern gestört? Fast eine Unverschämtheit, seine Kommentarlosigkeit.

Statt sich zu entschuldigen, redet er nahtlos weiter: »Aber da wir uns ebenfalls im Besitz von Handfeuerwaffen befinden, wurden uns zumindest nicht die Reifen zerschossen. Sämtlichen anderen potenziellen Helfern allerdings schon.«

»Weshalb ihr anschließend den Transportern auch bis zum Amore Fantasia folgen konntet?«, mutmaße ich mal drauflos.

»Ganz so einfach war es nicht, aber letztlich: ja. Sie müssen wissen, es gab noch ein paar Fahrzeugwechsel, die das Team hingelegt hat, um nicht erwischt zu werden.«

»Und wieso habt ihr nicht umgehend die Polizei verständigt, spätestens dann, als ihr wusstet, wohin der Pascal und ich gebracht worden sind?« Berechtigte Frage, oder? Kommt mir erst in ebendiesem Moment – jetzt glaub ich's aber!

»Die Herren haben uns wissen lassen, dass wir sie besser gewähren lassen«, schildert mir der Elyas erstaunlich gelassen. »Würden wir irgendwie eingreifen, so teilte man uns unmissverständlich mit, würden wir Sie, Frau Victoria, und Ihren Freund dadurch in Lebensgefahr bringen. Dementsprechend haben wir uns verhalten.«

Und da muss ich jetzt noch mal kurz reingrätschen und sagen: Auch das seh ich genauso wie der Elyas. Richtig gemacht. Jeder Normalo würde doch gleich plärren: Polizei, Polizei! Aber da kann man auch ganz viel falsch machen, das ist ein schmaler Grat. Nein, nein, ich muss dem Elyas wirklich uneingeschränkt beipflichten. Die größte Kunst im Leben besteht im Unterlassen von Handlungen. Einfach mal *nicht* dem Drang nachgeben, was rumzugruscheln und rumzuwichteln, oder rumzuwuseln und sich einzumischen. Jetzt wirst du fragen, wie ich das denn meine! Weil so oft hört man diese Meinung ja nicht. Aber pass auf, da gibt's ein schönes Beispiel.

Du kennst doch diese berühmte juristische Fallsimulation, wo man Folgendes hypothetisch durchspielt:

Du stehst am Schienengleis, direkt an einer Weiche, der Zug nähert sich, und du musst entscheiden, ob du die Weiche so stellst, dass auf Gleis A fünf Personen vom Zug überfahren werden, oder dass auf Gleis B nur eine Person überfahren wird. Herrje, was die Leute da immer philosophieren und diskutieren und was es für Lösungsansätze gibt, moralisch, technisch, persönlich (»Ist die eine Person denn schwanger?«, »Haben die fünf Personen denn Migrationshintergrund?«)! Dabei ist die Sache doch glasklar!

Du machst – bitte schön – rein gar nichts. Du greifst nicht ein. Weil dir der Gesamtüberblick fehlt (wie bei nahezu allem im Leben). Du hältst dich raus.

Aber sicher doch.

Einfach so tun, als wäre man nicht an der Weiche vorbeigekommen.

Einfach mal nix machen und sich nicht für den Mittelpunkt der Welt halten, als der man förmlich handeln *müsse*. Deshalb: Der Zug nähert sich, und du gehst schnurstracks heim und machst dir eine Suppe warm, nicht, dass du auch noch Schaulustiger wirst, wenn's knirscht – ob nun einmal oder fünfmal.

Entspannt die Fresse halten und sich um seinen eigenen Scheiß kümmern.

Denn egal, auf welche Weise du eingreifen würdest (Gleis A oder Gleis B), es wäre falsch. Du bist nicht Gott. Und Gott gab's vor seiner Erfindung auch noch nicht, weshalb er vor seiner Erfindung nicht mal selbst hätte eingreifen können.

Heititeiti, Pillepalle, Knutschibutschi, was ich meine, ist: Der Elyas M'Barek Gardener und der Erol Sander Şahin haben vollkommen korrekt gehandelt, als sie die Knallchargen vom Bryan Faltermeyer erst mal gewähren ließen und abgewartet haben, was weiter so alles passiert.

»Natürlich hatten wir uns erst rückversichern lassen, dass es Ihnen medizinisch gut geht«, rechtfertigt der Elyas sich, obwohl ich gar nichts gesagt habe. Hat er doch ein bisserl Sorge, wie ich sein Verhalten aufnehme.

Und ich, ganz exaltierte Exzentrikerin, nutze seine Unsicherheit gleich aus, verstehste, indem ich entrüstet nachforsche: »Und ihr habt diesen Windbeuteln vom Faltermeyer einfach geglaubt, dass es uns gutgeht?« Ich, auf meinem Rücksitz, hebe melodramatisch beide Arme. Eine völlig bedeutungslose Geste.

Wie aus der Pistole geschossen antwortet der Erol: »Es erschien uns glaubwürdig, da Sie nur noch maximal zwanzig Kilometer pro Stunde draufhatten, als sie mit Ihrem Wagen gegen den Bagger gepuffert sind …«

Sag mal! *Nur* zwanzig km/h? Spielt hier jemand meinen Unfall runter? Ich bocke lauthals: »Der Pascal und ich, wir waren *be-wusst-los*!«

»Entschuldigung, selbstverständlich … So wie es aussieht, wurden Sie wohl durch die sich öffnenden Airbags ausgeknockt.«

Äh, was? Ich ziehe ein Gesicht. Das mit den Airbags würde einiges erklären, von sowas hab ich auch schon mal gehört: Schachmatt gesetzt vom eigenen Luftkissen. Und wenn ich es mir recht überlege, so richtig invalide bin ich in der Tat nicht. Also körperlich. Und der Pascal ist wahrscheinlich auch nur wegen der Plörre so weggetreten, die ihm die Hirnis vom Faltermeyer verabreicht haben.

Beruhigt mich das jetzt?

Schon irgendwie.

Das Nichteintreten einer Befürchtung ist mittlerweile bereits eine gute Nachricht für mich. Man wird ganz bescheiden.

»Dann war der Crash selbst also gar nicht so wild? Ich hab ja auch gebremst wie von allen guten Geistern verlassen. Hm«, fasse ich für mich zusammen, immer leiser werdend. Meine Selbstgespräche sind einfach die ergiebigste Form von Konversation. »Und dann habt ihr auf dem Parkplatz gewartet, bis ich rauskomm.«

»Letztlich ja«, bestätigt der Elyas. Womit die Stunden meiner künstlichen Bewusstlosigkeit wohl auch halbwegs rekonstruiert wären.

»Wir holen jetzt also Frau Röhm ab?«, lenkt er das Gespräch konstruktiv zum nächsten Tagesordnungspunkt.

Ich schaue durch die abgedunkelten Scheiben des Fonds, an uns zieht bereits die Staatskanzlei vorbei. Aber halt mit hundert. Wir überholen vier Pkws auf der einspurigen Fahrbahn, durchgezogener Mittelstrich! Vier Monate Führerschein weg – ach nee, wir haben ja *Diplomaten*status …

Ich sage »Ja, die Kathi«, und verberge meine Gereiztheit, indem ich einen Schluck aus der Wasserflasche nehme.

Meine Gedanken rasen so schnell wie der Mercedes, in dem ich sitze. Zwei anzugtragende Männer, die mir schon ewig folgen, werden mich gleich zum Privatflughafen Oberpfaffenhofen kutschieren, von wo aus es dann zügig weitergeht.

Es verspricht, ein runder Abend zu werden …

Mein Verstand vollführt einen Balanceakt zwischen Ablehnung und Anlehnungsbedürfnis. Und mein Herz, voller Rachsucht gegenüber den Faltermeyers und der Mindy und dem Kreischke und wer weiß noch wem, macht sich indessen permanent solche Sorgen um Pascals Zustand, dass es nur so rauscht.

Aber da muss ich dir zu meinem bewusstlos gespritzten Pascal noch was sagen, was wirklich interessant ist und was meine Sorgen fast ein bisschen eindämmt. Wenn der Pascal demnächst in seinem Puffgefängnis aufwacht und feststellt, dass er eine Geisel ist, dann wird er nicht wimmern »Huh, ich sitze in der Patsche, ich bin am Arsch!« und feuchte Augen bekommen. Da bin ich mir ganz sicher.

Der Pascal ist nämlich der Typ Mensch, der, wenn er gerade vier Millionen Euro im Lotto gewinnt, sofort von einer tiefen Schwermut befallen wird. Das glaubst du nicht. Das Verblüffende dabei ist aber im Umkehrschluss, dass solche Persönlichkeiten mit schwierigen Situationen viel besser zurechtkommen, weil sie darin etwas Sinnstiftendes sehen. Etwas Unausweichliches, das sie von ihrer ewigen Melancholie ablenkt und sie auf einen Zielpunkt fokussiert, auf dessen Lösung es sich hinzuarbeiten lohnt. Und wenn es nur das Ertragen und Durchhalten an sich ist.

Das musste ich selbst erst mal kapieren.

Charaktere wie der Pascal mögen den Winter lieber als den Sommer, sind am glücklichsten, wenn sie unglücklich sind, schätzen die Einschränkung mehr als das Ausschweifende, Komplimente machen sie argwöhnisch, aber Beleidigungen prallen an ihnen ab, die werden von guten Nachrichten eher depressiv, von schlechten aber angespornt. Ist so!

Da musst du mir jetzt nicht uneingeschränkt zustimmen, aber solche Charaktere beurteilen Extremsituationen völlig anders.

Und genau so einer ist mein Pascal. Womöglich übersteht er seine Geiselhaft sogar mit weniger mentalen Blessuren als ich meine Mission, Olaf Kreischkes Mörder zu ermitteln.

Was nichts daran ändert, dass ich alles dafür tun werde, um den Pascal schnellstmöglich aus dem Kerker, der in unserem Fall ein abgehalftertes Lusthaus in Milbertshofen ist, zu befreien. Logisch.

Ich hoffe, ich rede mir das jetzt nicht nur ein, aber der Pascal schafft das schon.

Isartor, Frauenstraße, Viktualienmarkt-Kurve, danach sofort links einbiegen. Bedeutungsvoll wie die Kaiserin von China und ihre Entourage kommen wir mit der Limousine vor meinem Wohnhaus zum Stehen.

Während ich durch die abgedunkelte Fensterscheibe zum obersten Stockwerk hochzusehen versuche, nämlich zu meiner verkokelten Wohnung, stürmt auch schon die Kathi zur Haustür heraus. Was mir etwas Aufschwung gibt.

Der Elyas springt aus dem Wagen und macht ihr die Tür auf, die ich gerade von innen öffnen will. Er weiß zu gefallen, da kann man wirklich nix sagen.

Erst schaut die Kathi den Elyas kennen-wir-uns?-mäßig an, dann den Erol hinterm Steuer. Sie scheint weniger über deren Ähnlichkeit mit zwei gewissen Leinwanddarstellern hinwegkommen zu müssen, als darüber, dass das doch die beiden Typen sind, die vorm Bimmlinger Wirt in Bad Seltsham unser Kidnapping vereitelt haben. Anders kann's doch gar nicht sein.

»Schön, dass du Zeit hast mitzukommen«, begrüße ich die wie immer perfekt gestylte Kathi, als sie auf die Rückbank rutscht. Sie dagegen erschrickt sich an meiner wilden Erscheinung (oder sind es nur die Handabdrücke auf meinen Brüsten?) und kuckt kurzzeitig so entsetzt, dass es einem schon zu denken geben kann. Mein neues Ich. Zermürbt. Zerschlissen. Ungepflegt. Aber lebenserfahren bis zum Abwinken …

Die Kathi überrascht mich und sich selbst damit, dass sie sich schräg zur Seite beugt und mich in den Arm nimmt. Es hat so was Mitleidiges. (Normalerweise gibt's zwischen uns solide Fistbumps zur Begrüßung. Ihre Idee, nicht meine!)

»Magst du dich noch schnell frisch machen?«, bietet sie mir ihren Schminktisch oben in der Wohnung an, diesen Make-up-Schrein, der perfekt für ihre Instagram- und YouTube-Clips ausgestattet ist.

»Dafür haben wir keine Zeit«, funkt der Erol von vorn so mittelforsch dazwischen und fährt bereits zügig los. Schau an. Unser Erol alias Şahin ist wirklich mit Vorsicht zu genießen. Welchen Typ er wohl als Betrunkener abgibt? Abgefüllt eher Wattebausch oder Rowdy?

Umgehend versuche ich, die Kathi auf den neuesten Stand zu bringen, tue das aber sagenhaft fahrig und holprig, weil ich mich kaum auf etwas konzentrieren kann. Die Kathi, die in dreizehn Jahren dreißig Jahre alt sein und davon fünfzehn Jahre vor dem Bildschirm verbracht haben wird, schaut während meines Berichts mindestens die halbe Zeit immer wieder auf ihr Handy, aus reinem Reflex. Aber ihre Zwischenfragen zeugen davon, dass ein wacher Geist in ihr steckt. Als ich mit meinen Schilderungen zum Schluss komme, finde ich bestätigt, dass der Kniff, den ich noch gern ausprobieren würde, bevor wir in Oberpfaffenhofen ankommen, durchaus Sinn machen könnte.

Die Idee erscheint mir sogar ein Höhepunkt strategischer Spitzfindigkeit zu sein. Oder ist das reiner Übermut? Es kommt aufs selbe hinaus. Ich versuch's.

»Hallo, Herr von Segnitz, schön, dass ich Sie um diese Zeit noch erreiche«, flöte ich in mein Handy und stelle es auf laut, damit die Kathi mithören kann.

»Frau Victoria, wo, um alles in der Welt, stecken Sie? Ich habe versucht, Sie zu erreichen. Wir haben eine Großfahndung nach Ihnen ausgeschrieben. Geht es Ihnen gut? Ihr verunfallter Wagen wurde gefunden, den Zeugenaussagen nach …«

»Danke, Herr von Segnitz, mit mir ist alles bestens«, lüge ich wie gedruckt. Der Herr von Segnitz ist der Vorgesetzte vom Pascal bei der Kripo München. Ich kannte den von Segnitz aber bereits, bevor ich mit dem Pascal zusammenkam. Da hab ich noch gelegentlich als V-Frau für die Polizei gearbeitet, undercover sozusagen. Auf Anfrage hab ich da ein bisserl in der Münchner Szene- und Schickeriawelt recherchiert, Informationen rangebracht, sowas halt. Aber das ist vorbei. Seit Kathis Entführung vergangenes Jahr hab ich mein Vertrauen in die Polizeibehörden verloren. Es ist doch immer das Gleiche. Sobald man irgendwo etwas genauer hinsieht, nichts als Leere.

»Der Herr Herzberg war bei Ihnen im Wagen, als der Unfall passierte, oder? Wir haben sein Gepäck im Kofferraum gefunden. Wo sind Sie beiden gerade?«, tritt der Oberkommissar von Segnitz auf die Tube. Doch leider spielen wir jetzt nach meinen Regeln.

»Herr von Segnitz, bitte hören Sie mir mal eben zu: Wir haben ein kleines Problem, und ich kann nicht riskieren, dass Sie mir da dazwischenfunken«, versuche ich es mit – zugegeben – sehr kurz angebundenem Wohlwollen.

Seine Stimme trieft vor Gereiztheit: »Wie meinen Sie das?«

Ich habe null Vertrauen in eure vorstrukturierten Abläufe und finde, eure Beamtenmentalität ist hochgefährlich für alle Beteiligten (allen voran für den Pascal). Außerdem untersteht euer Polizeiapparat Direktiven und politischen Interessen, die es mir sogar vertrauenerweckender erscheinen ließen, mit einem kurdischen Bandenchef zu kooperieren als mit euch durchkorrumpierten Behördenmonstern. Beim Bandenchef sind die Befehlskanäle wenigstens berechenbar. Der macht eine Ansage, und so wird das dann gemacht. Bei euch Leistungsträgern von der Kripo stellt erst mal einer einen Antrag, am besten per E-Mail, und dann kommt dann eine Abwesenheitsnotiz zurück, die da lautet: Bin auf Kur und erst in drei Wochen wieder im Büro. Oder die Antwort lautet: »Da muss ich erst mal Rücksprache halten. Ich meld mich alsbald.«

So schaut's aus, Herr von Segnitz.

Das sage ich natürlich nicht.

Vielmehr sage ich: »Es geht um den Mordfall Kreischke …«

»Sie wissen, dass ich den nicht bearbeite. Zuständig sind die Kollegen Zepter und …«

Siehste, geht's schon los.

Ich fahre den Herrn von Segnitz beinah an: »Weiß ich doch, weiß ich doch. Aber es geht Sie schon auch was an, weil, … also Folgendes: Der Erwin Dampfhammer Faltermeyer wurde doch verhaftet. Aufgrund von bestimmten Zusammenhängen, die genau mit diesem Fall zu tun haben, steckt nun auch der Pascal, äh, der Herr Herzberg in Schwierigkeiten. Und Sie sind doch sein engster Kollege … und darum wende ich mich auch an Sie und möchte Sie bitten, jetzt nicht weiter nachzufragen, Herr von Segnitz. Ich muss da etwas klären und brauche hierbei dringend Ihre Hilfe. Denn ich hätte da eine konkrete Idee.«

»Du meine Güte, Frau Victoria, *Sie* schon wieder! Bitte geben Sie nicht wieder die Alleinkämpferin. Ich kann Ihnen gleich sagen, das wird so nicht funktion…«

»Lassen Sie den Dampfhammer frei. Sofort. Mit Pressemitteilung und allem! Bitte! Völlig unabhängig davon, dass er sowieso unschuldig ist und die Staatsanwaltschaft ihn aus völlig fadenscheinigen Beweggründen einbehält! Lassen Sie ihn *einfach laufen*. Nur vorerst, nur zum Schein, wenn Sie wollen. Sie können das in einer Woche doch problemlos wieder rückgängig machen … Formulieren Sie ein Statement, dass Sie den wahren Täter gefunden hätten – irgendeinen beliebigen Namen als Platzhalter, von mir aus auch *mich* –, aber machen Sie's! Anders krieg ich den Pascal nicht raus.« Ich breche ab.

»*Raus*? Aus was?«, fragt der von Segnitz.

(Unsere Limousine befindet sich bereits auf Höhe Siegestor, stadtauswärts. Der Erol, der Elyas und die Kathi sind mucksmäuschenstill, hören meinem Telefonat zu.)

»Spielt jetzt keine Rolle.« Jegliche spezifische Info wäre an den von Segnitz verschwendet. Geradezu gefährlich. Ich beteuere: »Es ist, wie es ist. Der Pascal wird gefangen gehalten, und ich brauche Ihre Hilfe, und ich finde, es ist nicht zu viel verlangt, dass Sie einen Mann aus strategischen Gründen aus der Untersuchungshaft entlassen und sich ansonsten zurücklehnen. Hier geht's um das große Ganze.«

»Völliger Irrsinn, das können Sie sich abschminken! Wie

soll ich das denn machen? Wie stellen Sie sich das vor? So einfach geht das nicht«, winselt der von Segnitz.

So ein Rotz. Natürlich ginge das so einfach. Aber wenn man es mit diesen verfickten (Entschuldigung!) starren Hierarchien und institutionalisierten Eitelkeiten zu tun hat, und der eine profilierungssüchtige Fatzke (Fatzkin) dem anderen nicht den Dreck (Dreckin) unter dem Fingernagel (Nagelin) gönnt, bringen die es fertig, einen Kollegen (eine Kollega) krepieren zu lassen, bevor diese Aktenumschichter auch nur *einmal* außerhalb ihres verkrusteten Regelbuchs oder losgelöst von ureigenen Interessen handeln. Kompetenzen, Befugnisse: für'n Arsch.

»Ein letztes Mal, Herr von Segnitz, ich hab nicht so viel Zeit«, und Nerven, »bitte lassen Sie Ihre Prinzipien mal außen vor«, beharre ich unelegant. »Lassen Sie Erwin Faltermeyer laufen.« Das wäre ein Klacks. Was soll passieren?

»Wir gehen ganz sicher nicht auf Erpressungen ein, das können Sie vergessen ... Und ...«

Klick. Ich habe aufgelegt. Als ob mein Anliegen *Erpressung* wäre. Dabei möchte ich einfach nur sicherstellen, dass es für den Pascal eine weitere Option gibt, freigelassen zu werden, während ich parallel nach Olaf Kreischkes Mörder suche.

Aber aus der Kripo-Variante wird wohl eher nichts! Null Entgegenkommen. Obwohl es sehr wohl Fälle gibt, in denen die Kripo gezielte mediale Irreführungen eingesetzt hat, ich weiß Bescheid, ich bin mit einem Kommissar zusammen.

Innerlich schüttle ich verständnislos meinen Kopf, Boahey-Faktor 100.

Ich hör schon auf mit meiner Aufregerei! Ich wiederhol mich ja öfter als Thomas Bernhard.

Es steht halt so viel aufm Spiel.

Gut, Polizei also: abgehakt.

Ich bin auf mich gestellt. Mal wieder. Das ist ziemlich heavy. Handy in den Schoß gelegt, höre ich die Kathi sagen:

»Mit dem kommst du auf keinen grünen Nenner«, und sie klingt angesäuert. Sie hat *grünen Zweig* mit *gemeinsamen Nenner* vermischt. Süß. »Als du letztes Jahr nach mir gesucht hast, hattest du doch so peinlich darauf geachtet, dass du von der Polizei nicht über dein Handy geortet wirst. Hast du erzählt.«

Ich nicke, mit hängenden Schultern.

»Und wie ist das *jetzt*?«, fragt sie sichtlich angespannt.

Stimmt, das ist mir noch gar nicht gekommen. Macht das die Sache nun noch komplizierter? Handyortung! Ich bin immer wieder erstaunt, wie elastisch Kathis Verstand ist, und wie schlau sie ist.

»Du hast recht. Hm. Der von Segnitz und Konsorten hätten mein Handy längst ausfindig machen können. Aber es könnte sein, dass sie auf die Schnelle (Schneckengeschwindigkeit Ehrensache) noch keine Genehmigung bekommen haben, mich oder den Pascal zu orten, keine Ahnung«, bastle ich mir eine Erklärung zusammen und hoffe einfach, wir sind diesbezüglich tatsächlich noch unbeschadet.

Dieser Gedanke an digitale Verfolgbarkeit kann sich zu einer wahren Phobie auswachsen.

Nicht zum ersten Mal in meinem Leben entkerne ich also mein Handy, ziehe die SIM-Card raus, gebe der Kathi zuvor aber noch die Nummer vom Bryan Faltermeyer (für alle Eventualitäten à la »Hi Bryan, ich hab Olafs Mörder gefunden, dein Bruder ist frei!«), und die Kathi speichert auf diversen News-Portalen ein paar Schlagwörter ein, damit wir zum Fall Dampfhammer stets auf dem Laufenden bleiben.

Unser Mercedes heizt derweil über irgendeine Landstraße, und ich könnte nicht sagen, über welche. Die Klimaanlage hier drinnen ist gerade noch auszuhalten. (Stimmt gar nicht.

Wir sitzen in einer Kühltruhe, und ich bin längst ein Eiszapfen … Ich will bloß nicht, dass du denkst, ich könne *nur* rummosern.)

»Hast *du* die Wasserflasche mitgebracht, oder ist die vom Elyas und vom Erol?«, fragt mich die Kathi, während sie natürlich wieder auf ihr Handy starrt (Insta), und ich check's erst gar nicht, aber der Elyas dreht sich auf seinem Beifahrersitz zu uns um und starrt uns entgeistert an.

Das Weiß seiner Augen ist gerötet, klar, für ihn war's auch ein langer Tag … Aber dann fällt mir auf, dass die Kathi unsere beiden Bodyguards wie selbstverständlich mit ihren speziellen Lookalike-Namen bezeichnet hat und nicht mit ihren richtigen Namen. Woher sollen die zwei auch wissen, dass wir sie intern Elyas und Erol nennen!

Ich schmunzle den irritierten Herrn Gardener entschuldigend an, mit der künstlichen Lebendigkeit, die mir langsam zur Gewohnheit wird.

Sorry, Jungs.

19

Die Gulfstream G700 ist eines der schnellsten und feudalsten Geschäftsreiseflugzeuge der Welt. Mit Platz für bis zu dreizehn Passagieren und einer exquisiten Innenausstattung gewährleistet der zweistrahlige Düsenjet eine standesgemäße Art der Fortbewegung, die auch höchsten Ansprüchen genügt. Hat uns der nette Bordsteward gerade erklärt, bevor er mit seinem Getränketablett auf seinen Spinnenfingern wieder abgezischt ist.

Ich persönlich, Angsthäsin vor Gottes Gnaden, bevorzuge ja eher Großraummaschinen, da sie mir sicherer erscheinen. Aber wenn der Adi Dietz mich schon persönlich zu sich einlädt, ich meine, wer bin ich, *das* abzulehnen.

Ich gebe zu, nach dem Start vom Privatflughafen Oberpfaffenhofen war ich während der Steigphase nah dran, mich in die lange Historie von Transidentmenschen mit drastischen Nervenzusammenbrüchen einzureihen. Ich meine: *fliegen*! Je älter ich werde, für umso unwahrscheinlicher halte ich es, dass Fliegen physikalisch überhaupt möglich ist. Für umso wahrscheinlicher halte ich es dagegen, mit so einer Maschine phänomenal abzustürzen.

Aber jetzt, da wir unsere Reiseflughöhe erreicht haben und die Düsentriebwerke ein gleichmäßiges Surren von sich geben, beruhige ich mich langsam. Was auch daran liegt, dass der Dr. Gerstl mit den Ergebnissen seiner Untersuchung von meinem Unfallkörper sehr zufrieden ist.

Er tastet noch etwas an meinem Nacken- und Schulterbereich herum, macht dabei, wie schon vorhin beim Blutdruck- und Abhörcheck, keine unnützen Bewegungen und ganz grundsätzlich auch einen wahnsinnig kompetenten Eindruck, was mir klar werden lässt, dass die wirklich begabten Ärzte und Dienstleister alle von den Reichen exklusiv für sich reserviert werden. Und wir Normalos wissen gar nicht, was medizinisch alles möglich ist, weil für uns nur die Resterampenbelegschaft aus der Unimensa übrigbleibt.

Die Kathi kreischt begeistert »Krass!«, als der Steward vor unseren Augen auf einem der freien sandfarbenen Ledersessel eine Kleiderauswahl drapiert. Fünf, sechs, du meine Güte, *sieben* Stück original cellophanverpackte Cocktailkleider verschiedenster Farben und Schnitte. Allesamt Designermodelle.

Für mich? Fragend sehe ich den Steward an, der den Kopf servil nach vorne neigt. Für mich also.

Und dieses Sortiment wird mir ausgerechnet von *dem* Mann zur Verfügung gestellt, der, als er mich in seinem eigenen TV-Sender zum ersten Mal moderieren sah, per WhatsApp an seinen Kumpel Olaf Kreischke schrieb: *Hey Olaf, ich schau gerade die Sendung mit dieser Vikki Victoria. Grandiose Brüste. Hast Du die rekrutiert? Ist das jetzt unsere Quotentranse?* ☺

Und jetzt fliegt mich genau dieser Herr nach Basel ein.

Merkwürdige Vorkommnisse.

Meine Untersuchung sei abgeschlossen, sagt der Dr. Gerstl und tippt mir zur Absegnung von hinten auf die Schulter. Von einer Prostataabtastung haben wir einvernehmlich abgesehen. (Kein Witz, da hab ich schon Sachen erlebt!)

»Wenn Sie wollen, können Sie noch eine Dusche nehmen, bevor Sie die anprobieren«, bekomme ich vom Matthias, unserem heterosexuellen Steward (nur Spaß, schwul wie eine Narzisse) mitgeteilt, und schon husche ich in den hinteren

Bereich der Maschine. Mich frisch machen? Das lass ich mir nicht zweimal sagen.

Unnötig zu erwähnen, dass das Bad sowie der Schminkbereich märchenhaft sind. Ein fliegendes Spa samt Douglas-Filiale.

Du, aber ob du das jetzt glaubst oder nicht, mir ist diese Fülle an überbordender Perfektion fast ein bisschen zu viel. Der Markus Keil würde sagen: »Das macht doch was mit einem.« Ja schon, aber nix Tolles. Der Bayerische Wald lässt sich halt nicht aus meinen Knochen hätscheln. Und damit meine ich nicht, dass man sich nicht in Nullkommanichts an den ganzen Zinnober hier gewöhnen könnte, aber brauchen tu ich's nicht.

Etwas, das die Kathi so nie unterschreiben würde, glaub ich. Sie filmt gerade wieder mit ihrem Handy rundherum und stößt ab und an einen anerkennenden Pfiff aus, wenn ihr was besonders Imposantes vor die Linse kommt, Mahagoniflächen mit den Initialen des Eigentümers zum Beispiel. Sofort nachdem wir eingestiegen sind, hat sie sich ganz automatisch die Schuhe abgestreift und sich auf einen der weichen Sessel gelümmelt, als wäre sie hier zu Hause. Die Eingewöhnung ins obere Luxussegment stellt für die Kathi also keine allzu große Umstellung dar.

Lediglich in ein überdimensioniertes Saunatuch gehüllt schlurfe ich von der Badlandschaft ins Wohnzimmer und entscheide mich, ohne Umschweife oder Absprache mit der Kathi (sie filmt mich aber beim Aussuchen), für eines der dunklen Kleider. Ich dackle wieder in den hinteren Bereich und komme kurze Zeit später aussteigefertig zurück. Samt Stilettos, von denen ebenfalls eine Auswahl zur Verfügung stand. Frage nicht. (Auch Pullis, Jeans, Sneakers, alles da.)

Irgendwo, zehn Kilometer über Europa, sitzen also die Kathi und ich einander gegenüber und werden vom Steward mit kleinen Snacks in Kristallschälchen versorgt. Wir knabbern. Allerdings müssen wir uns sputen, die Flugzeit beträgt nur eine gute Stunde, und wir befinden uns bereits in der Sinkflugphase. Also schnell essen. Wir geben's uns. In meiner Abwesenheit hat die Kathi sich einen dickflüssigen Vitamincocktail mixen lassen und gebeten, ob man die Spotify-Playlist auf ihrem Handy über die Bordanlage abspielen lassen könnte.

Kann man! Unser Steward macht alles möglich, ohne mit der Wimper zu zucken. Ruchlos, meine Kathi, wirklich ruchlos.

Nicht kleckern! Klotzen! Alles auskosten! Hat sie recht.

Gedämpft schallt »Blinding Lights« und gleich darauf »Mambo No. 5« aus den Boxen, das die Kathi mal als »*Mammut* Number five« ausgesprochen hat. Süß. Für die Kathi ist das ein Uralt-Oldie. Für mich ist das … noch gar nicht *sooo* lange her. Warum sich die Wahrnehmung von Zeit mit der Zeit derartig ändert – ich weiß es nicht.

Der Dr. Gerstl, für den sich, mit seinen gut und gern sechzig Jahren, die Wahrnehmung von Zeit sicherlich noch mal *ganz* anders anfühlen dürfte, hat sich längst auf leisen Sohlen zurückgezogen und in einer Sesselgruppe Platz genommen, die der Bordbar am nächsten steht, und tippt etwas in seinen Laptop.

Ein Blick aus dem Flugzeugfenster verrät, dass zwei Lämpchen an der Tragfläche abwechselnd hektisch blinken. Ist das lediglich das Signal für unseren Landeanflug oder Grund zur Panik?

Ach, und wenn!

Ich hab mein Leben gelebt – und nichts ausgelassen!

Freilich muss ich noch dafür sorgen, dass der Faltermeyer und seine Schnarchzapfen den Pascal ausm Puff *raus*lassen! Nichts wichtiger als das. Weshalb ich alte Schwarzseherin mich auch anschnalle, wie es mir die Deckenleuchte über meinem Sitzplatz vorschlägt. Die Kathi ignoriert das Zeichen, weil sie gerade so schön in ihr Polster eingeknuddelt ist und ein Gurt unmöglich drumrum passen würde.

Gleich nachdem die Gulfstream 700 den Boden berührt hat, schnallt sich unser Steward, Matthias, ab, tritt mit einer solchen Eleganz hinter die Bar, dass es einem fast auf die Nerven gehen könnte, und macht sich umgehend an die Zubereitung eines frischen Kiwi-Rhabarberkompott-Smoothies, den er sogleich in einen Becher aus ökologisch abbaubarer Kartonage füllt, samt Biostrohhalm, um ihn der Kathi zu servieren – auf deren ausdrücklichen Wunsch hin.

Und zwar als Takeway. Als Wegzehrung. Smoothie to go.

Mei o mei. So eine Matz! Glühende Klimaaktivistin, aber statt auf Verpackung zu *verzichten*, Verpackung *ökologisieren*. Das allgemein anerkannte, aktuelle Konzept. Muss man nicht kapieren.

Genauso schnell, wie der Abflug vorhin in Oberpfaffenhofen abgelaufen ist (die Limousine hat uns direkt vor den Flieger gebracht, die Starterlaubnis war innerhalb von zehn Minuten erteilt), eskortiert man die Kathi und mich nun zu einem Bentley (glaub ich) und chauffiert uns durch die dunklen Schweizer Straßen, irgendwo im Baseler Umland, bis vor das opulente Einfahrtstor von Adi Dietz' Grundstück. Alles zack, zack. Im Leben eines Milliardärs geht's ganz offensichtlich anders ab als bei mir, wenn ich mit der 19er-Tram hoch zum Max-Weber-Platz fahr und mir die Hektikerin, die am Sendlinger Tor zusteigt, mit ihrem Polyester-Rucksack ein Gesichtspeeling verpasst.

Sowohl der Elyas als auch der Erol sind in München geblieben. Jetzt gerade fährt uns ein weißhaariger Typ, der jedoch absolut keinem Prominenten ähnlich sieht. Höchstens vielleicht George Clooney, zumindest von hinten um die Ohren herum.

Wie von Zauberhand öffnen sich die Stahltorflügel des Anwesens, und mit einem dumpfen Klack flammt eine Flutlichtanlage auf, die das Areal rund um die Zufahrt taghell erleuchtet. Was um kurz nach elf Uhr abends ein spektakulärer Anblick ist. Zwei plötzlich auftauchende Sicherheitsbeamte starren zu beiden Seiten zu uns ins Auto, wie in einer umgekehrten Safari. Ich lächle, um nicht unhöflich zu sein. Das war's schon? Ich könnte sonst wer sein! Weiter geht's.

Zügig rollt der Wagen eine geteerte Trasse entlang, die von überbordenden Chrysanthemen-Beeten in den buntesten Farben gesäumt wird. Muss eine Heidenarbeit sein, die zu pflegen.

»Schau, die schönen Chlamydien, das sind ja Tausende!«, platzt es aus der Kathi heraus. Es sind *wirklich* sehr viele. Sie verwechselt Chrysanthemen immer mit Chlamydien. Putzig.

»Ja, als wär's ansteckend«, entgegne ich, aber sie versteht den Witz natürlich nicht. Und wer steht am Ende deshalb als seltsam da? Ich.

Auf dem pingelig gestutzten Rasen, der sich zu beiden Seiten in die Weite erstreckt, stehen Zierbäume mit auffallend glänzenden Blütenblättern, wodurch ich mich direkt in eine Paradieskulisse versetzt fühle, die mich dazu inspirieren könnte, Pferde für Einhörner zu halten. Insgesamtes Fazit: letztlich entarteter Reichtum. Nach einer Weile macht dich das total verrückt.

Aus der Teerdecke wird plötzlich knirschender Perlkies, der signalisiert, dass wir vor dem Wohngebäude angelangt sind: ein prunkvoller Palast epischen Ausmaßes, mit ultraweißem Putz und hohen Fenstern. Die Kathi hat auch gerade ein echtes Aha-Erlebnis, wenn ich ihren offenen Mund korrekt deute.

Der Wagen hält an.

»Grüezi und willkommen – wie schön, dass Sie da sind!«, grüßt uns Adi Dietz' Stimme just, als die Kathi und ich dem Bentley zu je einer Seite entsteigen. Ich schaue auf. Da steht er, im überdimensionierten Türrahmen.

Mittelgroß, zurückgekämmtes Haar, casual gekleidet. Der Dietz!

Aufrichtig überrascht, nach der Vielzahl seiner Angestellten nun den Tycoon höchstselbst anzutreffen und noch dazu von ihm betont volksnah empfangen zu werden, sage ich: »Guten Abend, schön, hier zu sein«, aber von Herzen kommt das nicht. Ich meine, immerhin ist dieser Mann der Auslöser sämtlicher Katastrophen der vergangenen Wochen.

Oder auch nicht.

Nicht von allem vielleicht.

Wie man's nimmt.

Die Baseler Nachtluft ist etwas schärfer als die Münchener. Aber nicht unbedingt kühler. Wie soll ich das erklären …

Der Dietz und ich schütteln einander die Hände. Und die Kathi, die ihren zur Hälfte getrunkenen Kiwi-Rhabarber-Smoothie-to-go ganz nonchalant auf dem Sitz des Wagens zurückgelassen hat, weil er dort ökologisch am schnellsten abgebaut wird, nimmt es wie selbstverständlich hin, dass der Dietz anschließend auch ihr die Hand schüttelt und ihr dabei versichert, dass er selbstverständlich auch bestens über sie und ihre Karriere Bescheid wisse. Sie nickt nur lasziv (als plane sie bereits eine Werbe-Koop mit ihm). Ihre Schamlosigkeit, also … die ist nicht jedem gegeben.

»Ich hoffe, ich habe Sie nicht allzu überfallen mit meiner Einladung hierher?«, fragt mich der Adi Dietz, rhetorisch, vermute ich. »Sie müssen uns gleich ausführlich erzählen, wie Ihr heutiger Tag verlaufen ist. Es muss ja ein wahrer Höllentrip gewesen sein.«

Ich nicke mit geschlossenen Augen und versuche, so schnell als möglich aus ihm schlau zu werden.

»Bitte hier entlang.« Er ist von ausgesuchter Höflichkeit und Herzlichkeit, als er uns durch die Eingangshalle führt, deren nihilistisch-klassische Einrichtung das meterhohe abstrakte Gemälde an der Seite nur umso mehr betont. Es zeigt ein landkartenähnliches Gebilde, das wie eines dieser Zufallsmuster wirkt, wo man nie sicher ist: War das eine künstlerische Vision oder eine explodierte Dose Gemüseravioli?

Zum Verrücktwerden. Ich schau sowieso eher den Dietz an, immer so aus dem Augenwinkel. Man spürt, wie befangen wir beide sind. Die Situation ist einfach ambivalent. Dennoch wirkt er äußerst sympathisch, und es wäre schwer, ihn zu hassen, was ihn aber irgendwie natürlich auch noch hassenswerter machen könnte. Da muss man sich dann irgendwann entscheiden.

Kam ich mit Herrn Gardener und Herrn Şahin zurecht? Verlief die Reise reibungslos? Waren mir Dr. Gerstls Dienste genehm? Wurden wir mit allem versorgt? War die Kleiderauswahl treffend? All diese Fragen vom Adi Dietz haben wir mit einem jeweiligen Ja von mir zügig geklärt, bevor er die Kathi und mich in ein fußballfeldgroßes Wohnzimmer führt, das trotz Marmorbodens und weißer Sitzelemente kein bisschen ungemütlich wirkt.

Durch die bodentiefen Schiebefensterfronten von epischer Breite könnte man den Ausblick auf einen von englischen Laternen erleuchteten Garten genießen, säßen auf den Sesseln vor dem offenen Kamin im Innenbereich nicht drei Herrschaften, die mich natürlich sofort von allem anderen ablenken.

»Frau Victoria, Frau Röhm, darf ich vorstellen, meine Frau Mathilda«, sagt der Dietz und zeigt uns mit der Mathilda eine blonde Frau, die mit ihren *Ende* fünfzig gut zwanzig Jahre älter wirkt als der Dietz mit seinen *Anfang* fünfzig. Sie ist sportlich gekleidet, überpflegt, Topfigur, blasses Gesicht, das durch die Haare noch blasser wirkt, offener, blauer Blick, Greifvogelgesicht, kaum Eingriffe.

Sie steht zur Begrüßung sogar auf, was ich ihr hoch anrechne.

»Und *ihr* dürftet euch kennen!«, kündigt der Adi Dietz lauthals an, als käme gleich ein Tusch. »Ihr Münchner lauft euch doch früher oder später immer irgendwo über den Weg, haha.« Er macht eine ausladende Geste zu dem schlanken Mann im weißen Leinenhemd mit schmalem Stehkragen, den ich natürlich schon wahrgenommen habe, aber erst jetzt identifiziere. Mich haut's fast aus meinen Louboutin-Schuhen. Der Albert. Der Albert Söderbohm. Der Exmann von der Mindy Schwamminger. Der Chemie-Erbe.

Ja, gibt's des a? Der Adi ist mit dem Albert befreundet?

Na klar, das hier ist das spezifische Biotop für solche Begegnungen. Milliardärs-Buddies. Man kennt einander.

Ich ertappe mich, wie ich den Mund geöffnet halte und die Raumluft verschlucke.

»Wir haben uns aber lang nicht mehr gesehen, grüß dich«, sagt ein wohlgesonnener Albert, dessen Haaransatz bis hoch zur Kopfmitte gewandert ist, seit ich ihn das letzte Mal gesehen habe. Schlagartig fällt mir seine tägliche Propecia-Kur und deren Folgen ein, über die sich die Mindy doch lustig gemacht hat. (Einblicke hinter die Kulissen lassen einen *so* befangen sein, furchtbar. Das kann man nicht mehr gut machen.)

»Eine Ewigkeit haben wir uns nicht mehr gesehen«, stimme ich dem Albert zu und versuche erst gar nicht, zu erforschen, auf welchem Event das gewesen sein könnte. Allein seine Scheidung von der Schwamminger liegt ja schon Lichtjahre zurück. Er beugt sich vor, um mich zu umarmen, und schafft es, daraus eine komplizierte Sache zu machen. Was wir einfach weglachen.

»Und das ist meine Frau Vanessa. Vanessa – Vikki, Vikki – Vanessa«, stellt der Albert uns einander vor, und nachdem die Kathi und ich Platz genommen haben, uns vom Herrn des Hauses Champagner eingegossen wurde und wir uns auf ein kollektives Du geeinigt haben, erfahre ich, dass die brünette, klassisch gekleidete Scheinschönheit Vanessa (ein paar Jahre jünger als ich) People-Journalistin bei einem Schweizer Privatsender ist, was so viel bedeutet wie: morgens die Instagram-Accounts von Promis durchkucken, abkopieren und anschließend in der Sendung abspulen. In ihrem Fall mit *Schwerpunkt Adel*, wie sie stolz mitteilt (zu Recht stolz: Adelige sind wirklich *noch* nutzloser als die restlichen Trashköpfe). Königshäuser-Expertin also. Nebenbei unterhält sie sicher einen eigenen Insta-Kanal mit Produktplatzierungen (überall dasselbe). Seit Neuestem ist sie Alberts stolze Gattin, das macht den Unterschied.

»Ich muss vielleicht kurz erklären«, schaltet sich unser Gastgeber, der Adi Dietz, ein. »Albert und ich, wir kennen uns schon vom Internat in Zürich. Wir waren zwei Klassen auseinander …«

»Drei!«, korrigiert der Albert ihn zwinkernd, was darauf hinweist, dass das so ein Mach-dich-nicht-jünger-Witz unter den beiden ist.

»Kann sein, muss ich noch mal nachprüfen«, scherzt der Adi. »Ja, und weil das so ein Zufall ist, dass wir zwei«, der Adi zeigt auf mich, »jetzt doch so viel miteinander zu tun hatten, wenn auch nicht persönlich, was ich sehr bedauere … und weil nun auch noch der Albert mit ins Spiel gekommen ist, und ihr beiden«, der Adi zeigt auf den Albert und mich, »euch ja auch kennt, fand ich es angebracht, uns hier alle endlich an einen Tisch zu bringen.«

»Was genau meinst du damit?«, frage ich ganz langsam, um nur ja nicht zu forsch zu erscheinen. »Was hat der Albert denn mit alldem zu tun?«

»Du hast recht, jetzt muss ich mich wirklich langsam erklären, haha, höchste Zeit. Also … Lass mich von vorn beginnen, Vikki«, sagt er mit einer erheblich ernsteren Stimme als vorher, und ich ahne, was jetzt kommt. »Ich muss mich zunächst tausendmal bei dir entschuldigen. Ich hätte das schon längst tun sollen, aber die Gelegenheit war aus unterschiedlichen Gründen noch nicht gekommen.« Adis unruhige Augen sehen mich an. »Diese alles entscheidende, verfluchte WhatsApp, die ich dem Olaf – Gott hab ihn selig – seinerzeit geschrieben habe, hatte ich eines späten Abends aus einer weinseligen Laune heraus einfach so dahingetippt. Du kennst das vielleicht, leichtfertiger Blödsinn … völlig bescheuert.« Während er das beichtet, beschreibt er mit den Händen in einer flüssigen Bewegung einen weiten Bogen, den Arc de Triomphe vielleicht. Die Aufmerksamkeit seiner Frau Mathilda, vom Albert, von der Vanessa und der Kathi ist ihm sicher. Meine sowieso. Er legt sich mächtig ins Zeug, als er einatmet, schnauft und zu mir sagt: »Vikki, ich bitte dich aufrichtig, vergib mir das Q-Wort, ich bin ein dummer alter weißer Mann. Es war weder so gemeint, noch hatte es eine tiefere Bedeutung. Überschwänglichkeit, ein Jungsspruch, so etwas in der Art.«

Ich schaue ihn an, seufze, indifferent. Aus seiner Miene spricht ein so tiefer Schuldmasochismus, dass ich den Blick abwenden muss – und da ich mit dem QT-Thema (ich kann's nicht mehr hören) sowieso längst durch bin, entscheide ich, dem Adi die finale Absolution zu erteilen. Unter anderem, weil seine selbsterniedrigende Darbietung, dieses Sich-vor-mir-in-den-Dreck-Werfen, für sich genommen ja auch schon wieder eine unangemessene Überreaktion darstellt. Und jedes *Über-* hab ich mittlerweile echt über. Jeder ist nur noch drüber.

Ehrlich, ich hör mir selbst kaum zu, was genau ich dem Adi zu seinem Schulderlass mitteile. Lauter verlegene Phrasen. Aber dann sind wir damit auch durch: Er hat seinen Segen erhalten. (Grad, dass die Runde nicht zu applaudieren beginnt ob meiner Gnade. Furchtbar.)

Genug Geigen! Adi, dir ist verziehen.

Ganz besudelt vor Erleichterung kommt er dann auch noch darauf zu sprechen, wie »unfassbar pragmatisch und fair« ich ihn beim Keil in Schutz genommen hätte, als ich sagte, *versehentlich fehlgesandte Privatnachrichten dürften nicht gegen jemanden verwendet werden*, und so weiter, weißt ja.

»Es ist schwer, mit sich selbst zu leben, wenn einem sowas passiert, wie es dem Adi passiert ist«, philosophiert die Mathilda von ihrem Sessel aus und kommt ihrem Mann erklärend zu Hilfe, was dem gar nicht so recht ist, aber es muss halt jeder mal was sagen. Das war's aber auch schon.

Nach einem Wo-war-ich?-Augenaufschlag sagt der Adi: »Der öffentliche Druck, den meine Bloßstellung nach sich gezogen hat, hat mich gezwungen, von sämtlichen Vorstandsposten der Firmen, bei denen ich nicht Hauptanteilseigner bin, zurückzutreten. Verschiedene Vorsitze musste ich ebenfalls ruhen lassen. Es war für Mathilda und mich eine psychisch aufreibende Phase, und die Folgen werden mir – uns – noch lange nachhängen … ich möchte mich nicht beschweren, um Himmels willen, aber vielleicht besänftigt es dich doch auch ein bisschen, zu wissen, dass ich meine gerechte Strafe erhalten habe.« Mit gesenktem Kopf aber hochgezogener Stirn sieht er mich an. Ich verstehe ihn schon. Sicher tue ich das. Und das Schräge ist: Von allen fragwürdigen Gestalten, die ich auf meinem Weg seit Beginn der Affäre getroffen habe, ist der Initiator des ganzen Hurrikans, der, dem ich den ganzen Wirrwarr zu verdanken habe, also der Adi selbst, der Freundlichste und Normalste von allen.

Und nicht zuletzt auch deshalb ist es doch beruhigend, dass er sich trotz der herben Rückschläge, geschäftlichen Rücktritte und gesellschaftlichen Arschtritte ganz offensichtlich immer noch ein Butterbrot und ein warmes Bett leisten kann!

Ebenso wie diesen Champagner Krug Clos du Mesnil, der in den Gläsern vor uns perlt und über tausend Franken kosten dürfte, und von dem drei weitere Flaschen im silbernen Kühler auf dem Beistelltisch stehen.

(Der Wolf sagt immer: Wenn die Menschen das Finanzsystem und dessen Player durchblicken würden, hätten wir eine Revolte an den Hacken.)

Wir stoßen alle miteinander an. Eine Zäsur. Als könne der Abend jetzt endlich beginnen.

Warum bin ich wirklich hier? Wieso ist auch der Albert hier?

»Wollt ihr vielleicht etwas essen? Einen Mitternachtssnack? Jolanda könnte uns was zubereiten, wenn ihr wollt, und wir könnten uns auf die Terrasse setzen?«, fragt die Mathilda die Kathi und mich, und natürlich haben wir Hunger wie nochmalwas. Kannst dir ja vorstellen. Die paar Nüsslein im Flieger, ich bitte dich.

Die in ein sexy Dienstmädchen-Outfit gekleidete Jolanda ist eine kubanische Schönheit, deren perfektes Haar der Frisur von der Kathi und meiner Zweitmähne in nichts nachsteht. Wir einigen uns auf ein paar kalte Kleinigkeiten, die sie »bitte schleunigst zusammenstellen soll«, wie der Adi ihr aufträgt, was mit seinem Schweizer Akzent ebenso liebenswürdig wie bestimmt rüberkommt.

In der Überbrückungsphase bis zum Essen, während der

jeder das Gefühl hat, noch nicht über das Wesentliche sprechen zu können (kennt man ja), erzählen der Adi und der Albert aus ihrer gemeinsamen Internatszeit, und der Luftikus Albert macht einen Scherz, dass er nach dem Abi gern in der Schweiz wohnen geblieben wäre, weil man hier einen Einbrecher in der eigenen Wohnung straffrei erschießen dürfe. Was ich gar nicht wusste.

Jedenfalls hat der Adi nach der Schulzeit dann diese enorme Karriere hingelegt, wohingegen der Albert nach seinem Ach-und-Krach-Drei-Komma-Neuner-Abi Feiern studiert und sein Staatsexamen mit Summa cum laude in Kein-Zug-dahinter und Tu-nicht-gut absolviert hat. Um dann ja schon bald mit der Mindy anzubandln.

Ein gewisser Giovanni, der mit seiner Mütze wie ein Koch aussieht und laut Vanessa auch tatsächlich einer der Besten dieses Fachs sein soll (er hat vorhin bereits ihr Abendessen zubereitet), schiebt einen Servierwagen auf die Terrasse, und die wendige Jolanda wuselt ebenfalls die ganze Zeit hin und her, rein und raus. Und als unsere illustre Runde endlich nach draußen schlendert, um sich an eine absurd opulent gedeckte Tafel unter einer Glasüberdachung zu setzen, fragt mich der Adi, wie nebenbei: »Ich hoffe, meine beiden Herren von der Security haben dich nicht zu sehr belästigt?«

Der Elyas und der Erol? »Wieso hast du die überhaupt auf mich abgestellt? Ich meine, es war schon verwirrend, dass die beiden mir ständig an den Fersen hingen, auch wenn ich froh war, dass sie da waren, vor allem, als die Kathi und ich von den zwei Männern vom Dampfhammer überfallen wurden.«

Er bleibt stehen, als könne er das Folgende im Gehen nicht sagen: »Nach dem Mega-Shitstorm, den meine WhatsApp ausgelöst und der ja auch dich in Mitleidenschaft gezogen hat, wollte ich mich nicht noch des Versäumnisses schuldig machen, eventuell nicht für deine Sicherheit gesorgt zu haben.«

»Du meinst, wenn mich irgendein Hater abgestochen hätte, hätte das deinem Image noch *weiter* Schaden zugefügt?«, halte ich dagegen und nehme unseren Gang auf die Terrasse wieder auf. Hunger!

»Äh … so könnte man es durchaus auch sagen, ja!«, grinst er, denn er meint es ernst.

Wir sechs Leutchen ordnen uns an dem Sechzehn-Personen-Tisch an, und nach ausgiebiger Beweihräucherung der Speisenauswahl und der genialen Zubereitung, die der etwas abseits stehende Koch Giovanni stoisch aufnimmt, wünscht die Mathilda allen erst mal »Guten Hunger« statt *Guten Appetit*, was ähnlich absonderlich wirkt wie einarmige Liegestützen, Laubbläser oder Eltern, die ihre Kinder auf den Mund küssen. Oder wie »Schönes Restwochenende« zu sagen, mit Betonung auf Rest.

Es gibt eben wirklich alles.

Und nur, falls dich die Chemie unter den Anwesenden interessiert: Die Celebrity-Klatschtante Vanessa schenkt der Kathi schon die ganze Zeit nicht die geringste Beachtung. Richtig provokativ. Weil jünger, fescher, update? Konkurrenz? Die Kathi ist *siebzehn*! Mach dich locker, Vanni. Aber mit ihrer Ignoranz beißt sie sich bei der Kathi sowieso die Zähne aus. Nach außen hin. Natürlich kränkt es die Kathi trotzdem, ich kenn sie doch.

Alle greifen zu, ein Brotkorb kreist, und man nötigt mich förmlich, von meinem heutigen Tag zu berichten.

Vor mir die kalten Platten, das Fingerfood, vier verschiedene Suppen, drei Kasbrettln, zig Salate, endlos viel Sushi, ach, und was nicht alles (nicht mal die Kathi kann hier heute ihre üblichen Einstiegssätze anbringen: »Ist da auch was für mich dabei? Ich bin Veganerin!«). Über all diesen Köstlichkeiten schildere ich also meinen betuchten Zuhörern meine vormittäglichen Fahrten zum und vom Flughafen und beschreibe die wahnwitzige Attacke von Faltermeyers drei Transportern auf der Autobahn, die in den Unfall mit anschließender Entführung mündete – kurzzeitig für mich, langfristiger für den Pascal. Ich schlucke, werde mir meines schmerzenden Körpers bewusst, der sich wie in Beton gegossen – wahlweise auch wie verprügelt – anfühlt, und schließe mit den Worten: »Und nun muss ich irgendwie herausfinden, wer den Olaf Kreischke ermordet hat, da ich nicht weiß, ob der Bruder vom Dampfhammer dem Pascal ansonsten wirklich was antut. Wenn ich morgen wieder daheim bin, werde ich mich als Erstes auf die Suche nach der Mindy machen. Das ist mein erster Ansatzpunkt. Und ehrlich gesagt, auch mein einziger.« Mit einem Stoßseufzer und einem fahrigen Kneten meiner Serviette gebe ich zu verstehen, dass meine Story hier erst mal beendet ist.

Wohlerzogen, wie sie alle sind, vergeht eine Anstandspause, in die hinein der Adi schließlich sagt: »Also, wenn wir dir irgendwie helfen können ...«

Und noch bevor ich etwas entgegnen kann, lehnt sich der Albert Söderbohm nach vorn und sagt: »Vikki, darf ich dich was fragen?«

Irgendwie schon, irgendwie nicht. Ich habe das Gefühl, dass wir uns langsam dem Grund des Anlasses hier nähern.

»Natürlich«, antworte ich.

»Du hast die Mindy doch vor vier Tagen besucht!«

»Hab ich. Die Kathi war auch dabei.«

»Genau«, bestätigt der Albert. Natürlich weiß er Bescheid, weil Adis Problemlöser Elyas & Erol sicherlich über all meine Aktivitäten Bericht erstattet haben. Aber wieso will der Albert mit mir über seine Exfrau sprechen? Wieso ist er wirklich hier beim Adi in Basel? Wieso bin *ich* hier? (Himmelherrgott nochmal!)

Eine Brise Waldgeruch weht zu uns herüber, und Berufssohn Albert sagt: »Vikki, ich möchte nicht indiskret sein, oder sowas, aber könntest du uns vielleicht erzählen, worüber du und die Mindy bei eurem Treffen gesprochen habt?«

Eine anstrengende Stille tritt ein. Die Kathi und ich, Dreamteam, schauen uns ganz betroffen an und liegen nach unserem vielsagenden Blickabgleich unmissverständlich auf einer Wellenlänge: Es gilt, die Sensibilität und Fragilität eines Mannes wie dem Albert zu schützen, der ganz sicher *nicht* hören sollte, wie seine hasszerfressene Exgattin kaltblütig die Karten über ihn auf den Tisch gelegt hat.

»Ja klar. Wir haben das Gespräch auf Video aufgezeichnet. Die Mindy ist zum Schluss total ausgeflippt, hat mir sogar mein Handy zerdeppert. Wart, ich zeig's dir«, trillert die Kathi lautstark heraus, nun doch frei vom Druck jeglichen Feingefühls, und langt nach ihrem Handy, das sowieso griffbereit neben ihrem Besteck liegt. Die hohe Kunst der Diskretion. Alle blicken die Kathi sprachlos an. Nicht nur ich. Mir (oberbaff) ist gleich klar, dass es zu spät ist, um zurückzurudern. Ich will die Kathi ja auch nicht maßregeln. Also wirklich nicht. Vor Dritten gleich zweimal nicht.

Außerdem werkelt sie mit ihrem Handy bereits so rum, dass die Anwesenden gut draufsehen können.

Der Adi Dietz sagt: »Warte mal, Kathi.« Er ruft, »*Jolanda!* Kommen Sie mal, bitte? … Könnten Sie das Handy hier«, er deutet der Kathi, der Jolanda ihr Handy zu reichen, »bitte mal für uns halten?«

Ich bin mir nicht sicher, ob das menschenrechtlich mit Human Rights Watch abgeklärt ist, aber tatsächlich dirigiert der Adi Dietz die hübsche kubanische Hausangestellte an die Stirnseite der Tafel, an der wir sechs Menschlein sitzen, und instruiert sie auf Schwytzerdütsch, das Handy mit beiden Händen auf Höhe ihres Kinns zu halten, weil das der optimale Sichtwinkel für uns Zuschauer sein dürfte. Das ist nur ein Scherz, oder? Von wegen. Da steht sie. Ein menschliches Stativ. Mit schreckstarren Augen. Wahnsinn 1.

Der Adi bittet nun die Kathi auf Hochdeutsch, entsprechend zu walten und das Video zu starten, worauf die Kathi sich erhebt, zum Tischende läuft, vor der Jolanda stehen bleibt und ihr direkt unterm Gesicht auf dem Handy rumdrückt. Wahnsinn 2.

Die Kathi drückt Play.

Et voilà.

Ich denke mir: Wollt ihr das Video *wirklich* sehen? Das wäre dann Wahnsinn 3.

Der Gedanke beschämt mich. Sollen wir euch den Inhalt nicht vielleicht lieber schildern? Ginge ganz schnell.

Ich schaue noch mal mit ekelverzerrtem Gesicht in die Runde, klappere einen nach dem anderen ab, versteht denn keiner meine Skepsis?

Null.

War'n Versuch wert.

Meine Güte, die sind alle ganz heiß drauf. Ich seh's doch.

Nicht gut.

20

Auf den gesamten Mondmissionen haben die nicht so gestochen scharfe Videos inklusive exzellentem Ton aufgezeichnet, wie das aufm Zwölfer-iPhone von der Kathi möglich ist. Schöne Scheiße.

Der Clip startet genau da, wo die Kathi und ich uns gerade auf Mindys Couch in ihrer Biene-Maja-Wohnung in Bad Seltsham gesetzt haben, was der Adi, die Mathilda, die Vanessa und der Albert im schweizerischen Hier und Jetzt wie gebannt verfolgen. Ich dagegen denke mir, ich sollte jetzt geh'n. Was ich natürlich nicht bringen kann.

Also bitte dann: Macht ihr mal. (Geht auch vorbei.)

Wir werden Zeuge, wie die betrunkene Mindy Schwamminger mich verdächtigt, gemeinsam mit dem Dampfhammer gegen sie zu intrigieren. Wie die angeheiterte Mindy über einen der Barhocker stürzt und alles mit sich reißt. Wie die ziemlich blaue Mindy von ihren Schulden beim Dampfhammer redet. Wie die rotzbesoffene Mindy gesteht, für den Dampfhammer als Escortdame gearbeitet zu haben. Wie die hackedichte Mindy vom Olaf Kreischke erzählt, der zunächst nur ein Kunde von ihr war. Wie die Mindy einen Weinkrampf erleidet und anschließend von der Scheidung vom Albert berichtet (der Albert kriegt große Ohren). Wie Alberts Familie die Mindy angeblich geschnitten und sie um ihre Eheabfindung gebracht haben soll. Wir sehen, wie die sternhagelvolle Mindy von Alberts Potenzproblemen spricht, die das Haarwuchsmittel verursacht haben soll (der Albert ist total betroffen, erst recht, als ich meinen unverzeihbar dummen Kommentar »… und schlaff wie Schluffi« vom Stapel lasse. *Sorry, echt sorry!*). Wir erfahren, dass die Mindy sich ihre Wohnung im Waldfriedhofviertel nicht mehr leisten konnte und zum Olaf in dessen Geschäftswohnung in Bad Seltsham gezogen ist (es war Liebe!) … wo sie dem ahnungslosen Olaf vermeintlich einen Trojaner aufs Handy installiert hat – unter Zwang, wegen der Schulden, die sie beim Dampfhammer hatte. Und über diesen Handy-Zugang habe der Dampfi dann die Quotentransen-WhatsApp vom Adi (der schaut übrigens ganz entspannt aufs Handy, das vor Jolandas Kieferpartie hängt) veröffentlicht, weil der Olaf nicht auf die Erpressungsversuche vom Dampfi eingegangen war.

Wodurch das Schicksal seinen Lauf nahm.

Und zu guter Letzt sehen wir, wie die restlos alkoholisierte Mindy eine solche Wut auf mich und die Kathi kriegt, dass alles zu spät ist, und in ihrem Anfall Kathis Handy packt und auf den Boden schmeißt, womit ihr – und das fällt mir jetzt erst auf –, die ganze Zeit vollauf bewusst gewesen sein musste, dass sie heimlich aufgezeichnet wurde.

Wir hören das Scheppern und ein lautes Stoßrauschen, als die Aufzeichnung endet.

Fertig. Gott sei Dank! Das war schrecklich. Eine knappe Dreiviertelstunde! Obsession und Suff und böses Blut! Mir ist kalt.

Jetzt wirst du sagen, das war vielleicht schrecklich für die Vikki, die feine Dame, wie sie da auf einer Villenterrasse, an einem reich gedeckten Tisch sitzt, Champagner süffelt (drei Schluck, irrelevant) und an den Canapés rumknabbert, mag ja sein. Aber – wie in aller Götter Namen – muss sich erst die arme Jolanda fühlen, die doch einen doppelten Armkrampf erlitten haben dürfte, nachdem sie sich, mit ihren Händen, geschlagene fünfundvierzig Minuten ein iPhone vor das hübsche Gsichterl hat halten müssen.

Brauchst nicht glauben: Das war auch für mich ähnlich anstrengend, wie wenn man Apnoetauchern beim Unterwassergang zuschaut und selbst Atemnot bekommt. Ich hab die ganze Zeit meine eigenen Arme verkrampft, aus Anteilnahme für die tapfere Jolanda Galactica Bombastica. Armes Ding. Aber sie tut, als sei nix gewesen, und händigt der Kathi tapfer ihr Handy aus, und räumt nahtlos drei leere Gläser ab. Jolanda, I love you.

Um nicht viel erklären zu müssen, sage ich in die schweigsame, scheinbar erschöpfte Runde: »Ich weiß nicht, ob das so eine gute Idee war, euch das zu zeigen.«

Die Kathi schaut mich an, aber so meine ich das gar nicht. War kein Vorwurf.

Und wie aus dem Nichts fangen der Adi und der Albert an zu lachen, du, das glaubst du nicht. So ein Lachanfall von tief drinnen. Ein tränenreiches Gepruste, vollmundiger könnte sich das gar nicht anhören. Dabei verharren die beiden souverän angelehnt in ihren Sitzen und bewegen bloß ihre Schultern und Köpfe, die Arme fest auf den Armlehnen platziert. Süffisant und saturiert, wie Leute, die es nicht nötig haben, es eben machen. Sie lachen so frei, dass mir das Blut gefriert.

Was ich sagen will: Unsere zwei Internatkumpels stehen derart *über* der Tragödie, die sich da vor unseren Augen abgespielt hat – die Mindy ist ein Wrack, seien wir ehrlich –, dass einen schon ein mulmiges Gefühl beschleichen kann.

Endlich ruft die Vanessa ihren Mann zur Räson, und die Mathilda tut es ihr gleich, indem sie mich kopfschüttelnd ansieht und dem Adi auf den Oberarm boxt.

»Entschuldige, Vikki, entschuldige, Kathi.« Der Adi fängt sich nur langsam. »Das muss ja furchtbar gewesen sein, mit der Wahnsinnigen so lange in einem Raum zu sitzen …«

»… und sich diesen kompletten Schwachsinn anhören zu müssen«, übernimmt der Albert angestachelt das Wort und pult mit dem Daumen am braunen Lederarmband seiner Uhr rum, das nur Männer seines Stands cool finden.

Die Kathi und ich hören überrascht zu, aufgewühlt vor allem durch die Heftigkeit, mit der er auch weiterspricht: »O Mann, großartig. Ich hab mich selten so amüsiert.«

»Jetzt aber Schluss – ihr müsst uns ja für verrückt halten«, erklärt der Adi und fährt wieder einen Gang runter. »Es ist nämlich so … die Mindy war schon immer ein klein wenig, wie soll ich sagen, … fantasievoll.«

»Sie ist eine Psychopathin!«

»Albert!«, maßregelt seine Vanessa ihn und springt damit für ihre Ehe-Vorgängerin in die Bresche. Anstandshalber. Der Albert reagiert nicht darauf und meint zu mir: »Nur, um mal ein paar Punkte eures Gesprächs richtigzustellen: Die Mindy hat eine extrem hohe Abfindung nach unserer Ehe erhalten.«

»Sag ihr doch wie viel«, schlägt der Adi amüsiert vor.

»Hm«, druckst der Albert rum, aber man merkt, er wird es sagen. Und dann sagt er es: »Zwölfeinhalb Millionen Euro.«

»Und das ist wirklich nicht wenig für eine kinderlose Ehe, die knapp unter zehn Jahren blieb, glaub ich, oder?«, sagt der Adi.

Der Albert nickt artig, als täte es ihm um das Geld immer noch leid, aber eher aus Prinzip, weniger des Verlusts wegen.

»Ich habe allerdings noch nie eine Exfrau getroffen, die glaubte, eine zu große Abfindung erhalten zu haben«, schmunzelt der Adi, und wie ein eingespieltes Moderatoren-Duo übernimmt der Albert wieder: »Wenn du der Mindy tausend Euro in die Hand drückst, gibt sie fünftausend aus und kauft sich von der Differenz noch eine Handtasche.«

»Jetzt hört auf, über die Arme herzuziehen, sie hat's

schwer genug«, mahnt Adis Frau, die Mathilda, und schaut die Kathi und mich entschuldigend an.

Der Albert: »Schon gut. Was ich sagen will, Vikki: Die Mindy ist ein Mädchen, das schon immer außer Kontrolle war. Als wir geheiratet haben, war ihre Verpeiltheit noch okay. Wir waren jung, und es gehörte irgendwie dazu. Aber als die Mindy sich dann in ihr neues Leben mit mir so reingefuchst hat, ist sie noch mal zu einer *ganz* anderen Nummer geworden. Sie war nicht mehr zu bändigen, hat mit Geld nur so um sich geworfen, Fehlinvestitionen hingelegt, das willst du gar nicht wissen. Und ja, es ist wohl wahr – und wir können es uns alle nicht erklären: Die Mindy scheint ihr Geld verpulvert zu haben, in einer Geschwindigkeit ... ich kann es nicht nachvollziehen. Wir haben eine leise Ahnung ... es gab da einen dubiosen Großinvestor und Anlageberater ... whatever.«

Ein ruhig zuhörender Adi schüttelt zähneknirschend den Kopf, als bereite ihm allein die schiere Vorstellung von Mindys Leichtsinnigkeit kaum erträgliches Unbehagen.

»Wahr ist allerdings, dass sie auf einer Escort-Seite wieder angefangen hat, als Prostituierte zu arbeiten ...«, jubelt uns der Albert des Weiteren unter, und jetzt klingt er, als wolle er sagen, ich hab nicht mal mehr Resignation für sie übrig.

»Aber ich glaub, dass sie wieder Anschaffen ging, lag eher daran, dass es ihr Ding war, ihr Lifestyle, oder?«, unterbreitet der Adi relaxed einen Erklärungsvorschlag.

Aha. Ich werd natürlich gleich hellhörig, sehe meinen Verdacht bestätigt und richte mich an den Albert, ohne sensible Einleitung, ohne falsche Scheu: »Hast *du* sie seinerzeit auch über ihren, aaahm, Job kennengelernt?«

»Yep«, antwortet der Albert, und seine Vanessa verzieht pikiert einen Mundwinkel. Ihm ist das egal, offensichtlich.

»Auch wenn die Mindy ein Troublemaker par excellence

ist, haben der Albert und ich bis vor Kurzem nicht im Entferntesten daran gedacht, dass sie was mit dem Mord am Olaf zu tun haben könnte. *Obwohl* wir wussten, dass sie mit ihm zusammen war«, ergänzt nun der Adi diese Informationsdusche.

Ich bin aber erst restlos fassungslos, als er sagt: »Bis wir sie vor vier Tagen vor ihrer Wohnung im Treppenhaus aufgefunden haben.«

»Was?«, rufe ich entsetzt. Adis Satz impliziert nichts Gutes. *Aufgefunden.* Das klingt ja wie *Wasserleiche.*

»Ja, die Mindy ist gestürzt und hat schwere Kopfverletzungen davongetragen«, regt nun die Mathilda wiederum unsere Fantasie an, als hätte sie auf ihren Einsatz bloß gewartet. Mathildas Part: der Höhepunkt der Saga um die Schwamminger.

Ich stottere: »Was sagst du? Sie hat sich verletzt? Vor vier Tagen? Da waren doch die Kathi und ich bei ihr.«

»Das wissen wir«, kommentiert irgendwer. Ohne Mist, keine Ahnung, wer. Ich bin perplex, starre auf die Tischdecke. Die Kathi fasst mir an den Oberschenkel, ich spüre ihre Panik. Die dürfte aber nur einen Bruchteil der meinigen ausmachen.

Adis Stimme, glaube ich, fährt fort, für mich wie im Nebel: »Einer eurer beiden Beschatter, Şahin (er meint den Erol), hat nach eurem Besuch noch mal bei der Mindy vorbeigeschaut. Rein sicherheitshalber. Nachdem ihr überfallen worden wart, war eventuell auch die Mindy in Gefahr. Und tatsächlich hat Şahin (er meint den Erol. Hab ich schon gesagt? Verzeihung) sie vor ihrer Wohnung schwer verletzt und bewusstlos aufgefunden. Es muss also kurz nach eurer Verabschiedung von ihr geschehen sein.«

»Was genau ist denn passiert?«, frage ich. »Wie geht es ihr?«

Da die Mathilda offenbar besonderes Interesse an dem ärztlichen Aspekt unserer Mindygeschichte hat, lässt sie es sich nicht nehmen, mir haargenau zu erläutern, wie die Mindy wohl unglücklich die Treppe vom ersten Stock bis ins Erdgeschoss gestürzt sein muss und dabei mit Wirbelsäule und Schädeldecke so aufgeschlagen ist, dass sie gegenwärtig im Koma liegt und sich ihr Zustand noch nicht stabilisiert hat.

Mitfühlend schüttle ich den Kopf. So schnell kann das Leben die Richtung ändern.

»Und der Erol hat die Mindy gefunden?«, erkundige ich mich noch mal, nicht, dass ich was missverstanden habe.

»Wer?«, fragt der Adi nach.

»Der Şahin, meine ich! Der hat die Mindy entdeckt?«

»Ja, Şahin hat Mindy aufgefunden.«

»Und hält er Fremdeinwirkung für möglich?«

»Er hält sie für wahrscheinlich. Die Ärzte auch. Und wir auch, allein schon wegen der beiden Männer, die euch in Bad Seltsham aufgelauert haben …«

»… die sich zuvor wahrscheinlich die Mindy vorgenommen haben.«

»Sehr gut möglich«, bestätigt der Adi.

Da haben die Jungs vom Dampfhammer und seinem Bruder mal wieder ganze Arbeit geleistet. Pfusch lass nach. Die wollten wahrscheinlich die Mindy in ihre Gewalt nehmen und waren dabei mal wieder etwas zu grob. Dann sehen sie eine halbtote Mindy am Treppenende liegen, kriegen Panik und hauen ab. Kann ich mir durchaus vorstellen. Diese Stümper kriegen ja gar nichts ordentlich auf die Kette.

Aber nichts von alledem ist entscheidend.

Ich kann nur denken: Das geht mir gerade noch ab!

Ohne eine verfügbare Mindy – wie und wo fahnde ich denn da nach Olafs Mörder?

Sie selbst kann den Schraubenzieher jedenfalls nicht in Faltermeyers Garten gelegt oder den Hinweis gedroppt haben, würde ich sagen? Das geht sich zeitlich nicht aus.

Mist. In dieser Zitterpartie führt wirklich eine unglückliche Wendung zur nächsten.

Das zieht mich vielleicht runter!

Was mach ich denn jetzt? Die Mindy war doch mein einziger Ansatzpunkt.

O Gott, wie ego meine Gedanken sind. Halt, Stopp, ich frage, »Wird sie denn wieder?«, was letztlich nicht minder ego ist.

»Ob sie nur noch Matsch im Kopf sein wird, oder wieder halbwegs regeneriert, lässt sich noch nicht sagen«, meint der Albert launig, und es lässt sich nicht verhehlen, dass er sich der Mindy gegenüber bis zu einem gewissen Punkt durchaus loyal verpflichtet fühlt, sie aber gleichzeitig abgrundtief verachtet. Die Dualität menschlicher Beziehungen.

»Der Adi hat mich netterweise sofort verständigt, und wir haben die Mindy umgehend hierher in das Klinikum fliegen lassen ...«

»Hierher, nach Basel?«, frage ich.

»Genau ... damit wir aus der Schusslinie sind. Auch wenn die Mindy längst meine Ex ist, möchten wir jegliches Aufsehen möglichst vermeiden. Diskretion ist meiner Familie sehr wichtig.« Der Albert redet schrecklich gern über seine Familie. Hat ja sonst nix an Eigenleistung.

»Verstehe.« Sage ich so dahin. Die Kathi und ich, wir halten unterm Tisch Händchen, damit wir uns nicht gar so verloren vorkommen.

Wie's wohl meinem Pascal gerade geht? Meinem Pascal, der nur gut drauf ist, wenn er leidet ...? Ich versuche, inwendig zu lächeln, will mich etwas beruhigen.

»Für Mindys Genesung wird alles Menschenmögliche getan. Wir haben die besten Ärzte vor Ort ...«, versucht der Adi, mich zu beschwichtigen. Ich glaube, alle sind schockiert über Kathis und meine Bestürzung (die aber eher andere Gründe hat). Ich lege eine Hand auf ihre Schulter. Die Hand, die bislang ihre Hand unterm Tisch gehalten hat. Sie schwitzelt.

Ruhe senkt sich über den Tisch. Einzig der Albert disst seine Verflossene zur Krönung ein weiteres Mal, indem er noch einen Spritzer Öl ins Feuer gießt: »Du darfst dich nicht wundern, dass wir, vielmehr *ich*, so locker über dieses Event reden.« Event? Wow, sein Harmoniebedürfnis ist echt begrenzt. »Wenn du wüsstest, wie die Mindy privat wirklich drauf ist, dann würdest du dich eher wundern, dass ihr so etwas Bizarres wie der Mord an ihrem Freund Olaf und diese Treppensturzgeschichte erst so spät in ihrem Leben passiert ist, kein Witz. Die Mindy kommt aus echt prekären Verhältnissen, und dieses Unkontrollierbare, diese Crazyness, diese exzessive Seite an ihr … das ist wohl erblich bedingt. Ich weiß, wovon ich rede. Ich habe sie ja alle kennenlernen müssen, diese ganzen Irren aus ihrer Familie. Ihre *bucklige Verwandtschaft*, wie sie sie selbst genannt hat. Sie hat sich ziemlich für sie geschämt. Nach unserer Heirat hat sie sich dann komplett von ihrer Familie distanziert, hat mit allen gebrochen. Was ja auch was über ihren Charakter aussagt … Also, sie hat da letztlich schon reingepasst. Die waren alle, durch die Reihe: komplett abgedreht. Sowohl väterlicherseits, die Schwamminger-Sippe, als auch die Verwandten ihrer Mutter, die Leingschwendners! Kannste alle ungespitzt in den Boden rammen.«

Mensch Meier, der Albert ist richtig in Rage. Aus seiner Sicht liefert er hier gerade ein Lehrstück ab aus der Gattung *Die schlimmsten Erlebnisse bilden die unterhaltsamsten Geschichten.*

»Jetzt hör endlich auf, Schatz«, gibt die fernseherprobte Adelsexpertin Vanessa aus dem Schweizer Fernsehen ihrem Mann zu verstehen, erkennbar geübt im Beiwohnen seiner Sprücheklopferei.

»Ist doch wahr«, raunt der Albert und greift nach seinem Pils.

»Kein Problem«, wiegle zu guter Letzt auch noch *ich* ab, als müsste ich Partei für ihn ergreifen. Sein Aussprachebedarf ist ja auch nur ein Zeichen uneingestandener Wunden.

Aber das tut jetzt alles nichts zur Sache.

Weil: Halt, Stopp, Retour.

Einer dieser unbewussten Geistesblitze lässt mich plötzlich aufhorchen.

Was hat der Albert da gerade mit bösartigem Vergnügen von sich gegeben? Was hat er gerade gesagt? Vor allem: Wie lautete der Satz mit Mindys Verwandtschaft? Ich erinnere mich nicht an die exakte … Schnell zurückspulen. Zu-rückspulen:

.nemmar nedoB ned ni tztipsegnu ella etsnnaK !rendne-whcsgnieL

Letztes Wort, wie war das? rendnewhcsgnieL? Leingschwendner?

Das sagt mir doch irgendwas.

Was sagt mir das gleich noch mal?

Ich starre in die Flamme einer der Tischkerzen, schließe gedankenverloren meine Augen, doch der Lichtpunkt verharrt noch einen Moment auf meiner Netzhaut. Denk nach. Langsam verlässt mich die Kraft. Denk. Nach. Nicht verzetteln. Denk nach. Wenn ich immer so zerstreut wäre wie heute, würde ich mein ganzes Leben in einem Pflegeheim dahinvegetieren. Denk nach!

Das ist es.

Ich hab's!

Mir dreht sich der Magen um.

Leingschwendner!

Ja klar!

21

Wir setzen alles auf eine Karte.

Wir? Wer ist *wir*?

Wirst gleich sehen. Vorerst bin nur ich es, die an der Tür des heruntergekommenen, wie von einer Rußschicht überzogenen Einfamilienhauses in Bad Seltsham steht. Ich klopfe, nachdem ich gerade eben schon geklingelt habe, woraufhin aber nur ein Geraschel hinter der Tür zu vernehmen war.

»Hallo?«, rufe ich und bumpere noch mal gegen das massive Holz.

»Was *ist* denn?« Ein ungepflegter Knödel um die dreißig, mit Fetthaar und Lippenherpes, reißt die Tür auf, und im ersten Moment denke ich, das ist der Aloisi selbst. Bingo, Leute, wir haben ihn!

Aber schnell merke ich, das muss sein Bruder sein, oder seine Schwester, oder Diverses, je nachdem, wonach er sich eben gerade fühlt.

»Hi, tut mir leid, wenn ich störe. Ich hätte nur gern den Aloisi gesprochen«, sage ich, und eine sanftere Stimme als die meine hat noch kein Mensch je auf Erden vernommen.

Der Aloisi-Klon schaut mich von oben bis unten an, ich möchte schon einen Knicks wie bei Hofe machen, verzichte aber darauf und lasse diese Stielaugenmacherei zum eins Komma drei Millionsten Mal in meinem Leben über mich ergehen. Stoisch.

Bitte vergiss nicht: Ich muss mich schon mein Leben lang mit dieser Verortungsprozedur der Menschen auseinandersetzen. Mal sehen, ob ich's vielleicht sogar vermissen werde, wenn sich's irgendwann mal legen sollte.

»Is ned da!«, rotzt Glotzmann mir um Ohren und Nase, nachdem er genug gegafft hat. »Was wuist'n von eam?«, fragt er mich, was so viel bedeutet wie: Was ich denn vom Alois Leingschwendner wolle (Übersetzung ins Hochdeutsche, laut Vikkis-Ober-Bavarian-to-High-German-Translator.de).

»Das würd ich ihm gern selbst sagen. Dürft ich kurz reinkommen?«, versuche ich, mich mit ziemlich vielen Konjunktiven einzuladen, obwohl ich ihm und seiner rosigen Pickelhaut durchaus glaube, dass der Aloisi nicht da ist. Ich hab's nämlich schon geahnt.

Überraschend problemlos gewährt mir der Leingschwendner-Bruder-oder-was-auch-immer mit einem lustlosen Entlüftungsgeräusch aus seinem Mund Zutritt in eine versiffte Bude, du, das kannst du dir nicht vorstellen.

Begleitet von permanentem Gehuste und Gerotze aus dem ersten Stock, gelange ich über den klebrigen Boden des dusteren Gangs direkt ins Wohnzimmer, in dem vier Kinder, verteilt auf speckigen Couches und mit Decken überworfenen Sesseln und Stühlen, wahlweise auf irgendwelchen Tablets oder Handys rumdrücken. Getoppt wird das Ganze von einer alten Frau, die vor einem Uraltbildschirm einen Joystick umklammert und ihre Lebenszeit mit einem Computerspiel vergeudet. Im Hintergrund läuft ein sicherlich sündhaft teurer Megafernseher von Kinoausmaßen, auf dem eine Zeichentrickserie abartig hektische und ohrenbetäubende Geräusche in den Raum jagt, was aber niemanden zu stören scheint.

Mir etwas zu laut.

Es riecht vergoren und schweißig, geradezu Brechreiz erregend, und wenn ich es schaffe, nicht über einen der unterschiedlichen Gegenstände zu stolpern, die über den Boden verstreut liegen, könnte ich auf dem Hocker rücklings der Oma Platz nehmen, neben den Plüschtieren, wie mir der Aloisi-Klon per schlecht gelauntem Handzeichen zu verstehen gibt.

»Danke, ich steh lieber, ich wollt nur …«, breche ich meine Erklärung ab, weil der Klon mir nichts, dir nichts in einen Nebenraum verschwindet. Seine Genervtheit ist offensichtlich größer als sein Vokabular. Wenn ich mich hier so umsehe und die ganzen verwahrlosten, erbarmungswürdigen Kinder betrachte, würde ich sagen, wahrscheinlich geht er vögeln. Wenn jemand nichts auf die Reihe kriegt: Kinder machen geht immer.

Ich steh also verloren da, im trauten Heim des Aloisi Leingschwendner, seines Zeichens Portier bei *Shop til you Drop TV* und ganzer Stolz seiner Familie. Und endlich weiß ich, warum.

Aus der Perspektive dieser Belegschaft hier hat der Aloisi eine Riesenkarriere hingelegt. Vermutlich haben sämtliche Familienmitglieder nach seiner Einstellung bei *Shop Drop* gedacht: *Nein, das hätten wir ihm nie zugetraut, damals, als er nach sieben Jahren die ersten vier Jahre Grundschule abgebrochen hat. So wie ich.*

Jetzt wirst du fragen, warum ich gar so eisig und ätzend vor mich hin brabble, wo ich doch immer eine weiche Stelle in meinem Herzen für den Aloisi reserviert hatte. Aber dazu kommen wir gleich.

Nur so viel: Der Aloisi ist hier und jetzt und heut mein einziger Ansatzpunkt, den Pascal eventuell ausgelöst zu bekommen. Auf dem Aloisi ruhen all meine Hoffnungen.

Dass ich sowas mal sagen würde, hätt ich auch nie gedacht.

Und dabei weiß ich noch nicht mal genau, ob er wirklich was mit der ganzen Geschichte zu tun hat.

Blindflüge scheinen meine Spezialität zu sein.

Eine badebemantelte Gestalt mit Wollsocken, das Gesicht aufgedunsen und gleichzeitig ausgemergelt, kommt ins Zimmer geschlurft, Zigarette in der zerschundenen Hand, hustet zur Begrüßung kurz und knackig ihre Bronchien frei und sagt, mit einer wohligen, frischen Stimme, die theoretisch gar nicht zu ihr gehören kann: »Hi, Frau Vikki Victoria, Wahnsinn, dass du uns mal besuchen kommst! Magst du zum Aloisi?«

Sie kennt mich. Klar kuckt sie auch *Shop Drop TV*, ist ja Familiensache, und der Aloisi wird ihr sicher von unserer Bekanntschaft berichtet haben.

Um mein wahres Anliegen noch zu verbergen, frage ich aufs Geratewohl: »Hallo, freut mich. Bist du Aloisis Schwester?«

Sie wechselt ihre Zigarette in die linke Hand, nickt, und reicht mir die rechte: »Bin die Almuth. Das grad eben«, sie zeigt Richtung Gang, »war der Alex. Wir sind alle drei Geschwister.«

Die Almuth scheint die Jüngste im Geschwisterbund zu sein, rein optisch. Der Aloisi hat mir nie viel von seiner Flodder-Familie erzählt, aber was ich hier sehe, damit hab ich nicht gerechnet. Das ist schon enorm. Im Nu hat die Almuth den ganzen Raum vollgequalmt und sorgt für eine fundierte Raucherlungenbildung bei den vier Kindern, von denen ich gar nicht wissen will, wer die mit wem gezeugt hat. Alle drei Jungs sind unter zehn, das Mädchen knapp drüber, und alle vier haben sie Augenringe und fahle Haut. Ganz arme Wesen. Passivraucher, Zuckerwassertrinker, Bildschirmsuchteln.

Und die Almuth macht einen Zug nach dem anderen. Womöglich hat man ja weniger Sorge um das einzelne Kind, wenn man mehrere Kinder hat. Zumal man als Assi eh noch *ganz* andere Sorgen hat.

Jetzt findet sich bestimmt gleich wieder jemand, der sagt, was mir denn einfällt, so auf den Leingschwendners im Speziellen und auf Assis im Besonderen rumzuhauen.

Brauchst nicht meinen! Mir selbst gefall' und trau' ich im Zweifelsfall am allerwenigsten. Aber wenn wir den Menschen als Verstandeswesen betrachten, muss ich nicht jeden Knallkopf unkommentiert hinnehmen, nur weil das jemand hören könnte, der vielleicht im Political-Correctness-Departement in Brüssel in der Chefetage arbeitet. Wenn du nämlich erst mal anfängst, die Dinge nicht zu benennen, wie sie sind, zensierst du dich selbst sukzessive zu einem realitätsfernen Wesen hinunter, das schon bald mit der Wahrheit gleich überhaupt keine Schnittmenge mehr aufweist. Und schwupps ist deine Wahrheit nur noch eine der zahllosen zahnlosen Fehlinterpretationen der Wirklichkeit.

Schau sie dir doch an, die Almuth, den Alex, die vier Kleinen.

Die Wohnsituation, die Oma. Ihren Zustand. Abartig.

Würde ich dir meine Eindrücke nicht eins zu eins schildern ... hey, das muss ich doch, sonst krieg ich 'nen Vogel.

Weißt, und zu den vier Kleinen, über die ich rein intuitiv sagen würde, denen fehlt doch irgendwas, noch das eine: Für jeden Blödsinn brauchst du eine Genehmigung, einen Schein, eine offizielle Erlaubnis. Aber Kinder kriegen und aufziehen darf jeder, ohne jeglichen Eignungstest ... Die Kleinen tun mir derart leid, dass ich mich fast meiner selbst schäm.

Ich reiß mich zusammen (einmal mehr), und sage: »Almuth, ich will gar nicht lang stören«, ich bin in Zeitnot, »ich wollte mich nur erkundigen, wo der Aloisi und seine Z-Squad heute ihre Simulation abhalten. Auf Facebook war nur vom üblichen Treffpunkt die Rede, aber ich weiß nicht mehr, wo genau das ist. Ich Dusselin hab vergessen, was mir der Aloisi gesagt hat.« Du kennnst meine Professorin-Vikki-macht-auf-ahnungslos-Technik inzwischen ja zur Genüge. Und wenn sie irgendwo funktionieren dürfte, dann doch wohl hier. Was mir sehr recht wär, ich möchte nämlich so zügig wie möglich raus aus dieser Stinkehöhle.

»Ham die heit scho wieder Manöver?«, mischt sich unvermittelt die alte Frau ein, die unausgesetzt mit dem vorsintflutlichen Joystick-Knochen auf ihrem Computer gezockt hat. Sie dreht sich um, und ein Faltengebirge tut sich vor mir auf. Sowas sieht man selten. Sie scheint uralt. Fast unwirklich. Hundert?

Ich schaue sie an und denke mir: Wenn ich so weitermache – ich in zwei Jahren!

Ihr harter Blick fixiert mich, aber ich bin derart in Eile, dass mir das gleichgültig ist. Sie ist sowieso verrückt.

(Als sie nämlich noch mit dem Rücken zu mir saß, hab ich den Haarwirbel an ihrem Hinterkopf gesehen. Du musst wissen: Menschen mit länglichen, asymetrischen Haarwirbeln haben alle einen Hau.)

Unwichtig. Ich lächle die Oma an und rette mein Lächeln rüber zur Almuth, damit ich nicht zweimal lächeln muss. Lieber einmal lang. Die Almuth sagt zur Oma, »Ja, ham's. Heit is wieder Äktschn«, und dann an mich gerichtet: »Sag bloß, der Aloisi hat dich zur Simulation eingeladen? Da schau her, hat er mir gar ned erzählt.«

»Der Aloisi und ich, wir ham oft über seine Z-Squad geredet. Wir sind ja beide große *Walking Dead*-Fans«, schwalle ich. Der Unsinn kennt mal wieder keine Grenzen.

»A geh?«, sagt die Almuth und atmet dabei Zigarettenrauch aus, der ihre Skepsis sichtbar zu machen scheint. Nikotin ist und bleibt einfach das vorwiegende Suchtmittel für die, die zu arm sind, um richtig drogensüchtig zu werden. »*Du* bist *Walking Dead*-Fan?«

»Allerdings.« Ich, im Brustton der Überzeugung.

»Und wer ist da dein Lieblingscharakter?«, schikaniert sie mich, während die Oma ihre Nasenlöcher mit einem lauten Einatmer freisaugt. Herrlich.

»Mit Namen bin ich ganz schlecht«, schmunzel ich traurig, und vielleicht ist jetzt der Zeitpunkt gekommen, dich darüber aufzuklären, dass die Kathi gestern Nacht, als wir noch in Basel waren, sofort den Aloisi Leingschwendner durchgegoogelt hat, nachdem der Albert Söderbohm dessen Nachnamen in Zusammenhang mit Mindys Verwandtschaft väterlicherseits erwähnt hat. *Leingschwendner*! Zufall? Könnte unser Portier, der Leingschwendner Aloisi aus Bad Seltsham, eventuell mit der Mindy *verwandt* sein? ZuZuZufall?

Natürlich nicht. Also im Sinne von: Das ist natürlich kein Zufall! Natürlich sind die beiden verwandt. Der Albert hat mich aufgeklärt, dass der Aloisi wohl Mindys Neffe sein müsste – so genau wusste er es aber auch nicht. Zu weit verzweigt, die Bagage (also Mindys Verwandtschaft), zu totgeschwiegen von der Mindy selbst.

Was der Albert zudem überhaupt gar nicht wusste – woher auch, er ist ja schon lange von der Mindy geschieden –, war, dass der Aloisi ebenfalls bei *Shop Drop* arbeitet, wie die Mindy auch.

Wie dem auch sei, meine Kathi hat wie eine Weltmeisterin recherchiert und zuerst Aloisis Account auf Facebook und Instagram gefunden und sich dann weitergelinkt, hin zur privaten Facebook-Page von Aloisis Zombie-Rollenspielgruppe namens Z-Squad. Das steht für Zombie-Kader. Der Aloisi liebt doch Zombies. Zombiefilme, Zombiemode, Zombiebücher, Zombieblogs, Zombies kreuz und quer. Und es scheint eine Menge Gleichgesinnte zu geben.

Diese Begeisterung für *so* einen Scheiß! Mir schleierhaft.

Zombie-Movies geben mir noch weniger als Feuerwerke oder Zeitzeugen-Geschichten ausm Kanzleramt Konrad Adenauers.

In diese Z-Squad-Facebook-Gruppenseite hat sich die Kathi dann gleich mal reingeschummelt und herausgefunden, dass die von Z-Squad heute wieder ein Treffen haben, das sie *Simulation* nennen. Da spielen sie in freier Natur ein paar Zombie-Apokalypsen durch. (Für den Ernstfall?) Verkleidet, choreografiert, mit Hand und Fuß, ich hab Bilder gesehen.

Fast wie eine Wehrsportgruppe. Bloß eben als lebende Leichen verkleidet. Und ohne den Nazi-Aspekt.

Hoffe ich.

Aber du, dass mir zur Abwechslung mal was in die Karten spielt, hat mich dann gestern Nacht, am Tisch auf der Terrasse vom Adi Dietz, doch ein bisserl aufgemuntert. Denn wenn ich eine Fügung zu Pascals Erlösung brauche, dann eine wie diese: den Aloisi in freier Wildbahn schnappen und meine unschlagbaren Verhörtechniken anwenden, um herauszufinden, ob *er* es war, der dem Olaf die Schläfe perforiert und dem Dampfhammer den Tat-Schraubenzieher untergeschoben hat.

Merkst du was? (Mir kam das auch erst auf der Fahrt hierher.) Mit einem scharfen Gegenstand durch den Schädel ins Gehirn stechen – das ist die Technik, mit der man Zombies tötet. (So viel weiß ich gerade noch über die Materie.)

ZuZuZuZuZufall?

Geh weider.

Die Almuth schaut mich wie eine Verdächtige an, weil ich ihr keinen Namen aus meiner angeblichen Lieblingsserie *The Walking Dead* nennen kann, und das Schweigen, das sich deshalb im Raum einstellt, lastet auf mir.

Ich habe mein Rita-Ratlos-Gesicht aufgesetzt, Abteilung

Setzen, Sechs!, schüttle geheimnisvoll den Kopf, jetzt bloß nichts Falsches sagen, und knirsche zur Abrundung mit den Zähnen.

»I kann ma den Schmarrn a nie merka«, nörgelt ganz unverhofft die verrückte Oma dazwischen, zieht sich noch mal den Rotz hoch und haspelt, immer noch ordentlich verschleimt: »Die san alle im Schleibinger Forst.« Es folgt ein Hustenanfall epischen Ausmaßes, der auch die Almuth mein Versagen beim Beantworten der offenstehenden *Walking Dead*-Frage vergessen lässt. Mit ihrer unerklärlich klaren Stimme verdeutlicht sie stattdessen erneut: »Im Schleibing-er Forst«, und liefert mir unaufgefordert eine Wegbeschreibung, so schnell konnt' ich gar nicht fragen: »An Stolz-Hang hoch, dann beim Grindinger Weiher links weg, oiwei gradaus, dann siggst as scho angschlagn. Is a großer Parkplatz, und dann z'Fuaß nei ins Hoiz.«

»Super, danke, Almuth.« Beinah zärtlich grinse ich sie an. Näher als das werden wir einer Form von Vertrautheit nie kommen. Wir schauen beide wieder zur Oma, die aussieht, als wäre sie eingenickt, auch weil sie anfängt, enorm zu sabbern, aber von wegen. Ist nur eine kurze Erholung von den Hustenkaskaden. Ruckartig hebt sie ihren Kopf und schaut uns an, als seien wir Fabelwesen.

Ich bedanke mich bei ihr, und nur so, um Interesse zu zeigen und um nicht gar so eilig nach Informationserhalt abzuhauen, frage ich sie: »Was spielen Sie denn da?«

Und in einem unfassbar runden Englisch sagt sie: »Cripple Tournament.« Man darf die Leute einfach niemals unterschätzen. Ist jetzt auch kein Augenöffner, aber wenn du hier, in dieser versoachten Bruchbude stehen würdest, wäre dir Omas Aussprache auch aufgefallen.

Ich jedenfalls antworte einfach mal: »Ah, kenn ich. Ist super.« Eine Lüge obendrauf fällt auch nicht mehr ins Gewicht.

Cripple Tournament? Echt jetzt? Das Game heißt *Krüppelturnier*? Ja, sag amoi!

Wo sind denn *jetzt* unsere Gesinnungskonformisten aus der Minderheitenelite (wer zum Teufel seid ihr überhaupt?), die jedem ihre moralische Überlegenheit aufdrücken? *Krüppelturnier!* Hallihallo! Könnten wir *das* bitte umgehend vom Markt nehmen, anstatt Wundpflaster aufgrund ihrer hellen Farbe als rassistisch zu kategorisieren? Fürs *Krüppelturnier* wird sich doch wohl jemand finden lassen, der sich von dem Titel beleidigt, verletzt oder angegriffen fühlt. (Und ich ahne, es werden nicht die Gehandicapten sein.)

Nichts für ungut.

Mit trüben Augen schaut mich die Oma skeptisch an, die Almuth schon auch, so ist es nicht. Aber wer gar nicht schaut – also *überhaupt* nicht –, das sind die vier Kinder. Nicht ein einziges Mal. Die haben mich nicht mal bemerkt, ob du's glaubst oder nicht. Das Maß der Aufmerksamkeit, die sie ihren Geräten widmen, grenzt an eine psychische Störung. Als verursachte ihnen jede Ablenkung vom Digitalen tiefstes Unbehagen. Na, das wird was werden, in der längst gestarteten Zukunft. Viel Glück. Ihr werdet's brauchen.

»Pfiats eich und danke«, werfe ich in die Runde, und die Almuth verzichtet darauf, mich rauszubringen. Kuckt mich einfach nur an und macht einen Zug am Stummel. Komischer Abschluss. Sowas reibt mich schon ein bisschen auf.

Nichtsdestotrotz durchflutet mich eine ruhige Euphorie, als ich den chaotischen Vorgarten durchschreite, über ein rostiges Fahrrad steige, das quer vor dem Türl flackt, und raus auf die bürgersteiglose Straße trete. Und das kommt nicht von ungefähr.

Ich bleibe vor dem Gartenzaun der Leingschwendners stehen und schaue einfach nur die Straße entlang. Und weißt du, wer da wartet? Dicht auf dicht, im sommerlichen Nieselregen?

Etwa fünfzig muskulöse Biker, die neben ihren Maschinen stehen und sich mit Ratschen die Zeit vertreiben. Jeder der Jungs trägt die typische schwere Lederkutte mit dem Springmesser-Logo auf Rücken und Oberarm, was nicht nur daran liegt, dass ihr Motorrad-Club Switch Blades heißt, sondern auch daran, dass das Gemüt der meisten Mitglieder mit *Springmesser* ziemlich treffend beschrieben ist.

Ganz vorn, also direkt neben mir, steht der Wolf neben seiner Pseudo-Harley-Davidson.

Die Kathi, die auf der (echten) Harley vom Rudi mitgefahren ist, steht zwischen dem Wolf (Vereinsvorsitzender) und dem Rudi (2. Vorsitzender) und fragt mich: »Hat's was gebracht?«

»Voller Erfolg, ich weiß, wo unsere Zombies ihr Rollenspiel abhalten«, antworte ich, und die Kathi, die einen sexy Tarnanzug trägt, der aus einer Kollektion von Beyoncé stammt und den sie sich daheim noch extra angezogen hat, obwohl wir kaum Zeit hatten, weil wir erst vor drei Stunden aus Basel wieder in Oberpfaffenhofen gelandet sind … Diese sexy Kathi, überdreht vom Schlafentzug und den sich überschlagenden Ereignissen, und die alles in allem eben doch noch ein halbes Kind ist, erklärt altklug: »Dann auf, auf! Schnappen wir uns den Aloisi … Hach ja, als ich ihn damals hinterm Empfang bei Shop Drops-TV gesehen hab, hätt ich nie gedacht, dass der so drauf sein könnte! Da dacht ich, der ist lahmfromm.« Die Kathi sagt la*h*mfromm statt lam*m*fromm. Putzig.

Der Rudi und der Wolf lächeln väterlich, ich mütterlich, aber dann heißt es auch schon aufsatteln. Ich teile dem Wolf die Adresse mit, und er brüllt: »Mir nach! Wir fahrn in 'ner 18er-Formation. Knut, Herbert, Harry, ihr macht's Vorhut, der Maurice schirmt ab. Go!«

Vorhut bedeutet übrigens, dass der Knut, der Herbert und der Harry gestaffelt mit 120 km/h vorausfahren und sämtliche Pkws auf der Strecke von der Straße abdrängen und zum Stehenbleiben nötigen, damit wir mit unserer Formation quasi barrierefrei durchflitzen können.

Hier noch ein dringender Appell an all jene Pkw-Fahrer, denen es tatsächlich mal passieren sollte, dass sie von einem Switch Bladesler abgedrängt und zum Zwischenstopp verdonnert werden:

Allgemeine Handlungsanweisung/Handlungsempfehlung

(ich mein's nur gut!)

Bitte bleiben Sie ruhig in Ihren Fahrzeugen sitzen und lassen Sie die Situation einfach an sich vorbeiziehen. Aussteigen und protestieren könnte sich, gesundheitlich wie letztlich auch nervlich, unter Umständen eher ungünstig auswirken. Und Hauptsache ist doch, Sie kommen gesund nach Hause.

Das wünschen wir uns alle.

Danke für Ihre Aufmerksamkeit.

Hochachtungsvoll, und so weiter

Falls du dich jetzt aber andererseits von den Switch Blades angezogen fühlst und gar glaubst, Mitglied werden zu wollen: Wenn du's gern ruhig und gemütlich hast im Leben, entspannt und legal, dann solltest du dir einen anderen Motorradclub aussuchen. Nur ein Hinweis.

Die Kathi schwingt sich auf die hintere Sitzhälfte der Maschine vom Rudi, und ich, in Jeans und Lederjäckchen so volkstümlich gekleidet wie selten, mache dasselbe auf Wolfs Bike.

Helm spar ich mir, wie gewöhnlich (Selbstanzeige ist raus!), und umfasse Wolfs Taille, die auch immer wuchtiger wird. Ich sage nicht, dass er in seiner Lederjacke schön langsam einer Presswurst ähnelt, die regelmäßig Hanteltraining absolviert, aber *Bud Spencer* ist nicht mehr weit entfernt.

Prüfend fahr ich mir ein letztes Mal durchs Haar. Dank meiner ausgetüftelten Ansteckltechnik sitzen meine Zweitfrisuren bei Wind und Wetter und halten auch Wolfs damischsten Kurveneskapaden stand.

Der Sound von fünfzig aufjaulenden Motoren dringt durch Bad Seltsham, und unser Rollkommando kommt in Schwung. Der höllische Lärm der frisierten Maschinen entspricht natürlich eher Repräsentationspflichten als irgendeiner Funktionalität, aber das gehört dazu. Vereinzelt lugen Nachbarn aus ihren Fenstern, verschmitzt oder verärgert, und genau das ist doch das Romantische am Landleben: Wenn sich was Außergewöhnliches ereignet, kann man fest auf die Kenntnisnahme der eigenen Community bauen! Neid, Neugier, Denunziation und üble Nachrede feiern hier noch fröhliche Urständ.

Soll ich mal winken? Oder Mittelfinger? Nichts von beidem, ist doch klar. Ich bin doch selbst eine Landeule.

Schon biegen wir in die Hauptstraße von Bad Seltsham, die auch so benannt ist, und knattern zum Ortsausgang landeinwärts. Es ist heiß, aber feucht. Weiche Regenfäden benetzen uns über und über – die Kathi, mich und die Horde Muchachos einer der berüchtigtsten Rocker-Gangs Bayerns.

Hat es der Wolf doch wirklich erneut geschafft, seine Mannschaft zusammenzutrommeln, um mir beim Durchkämmen des Geländes dieser Rollenspieler-Convention zur Seite zu stehen.

Du siehst, ich schöpfe aus dem Vollen. Mal wieder.

Wer ko, der ko.

Nicht zu verwechseln mit:

Wer k. o., der k. o.

Trifft auf mich leider *beides* zu.

22

Etwas Derartiges habe ich noch nicht gesehen. Schon auf der Landstraße hierher fielen mir die lückenlosen Reihen abgestellter Wägen in den Böschungen am Wegesrand auf.

Als wir jetzt zu fünfzigst auf den Parkplatz des Schleibinger Forst biegen, ist dort alles vollgestellt, mit bestimmt zweihundert Autos.

Sämtliche Fahrzeuge sind geschmückt mit dunklen Fahnen, Folien und Aufklebern mit martialischen Motiven, Fantasy-Kram und, sowieso, Zombiefratzen. Die meisten Seitenfenster sind zudem von innen mit schwarzen Vorhängen verhängt, auf denen Knochen, Totenköpfe oder, klar, Körper von Untoten prangen.

Einfach nicht meine Welt.

Normalerweise ist der Parkplatz Spaziergängern, Touristen und Joggern vorbehalten, die ihre Vehikel hier abstellen, bevor sie zum Waldspaziergang, Wandern oder Saufen in der Schexler Hüttn aufbrechen. Es gibt auch einen Trimmdich-Pfad (dass sowas noch existiert!), aber heute scheint das komplette Areal allein der Z-Squad zu gehören. Angesichts der immensen Teilnehmerzahl muss die heutige *Simulation* eine ganz besondere sein.

An einem Ende des Parkplatzes, da, wo es in den Wald geht, befindet sich ein provisorischer Anmeldestand aus Holzpaletten, an dessen Seite eine Fahnenstange samt roter Flagge in den Himmel ragt, die das Z-Squad-Logo zeigt. Am Stand selbst stehen zwei Gestalten, die wohl die Teilnehmer registrieren und instruieren. Der Kinderkram muss ja Hand und Fuß haben, bei *der* gewaltigen Teilnehmerzahl.

Hams offensichtlich alle beianand, die Z-Squadler.

Alle beinand ham wir auch bei den Switch Bladeslern, wenn ich mir so ansehe, wie sich unsere Armada aus schweren Motorrädern durch die eng beparkten Autoreihen schlängelt, über den aufgeweichten, erdigen Kiesboden hinwegrollt, um sich schließlich auch in den engsten Nischen gleichmäßig zu verteilen. Dass dabei einzelne Fahrertüren der parkenden Wägen versperrt und diverse Ausfahrtswege unpassierbar gemacht werden, Schwamm drüber.

Aus einem Ford Fiesta mit Landshuter Kennzeichen (die Kathi würde sagen: *Aus einem Ford Fiasko mit Landsberger Kennzeichnen*) steigt gerade ein Neuankömmling aus, der kurz vor uns eingetrudelt ist. Ein beleibter Anfangdreißiger, der einen schlammigen Mantel zu schwarzen Doc Martens trägt. Im Gehen nestelt er schusselig an einem hautfarbenen Beutel, und stülpt ihn sich schließlich mit einem Ruck über den Kopf. Hoppla.

Wo kommt das denn jetzt her? Wie bei einem unangekündigten Zaubertrick wird aus dem Beutel schlagartig ein erschütternd echt wirkendes Gesicht. Oder vielmehr eine Fratze mit blutverkrusteter Haut, Haarfetzen und entstellten Zügen. Alles in allem ein agiler Leichnam in verdreckten Klamotten, mit der Kopfpartie eines wächsernen Geisterbahnclowns. Juche. Diese Latexmasken wirken inzwischen wirklich täuschend realistisch. Was nicht ohne ist. Es ist gruselig, es ist genial.

Aus dem Wald dringt indessen beklemmendes Getöse, ein unausgesetztes, basslastiges Dauergrummeln, das vermutlich einschüchternd wirken soll. Was in Zusammenwirken mit dem fiesen Geisterbahnclown leider auch hervorragend gelingt.

Wetter passt ebenfalls, nieslig, grünstichig diesig, bewölkt, brutal dampfig von der Hitze der vorangegangenen Tage, stickig, trüb, scheiße.

»Da wär' ma.« Der Wolf nimmt seinen Helm ab, schaut rum und sagt: »Wenn es hier etwas gibt, das ich hasse, dann ist das irgendwie alles.« Er, ich und die anderen über den Parkplatz verteilten Mannen, samt Kathi im Laufsteg-Tarnanzug, steigen von den Maschinen ab und bewegen uns zwischen den Autos hindurch auf den zusammengenagelten Anmeldestand der Z-Squad-Convention zu. Wir haben kollektiv so einen Cowboy-Gang drauf, als würde die konspirative Atmosphäre auf uns abfärben.

Die zwei Gestalten hinter dem Tresenverschlag tragen schwarze Hoodies und starren unbewegt den Pulk aus Lederjackenträgern an, der sich ihnen schweigend nähert. Uns! Ganz ehrlich, mir fällt jetzt erst auf, dass hier eigentlich zwei Faschingsgruppen aufeinandertreffen. Die einen halten ein organisiertes, zeitlich beschränktes Rollenspiel ab, die anderen haben ihr Bikerimage samt Outfit zur unbeschränkten Lebensmaxime erhoben. Was nichts recht viel anderes ist. Verkleidet sind letztlich beide Lager.

Es ist alles ein Riesentheater.

Und wenn ich daran denke, was für einen Zirkus *ich* so mein Leben nenne … Nein, daran denke ich lieber nicht. Aber manchmal hab ich den Eindruck, das Echte und Originäre und Unverfälschte, das in einem steckt, das legt erst die Inszenierung frei.

Umschweife sind sein Ding nicht – weswegen der Wolf, sobald wir am Anmeldestand ankommen, losrattert: »Servus! Wir suachaten den Alois Leingschwendner, kennt's ihr den?«

Der Rotschopf, der aussieht wie jeder andere, und auch die junge Frau, deren Gesicht einem kleinen, sauren Radieschen ähnelt, glotzen uns entsetzt an. Und dann passiert etwas, das ich so nicht erwartet hätte. Plötzlich spannen sich die Körper der beiden an: Schultern gerade, große Augen. Aloisis Name scheint etwas ausgelöst zu haben. Und ich hatte eher gedacht, sie würden sagen, *ja, Moment, da müssen wir mal nachgucken*, und dann würden sie eilig ihre Teilnehmerlisten durchforsten. Stattdessen meint der Rothaarige, dessen Nase eine Nummer zu klein für seine übrigen Gesichtszüge ist: »Ähm, wir dürfen Ihnen da …«

»Wir können Ihnen diesbezüglich keine Informationen geben, tut uns leid«, übernimmt die erstaunlich resolute Radieschen-Frau mit den Hauthängseln unter den Augen. Klingt vom Tonfall her wie am Infopoint vom Kreisverwaltungsreferat. Womöglich arbeitet sie ja in einem Amt.

»Was wollen Sie denn von ihm?«, fügt sie noch hinzu.

»Des sagen wir ihm schon selbst«, mischt sich der dauerheisere Rudi ein, der seine Stimme definitiv gern hört.

Merkst was? Ich hab noch gar nichts gesagt. Die Kathi steht auch still neben mir, und wir entscheiden beide, quasi telepathisch, vorerst die anderen machen zu lassen.

»Passt's auf, ihr zwei!« Oh, der Wolf spricht wieder. Ich seh schon, ihm schwillt der Kamm. Er gibt den Geduldigen! Deckung. »Mir mach ma des jetzt so: Ich frag euch zwei noch exakt *ein* Mal, wo sich der Leingschwendner Aloisi gerade befindet! Einverstanden? Und dann krieg ich eine Antwort, die mir gut gelaunt, zackig und *inhaltlich korrekt* an mein Trommelfell resoniert, wie die Wahrheitssonate in Fis-Moll vom Johann Willhelm von Beethoven. Wäre das denkbar für eich? Ansonsten wachsen wir hier – alle miteinander, an eurem windigen Standl da – zsammad, des habt's ihr no ned erlebt! Ham mir uns verstanden?«

Man muss sich das so vorstellen: Die zwei Hoodie-Träger kauern hinter ihrem Sperrholzverhau und markieren die Waldtürsteher vom Schleibinger Forst, während sich um sie herum sage und schreibe gut und gern vier Dutzend rauer Kerle postieren, die zwar Humor bis zum Abwinken haben, momentan aber keinen Spaß verstehen. Und was machen der rothaarige Kurznasenbär und die Radieschen-Lady mit den gigantischen Tränensäcken, als der Wolf seine angekündigte ultimative Frage stellt? (»Oiso: Wo ist der Leingschwendner Aloisi?«) Sie schütteln den Kopf, als würden sie einem Obdachlosen im Vorbeigehen die Bitte um zehn Cent verwehren. Eine vollkommen unangebrachte Aufplusterung.

Ist das Wohlstandsverwahrlosung, oder so eine geistige Verweichlichung, dank der diese Millennials brenzlige Situationen und deren potenzielle Konsequenzen einfach nicht mehr richtig einschätzen können? Könnte sein.

Das würde auch ihr erbarmungswürdiges Winseln erklären.

Zweistimmig.

Ein Winselduett.

Also kurz und knapp: Nach schätzungsweise vierzig Sekunden erhalten wir die gewünschte Information. Und sie scheint verlässlich. Aber sich immer erst mal aufmandeln, glabst as a!

Woher die Druckstellen am Nacken des Rothaarigen kommen?

Was genau der Grund für die windschiefe Körperhaltung der Radieschenfrau ist?

Keine Ahnung.

Ehrlich.

Ich war's nicht.[1]

---

[1] Jeglicher Vorwurf der Gewaltverherrlichung oder -verharmlosung, auch im Sinne vereinfachender Täter-Opfer-Umkehr, wird seitens sämtlicher Beteiligter ausdrücklich als vollkommen gerechtfertigt bestätigt. #heuldoch.

»Eure Handys würden wir jetzt bitte gern kriegen. Ihr bekommts' es nachher wieder zurück, keine Sorge«, versichert der Rudi den beiden nun deutlich kooperativeren Hoodies.

Immerhin zerstören die Switchler die Teile nicht, sondern beschlagnahmen sie bloß. Das ist ein guter Tag. Man muss dankbar sein! Demütig und dankbar, das sag ich mir immer wieder.

»*Du*«, der Wolf zeigt auf den Rotschopf, »kommst mit und führst uns zu dieser Zentrale. Und Knut«, er zeigt auf den Switchler, der hauptberuflich Strafverteidiger ist und seine Kumpels immer raushauen darf, wenn sie mal wieder in juristischen Schwierigkeiten stecken, »du passt auf *sie* da auf.« Er zeigt auf das Radieschen und ergänzt, ans Radieserl gerichtet: »Der Stand hier muss ja besetzt bleiben. Wir wollen euch doch eure Party nicht versauen. Nichts für ungut.« Wieder ganz Gentleman, der Wolf.

Los geht's. Mit dem Rotschopf voraus, machen wir – also der Wolf, die Kathi und ich und unser Privatheer aus Blades-Rabauken – uns auf den Weg in den dichten Wald hinein. Das muss ein Anblick sein. Biker auf Wandertag.

Scheinbar willkürlich biegen wir rechts ins Gehölz ab (dem Rotkopf nach) und werden sogleich von Tannen und Buchen verschluckt. Es geht über Äste, Wurzeln und Moosflächen, und bald verliere ich die Orientierung, auch weil wir keinen weiteren Weg oder Pfad kreuzen. Baum an Baum, das Dickicht hört nicht auf, und wie immer, wenn ich im Grünen bin, überlege ich, ob ich mir wohl eine Zecke einfange. Von der Minka hab ich mal eine abbekommen, als sie mir beim Fernsehen ewig aufm Bauch lag. Wenn sich Zecken mit deinem Blut vollgesaugt haben, von dir abfallen und dann aussehen wie orangene Erbsen, leben die dann eigentlich weiter?

Meine Turnschuhe (!) sind schon pitschnass vom regendurchweichten Boden und machen bei jedem Schritt Schmatzgeräusche, Hölle. Gerade will ich über einen von altem Laub bedeckten, glitschigen Baumstumpf steigen und zugleich einen Ast aus meinem Gesichtsfeld drücken, der mir beinah die Wange aufgerissen hätte, als ein kehliges, furchteinflößendes Fauchen ertönt. Vor uns, etwa zwanzig Meter entfernt, wie aus dem Nichts, erscheinen drei sumpffarbene Silhouetten und hinken mit erhobenen Armen und krallenartig geöffneten Handflächen wankend auf uns zu. Ihr Fauchen, inzwischen zu einem keuchenden Knurren angeschwollen, addiert sich zu dem monotonen Dauerdröhnen dieses unheimlichen Basstons, der beständig durch die Stille des Waldes wabert.

Abrupt bleibt unser Trupp stehen, wie paralysiert. Der Anblick ist grauenvoll, auch die Laute, die die drei Gestalten von sich geben, sind schauerlich. Mir stockt der Atem. Die aufgerissenen Münder, die Wunden übersäte, erdverschmierte Gesichtshaut sowie die zerrupften Haarreste zeugen von einem Trio besonders detailverliebter Zombiefans. Zum Glück biegen die sofort scharf links ab, als sie erkennen, dass wir keine Z-Squad-Mitstreiter sind. Und weg sind sie. Ebenso schnell verschwunden, wie sie aufgetaucht sind. (Fast schon eine Kunst für sich.)

Nicht, dass uns diese Vorstellung jetzt total kalt erwischt hätte. Zusammengezuckt sind wir trotzdem ganz schön.

Der Rotschädel hat uns vorhin mitgeteilt, dass ein Großteil des Waldgebiets heute offiziell für Nichtteilnehmer der Convention gesperrt sei. Betreten behördlich verboten.

Hast du gewusst, dass es sowas gibt? Ich nicht. Und wenn, dann hab ich's mir deutlich kleiner vorgestellt und viel weniger professionalisiert.

Es geht weiter über Stock und Stein und Moos, bis wir wenig später auf eine kompakte Holzhütte stoßen, die am Rand einer Wiese steht, über die sich, in weiten Abständen, unterschiedlich gekleidete Zombiedarsteller träge und meist humpelnd durchs hohe, nebelverhangene Wildgras schleppen. Wie in einer Szene aus einem düsteren Hollywoodfilm. Das wird ja immer drastischer. Die stellen da einfach die Apokalypse nach und wandeln vor sich hin. Muss unheimlich Spaß machen. Zudem's auch permanent aus einer graugrünlichen Wolkendecke nieselt. Wie wichtig kann man es haben!

Rotrübe klopft einen Morserhythmus an die Tür der kleinen, fensterlosen, völlig unspektakulären Hütte, aus der im Kommandoton »Code?« erschallt. Rotköpfchen klopft erneut etwas Vorgeordnetes vor sich hin, um dann abgehackt zu rufen: »Drei sieben eins B, Commander Cody ersucht um Zutritt!«

Ohne Mist, und sei mir jetzt nicht bös, aber des is mir *sowas von zu blöd*, echt! Ich check ja auch *Star Wars* nicht, oder *Herr der Ringe*, oder den Marvel-Quatsch. Aber das hier, direkt vor mir, in Fleisch und Blut, dieses Affentheater erwachsener Menschen, *drei sieben eins B, Commander Cody ersucht um Zutritt!*, das ist kaum auszuhalten. Die Kathi verdreht ihre Augen, der Wolf schüttelt den Kopf, der Rudi ist genervt, und die Switchler, die nah genug dran sind, um ebenfalls alles direkt mitzubekommen … also denen zaubert dieses Getue auch ein kleines Kotzen auf die Zunge.

Endlich wird die Brettertür der *Kommandozentrale* (würg!) von einem Zwetschgenmanderl einen Spalt breit geöffnet, doch dem Wolf ist der Geduldsfaden offensichtlich schon vorvorgestern gerissen, weshalb er die Tür mit voller Wucht aufdrückt und den Blick auf ein Hightech-Schaltzentrum freigibt, also ein blinkendes, vollfunktionales Techniksammelsurium, bei dem dir erst mal die Spucke wegbleibt. Sowas in dieser maroden Minibutze, die man von außen auch für einen etwas besseren Heuschober hätte halten können, ja, spinnst du!

Der Rudi zuerst, dann der Wolf, die Kathi und schließlich ich quetschen uns in den Raum und bleiben dichtgedrängt am Türrahmen kleben, so klein ist das hier drinnen. (Ein bisschen riecht's wie in einem Klohäuschen, fällt mir gerade auf.) Wir sehen zig aneinandergereihte Bildschirme und Laptops, eine Wand, die komplett mit einem LED-Panel und Kontrolllämpchen bedeckt ist, und ein Lichtmischpult mit zwei Racer-Sesseln davor, die für die Spieleleiter reserviert sind, nehm ich an. Von hier aus wird diese strange *Simulation* also koordiniert. So, so.

Aber wo ist der Aloisi? Rotrübe hatte doch gemeint, wir würden ihn hier finden. Ich sehe ihn fragend durch die Tür an, er hebt ahnungslos die Schultern, als seien wir eben unkontrollierbaren Kräften ausgesetzt.

Verschon mich. Was hat er uns wohl unterschlagen?

Das mittige Oktett aus Bildschirmen zeigt verschiedene Einstellungen von Überwachungskameras, die übern Schleibinger Forst verteilt aufgehängt sein müssen. In Waldabschnitten, auf Wiesen und Lichtungen, auf Schleichpfaden und Hauptwegen.

Lass mich raten! Hier wird nicht nur die Zombie-Convention observiert und koordiniert, über diese Kameras hat uns der Aloisi auch kommen sehen und sich schleunigst aus dem Staub gemacht. Genau sagen kann ich's nicht, aber er ist zumindest nirgendwo hier drinnen zu finden (16 qm). Nur das Zwetschgenmanderl hat hier die Stellung gehalten, klein, fast unsichtbar, ganz allein.

Verdammt. Die Kameras. Das haben wir nicht bedacht.

Es könnte auch mal was einfach flutschen.

Und nun?

»Der ist ausgeflogen«, bin ich die Erste, die nach dem großen Staunen ihre Stimme wiederfindet.

»Ja! Jammerschade. Ruf ihn an«, schlägt der Wolf vor, aber ich hab mein auseinandergebautes Handy im Gepäckkasten von Wolfs Motorrad deponiert. Und die Kathi hat Aloisis Nummer nicht gespeichert.

»Gibst du uns die Nummer vom Aloisi?«, bittet der Wolf deshalb das Zwetschgenmanderl *ganz höflich*. Er fügt sogar noch ein »Spezi, aber zügig« hinzu. Zwetschge tut zögernd, wie ihm geheißen, aber natürlich hat der Aloisi sein Handy abgeschaltet, was die Kathi sogleich per Sofortanruf über ihr iPhone feststellt.

Ich frage Zwetschge, der sein T-Shirt furchtbar schlampig in die Hose gestopft hat: »Wo is' er hin?«

»Keine Ahnung!«, kränkt er mich. Gäbe es auf der Welt ebenso viele Mörder wie Lügner, wir wären längst alle tot.

»Zu seinem Auto? In ein Versteck? Sag's uns, bitte!«

»Eher sterbe ich!«, überdramatisiert Zwetschge, wohl noch ganz in seiner Rolle. Mandelt sich auf, obwohl ich doch sehe, wie er seine Hände ineinanderknäult, als gehorchten sie ihm nicht mehr.

»Jetzt red keinen Schmarrn … wir wollen nur …«, meine ich es doch nur gut.

Aber nein! »Code Red, Code Red!«, kreischt Zwetschge völlig unvermittelt in eines der dünnen Mikrofone, zu dem er sich hastig wendet, und drückt auf eine Taste, deren rotes Licht dabei erlischt. »Code Red, Zentrale abriegeln!«

Ah, wie anstrengend. Hier einen auf dicken Max machen, aber sich ansonsten nicht vom Dreier springen trauen, verstehste.

Diese lächerlichen Befehle und Spezialkürzel … und erst begreife ich nicht recht. Aber dann eben doch.

Ich schau den Rotschopf an, der immer noch vor der Hütte

steht, aber inzwischen von einem Switchler von hinten festgehalten wird.

»Sind die ganzen Zombies da draußen miteinander vernetzt? Habt ihr Kopfhörer im Ohr?«, gehe ich fragend auf ihn zu, also auf den Roten. Er nickt. Das heißt, die ganzen Zombies haben gerade die Warnung vom Zwetschgenmanderl gehört? Alle die, die zu *Hunderten* den Parkplatz in Beschlag genommen haben und jetzt durch die Landschaft humpeln und rumpeln, wie's grad schön is'? Die ganze Sippe?

Ich äußere mich mittels direkter Rede: »O lecko mio.« An niemand Bestimmtes gerichtet. Und das ist inhaltlich durchaus treffend. Denn wie auf Knopfdruck, so schnell kannst du gar nicht schaun, stürmen Legionen von Zombies wie von der Tarantel gestochen und gleichzeitig wankend, um nicht aus der Rolle zu fallen, über die Lichtung auf genau die Bruchbude von Kommandozentrale an der Waldkante zu, um die herum sich nun rund fünfzig Switch Bladesler hastig in Position bringen (»Bildet einen Kreis!«), und an deren Eingang die Kathi und ich, der Wolf, der Rudi und der Rotschopf und Zwetschge mit ungläubigen Blicken stehen und weder ein noch aus wissen.

Weil: Ist das jetzt Spaß oder Ernst? Herdentierhaft und gnadenlos walzen die bizarr entstellten Untoten von allen Seiten auf uns zu, nicht wenige kommen auch aus dem Wald geschossen (geschissen), und ich habe den Eindruck, nicht mal unsere beiden Commander von der Z-Squad können genau einschätzen, ob der ausgegebene *Code Red* von ihren maskierten Pappenheimern nun spielerisch gehandhabt werden wird oder eventuell zu einem Massensterben führen könnte.

Hui, aufregend.

Spiel, Spaß, Spannung – Leben oder Tod – Süßes oder Saures: Mit solchen Spekulationen halten sich die rundum begeisterten Herren eines gewissen Motorradvereins (e.V.!) aus München-Sendling jedoch gar nicht erst auf. Das ist doch das Schöne.

Ein paar kurze und präzise Instruktionen vom Wolf, ganz ohne affige Star-Trek-Sprache (geht also auch), und die Switch Blades schwärmen zu allen Seiten der Holzhütte aus, breitbeinigen Schritt für breitbeinigen Schritt, wie ein Schwarm ledergewordener Ninjas, erfüllt von der Vorfreude, ein paar Nerds in hochwertigen Latexmasken eine fachmännische Abreibung verpassen zu dürfen, die den heutigen Tag zu einem allzeit unvergesslichen Erlebnis machen wird. Für alle Beteiligten. Geben und nehmen!

Die ersten Zombies näheren sich dem Kreis, den die Switchler um die Hütte gebildet haben, während die Switchler umgekehrt auch den Zombies näher kommen, was zu ersten Körperkontakten führt und schnell erkennen lässt: Aus Sicht der Zombies war dieser Code-Red-Aufruf die dümmste Idee aller Zeiten. Die Alarmstufe Rot dürfte bald auch für die Versehrtenstation gelten.

Code Bloodred, sozusagen.

Ich werde Zeugin, wie ein paar Switchler sich je einen Zombie schnappen und mal vorsichtig mit Schwitzkästen und Schulterknuffern beginnen, weil die Switchler jetzt schon auch checken, dass sie es hier nicht mit ein paar abgebrühten Taliban-Straßenkämpfern zu tun haben, sondern mit einem Haufen spinnerter Freaks, die viel Fernsehen kucken, Comics lesen, Mangas innig lieben, Mittelalter-Rockbands hören, bevorzugt schwarze Jeans und Turnschuhe tragen, vom Pizzamampfen und Limosaufen zu dermatologischen Dauerproblemen neigen und in spätestens fünf Jahren bei *Schwiegertochter gesucht* mitmachen werden.

Unsere gnädigen Biker verabreichen also erst mal nur einige Ohrschnalzler durch die Masken hindurch, der Ordnung halber auch die ein oder andere Nackenmassage, und man denkt, jetzt geht's noch ein bisserl munter so weiter, doch die Untoten erweisen sich sehr schnell als durchaus wehrhaft, und die ganze Szene aus mindestens zweihundert Beteiligten artet zügig zu einer üblen Massenkeilerei aus, sodass wir sechs Unbeteiligten, die wir praktisch im Nukleus des Geschehens stehen, nur so mit den Ohren schlackern.

Rundherum hageln Schläge nieder, als hätten plötzlich alle den Verstand verloren. Es herrschen verschärfte Bedingungen. Die Überzahl der Zombies macht den Switch Blades zusehends zu schaffen, ein einziger wogender Mob, und der Wolf kann sich kaum mehr zurückhalten und möchte mit anpacken, aber ich erinnere ihn daran, dass wir so schnell wie möglich den Aloisi finden müssen, was mir, angesichts der Menschen um uns herum, wie die Suche nach der Nadel im Heuhaufen erscheint, aussichtslos!

Und für einen Moment verliere ich jegliche Hoffnung, den Pascal irgendwie irgendwann noch lebend aus dem Puff rauszubekommen. Ab wann nimmt dein Hirn Schaden, wenn du in ein künstliches Koma …? Nicht dran denken nich dra denke nic dr denk! Seit dieser vermaledeiten Quotentransen-WhatsApp erscheint mir alles wie ein dauernder Versuch, die Zahncreme wieder zurück in die Tube zu pressen.

Okay, durchatmen. Angst? Ich gehe damit um! Meine Intuition sagt mir, der Aloisi befindet sich *nicht* unter der Horde, die um die Hütte herum gerade Aufstand macht. Wo könnte er sein? Sogar, wenn wir eine Ahnung hätten: Ihn aufzuspüren – leicht wird das nicht.

Komm, ein Versuch noch.

Ich frage den Rotschopf, der nicht Commander Cody, sondern Marian heißt, wie ihn Zwetschge vorhin versehentlich genannt hat: »Marian, wir müssen den Aloisi finden. Sag uns doch einfach, wohin er sich verdünnisiert hat. Es ist … wirklich dringend.«

Durch das Aufziehen und Fallenlassen seiner Schultern signalisiert der Marian durchaus Verständnis für unsere Lage, viel Bereitschaft für eine Zusammenarbeit liegt aber nicht in dieser Bewegung. Komischerweise flüstert Zwetschge ihm was ins Ohr, boah, Flüstern pack ich nicht. Überhaupt, was soll das? Irgendwie ganz schön frech. Scheinbar ist der Wolf ebenso allergisch gegen Heimlichtuerei, nimmt aber an, dass Zwetschge mit seiner Flüsterei den Marian eher dazu überreden will, uns doch bitte mitzuteilen, was wir wissen wollen. Was ja bedeuten würde, Zwetschge ist tendenziell auf unserer Seite, oder?

Ja, genau. Das ist auch der Grund, warum der Wolf, ohne Vorwarnung, den *Marian* mit einem Hieb bewusstlos schlägt, um Zwetschge selbst die Möglichkeit zu bieten, uns direkt zu informieren, aber eben ohne vor dem Marian sein Gesicht zu verlieren.

Es scheint zu helfen.

Mit Pragmatismus und Folgerichtigkeit liegt man nie falsch.

»Also … ich glaube … der Aloisi dürfte unterwegs zum Parkplatz sein, zu seinem Wagen«, stammelt Zwetschge, sichtlich gerührt, dass *er* sich nicht die Faust eingfangen hat, sondern Commander Cody, der leicht verdreht am Boden liegt …

»Aber der Aloisi ist uns nicht entgegengekommen, als wir auf dem Weg hierher waren«, rekapituliere ich lahm.

»Er hat über die Kameras euren Weg verfolgt und entsprechend eine andere Strecke genommen«, erklärt Zwizwazwetschge völlig logisch, was ich mir natürlich auch schon gedacht hab. Er muss ein Pfefferminzbonbon im Mund haben. Menschen mit Pfefferminzgeruch sind überhaupt nicht mein Ding.

»Pass auf, Kollege«, meldet sich der Rudi zu Wort. Dieses Rauchige in seiner Stimme, er hört sich einfach *zu* gern reden. »Wenn du uns anlügst, find ich dich. Und dann …«, (diffizile Geste mit Halsumdrehen), »Ham mir uns verstanden?«

Haben wir. Zwetschge bejaht eifrig und muffig zugleich.

Der Aloisi hat sich also aus dem Staub gemacht. Stand heute, 14:04 Uhr!

Es gibt zwar noch eine Fülle an Ungereimtheiten, aber allein Aloisis Flucht an sich ist doch schon ein Hinweis dafür, dass ich mit seiner Verdächtigung richtigliegen könnte.

Also wieder retour. »Hauen wir ab«, gebe ich meinen Dreien zu verstehen, nämlich der schon längst eifrig filmenden Kathi, dem schnaubenden Rudi und dem Wolf, der sich die Faust geprellt zu haben scheint, als er dem Rotschopf eine Vollnarkose verpasst hat. (Werma oid?) Aber die Kathi sagt, ohne von ihrem Handy aufzuschauen, das sie kamerahaft langsam von da nach da, und wieder nach dort schwenkt: »Bitte, bitte, lass mich das noch aufnehmen, Vikki. Das ist *so sick*! Ich bin live drauf. Bitte, bitte, geht ihr schon mal ohne mich. Rudi, kannst du Räuberleiter machen?«

Ich seufze abgrundtief, gebe der Kathi meinen Segen und sage zum Rudi, er solle gut auf sie aufpassen. Und schon schnappt sich die Kathi unseren überforderten Löhlein Rudi, der sogleich seine Hände ineinanderflechten und der Kathi hinhalten darf, damit sie aufs Dach der Holzhütte steigen kann. Als die Kathi ihm beim Sich-Hochstemmen versehentlich den Hintern ins Gesicht drückt, rollt der Rudi mit den Augen und schüttelt entnervt den Kopf, und da weiß ich, bei unserem Vater von zwei Töchtern ist die Crazy Kathi gut aufgehoben.

Auf dem Flachdach angekommen, führt sie die Aufnahme

der Gruppenkeilerei sofort weiter und stellt in ihrem schicken Tarnanzug selbst fast schon wieder ein Motiv dar.

Der Lärm, das Stöhnen, das Gekreische, das grobe Geraufe zwischen Latexköpfen und Lederkörpern dürfte ihre Follower begeistern.

Ich kucke mir den kreisrunden Totalausfall menschlicher Gewaltbereitschaft auch noch mal an und bin mir sicher: Was man im Anschluss an diese Zombie-Biker-Carambolage sicherlich nicht vom Pressesprecher der Z-Squad-Convention hören wird, ist der Satz »Alle wohlauf«.

»Mach dir keine Sorgen, ich hab alles im Griff«, ruft mir die Kathi noch zur Beruhigung vom Dach aus zu, was genau so wenig Sinn ergibt wie ein *Ich mach gleich mit.*

Ach, Kathi, was mach ich bloß mit dir?

Vielleicht muss ich auch einfach nur begreifen, dass das hier sowas wie dein Job ist!

Gib auf dich Acht, Kathi.

Nachdem der Wolf und ich uns zwischen einem Handgemenge aus etwa acht Fightern durchgemogelt und die Frontlinie Richtung sicherem Wald durchbrochen haben, ruft der Wolf den Knut an, den wir doch am Check-in-Stand beim Parkplatz eingeteilt haben, um das forsche Radieschen-Weiberl mit den Tränensackerln im Zaum zu halten.

»Hey Ho, du, Knut, unser gesuchter Klosterbruder dürfte in Kürze bei dir am Parkplatz auftauchen. Kannst du ihn bitte fixieren, wenn er auftaucht?«

»Freilich, mach ich. Kommt's Ihr auch gleich?«, bestätigt und erkundigt sich der Knut, dem in seinem angestammten Beruf als Strafrechtler der Ruf vorauseilt, skrupellos und unerbittlich zu sein, woran ja im Grunde nichts auszusetzen ist.

»So is es. Wir sind unterwegs.«

»Ois klar, Servas!«

»Servas.« Der Wolf legt auf und schaut mich an, als hätte er wer weiß was erledigt und den Aloisi so gut wie einkassiert. Wir haben der kompletten Switchler-Belegschaft vorhin das Video gezeigt, das die Kathi bei ihrem ersten Besuch bei *Shop Drop TV* von der Lobby gemacht hat. Darauf war auch der Aloisi zu sehen, weshalb jetzt alle wissen, nach welchem Gesicht wir suchen. Falls der Aloisi keine Gummimaske trägt, natürlich.

Endlich verlassen der Wolf und ich unseren Querfeldein-Pfad durch den Baumwald und gelangen wieder auf den ursprünglichen Weg, der uns direkt zurück zum Parkplatz bringt. Überraschenderweise kommt uns ein älteres Paar entgegen, Wanderschuhe, Regencapes, darunter so leuchtfarbene Funktionskleidung, dass es einem in den Augen britzelt, also das Übliche. Sind das Seniorenzombies? Gehören die zur Convention? Diesen Eindruck machen sie allerdings weniger. (Wobei! Rein optisch …) Wie kommen die hier rein, und was denken sie über diesen entnervenden, unausgesetzten Basston, der ständig durch die Luft schwebt?

Seltsam. Als wir uns auf etwa gleicher Höhe befinden, sagen wir alle vier »Hallo«, wie es ungeschriebenes Gesetz unter Waldspaziergängern ist. Und schon befinden wir uns wieder in der realen Welt … und ich wünschte, dieses Gefühl hätte länger als nur ein paar Augenblicke angehalten.

Woraus aber nichts wird.

Denn als der Wolf und ich uns ungefähr zehn Minuten später endlich dem Infostand mit der Z-Squad-Fahne auf Sichtweite nähern, merken wir sofort, dass etwas nicht stimmt. Die Radieschenfrau kniet seitlich neben dem Brettertresen auf dem Boden, über einen von ihr halb verdeckten, reglosen Körper gebeugt.

»Knut!«, schreie ich wie von Sinnen, weil ich sofort ahne, was Sache ist. Das Radieschen hört mich, erhebt sich und rudert wild mit den Armen. Mit meinen nassen Quietschschuhen verfalle ich in einen erratischen Laufschritt, ziehe den Wolf automatisch mit und – alles ist klar, als auch ich mich neben den Körper knie und die Stichwunde unter Knuts Zwerchfell und zwischen seinen Rippen erblicke. Das Radieschen-Mädchen hat ihm schon das T-Shirt hochgekrempelt und Brustkorb und Bauch freigelegt. Der Knut ist völlig weggetreten. Sein Gesicht sieht aus, wie mit einem Schlag gealtert. Trotzdem glaube ich, das wird wieder. Der schmale Stich scheint tief genug, um ernsthafte Probleme zu bereiten, aber nicht tödlich zu sein. (Was weiß *ich* denn!) Blut suppt noch langsam aus der Wunde. Waffeneinsatz! Fuck! Das hätt's nicht mehr gebraucht.

»War das der Aloisi?«, frage ich die Radieschenfrau, aber sie schaut mich nur an, und ihr Verweigerungsblick beinhaltet so eine hündische Verehrung gegenüber der Person, deren Identität sie uns um nichts auf der Welt verraten wird.

»War! Das! Der! Aloisi?«, greift der Wolf noch mal barsch nach. Aber vergiss es, sie weigert sich zu antworten. Was ja bekanntlich auch eine Antwort ist.

Grundgütiger! Der Leingschwendner Aloisi! Also doch!

War er nur ein Trugbild? Hat er sich harmloser gegeben, als er ist? Ist er der Psychopath schlechthin?

Es stimmt einfach, man darf jemanden auch im Unterschätzen niemals überschätzen.

Aber genau das haben wir getan. Wir alle. Die *Shop Droppler*, die Polizei, ich. Und nun sieh uns an.

Der Knut liegt schwerverletzt am Boden. Er glüht. Delirium. Ein grausiges Bild.

Hätten wir den Aloisi nicht durch unser Erscheinen aufgescheucht, wäre der Knut dann verschont geblieben? Logisch wäre er das. Er säße dann gerade in seiner Kanzlei, oder daheim, oder würde mit dem Fleckerl Gassi gehen, so geht's ja schon mal los.

Diese Jagerei von Verdächtigen ist doch einfach immer ein Reinfall. Führt fast unausweichlich zu Kollateralschäden. Ich denk mir das zum Beispiel auch jedes Mal bei Autoverfolgungsjagden in Filmen. So ein Unsinn. Die ganzen Gefahren im Verkehr, die man dadurch provoziert, stehen in keinem Verhältnis zur etwaigen Ergreifung des Gejagten. Man kann doch auch eine andere Gelegenheit abwarten und es einfach mal gut sein lassen.

Wobei Abwarten in meinem und Pascals Fall eher ungünstig wäre. Wir *müssen* jetzt handeln.

Macht die Sache auch nicht besser.

Laut Radieschen ist die Ambulanz bereits verständigt. Immerhin. Meine Güte, sie ist leichenblass, außer unter den Augen. Der Wolf hegt denselben Gedanken wie ich: Wir können hier gerade wirklich nichts weiter für den Knut tun. Zur Absicherung lässt der Wolf sich die Nummer vom Radieschen geben, tippt sie ein und macht *sofort* einen Testanruf. Ihr Handy klingelt, sie fragt entgeistert »Bist des du?«, danke gleichfalls.

»Bleib bei ihm, hörst du? Versuch, ihn vorsichtig wach zu kriegen und dann auch irgendwie wach zu *halten*. Wenn der Sanka nicht in fünf Minuten da ist, frag in der Leitstelle nach und ruf mich anschließend an. Ja?« Der Wolf kann auch sanft.

Der Wolf und ich lassen den Knut schweren Herzens zurück und marschieren zu Wolfs Maschine (heilfroh, dass wir sie unter den anderen neunundvierzig finden). Das ist schon ein innerer Konflikt, aber denkst du dir das nicht auch immer, wenn irgendwo eine Naturkatastrophe gewütet hat? Müssen dann sofort die Politiker einfliegen und mit rustikalem Anorak und Gummistiefeln eine Mitgefühlssimulation hinlegen, dass es nur so staubt? Einfach nur, um am Katastrophenort zu sein. Wo es doch wirklich rein gar nichts bringt, seine Zeit mit kameratauglichem Pflichtentsetzen zu verplempern, anstatt vielleicht in derselben Zeit gleich mal was Konstruktives im Büro anzupacken?

Genau diesen Symbolik-Kokolores sparen der Wolf und ich uns und überlassen den Knut dem verlässlich scheinenden Radieserl.

In die Switch-Blades-WhatsApp-Gruppe schreibt der Wolf noch die Anweisung zu Knuts sofortiger Sicherung, beginnend mit *Alle Mann raus aus Zombiehausen*, während wir den Ort eines weiteren Mordversuchs des Aloisi Leingschwendner verlassen. Das dürfte doch richtig geschlussfolgert sein, oder? Scharfer, schmaler Gegenstand, in den Körper gerammt!

Ist dieses Attentat auf Knut der endgültige Beleg für Aloisis Beteiligung am Tod vom Olaf Kreischke? Ist er im Affekt gerade einen Schritt zu weit gegangen? Unser unscheinbarer Portier bei *Shop til you Drop*-TV? Der mit den talgigen Pickeln, dem blondierten Schmierhaar, der noch erkennbaren Hasenscharte und den Fieberbläschen? Der mit dem leicht trotteligen Auftreten eines harmlosen Sonderlings mit IQ im zweistelligen Bereich, der kein Wässerchen trüben kann? Alles nur Tarnung von unserem Aloisi, *kkchrha*? Er, der Mörder?

Schon möglich.

Gut möglich.

Du musst nämlich wissen: Vorhin, auf unserem Fußmarsch zur Kommando-Hightech-Hütte, hat mir der Marian (der Rotschopf, dem der Wolf vorhin die Lichter ausgeknipst hat) erzählt, welche Position der Aloisi in diesem Hosenbieslerverein der Z-Squads bekleidet. Und ich dachte erst, der Marian fantasiert vor sich hin, oder verscheißert mich, oder will sich irgendwie anbiedern oder wichtigmachen, und es war mir um seinetwillen regelrecht peinlich. Aber als er mir zum wiederholten Mal versicherte, der Aloisi sei der Erfinder und Initiator der ganzen Z-Squad-Community sowie auch der heutigen Convention, die im Ganzen übrigens *Zombie Attac Simulation 2.8* (two point eight) heißt, lief es mir eiskalt den Rücken runter.

Zunächst dachte ich noch, okay, also haben sie im Aloisi einen Blöden gefunden, der die ganze Organisationsarbeit übernimmt (Fachabkürzung: Orga): aufbauen, abbauen, Getränke besorgen, »Klo verstopft! Ruf doch den Aloisi!«. Aber dann hat mir der Marian stolz erklärt, was für eine florierende Marke Z-Squad inzwischen sei. Dass es sich bei Name und Logo um eingetragene Copyrights handelt, die dem Aloisi gehören, dass es Tausende Premium-Mitglieder gibt, die Monatsbeiträge für Online-Spielteilnahmen und Newsletter entrichten, dass ein eigenes Print-Magazin dreimonatlich erscheint, dass ein japanischer Merchandise-Gigant Interesse an einer Zusammenarbeit bekundet hat und man auf der nächstjährigen Convention mit bis zu dreitausend Teilnehmern rechnet und deshalb händeringend nach einer neuen Location suche. Grad, dass er nicht gefragt hat, ob ich vielleicht was wüsste … Und weil ich gar so ungläubig dreinschaute, betonte der Marian schließlich noch mal, eindringlich, ja beinah ehrerbietig, dass dieses »Zombie-Imperium« die »alleinige Idee« und das »alleinige Eigentum« vom »Commander Alois« sei. Dabei schlug er den Handrücken seiner einen Hand auf die Handfläche seiner anderen Innenhand, um die Nachdrücklichkeit und absolute Gültigkeit zu vermitteln.

Da musste ich ihm ja glauben, mitten im Gehölz vom Schleibinger Forst. Und sofort hab ich mich an den Nachbarn bei meinen Eltern in Übertreibling erinnert, den Mitterwieser Ignatz, der für geschätzte acht Millionen Euro Baugrundstücke, Felder und Waldabschnitte besaß und trotzdem sein

Lebtag nicht daran dachte, seinen Beruf als Schuster aufzugeben, einfach, weil er das für sein rechtschaffenes Leben gehalten hat, dem ein tsunamiartiger Bargeldsegen auch keine relevanteren Aspekte hätte abringen können.

Die Parallele zum Aloisi hinkt vielleicht ein bisschen, aber dann auch wieder nicht, weil der Aloisi lässt sich hinter seiner Rezeption bei *Shop Drop* ja auch nicht anmerken, was an Stellschrauben er in seiner Parallelwelt so bewegen kann und dass er in diesem Zombie-Truppenkosmos sowas wie ein General mit Führungsqualität zu sein scheint. Marians Respekt vor ihm konnte man nämlich regelrecht körperlich spüren.

Und so verwundert ich nach dieser Offenbarung auch war, so viel weniger verwunderlich erscheint mir nun der Gewaltexzess, den der Aloisi gerade am Dr. jur. Knut Borchert praktiziert hat. (Ob der Knut die Körperverletzungsklage selbst verfassen wird?)

Der Wolf zieht sich seinen Stahlhelm über, ich dagegen fahr mir einmal durchs Plastikhaar, patschnass, sattel hinter dem baldigen Bud-Spencer-Körperdouble auf und schon rollen wir mit seiner chinesischen Harley-Davidson-Doublette vom Parkplatz, biegen nach rechts ab und beschleunigen wie von allen guten Geistern verlassen, um in Lichtgeschwindigkeit über die Landstraße und raus ausm Schleibinger Forst zu rasen. Ahnungslos, wie viel Vorsprung der Aloisi hat und ob er nicht in die andere Richtung …

Vollbremsung!

23

Du, mich haut's fast vom Sitz, mein Oberkörper kreiselt um sein eigenes Skelett, und meine Arme kneifen zangenartig in Wolfs Taille, als der in die Eisen seiner Maschine steigt und uns – noch mal gut gegangen – zum Stillstand bringt. Keine hundert Meter vom Parkplatz entfernt, genau in der scharfen Linkskurve, wo die Bäume so ein gebogenes Blätterdach über der feuchten Fahrbahn bilden, sehen wir einen roten Ferrari schräg im morastigen Straßengraben liegen. Den Reifenspuren nach hat er die Kurve nicht mehr gekriegt, ist über den Randstreifen hinausgeschossen, geradewegs in die Botanik gebrettert und zwischen zwei Fichtenstämmen glimpflich zum Stehen gekommen. Allerdings schafft er es jetzt nicht mehr raus. Zumindest drängt sich einem dieser Eindruck auf, weil der Fahrer verzweifelt versucht, im Rückwärtsgang mit Vollgas wieder Haftung unter die durchdrehenden Hinterreifen zu bekommen und sich aus der Misere zu befreien. Vergeblich.

Aber damit nicht genug: Das Aufjaulen des Motors lässt vermuten, dass das Getriebe diese Vergewaltigung nicht mehr allzu lange mitmachen dürfte. Was dem Fahrer aber egal zu sein scheint.

Misstrauisch lenkt der Wolf uns auf den roten Sportwagen zu. Folienaufkleber mit dem Z-Squad-Logo und der Convention-Werbung zieren die Seitenflächen.

Mein Puls beschleunigt sich. Ist *das* Aloisis Auto? (Ruhig! Das ist ja erst mal nur Mutmaßung.)

Während der Wolf noch die Maschine am Straßenrand parkt und den Standbügel mit dem Fuß ausklappt, steige ich schon ab, renne über die flache Böschung und durch das moorige Gras, und versuche, den Matschspritzern auszuweichen, die es mir entgegenhaut, weil der Fahrer seine Reifen nach wie vor auf Houchtouren jagt, was das Heck des Wagens aber nur noch tiefer im Dreck festbuddelt.

Aber ja doch! Jetzt ist genug, lass gut sein. Du steckst fest! Und mit *Du* meine ich … Moment, Augenblick: Noch zwei angeekelt morastige Schritte, die mich wie eine Storchendame aussehen lassen, die über eine glühende Herdplatte tapst – also, wen haben wir denn da? … mit *Du* meine ich … ja, genau, den Aloisi! Er ist es wahrhaftig, der da hinterm Steuer kauert, wie ich durch das Fahrerfenster feststelle.

Mich durchzuckt ein Schock! Trotz Erwartbarkeit! Nun steht es endgültig fest! Der Aloisi! Aber ich bleibe ganz cool.

Nee, Spaß.

Cool war einmal. Ich kann nicht mehr. Ein einziges Auf und Ab.

Aloisis Mimik ist regelrecht verzerrt von der Anstrengung, dauernd das Gaspedal bis zum Anschlag durchzudrücken und gleichzeitig innerlich mit anzuschieben. Er wirkt gar nicht mehr wie er selbst. Und mit einem frisch erblühten Schub an Eiterpickeln samt gelben Hauben und dem flaumbedeckten Kinn, mutet sein Gesicht beinah an, als würde er eine der Latexmasken aus dem eigenen Z-Squad-Sortiment tragen. Ein Zombie gibt Gas (Filmtitel?).

Aber es ist natürlich sein naturgegebenes Antlitz, das ich da sehe.

Ehrlich wahr, ich glaube, er hat gerade eine Panikattacke. Nicht nur deshalb bin ich augenblicklich auf der Hut. Immerhin hat der Typ vor wenigen Minuten den Knut abgestochen.

Der Wolf erscheint neben mir, reißt die Fahrertür auf und

brüllt: »Nur ned hudeln, Aloisi, mach easy! … Parken is ned so dei Ding, oder?«

Keine Reaktion.

»Jetz geh hoit amoi vom Gaspedal runter, Kruzäfünferl«, versucht es der Wolf noch einmal. Das Heck wirbelt immer noch nasse Erde auf. »Des werd so oder so nix.« Doch der Aloisi hört nicht, starrt unentwegt auf die Mitte des Lenkrads und quält den Motor weiter, *wuuhm wuuhm, wuuuhm*, was einen Heidenlärm verursacht und sich mit dem nervigen Dauertiefton der Convention im Wald verbindet, der sogar bis hierher schallt.

Weil der Aloisi unansprechbar ist (aber auch ungefährlich?), beugt sich der Wolf in den Wagen, direkt vor Aloisis Nase, und schaut sich im Innenraum um. Ich stecke auch meinen Kopf hinein, kuck dabei wiederum dem Wolf über die Schulter, weswegen wir von außen betrachtet aussehen dürften, als würden wir mit unseren verkrümmten, aneinandergedrückten Körpern im Ferrari klemmen und gleichzeitig bis zu den Knöcheln im Schlamm des Waldbodens feststecken. Von innen betrachtet sieht's auch nicht besser aus, zwischen Lenkrad und Aloisis Gesicht.

»Da!« Der Wolf zeigt auf das Polster des Beifahrersitzes, auf dem ein Funk-Autoschlüssel liegt. Ich lese den Schriftzug, der den ledernen Anhänger ziert, laut vor: »*Regenhofer Autovermietung, Premium Cars, Stiefelding.*«

»Hat sich unser Meisterrollenspieler einen Miet-Ferrari für den wichtigsten Tag des Jahres gegönnt?«, fragt der Wolf sporadisch. »Und auch gleich noch mit dem ganzen Horrorkäse bekleben lassen. Respekt! Haben wir Beschleunigung und Straßenlage unseres Mietwagens noch nicht ganz verinnerlicht? Kann das sein?«, brüskiert der Wolf den Aloisi, mei, die beiden mögen sich einfach nicht. Weißt ja eh.

Der Aloisi reagiert null auf Woifis Provokation, die ihm – nicht zu vergessen – keine dreißig Zentimeter vor seinem Gesicht kredenzt wird. Stattdessen starrt er weiter mit totem Blick geradeaus, drückt unvermindert mit dem rechten Fuß auf *maximale Beschleunigung* und bestärkt mich mit dieser autistischen Absenz (nur gespielt? Oder echt? Oder schizo?) in der Vermutung, dass er gerade abwägt, welche Version seiner selbst er zur Aufführung bringen soll, nun, da *wir* da sind.

Welchen Aloisius soll er uns vorspiegeln? Den verkorksten Teilzeit-Loser vom *Shop Drop*-Tresen oder den souveränen Macher aus dem Zombie-Kontrollzentrum? Das Jekyll-Hyde-Dilemma! *Mit welchem Ich komme ich aus diesem Schlamassel am ehesten raus?*

Wobei, vielleicht überlegt er auch, wie er uns mit dem Schraubenzieher, der im Fußraum der Beifahrerseite liegt, abmurksen … heiliger wolkenverhangener Himmel, der Schraubenzieher!

Ich schreie »Vorsicht Wolf, der Schraubenzieher!«, aber der Wolf hat ihn anscheinend auch gerade entdeckt und greift schnell danach.

Profi halt, hebt er ihn mit spitzen Fingern genau in der Mitte auf, nämlich unterm Griff und direkt am Ansatz der Klinge. Keine Fingerabdrücke verwischen.

Mein Wolf! Der Zielfahnder meines Herzens.

Aber wir müssen hier weiterkommen. Wegen des Mannes meines Herzens. (Nur zur Klarheit: wegen dem Pascal.)

Deshalb: Lass uns schleunigst erledigen, was zu erledigen ist, und zwar gründlich, und dann ab mit dem Aloisi in die Geschlossene.

(Der Wahnsinn zeichnet sich jetzt ganz deutlich in seinem Gesicht ab. Er stiert unverändert mit dünnen Lippen auf die Mitte des Lenkrads. Mit einem Ausdruck! Keine Zweifel, das ist pathologisch. Du müsstest ihn halt kennen, dann würdest du mir das glauben.)

»Jetzt hör halt auf, ständig aufs Gas zu treten, Aloisi!«, blaffe ich ihn an, weil ich kurz die Nerven verliere. Ich bin sowieso endgültig ramponiert, nachdem ich meinen Oberkörper wieder aus dem Wagen gezogen habe und nun unmittelbar neben dem verdreckten Ferrari im Gras stehe.

Bestimmt ein weiterer ästhetisch hochwertiger Anblick.

Und da braucht mir jetzt auch keiner versichern, dass es *so* schlimm auch wieder nicht um mich steht und ich mir bei der Endausscheidung im Schönheitswettbewerb um die *Miss Schleibinger Forst* durchaus berechtigte Hoffnungen auf einen soliden vierten Platz machen dürfte, da die Anmut meiner verdreckten Jeansbeine, die schiefe, vollgesogene Perücke sowie mein überforderter Blick mit dem verschmierten Augen-Make-up mein ansonst graziles Gesamtbild kaum beeinflusst und seitens der Jury lediglich zu geringfügigen Abzügen in der Gesamtnote führen würden.

»Ist das dein Lieblingswerkzeug, um Leute kaltzumachen, ha, Aloisi?«, fragt der Wolf, der seinen Torso inzwischen auch wieder aus dem Ferrari gezogen hat, und lässt den gefundenen Schraubenzieher zwischen zwei Fingern pendeln. »Ist handlich, leicht, nimmt in der Tasche nicht viel Platz weg! Wunderbar! Hast du mit *dem hier* (er neigt seinen Kopf zum Schraubenzieher) dem Knut gerade eben in'n Bauch gestochen? Und – wichtigste Frage von allen: Wirst du *den hier* (er zeigt nun mit der Hand auf den Schraubenzieher) dem Dampfhammer auch wieder ins Gartenhäuschen legen, oder suchst du dir für diese Tat ein anderes Bauernopfer, dem du die Schuld in die Schuhe schiebst?«

Zur Verdeutlichung beugt der Wolf sich vor und lässt das Tatwerkzeug vor Aloisis Nase baumeln. Etwas übermütig, wie ich finde. Vorsicht. Mittlerweile kann ich mir nämlich vorstellen, dass der Aloisi keinerlei Handlungshemmung zeigen würde, wenn sein Affektmechanismus wieder einsetzt. Er ist ja offenkundig von ziemlich aufbrausender Natur. Der könnte uns locker die Schädel einschlagen, und zwar uns *beiden*. Mochte er bislang nämlich nur den Wolf nicht leiden, so hasst er den Wolf und mich mittlerweile unterschiedslos.

Aloisi drückt unvermindert auf die Tube, wie ein Bekloppter, das Getriebe ächzt, und ich könnte jetzt nicht darauf schwören, aber zum leicht kokeligen Geruch dringt doch auch eine schmale Rauchsäule aus der linken Ritze der Motorhaube, oder?

Irrenhaus. Aber echt.

Ich setze gerade an, das zu sagen, was ich mir taktisch vorgenommen habe, weil es mir jetzt reicht, als der Aloisi plötzlich in Tränen ausbricht (aber weiter Gas gibt und gegen das Lenkrad stiert) und uns mit absurder Heliumstimme und seiner groben Grammatik entgegenpiepst: »Was wollts'n ihr von mir, hey? Ich tu hier nur entlangfahren, und ihr macht's hier voll den Aufstand. Was is'n los, wovon sprechts'n ihr, *kkchrha*?« Und dann beginnt er zu wimmern wie ein Baby. Feucht, laut, herzzerreißend. Es ist unglaublich. Er denkt wirklich, durch diese Masche unbehelligt zu bleiben!

Es hat mich schon immer gewundert: Je brutaler die Tat von jemandem ist, desto heftiger verfällt er in Selbstmitleid, wenn er zur Rechenschaft gezogen wird. Ist das der Schulddruck der Vergehen? (An Aloisis Stelle würde ich mir das auch nicht verzeihen.)

Vielleicht liegt die Tendenz zur Heulerei auch in der Familie. Seine Tante Mindy hat ja vor der Kathi und mir ebenfalls ihren Hysterischen gekriegt.

Auf Kommando weinen können ist überhaupt eine große

Kunst. Oder aber verachtenswert hoch hundert. Du entscheidest!

Schau, wie er schluchzt, der Aloisi! Ich könnt ihn an die Wand klatschen.

Ich sage, mit falscher Heiterkeit: »Aloisi, bitte beruhig dich! Alles halb so wild!« Skurrilerweise hat sein Gewinsel auch was von beleidigter Leberwurst. Kein Täter bedauert seine Taten. Er bedauert nur, geschnappt worden zu sein.

»Ich habe eine Videonachricht von der Mindy für dich, magst du dir die mal anschauen?«, höre ich mich fragen. Es ist meine einzige Hoffnung, aus dem Aloisi ein Geständnis rauszupressen.

Der Aloisi schaut erstaunt auf, ohne den Fuß vom Gaspedal zu nehmen, offenbar bejaht er dadurch meine Frage, und ich nicke, von wegen: Kleinen Moment, gleich geht's los.

Mein Handy liegt auseinandergebaut in Wolfs Motorrad-Gepäckkasten. Weil alles so schnell ging, konnt ich's nicht vorbereiten. Ehrlich gesagt, hab ich vorhin schon vergessen, es in den Wald mitzunehmen.

Nach Blickabgleich mit dem Wolf jogge ich zur Maschine und kehre sogleich mit meinen beiden Handykomponenten zurück.

Glabst as a, beim schusseligen Zusammenstecken von SIM-Karte und Gerät fällt mir die SIM auf den nassen Boden. Aber dann schaffe ich es, das eine ins andere zu stecken, iPhone anschalten, dauert ein bisschen – ich halt den Lärm nicht mehr aus, das Motorenjaulen, den sinistren Basston der Convention –, und dann wähle ich auf meinem Handy das Video mit der Mindy aus. Mein Ass im Ärmel.

Denn natürlich waren wir in Basel nicht untätig. So weit käm's noch!

Ich stelle mich neben den Wolf, der neben dem Ferrari wartet und immer noch den Schraubenzieher zwischen zwei seiner zehn Finger hält, und will mich gerade runter zum Aloisi beugen, der zwar aufgehört hat, zu heulen, dafür aber jetzt ersatzweise rumrotzt und die Reste der Speichelmassen aus Nase und Hals schlürft.

Pfui deife.

Und dann passieren völlig logischerweise mehrere Dinge auf einmal.

Ich halte dem Aloisi das Handy vors Gesicht und lasse das Video von seiner Tante Mindy laufen, drücke die Volume-Taste bis zur vollen Lautstärke, um den Motorenradau zu übertönen. Die Mindy erscheint auf dem Bildschirm, aufrecht in ihrem Baseler Privatkrankenhausbett sitzend, das höhenverstellbare Kopfteil senkrecht gestellt, hellblaue Bettwäsche, sie, in weißem T-Shirt mit Silber-Pailletten-Beschriftung auf der Brust, die da lautet: *Sorry/Not Sorry*. Typisch.

Sie schaut zuerst unschlüssig, sichtlich angeschlagen in die Kamera und beginnt dann röchelnd mit ihrer Ansprache: »Hallo Aloisi«, Schnitt, »ich melde mich hier aus Basel«, Schnitt, »Wie du siehst, bin ich noch im Krankenhaus«, Schnitt, »aber die Vikki hat mich …« *Pling!*

Pling! Pling! Ein durchdringender Glockenton nach dem anderen unterbricht Mindys Worte. Ein Geschiss. Das geht ja schon gut los.

Mein frisch angeschaltetes iPhone zeigt alle eingegangenen Messages und Anrufe der letzten Stunden an und übertönt und verdeckt das Video, weswegen ich das Handy sofort raus aus dem Ferrari ziehe und die Meldungen abrufe, von denen allein acht von der Kathi stammen. Und ich erkenne gleich, es gibt News.

Schau, das ist der Vorteil, mit einer handysüchtigen Siebzehnjährigen befreundet zu sein. Sie kann dir zwar keine Minute am Stück konzentriert zuhören, hält Polyamorie und Paleo-Ernährung für gesellschaftsrelevante Themen, sie schafft es, sexy Beauty-Fotos von sich zu posten und die Bildunterschrift *Pray for Afghanistan* lauten zu lassen, sie toleriert alles um des Tolerierens willen und kapiert auch nicht, dass das Woke-Movement ein Sektenkult ist, *aber*: Du bist immer auf dem neuesten Stand, wenn sich im Netz etwas tut. So wie ich jetzt.

Die Kathi schreibt, *Dringend!* Sie schreibt, *Hab gerade diese Push-Benachrichtigung über unsere Stichwörter erhalten. Schau mal*, dann Doppelpunkt, und dann ein Link.

Ich öffne den Link, so schnell kannst du gar ned schauen, es erscheint die Seite irgendeiner Münchner Zeitung, ich nehme es nicht genau wahr, jedenfalls irgendwas mit -zeitung in der URL-Adresse, und was sehe ich da? Dicke Schlagzeile:

Neue Hauptverdächtige im Mordfall des TV-Managers Olaf Kreischke

Nach aktuellen Erkenntnissen: Entertainerin Vikki Victoria zur Fahndung ausgeschrieben

Bisheriger Verdächtiger, Zuhälterlegende Erwin »Dampfhammer« Faltermeyer, aus U-Haft entlassen

Im ersten Moment ist es etwas verstörend, was ich da lese. Unmöglich, da mitzukommen, selbst wenn man es will, und vor lauter Kopfschütteln hab ich fast ein Schleudertrauma.

Jetzt mal der Reihe nach … Aber schon im nächsten Moment wird mir klar: Der Kommissar von Segnitz, also Pascals Vorgesetzter, ist mit von der Partie. Er ist auf meine Bitte eingegangen, eine Lösung zu finden, den Pascal irgendwie frei zu tricksen.

Aber gleich *so*?

Musste das sein?

Klar, er hat mir einen Gefallen getan, der von Segnitz, aber er hat mir gleichzeitig auch ein Ei gelegt und mich für meine Bitte bestraft. Er hätte sich ja auch einen anderen Vorwand ausdenken können, um den Dampfhammer aus der U-Haft zu entlassen, und nicht gleich meinen Ruf in Mitleidenschaft ziehen müssen (auch wenn ich ihm das in meiner Verzweiflung als eine von *mehreren* Möglichkeiten mit angeboten habe; ich verwünsche mich fast selbst).

Der feine Herr von Segnitz, letztlich auch ein Wichser.

Und dass er volle vierundzwanzig Stunden gebraucht hat, anstatt es mir sofort zuzusagen – das ist auch nicht nett. Er hätte mir einige Mühen ersparen können – ich sage nur Basel, den Besuch der Leingschwendner-Assis, den Trott durch den Zombiewald.

Und dank dem Herrn von Segnitz werde ich nun bis in alle Ewigkeit nicht mehr nur mit dem Begriff *Quotentranse* verbunden sein, sondern eben auch mit der Etikette *ehemalige Mordverdächtige*. Beides kriegst du aus den Birnen der Leute doch nie mehr raus. Jeder Wald-und-Wiesen-Journalist wird das in jedem künftigen Bericht über mich wieder aufgreifen.

Das muss ich erst mal verorten, verkraften, verarbeiten.

Danke, Mister von Segnitz!

Jetzt bin ich zeitweise also auch noch gesuchte Mörderin. Das war ihm wohl eine Art Herzensbedürfnis! Hab ich's schon gesagt? Fuck off, von Segnitz! (Ich versuche, nicht mehr daran zu denken.)

Aber dafür krieg ich hoffentlich den Pascal sofort frei!

Also legen wir los.

Während der Wolf unverändert neben dem geschundenen Ferrari steht und den Aloisi bewacht, der weiter Gas gibt, restlos verwirrt, weil ich ihm das Video mit der Mindy entzogen habe, noch bevor es richtig begonnen hat, ruf ich den Elyas M'Barek an, der zusammen mit dem Erol Sander vorm Club Amore Fantasia steht und wartet, dass sich endlich was tut.

Du musst wissen, wir drei haben nach meiner Rückkunft aus Basel beschlossen, die beiden dort Wache halten zu lassen.

Es tutet.

»Stehen Sie im Windkanal?«, fragt mich der Elyas gleich, nachdem er abhebt, weil es bei mir gar so laut ist.

Ich antworte, über Lautsprecher: »Ja, im Windkanal des Wahnsinns.« Dass ich sowas Dämliches sage, erschreckt mich selber. Ich tippe nebenbei eine Nachricht, vielleicht ist das der Grund. »Herr Gardener«, beinah hätte ich schon wieder *Elyas* gesagt, »ich schicke Ihnen gerade einen Link per WhatsApp. Holen Sie den Pascal sofort raus aus dem Laden! In Ordnung? Es müsste alles klar gehen. Ich schicke in … diesem Moment auch dem Bryan Faltermeyer den Link … Melden Sie sich, wenn Sie den Pascal übergeben bekommen haben?«

»Alles klar, das sind ja gute Nachrichten. Freut mich. Ich meld mich.«

Ich lege auf, und mit einem Mal wird mir klar, dass ich den Aloisi nicht mehr brauche. Also ich meine: dass ich kein Geständnis oder irgendeinen Hinweis mehr von ihm benötige.

Mein Problem ist gelöst. Und was aus ihm und seiner höchstwahrscheinlichen Mordschuld wird, ist mir im Grunde egal. Vollkommen gleichgültig. Ob er es war, der den Olaf abgestochen hat, geht mich, wenn ich ehrlich bin, auch gar nichts an. (Fehlte noch, dass ich durch Aloisis Verhör dem von Segnitz bei der Aufklärung helfe. Lieber lass ich den Aloisi laufen und mit dem Mord davonkommen.)

Jetzt, wo der Pascal freikommt und ich von der Polizei gesucht werde, wenn auch nur aus ermittlungstaktischen

Gründen, überlasse ich den Aloisi doch viel lieber den fürsorgenden Händen der Switch Blades. Denn Aloisis Schraubenzieherstecherei in Knuts Brust – oh, oh, das wird nicht ungesühnt bleiben, das kann ich dir sagen.

Das Einzige, was gegen diese Aussicht hilft, ist: nichts!

Für mich gibt es hier jedenfalls keinen Handlungsbedarf mehr. Mit anderen Worten: Das war's.

In kurzen, aber wirklich nicht besonders kohärenten Sätzen (ich bin alle) schildere ich einem verdutzt dreinschauenden Wolf die neue Lage, und er fasst es gleich mal zusammen: »Jetzt bist du also auch noch Mörderin, Glückwunsch!« Und in diesem Moment hört es tatsächlich auf zu regnen.

Ein Wink des Himmels? Von ganz oben?

Sentimentalität ist immer irrational. Und das mit dem Regen wird sofort absolut zweitrangig, weil, jetzt pass auf, weil der Wolf, in seinem Überschwang, die Fahrertür von dem mistigen, dauerröhrenden Ferrari mit voller männlicher Wucht zuschmeißt, wie zur symbolischen Verdeutlichung: Die Akte zum Fall *Aloisi* ist geschlossen, also schließe ich hiermit auch Aloisis Autotür!

Und als der Türflügel ins Schloss schnappt, macht es einen Rumserer unter der Karosserie. Der auf Hochtouren getriebene Ferrari bekommt plötzlich festen Boden unter den Hinterreifen zu greifen, wodurch das Röhren des Getriebes mit einem Mal viel tiefer tönt und der rote Flitzer mit einer abartigen Geschwindigkeit nach hinten saust, wie das Geschoss eines Katapults – du, da wird's dir beim Zuschauen ganz schwindlig.

Wie der Karren rückwärts so am Wolf und an mir vorbei zurück auf die Straße fliegt, sehen wir, wie's dem verdutzten Aloisi dabei den Schädel nach vorn haut, als wär er eine Puppe aus Watte.

Mei, des kannst du jetzt glauben oder nicht, aber wie es im

Leben manchmal so ist: Genau in dem Augenblick, in dem sich der Ferrari vom Aloisi mit voller Schubkraft rückwärtig auf die Landstraße befördert, kommt von rechts ein Auto herangerast, und zwar ein Notarztwagen. Wohl der, der für den Knut gerufen wurde. Aufgrund des Kurvenwinkels der Straße sehen dessen Insassen erst in letzter Sekunde, dass da ein lächerliches Sportauto mitten auf der Fahrbahn unkontrolliert auf dem Mittelstreifen vor sich hin schlingert, weshalb der Sanka auch nur *gerade noch so* ausweichen kann und knapp an dem Ferrari vorbeinavigiert, ein Wunder! Du, das wäre eine Collisione grande geworden, wie man im Heimatland Ferraris sagen würde.

Der Wolf und ich, wir stehen wie die begossenen Pudel da, werden Zeuge dieses wirklich haarscharf noch-mal-gut-gegangenen Aufeinandertreffens, und, jetzt pass auf, von wegen höchste Sicherheitstechnik für Fahrzeuge aus dem Luxussegment und so weiter: Der Wolf und ich, wir beobachten also mit schockstarren Augen, wie das Sanitätsfahrzeug sofort hinter dem Wagen vom Aloisi zum Halten kommt, wohingegen der Ferrari (tadellos in Schuss) noch ein paar müde Meter ausrollt, schließlich mit eingeschlagenen Vorderreifen ebenfalls stehen bleibt und umgehend, völlig unvorhersehbar, ohne Ankündigung oder Fremdeinwirkung, einfach so, wirklich *einfach so* – direkt vor unseren Augen explodiert!

Wie auf Knopfdruck.

Die Motorhaube fliegt auf, und verschiedene Metallteile und sonstige Innereien fegen wie in einer nuklearen Detonation über das Dach, woraufhin sich das Dach der Fahrerkabine selbst ablöst und nahezu senkrecht nach oben pfeift, als wäre es ein von massivem Unterdruck angetriebener Schleudersitz. Wirklich beachtlich. Leider kann man aufgrund der intensiven Rauchbildung nicht erkennen, wo genau der Aloisi in dieser infernalischen Kanonadenkakophonie *ab*bleibt, aber es ist nicht schwer zu erahnen, dass von ihm mit höchster Wahrscheinlichkeit nicht viel *übrig* bleiben wird.

Ich sag's dir gleich, es dauert keine zwanzig Sekunden und der Spuk ist vorbei. Eine überraschend flache Flammenschicht bedeckt den geköpften und verkohlten Ferrari Explosione, der jetzt ein unfreiwilliges Cabriomodell abgibt.

So ein Klump. Kannst dir gleich einen Renault kaufen.

Während noch eine schmale Feuersäule aus dem Motorraum züngelt, als wäre sie eine Adventskerze, steigen die beiden Sanitäter völlig unversehrt aus ihrem fünfzehn Meter entfernten Rettungswagen aus und rennen total engagiert zum Brandherd, erste Hilfe, letzte Hilfe und so weiter.

Man kann sehen, worauf es hinausläuft.

Ich bin nicht stolz drauf, aber ich spreche da so leichtfertig drüber, weil halt aufgrund der Drastik gleich überhaupt keine Hoffnung mehr besteht, dass es noch ein paar brauchbare Überbleibsel vom Leingschwendner Aloisi gibt. Du hättest das sehen müssen: Schwarze Rauchwolke, Pilzform, zerberstendes Blech, da ist bestimmt nichts mehr übrig. Nicht mal mehr die Zahnplomben vom Aloisi.

Keine Chance. Üble Geschichte.

Oder: Wie man's nimmt. (Ein schneller Tod ist auch ein Segen. Das muss *dir* beizeiten auch erst mal vergönnt sein. Nicht, dass wir alle den Aloisi irgendwann noch beneiden.)

»Weißt du, woran des liegen könnt?«, fragt mich der Wolf nach ein paar (nicht allzu vielen) Gedenksekunden, während die Flammen den Lack des Ferrari wegfressen.

»Die Lightshow?«, entgegne ich nachdenklich.

»Die Explosion halt.«

»Vielleicht liegt's daran, dass die bei Ferrari nicht getestet haben, was passiert, wenn man fünfzehn Minuten durchgehend das Gaspedal auf Anschlag drückt!«

»Das könnt gut möglich sein«, grinst der Wolf. »Aber ich hab noch eine andere Theorie, was der Grund für die Detonation sein könnte.«

»Nämlich?«

»Des ist des 296 GTB Modell von Ferrari.«

»Ach sooo, deshalb«, muck ich ein bisschen auf, weil, ich meine, was soll ich mit dieser Information anfangen?

»Du verstehst nicht!«

»Das stimmt, ja.«

»Der Ferrari 296 GTB ist ein Hybridfahrzeug. Da ist die E-Mobility-Technik bereits mit eingebaut. Die haben da von Anfang an immer wieder Probleme mit der Entflammbarkeit und mit den Lithium-Batterien gehabt. Da ist schon öfter mal was in die Luft gegangen.«

Ein E-Auto? Die Rettung der Erde schlechthin? Verstehe!

Hey, das kann jetzt am spontanen Druckabbau liegen, oder daran, dass wir einfach schlechte Menschen sind, aber der Wolf und ich, wir schauen einander an, starren dann simultan wieder auf das arme, brennende Fahrzeug und den armen, innerhalb einer Millisekunde in Staub aufgelösten Aloisi, von dem ja rein überhaupt nichts mehr zu erkennen ist (deshalb: immer anschnallen!), und wir sehen die herumwuselnden Sanitäter, die gleich gar nicht wissen, wo oben und unten ist, und, du, der Wolf Wolff und ich, die Vikki Victoria, wir fangen derart an zu lachen, derart körperdurchschüttelnd und tränentreibend, dass mir zur Abwechslung aber mal wirklich *alles* andere vollkommen gleichgültig ist. Sowas hat man vielleicht drei Mal im Leben.

Des ist jenseits von lustig, oder hysterisch, oder albern. Des ist einfach nur *frei.*

Sich zu nichts zwingen.

Jetzt muss ich aber noch mal blöd fragen: Der Aloisi hat sich echt einen Ferrari in der Hybrid-Variante ausgeliehen? Du gehst zu einer Autovermietung, um dir einen Aufschneiderkarren zu besorgen, der sowieso schon in Herstellung und Ausführung indiskutabel ineffizient und als ganz und gar unnötig bezeichnet werden kann. Und trotzdem glaubst du allen Ernstes, deiner hirnrissigen Poseridee noch einen Tacken Vernunft beimischen zu wollen, indem du darauf bestehst, dass dein Gefährt den Bruchteil eines pseudoklimaschonenden Aspekts beinhaltet?

Aloisi, Aloisi!

Alles richtig gemacht!

Aber im Ganzen reichlich bescheuert.

Jeder kann ein bisschen was für sein Pech.

E-Mobilität auf den Straßen wird genauso die Welt retten wie die Papiertüten im Supermarkt. Bei beidem ist die Ökobilanz zwar deutlich mieser als bei den Vorgängerprodukten, aber sie geben den Leuten ein gutes Gefühl. Das ist die Hauptsache. Fakten tun nichts zur Sache.

Und *Einschränkung* als Alternative – also damit fangen wir's uns gar nicht erst an.

»Ihr da, ja, ihr!« Kurz angebunden und ohne sich in billigem Smalltalk zu verlieren, instruiert der inzwischen leer gelachte Wolf die beiden Sanitäter, sich umgehend auf den hundert Meter entfernten Parkplatz zum Knut zu begeben, und »für den Ferrari-Bullshit hier« (seine Worte, nicht meine) die Kollegen von der Feuerwehr zu verständigen. Prioritäten! Eine Frage der Menschlichkeit! Recht hat er.

Die Sanitäter schauen ganz konzentriert in Wolfs Gesicht (angry man), tun überraschend protestlos, wie ihnen geheißen (good boys, sie wurden ja wirklich für was anderes gerufen), steigen elastischen Schrittes in ihren voll funktionsfähigen Notarztwagen und schließen die Türen gründlich, bevor sie das Blaulicht wieder einschalten und davonbrausen. Zum Knut.

Ich gebe der Kathi telefonisch Bescheid, was jetzt gleich passieren wird und was sie bitte für mich erledigen möchte. Der Wolf spricht parallel dazu mit dem Herbert, der berichtet, dass sich die rund fünfzig Switchler bereits wieder auf dem Marsch zurück von der Hütte zum Parkplatz befinden. Und dann, ja, dann … *Auf*, würde ich sagen.

Ich hab noch was zu erledigen.

Wie könnte ich das vergessen!

Als der Wolf und ich fünfunddreißig Minuten später an der Polizeiwache in Bad Seltsham ankommen und ich die Weihnachtsbäckerei sehe, das Knusperhäuschen mit seinem tiefen Giebeldach und den Fensterläden aus Holz und die bemalte Fassade, beschleicht mich beinah ein Gefühl von Wehmut.

Hier, auf diesem Vorplatz, hab ich mich am Tag von Olafs Ermordung mit der Mindy geprügelt, nachdem ich im Gebäude zuvor stundenlang verhört worden war. Lang, lang scheint's her.

Der Wolf steuert die beiden Frauenparkplätze gleich neben dem Eingang an und parkt für zwei.

Ich steige einmal mehr von der China-Harley. Es ist später Nachmittag, und die Hitze zieht nach dem bisher diesigen Tagesverlauf wieder an. Ich fühle mich ständig falsch angezogen. Wenn ich dran denke, was jetzt auf mich wartet, erst recht.

Einen Moment stehe ich nur blöde da und starre auf den Abfalleimer neben der Eingangstür. Dann auf das Haus. Hier in der Weihnachtsbäckerei endet also die Reise. Das Ende, das gehört dazu.

Natürlich muss ich mich erst ordnen und das Geschehene verarbeiten, was ein Weilchen brauchen wird. Aber nichtsdestoweniger habe ich den Eindruck, dass es, wenn ich nichts gemacht hätte, nichts unternommen hätte, nicht auf jeden Impuls reagiert hätte (von Shitstorm über Mord über Dampfhammer über Wohnungsbrand über Pascals Kidnapping über Basel über Aloisi, über all die Kettenreaktionen eben), wenn ich's einfach nur ausgesessen und Tee getrunken hätte, dass das Ergebnis irgendwie aufs selbe hinausgelaufen wäre.

Aufs selbe in Grün.

Ich meine, was wird denn aus Problemen, wenn man sich einfach nicht um sie schert?

Der Mensch glaubt, immer handeln zu müssen. Und landet zum Schluss doch unausweichlich – mehr oder weniger – in einer Weihnachtsbäckerei. Ausgelaugt und so schlau wie zuvor.

Ach ja. Warum wir so lange hierher gebraucht haben, liegt daran, dass der Pascal mich über Elyas' Handy angerufen hat.

Er ist frei! Der Bryan Faltermeyer hat Wort gehalten.

Das muss man den Rotlichtarschlöchern alter Schule lassen, abgemacht ist abgemacht, da gibt's keine Augenwischerei.

Was aber den Pascal selbst betrifft: Es ist unglaublich! Er, die arme Geisel, klang am Handy derart vital und beschwingt, also, ich wollt ihm fast eine schmiern. *Ja, hat's dir in dem dunklen Laden so gut gefallen, oder was? Hättste noch länger dort bleiben wollen?* Hab ich natürlich nicht gefragt, aber er hat mir geschildert, dass er in einem ganz engen Raum aufgewacht ist, ohne Zeitgefühl oder Ahnung, was geschehen war, dass dann aber »zwei Schlägertypen, wie sie im Buche stehen«, reinkamen, mit denen er sich ganz gut bei »Bifi und Cola« unterhalten habe, bevor man ihn mit Lesestoff versorgt und wieder in Ruhe gelassen hätte … Also, ich sag dir das jetzt in vollem Ernst: Mit einem Depressiven zusammen zu sein ist eine Berg- und Talfahrt, da kennst du dich letztlich nicht mehr aus. Und ich meine mit *depressiv* jetzt nicht all die geistig schlichten Mimimi-Mütter aus Grünwald, die bereits einen Heulkrampf kriegen, wenn das Fünf-Sterne-Hotelzimmer auf den Malediven nicht ihren Erwartungen entspricht. Die Menschen eben, die aus den falschen Gründen depressiv sind oder zu sein glauben. Davon gibt's 'ne Menge. (Die Kathi fängt auch schon an, manchmal auf geplagt zu machen, weil's gerade in Mode ist.)

Jedenfalls geht's dem Pascal gut (*obwohl* er wieder auf freiem Fuß ist … Mal sehen, wie lange noch), und er hat mich mal wieder zu einer neuen Erkenntnis geführt, die da lautet: Gib einem Depressiven ein Problem an die Hand, und schon geht's ihm besser. In so einem Kopf ist alles andersrum.

Ich sage dir, womöglich haben die Unglücklichen einfach ein realistischeres Bild von der Welt.

Alles, über das der Pascal und ich darüber hinaus gesprochen haben, wäre mir jetzt zu intim, um es hier zu erzählen, kannst ja sicher nachvollziehen. Aber das geb ich dir jetzt noch mit: Am Telefon ist der Pascal immer noch mal ein ganz anderer als in echt. Er kommt mit Zuneigung einfach nicht so gut klar.

»Geh ma?«, frage ich den Wolf.

»Bist' bereit?«, fragt mich der Wolf und klingelt.

Eine harte, gepflegte Frau in engem Uniformhemd steht am Empfangstisch. Es lässt sich gleich erkennen, dass sie deshalb so auffallend faltenfrei ist, weil sie ein Leben lang nie gelächelt hat. Sie sagt in ein Funktelefon »Moment«, drückt es sich ans Herz und fragt mich borniert »Bittschön?«, und nichts weiter. Durch die enorme Doppelbelastung empfindet sie Besucher offensichtlich als Störung beim Telefonieren und Anrufe als Belästigung bei ihrer Empfangstätigkeit.

»Ich werde wegen Mordverdachts gesucht! Vikki Victoria«, lasse ich sie wissen, und, schau an, gleich ist das hier eine andere Nummer.

Hektisch wird rundherum kopflos ausgecheckt, was jetzt zu tun ist, und der-und-der muss noch eben mit dem-und-dem reden, wie das-und-das zu handhaben ist. Der Wolf und ich werden nicht mal gebeten, uns zu setzen oder sonst was, und es dauert noch erstaunlich lange, bis auch nur irgendwas mit dieser zur Fahndung ausgeschriebenen Frau Victoria passiert. Einen Moment lang beschleicht mich beinah der Eindruck, man hätte vergessen, dass ich da bin, als dann auf einmal gleich drei Männer auf mich zukommen, alle drei im gleichen Outfit.

Der Obermacker unter ihnen schielt stark, und es ist unmöglich, das Auge zu finden, in das man schauen soll. Angesichts seines dichten Gesichtsbewuchses denke ich mir wieder, wie gut, dass dieser Trend vorbei ist. Bärte sind einfach over and out. Hat lang genug angehalten. Ich meine, in Bärten stecken mehr Keime als in jedem Hundefell hintenrum.

Während der Bärtige mich nicht unherzlich begrüßt, beäugt mich einer der anderen Polizisten mit einer Art forschendem Interesse der üblichen Machart (*tri tra translala*), und mir ist dabei gerade gar nicht wohl zumute, aber ich habe nicht die geringste Lust, ihm das jetzt zu zeigen.

Schließlich werde ich in den hinteren Bereich des Hauptraums gebeten und verabschiede mich vom Wolf ohne großes Tamtam (»Knut geht's so weit gut. Kommt durch«, ruft er mir noch zu), und ich erfahre, dass man den Herrn von Segnitz verständigt habe und auf weitere Anweisungen warte. Eine in zivil gekleidete Dame, die aussieht, als wäre sie nicht recht viel älter als ich, und die mir das mit dem blöden Herrn von Segnitz mitteilt, tut das in einem wirklich bemühten Tonfall im höheren Register, aber leider bin ich nicht mehr neun.

Dann taucht wieder der Obermacker mit dem Bart auf, der sich als Peter Pullmann vorstellt, aber wohl trotzdem nicht in der Pornoindustrie arbeitet. Also trotz des Namens, des Silberblicks und des Stinkebarts. Er versichert mir, dass ich mit Zelle 2 die größte und schönste Zelle des Hauses bekäme (läuft doch!), aber so tief, dass ich mich darüber freue, bin ich doch noch nicht gesunken.

Nach Aufnahme meiner Personalien und dem ganzen Behördenkram bitte ich selbst darum, dass man mich vielleicht in der Zelle warten lässt, bis es was Neues aus München gibt. Ich brauch meine Ruhe. Wobei mir die ganzen Heftigkeiten, die jetzt noch mit der Polizei und dem Pseudomordverdacht auf mich zukommen, als die geringsten meiner Sorgen vorkommen.

Laut Digitalanzeige im Gang betrete ich um 17:12 Uhr die karge Zelle, die ja die beste des Hauses sein soll, was man so hört. Wie gern würde ich gerade die Uhr anhalten, um Lebenszeit zu sparen. Aber das ist eben keine Frage des Wollens.

Man schließt die Tür hinter mir, sperrt ab, haha, geschieht mir recht, und ich lege mich umgehend auf die megaharte Pritsche. Kopf auf dem Unterarm abgestützt.

Das war's.

Mal wieder durchschlafen. Punkt. Keine Pointe.

24

Vier Monate und einen Tag später.
WunderBar, München, Glockenbachviertel.
BunterHaufenParty. Dienstag, gegen 23 Uhr.

»Der nächste Song ist meinem Vater gewidmet, der vor Kurzem von uns gegangen ist«, kündigt der Pascal an und ruckelt am Mikroständer rum, oben auf der Bühne, die sonst die DJ-Kanzel beherbergt. »Der Song heißt *Weit, weit weg.*«

»One, two, three, a-four«, nummeriert der Schlagzeuger das Aneinanderschlagen seiner Sticks durch, und die Band setzt ein.

Eine Ballade. Schade.

Keine Ahnung, ob es eine gute Idee war, den Pascal und seine Gruppe auf einer meiner Veranstaltungen am mittlerweile sensationell etablierten Jeden-dritten-Dienstagabend-des-Monats auftreten zu lassen. Aber die Madame Marougé, liebe Freundin und Pächterin des Clubs, schlug vor, »Mach doch, versuch's einfach. Ist mal was anderes, lockert auf«, und ich wollte dem Pascal auch einen Gefallen tun, wo es doch für Livemusik generell kaum mehr Auftrittsmöglichkeiten gibt.

Dabei erwarten die Leute, die zu meinen Events kommen, natürlich eher Clubsound, Dance und Electro, vielleicht auch mal ein paar Disco-Kracher und die üblichen Klassiker-Schmonzetten ab zwei Uhr nachts. Aber der Pascal und seine drei Mannen von Hidden Hills spielen eher so

Achtzigerjahre-Pop. Weißt du, ich kenn ja ihre Lieder, aber erst jetzt, live vor Publikum, merk ich, dass das in dem rappelvollen Laden nur so mittelgut ankommt. Das liegt zum einen an der Wirkerwartung meines Publikums. Zum anderen – und da sag ich was! – sind Bands, so typische Bands, Gesang-Gitarre-Bass-Drums, so wie man sie seit sechzig Jahren kennt, meines Erachtens halt völlig vorbei. Das zieht nicht mehr.

So würde ich das dem Pascal aber nie sagen. Er ist ein Kind seiner Zeit und darin voller Leidenschaft verhaftet. Zudem hat er sich in den Kopf gesetzt, es mit der Band jetzt so richtig wissen zu wollen, alles auf eine Karte zu setzen, diese Schiene eben. Mann in seinen Dreißigern glaubt: Diesmal packen wir's. Große Karriere.

Das tut fast weh, in all seiner Naivität, aber ich muss den Pascal da unterstützen. Sonst würde das für alle Ewigkeit zwischen uns stehen. Zumal er seinen Job als Kommissar gekündigt hat! Allerdings nicht vorschnell. Nicht wegen der Band, weil er Rockstar werden möchte … (Gibt's das überhaupt noch?)

Nein, er hat unter anderem deswegen gekündigt, weil er mit dem von Segnitz, seinem Chef, überhaupt nicht mehr klargekommen ist. Der Pascal konnte ihm nicht verzeihen, dass er, der von Segnitz, mich per Pressemitteilung des Mordverdachts bezichtigt hat, einfach, weil er so wütend über meinen Versuch war, den Pascal im Alleingang aus den Fängen vom Dampfhammer-Bruder Bryan zu befreien. Der Pascal ist der Meinung (ich auch), dass man die Haft-Aufhebung vom Dampfhammer auch eleganter rechtfertigen hätte können.

Jedenfalls bestand seit diesem Vorfall ein Riss zwischen dem Pascal und dem von Segnitz.

Tja, und jetzt steht der *Ex*kommissar Pascal in seinem

engen Jeansjäckchen da oben auf der Bühne und rockt vor sich hin. Musikalisch nicht schlecht und alles, aber *so* außergewöhnlich nun auch wieder nicht. Und die Allerjüngsten sind er und die anderen drei ebenfalls nicht mehr … du siehst, ich hadere mit mir, bin hin- und hergerissen, weil ich mir ja wünschen würde, dass das alles Sinn macht, aber man weiß es halt besser.

Ich will bloß nicht, dass der Pascal einer dieser Männer wird, die schon bald eine große Zukunft hinter sich haben.

Aber da müssen wir jetzt durch. Und es liegt ja in seinem Charakter, sich selbst zu quälen, also bitte.

Natürlich fußte seine Entscheidung, sich aus dem Polizeidienst zu verabschieden, nicht bloß auf der Animosität gegenüber dem von Segnitz. Ein weiterer, nicht unwesentlicher Punkt, warum der Pascal kündigen wollte, hatte mit seinem Gewissen zu tun.

Für den Pascal, Träumer und Idealist in einem, sind die rechtsbrüchigen Bespitzelungsverfahren der Kripo mittlerweile außer Kontrolle geraten und einfach nicht mehr moralisch vertretbar (Moral! Noch so was Altmodisches). Nicht mehr lang, und »wir haben chinesische Verhältnisse. Die volle digitale Kontrollitis.« Sagt der Pascal mit seinem Insiderwissen, und ehrlich, man ahnt es ja sowieso, und es haut mich jetzt auch nicht völlig um. Als letztes Jahr das ganze Ausmaß der Bespitzelungsgepflogenheiten des BKA (seinem Arbeitgeber) bekannt wurde, in den völlig unabhängigen Qualitätsmedien jedoch lediglich auf ein Miniecho stieß, war das für den Pascal der Tropfen, der das Fass zum Überlaufen brachte.

Es wird immer heikler, die Guten von den Bösen zu unterscheiden.

Ich persönlich glaube ja, die Wahrheit interessiert keinen. Die Leute wollen sowieso, dass man sie täuscht. In jeder

Hinsicht. Alles verkommt, und niemand nimmt Anstoß. Außer dem Pascal. Der hat das, wie es bei der Kripo läuft, eben nicht mehr gepackt. Naiv oder nicht, ich kann verstehen, dass du dich, wenn dich etwas anwidert, dem nicht länger aussetzen kannst.

Überhaupt, je mehr ich vom Leben weiß, desto klarer wird mir: heute Schwarzseher, morgen Prophet. Wenn du vom Schlimmsten ausgehst, liegst du meistens richtig.

(Vielleicht gibt's auch noch einen ganz anderen Grund für Pascals Kündigung, und er verschweigt ihn mir bloß. Eitel, wie Männer sind. Und Einzelkind ist er auch noch.)

Aber was red ich denn! So viel zum Pascal, der gerade den letzten Refrain des Songs trällert, der auch der vorletzte des Abends sein wird. Danach legt die Madame Marougé wieder auf.

Die eng an eng durch die schummrige WunderBar wandelnden Gäste, mein geliebter bunter Haufen (so lautet auch das Motto des Abends), amüsieren sich jedenfalls trotz der traurigen Ballade bestens, und ich sehe die Kathi in ihrer schulterfreien Crop-Top-Bluse, wie sie in einer der lauschigen Nischen vor der langen Spiegelwand sitzt und mit zwei etwas älteren Mädchen flirtet. Wir haben noch nicht darüber geredet, aber letztens habe ich den Eindruck, dass die Kathi ein bisschen rumexperimentiert, und ich hoffe, sie macht nicht bloß auf bi, weil es gerade ein TikTok-Trend oder eine Was-weiß-ich-Challenge ist.

Apropos die Kathi: Ihr Video von der entfesselten Meute im Schleibinger Forst wurde zu ihrem bislang zweitgrößten YouTube-Hit ever. *Zombies gegen Biker/ALLE GEGEN ALLE/real life massacre* hat sie das Video genannt, das sie auf dem Dach der Kommando-Holzhütte der Z-Squad-Rollenfestspiele gedreht hat. Das ruppige Gerangel der Hundertschaft von Latexmaskenträgern, die sich gegen die knapp fünfzig

Switch-Blades-Jungs zu behaupten versucht haben, ging mal wieder viral ohne Ende. Zig Millionen Views.

Daraufhin hat die Kathi noch ein paar Schminktipps-Folgevideos für Zombie-Make-up gemacht und eine neue Kollaboration mit *Still Perfect Cosmetics* eingeheimst. Jetzt kann sie mir wieder von den gigantischen Summen vorschwärmen, die monatlich auf ihr Giro rauschen (Konto ist voll!). Ich teile dabei immer jeden Euro, der laut der Kathi bei ihr eingeht, durch vier, und schon habe ich die Summe, die die Kathi *wirklich* fürs Bewerben auf ihrem Kanal bekommt.

Dieser Umrechnungskoeffizient verhält sich proportional zur Wahrheitsableitung von Männerauskünften. Denn merke: Die Gehaltsangabe eines Mannes immer mindestens *durch zwei teilen*. Von der Körpergrößenangabe eines Mannes immer mindestens *zwei Zentimeter abziehen*. Und wenn ein Mann unaufgefordert von seinem Gemächt zu reden beginnt, ganz klar, dann wird's so erwähnenswert nicht sein. Stichwort: *Es hat sich noch keine beschwert!*

Aufgebrezelt stehe ich an meinem Lieblingsplätzchen in der WunderBar, auf der kleinen Empore, gleich wenn du reinkommst links, und überblicke die Partymeute im gedämpften Licht mit der mir eigenen Unruhe, die mich bei eigenen Veranstaltungen immer besonders aufmerksam sein lässt.

Als die Madame Marougé, hinten auf der roten Lederbank, meinen Blick sucht und findet, und zur Aufforderung den Sitz neben sich tätschelt, schlängle ich mich durchs Gedränge und setze mich zu ihr.

»Du hattest recht. Ist lahm!« Ihr Urteil ist gesprochen. Sie meint die Band. War einen Versuch wert. Die Madame Marougé ist seit Ewigkeiten Pächterin der WunderBar. Wie lang genau, lässt sich ebenso wenig einschätzen wie ihre Herkunft und ihr Alter. Sie dürfte zwischen fünfundvierzig und

Mitte sechzig sein, in aller Präzision gesagt. Kann sein, dass sie diese Aura des Geheimnisvollen kultiviert, kann sein, dass es naturgegeben ist. Nur wenige wissen überhaupt, wo sie wohnt.

Auf Veranstaltungen sitzt sie, stets dunkel gekleidet, meistens still in einer Ecke und beobachtet das Geschehen und die Angestellten. Sie merkt alles, sieht alles (streng, aber gerecht! Wenn nötig, stellt sie sich wie eine Löwin vor ihr Personal, denn: Ihr Personal ist gleich Familie). Und später am Abend legt sie dann selbst auf. Optisch und wesenhaft wie ausgewechselt.

Sie ist Unternehmerin aus purem, kapitalistischem Talent und verdient sich hier mit Umsatz und Vermietung dumm und dämlich. Es ist mehr als Gemunkel: Sie ist sagenhaft reich. Anders als die Kathi spricht sie jedoch niemals über Geld, und wenn, dann spielt sie ihr Dasein auf Sozialhilfeniveau herunter, weil sie glaubt, dass ihr das eher zum Vorteil gereicht als umgekehrt. Bargeld hortet sie teilweise daheim, in Tüten (Tüte ist voll!). Die längst vergangenen Glanzzeiten der Münchner Schickeria haben, so gesehen, für die Madame Marougé nie aufgehört.

Die Toiletten in der WunderBar sehen zwar aus wie eine Versuchsanordnug in einem Labor in Wuhan, das sich auf das Züchten völlig neuartiger Virenstämme spezialisiert hat. Und wenn ich ganz ehrlich bin, ist der Barbereich hygienetechnisch auch nicht ganz koscher. Aber das Siffige in ihrem Laden stört die Marougé nicht. Sie blüht in dem Sumpfigen auf. Und seit sie die oft zu Bruch gehenden Kristallaschenbecher durch Plastikascher ersetzt hat und trotz dieses Downgrades keinerlei Umsatzeinbußen verzeichnete, warte ich jeden Moment darauf, dass sie auch noch der letzten Reinigungskraft kündigt, weil die Leute wohl einfach alles schlucken.

Die Band hat ihr Set beendet, und der Pascal setzt sich wenig später zu uns in unsere Ecke. Nachdem die Madame Marougé und ich unsere ambivalenten Gefühle gegenüber seiner Performance überspielt haben, legt er seinen Arm um mich und zieht mich andeutungsweise an sich. Gerade richtig dezent. Ich interessiere mich nur für Männer, die sich auch für mich interessieren. Muss was Chronisches sein.

Als die Madame Marougé sich aufmacht, um gleich die DJ-Kanzel zu rocken, sobald das Equipment der Hidden Hills abgebaut ist, kommt eine der drei Bedienungen an unseren Tisch, die Sophie. Sie hat ein sehr hübsches Gesicht, aber noch schlechtere Haare als die Renée Zellweger. Ein schweres Los. Der Pascal bestellt sich was zu trinken, geht aber dann noch mal zur Bühne zurück, um seinen Verstärker und das Mikro rauszuschaffen. Obwohl es hier drinnen schwülheiß ist, zieht er sich einen Schal um, den er von irgendwoher hervorgezaubert hat, damit er sich nicht erkältet. Aber draußen ist es ja schließlich dezemberig, und mein ehemaliger Kriminaler neigt doch sowieso dazu, sich mit Krankheiten anstecken zu können, von denen er nur in der Zeitung gelesen hat.

Ich sehe ihm nach, und an seiner Rückenansicht erkenne ich einmal mehr, dass er seit seiner Geiselnacht im Puff nicht mehr derselbe ist. Bei allem, was da mit reinspielt, kommt es mir auch irgendwie vor, als hätte diese Erfahrung zu einer gewissen Entspannung geführt.

Übrigens hat der Pascal den Bryan Faltermeyer nicht wegen Kidnapping angezeigt. Wie wir überhaupt beschlossen haben, alles, wirklich *alles* ruhen zu lassen. Die Fahrbahnabdrängung, die Spritzerln, *Schwamm drüber, Schwamminger drüber*. Es war genug los.

Ich hab den Bryan auch nicht umgebracht, wie ich's in der

Hitze des Augenblicks angekündigt hatte. War reines Kopfkino.

Wobei, wenn dem Pascal was zugestoßen wäre? Wenn alles zusammenkommt? Kann dann jeder ein Mörder sein?

Jedenfalls lebt der Bryan noch. Und Rache ist ja was für immer.

Nach meiner Nacht in Zelle 2 der Weihnachtsbäckerei in Bad Seltsham (eine Unverschämtheit, mich dort tatsächlich bis in die Morgenstunden schmoren zu lassen), wurde ich nach München überführt und durfte noch weitere volle zwanzig Stunden Verhöre und Schikanen über mich ergehen lassen. Dann konnte der von Segnitz das Affentheater nicht mehr länger aufrecht halten, und es hieß, »Entschuldigen Sie die Umstände. Wir bitten um Verständnis. Sie können geh'n«.

Genauso wie der Pascal beim Bryan Faltermeyer, genauso hab auch ich anschließend rechtlich nichts gegen diese Farce unternommen. (Es gibt keine Gewinner. »Ich verklage Sie!« sagen nur Menschen ohne Lebenserfahrung.) Nicht, dass der von Segnitz am Ende noch gefeuert wird und er seine letzten Berufsjahre als Lichtberater, Wünschelrutengänger oder Bodenschachspieler fristen muss. Dann hätt ich zu meiner Genugtuung auch noch ein schlechtes Gewissen.

Die Medien sind auf meine Festnahme steil gegangen, das kannst du dir ja vorstellen. Interviewanfragen, Paparazzi-Stalking, Berichterstattung noch und nöcher. Und ich dachte, der Quoten-T-Hype sei der Höhepunkt meiner medialen Wahrnehmung gewesen.

Ich will dich nicht mit zu vielen Details irritieren, aber hätten wir nicht den Schraubenzieher gehabt, den der Wolf aus Aloisis Ferrari gerettet hat und der aus demselben Set stammte wie der Schraubenzieher aus dem Schuppen vom Dampfhammer, mit dem der Olaf Kreischke ermordet wurde, du, ich glaube, dann wäre der Mordverdacht wirklich an mir hängengeblieben – zumindest in den Köpfen der Leute –, auch wenn es keinerlei Indizien gab.

Noch mal knapp davongekommen.

Mir reicht schon die Bezeichnung als *ehemals Tatverdächtige*!

Damit kann ich leben. Gerade so.

Hier in der WunderBar hat eine wie von Zauberhand in ein knalliges Outfit gewechselte Madame Marougé bereits begonnen, ihre Original-Vinylscheiben einzustarten, und augenblicklich geht's ab. Sie hat's einfach drauf. Ich schaue auf die Tanzfläche und rundherum: Da brennt die Luft.

Ich muss zwar bald gehen und somit ausnahmsweise meine eigene Veranstaltung früher verlassen, weil ich morgen Punkt sechs rausmuss, um einen Flieger zu erwischen, aber wenn du jetzt noch schnell wissen willst, wie das mit dem Aloisi, der Mindy und dem Mord am Olaf tatsächlich abgelaufen ist, dann pass auf, hier kommt's.

Den Leingschwendner Aloisi hat's in seinem Leihferrari ultimativ zerfetzt, dabei ist es geblieben. Eine Mischung aus Implosion und Explosion des Motors hat aus Aloisis Körper quasi Fischmehl gemacht, wobei Ferrari kategorisch abstreitet, dass das, was da mit ihrem Wagen passiert ist, an ihrem Wagen lag.

Natürlich galt es trotzdem noch, den Mord am Olaf Kreischke zu klären, der bis dahin ja dem Dampfhammer angelastet worden war, wenn auch eher aus staatsanwaltschaftlicher Bereitschaft als aufgrund der Faktenlage.

Als die Polizei den zweiten Schraubenzieher, also den, den der Aloisi dem Knut aufm Parkplatz ins Zwerchfell gepikst hatte, mit dem Schraubenzieher abglich, mit dem der Olaf Kreischke gelyncht worden war, erhärtete sich die Vermutung, dass der Aloisi aller Wahrscheinlichkeit nach der Mörder gewesen sein musste. Zumal die Technik, mit der das Werkzeug dem Mordopfer Olaf über die Schläfe ins Hirn getrieben worden war, auffallende Übereinstimmungen mit mehreren Szenen aus der Zombie-Serie *The Walking Dead* aufwies. Staffel sechs, glaub ich. Auch das wurde polizeilich ermittelt.

Enorm, oder? Von Filmszenen inspirierte Hinrichtungsmethoden. Unterste Schublade.

In meiner unendlichen Güte und Naivität hatte ich bis zuletzt nicht geglaubt, dass der Aloisi hinter alldem stecken könnte.

Zeitlebens auf Hascherl gemacht, verstehst, und dann das. *Er war doch immer so nett!* Schon dieses Wort: nett.

Ach, Menschen: Man weiß nie restlos alles über sie.

Wieso, weshalb, warum der Aloisi den Olaf in seinem Büro überhaupt aus dem Leben befördert hat, stellst du jetzt die Frage aller Fragen?

Woher soll man das erfahren, jetzt, wo er tot ist.

Von der Mindy! Ja, die Mindy dürfte es wissen.

Nur leider ist die Mindy doch die Treppen runtergefallen, kurz nachdem die Kathi und ich sie in Bad Seltsham besucht haben.

Es ist sehr wahrscheinlich, dass die Vollpfosten vom Faltermeyer dafür verantwortlich waren, ungeschickt, wie sich diese groben Lackl ja auch bei Pascals und meiner Entführung angestellt haben. Von der Brandlegung in meiner Wohnung ganz zu schweigen.

Mei, und nüchtern war die Mindy an jenem tragischen Nachmittag auch nicht unbedingt.

So oder so, die Kotzbrocken vom Faltermeyer sind unbehelligt davongekommen, weil, was keiner sieht, ist nie passiert.

Jedenfalls liegt die Mindy mittlerweile in einem Sanatorium in Basel auf Halde. Aller Voraussicht nach wird das auch nichts mehr werden mit der Wiedererlangung ihrer geistigen Klarheit. Für sie sieht's ganz schlecht aus.

Orthopädisch ist sie aber wohlauf. Putzmunter.

Nachdem der Erol die Mindy bewusstlos am Fuß der Treppe in ihrem Wohnhaus aufgefunden hatte, war sie gleich nach Basel verfrachtet worden, auf Geheiß von Elyas' & Erols Auftraggeber Adi Dietz und in Absprache mit seinem Kumpel Albert, Mindys Exgatten. In eine Privatklinik. Beste Ärzte und höchste Diskretion. Damit die Mindy aus der Schusslinie ist und keine hässlichen Schlagzeilen entstehen.

Öffentlichkeit schätzt man nicht in diesen Kreisen. Hast ja schon mitbekommen.

Als dann ein paar Tage nach dem Treppensturz die Kathi und ich mit dem Adi und seiner Frau, sowie dem Albert und seiner neuen Frau, auf der Terrasse in der Baseler Villa saßen, hatten sie mich ja gefragt, ob sie mir irgendwie helfen könnten, den Pascal zu befreien. Und da habe ich nicht lange gezögert und mir gedacht: Ich brauche ein Video von der Mindy, in dem sie den Aloisi ein bisserl motiviert, mit der Wahrheit über den Mord am Kreischke rauszurücken. Könnte mir im Bedarfsfall sogar gegenüber der Polizei weiterhelfen. So hab ich das dem Adi und dem Albert auch gesagt – und dann ist etwas passiert, was dir in der normalen Welt auf diese Weise aber ganz sicher nicht widerfährt.

Wir sind zu sechst in einen Maybach gesprungen (also der Adi, seine Frau Mathilda, der Albert, seine Frau Vanessa, die Kathi und ich) und in das piekfeine Krankenhaus gebraust, das die Mindy beherbergt, haben auf der Hinfahrt den Chefarzt aus dem Bett geklingelt und in die Klinik beordert, und dann: haben wir die halbbewusstlose Mindy in ihrem Bett aufnahmefertig gemacht, positioniert und frisiert, der Chefarzt höchstpersönlich hat ihr eine Adrenalininjektion verabreicht (da wird gemacht, was der Kunde sagt), und wir haben der Mindy Satz für Satz vorgesagt, was sie bitte in die Kamera nachsprechen soll. Das war ein furchtbares Gestopsel, ein dauerndes Stop-and-go, weil die Mindy maximal vier Worte behalten konnte – meistens nicht mal das – und dauernd viel zu undeutlich gesäuselt hat, aber nach einer halben Stunde hatten wir die fünf Sätzlein beisammen, die den Aloisi zu einem umfassenden Geständnis bewegen sollten.

Adrenalininjektionen in einer Privatklinik, nachts um drei! Vom Chefarzt persönlich! Schön!

Völlig klar, die Welt der Superreichen ist wirklich pervers, und ich habe noch vor Ort angefangen, diese skrupellose Mischpoke zu bewundern …

Wer da jetzt ganz empört meint: Bedaure!, das geht zu weit!, dann muss ich sagen: Ja, denkst du denn, du an deren Stelle und in dieser Situation würdest es anders machen?

Bitte nicht Ja sagen. Sonst muss ich noch ein ganz anderes Fass aufmachen. Dann kennst du dich selbst nämlich einfach nicht gut genug.

Was aber auch ein Vorteil sein kann, so ist es nicht.

Schläft man besser.

Auf dem Heimflug hat die Kathi dann Mindys rhetorische Krankenbett-Miniaturen professionell aufm Handy zusammengeschnitten. Aber wie du ja weißt, haben wir das Filmchen von der Hirngemüse-Mindy gar nicht mehr benötigt, weil mich ja dann der von Segnitz genau rechtzeitig der Presse zum Fraß vorgeworfen hat (AZ-Meldung: »Vikki Victoria neue Hauptverdächtige«), woraufhin der Bryan Faltermeyer den Pascal auch umgehend aus dem Bordell entlassen hat.

So.

Heißt das, dass wir nie erfahren werden, warum der inzwischen tote Aloisi den Olaf Kreischke umgebracht hat und welche Rolle die Mindy dabei gespielt hat, weil die Mindy nicht mehr zurechnungsfähig ist?

Mitnichten.

Wir ham's gleich, weil, jetzt Obacht: Das entscheidende Rätsel besteht ja im Nachhinein darin, dass die Polizei beizeiten einfach nicht auf den Aloisi als Verdächtigen gekommen ist.

Niemand hat *den* verdächtigt. Der hatte ein Bombenalibi.

Der Aloisi saß nämlich am Tag von Olafs Ermordung hinter der Rezeption in der *Shop Drop TV*-Lobby. Wie eine Brezn. Ununterbrochen, stundenlang. Gemäß Videoaufzeichnung. Und der Mord fand zwei Stockwerke drüber statt. Was also *war da los*?

Und jetzt kommt das Zwetschgenmanderl ins Spiel!

Erinnerst du dich an den hageren Typen, der in der Holzhütte im Schleibinger Forst die Zombie-Kommandozentrale mit dem ganzen High-End-Kram bedient hat? Berti Homberger heißt der, wie ich inzwischen weiß.

Mit dem Aloisi zusammen hat dieser Berti Homberger die letzten Jahre über dieses erstaunliche Z-Squad-Universum aufgezogen und dabei vor allem die technischen Aspekte betreut und die digitalen Voraussetzungen geschaffen. Er war quasi Aloisis rechte Hand. Dem Berti gehört in Bad Seltsham außerdem ein Laden für Sicherheitstechnik. Elektro Homberger, Liebigstraße 4, Bad Seltsham (hat momentan vorübergehend geschlossen).

Und da die Gründer von *Shop til you Drop TV* von Anfang an Wert darauf gelegt haben, aus Nachhaltigkeitsgründen so weit als möglich örtliche Handwerksbetriebe bei Bau und Ausstattung der Firmenzentrale heranzuziehen, haben sie mit der Sicherheitstechnikfirma vom Homberger Berti auch genau das getan.

Der Berti hat das komplette *Shop Drop*-Gelände security-mäßig ausgestattet. Alarmanlagen, Kameras, Sensoren, das Feinste vom Feinen.

Dass der Berti als Kind auch mit dem Aloisi in die Bad Seltshamer Grundschule gegangen ist, dass die beiden von früh an beste Freunde forever waren und dass es dann auch nahelag, dass der Berti dem Aloisi, ohne zu zögern, beispielsweise auch dabei helfen würde, eventuelle Spuren beim bestialischen Chefabmurksen technisch *gar nicht erst entstehen* zu lassen – also bitte, das ist doch selbstverständlich. Das brauch ich dir nicht näher zu erläutern.

So kommt es, nach all meinen aufwendigen und offensichtlich restlos sinnlosen Nachforschungen, dass am Ende das Zwetschgenmanderl Berti Homberger die einzige Quelle war, die der Polizei nicht nur schildern konnte, wie der Aloisi den Mord am Olaf hingekriegt hat, sondern auch ein Erklärungsmodell dafür unterbreiten konnte, weshalb der Aloisi überhaupt erst zum Mörder wurde.

Aber eins nach dem anderen.

Der Berti, auf dessen Verbindung zum Aloisi die Ermittler erst durch die ganze Zombiegeschichte gestoßen waren, hat nach einem kurzen Prozess viereinhalb Jahre bekommen. Beihilfe zum Mord und zur Verschleierung, oder so ähnlich. Nix Bewährung.

Der Richter meinte, Bertis Manipulation der Kameras und des *Shop Drop*-Computersystems sei, laut hinzugezogener Gutachter, von beinah genialischer Machart gewesen (diabolisch!) und wiege daher umso schwerer in Sachen Strafmaß. Was jetzt für mich überhaupt keinen Sinn ergibt, aber das tut Rauchen ja auch nicht.

Wurst. Aber schau an: Die Arbeit vom Zwetschgenmanderl Berti trägt *genialische Züge*. Dieser Schlawiner.

Schon komisch, welche Gattung Mensch die Digitaltechnologie aus den Löchern ewiger Fäulnis befördert: das Zwetschgenmanderl Homberger, wie auch den Bill Gates, den Jeff Bezos, den Elon Musk, den Mark Zuckerberg, die beiden Google-Dödel. Hätte man früher einen von denen irgendwo reden hören oder irgendwo stehen gesehen, hätte man gesagt: Oh, oh, dem Habitus zufolge, der Mimik und Gestik nach, dem Duktus wie auch der Kopfform nach: *absolut abartig, echt grenzwertig, diese Typen. Letztlich fast ein bissi minderbemittelt. Dorfdeppen!* Wohlgemerkt: Fr-ü-her hätte man das gesagt! Heutzutage ist das Gott sei Dank anders, da denkt man sich das nur noch.

Hier in der WunderBar, wie auch im Rest Mitteleuropas, ist es mittlerweile ein Uhr nachts, und die Stimmung befindet sich auf einem soliden Siedepunkt. Leider muss ich jetzt aufbrechen, da ich ja diesen blöden Flieger um halb neun kriegen muss und davor noch etwas Schlaf abbekommen möchte, damit ich morgen beim Keil nicht zu geschafft aussehe.

Ich frage den Pascal, ob es okay ist, wenn wir jetzt gehen. Mein Optimist auf zweitem Bildungsweg greift erleichtert nach seinem Handy, und wir machen flux einen französischen Abgang. Einfach verschwinden. Nur der Madame Marougé am DJ-Pult winken und sich nicht sicher sein, ob ihr gouvernantenhaftes Kopfnicken wirklich uns gegolten hat. Die Kathi ist schon vor einer halben Stunde mit den beiden Flirtmädchen abgehauen. Händchen haltend, alle drei.

Es ist saukalt, als wir die zwei Straßen entlanggehen, die zu meiner Wohnung führen. Sie ist seit drei Wochen wieder bewohnbar. Die Renovierungsarbeiten haben sich ewig hingezogen. Handwerker sind die neuen Celebritys. Begehrt, hofiert, hochmütig. Trotz Komplettsanierung riecht es immer noch ein bisschen kokelig und rauchig. So ein Brand frisst sich anscheinend in die Bausubstanz. Dafür ist jetzt alles barrierefrei renoviert. Für später mal.

Der Pascal und ich entern meine Wohnung, ich gebe zu, ich habe leichte klitorale Zuckungen, und ich gestehe auch, dass ich mich fast nicht mehr besinnen kann, früher eine andere Lust gekannt zu haben als die, die mich mit dem Pascal verbindet.

Über die turbulenten Jahre meines Lebens hinweg hatte ich mich unter anderem auch daran gewöhnt, allein zu sein, und zu Beginn meiner Liaison mit dem Pascal konnte ich mich nicht sofort so ohne Weiteres damit abfinden, dass jemand in meinem Leben unentbehrlich werden könnte. Bloß keine emotionalen Verflechtungen. Abteilung: Wehe!

Und dann kommt so was.

Es ist sechs Uhr, als mein Wecker klingelt. Ein schrilles, schädliches Geräusch, das auch irgendjemand entwickelt haben muss. Ein Sounddesigner aus der Hölle. Zu Weihnachten in einer Woche lass ich mir vom Pascal einen Wecker schenken, der keinen Lärm macht. Vorerst soll er aber erst mal weiterschlafen.

Ich schäle mich aus dem Bett, fühle mich völlig zerrupft und vollziehe meine Rituale in einem Dämmerzustand, aus dem ich erst vollends auftauche, als ich eine Dreiviertelstunde später vor dem Haus ins bestellte Taxi steige, das ich mir mit dem Erwin Dampfhammer Faltermeyer teilen darf, weil das ZDF mit 2,1 Milliarden Euro jährlicher Rundfunkgebühren lieber ein Sammeltaxi für seine Talkshow-Gäste bestellt, als sie einzeln zum Flughafen kutschieren zu lassen, um sich bloß nicht des Verdachts der Geldverschwendung schuldig zu machen.

Taxi-Sharing ist eine absolute Unverschämtheit. Oder soll uns das einander näherbringen?

»Guten Morgen«, sage ich sowohl zum Fahrer, so einem potenziellen Gutelauneclown, als auch zum lächelnden

Dampfhammer und schiebe mich neben ihn auf die Rückbank.

Er riecht nach der Neuauflage von Old Spice, die besser ist, als ich gedacht hätte. Und wie immer trägt er einen teuren Maßanzug am sportlichen, braungebrannten Körper, der sein zurückgekämmtes Haar gleich weniger grau wirken lässt. Tricky.

Das Taxi fährt los. München in der Früh. Schneegestöber. Idyllisch. Ob sie die Tragflächen der Maschine enteisen müssen?

»Bist du bereit für unser großes Resümee«, meint der Dampfi süffisant und trifft damit den Nagel auf den Kopf. Nun, da sämtliche Ermittlungen und Verfahren zum Mordfall Olaf Kreischke abgeschlossen sind, wünscht sich die Keil-Redaktion eine schöne, knallige Aufarbeitung des Falls durch die beiden Protagonisten, die von allen Beteiligten kurioserweise mit dem Mord an sich am allerwenigsten zu schaffen hatten. Aber klar werde ich erzählen, was sie an Details und Insiderstorys wissen wollen. Dass der verklemmte Aloisi Leingschwendner schon immer gern zu Prostituierten gegangen ist, weil ihm Frauen ansonsten eher eine Riesenangst eingejagt haben. Und der Dampfhammer Erwin wird ergänzend berichten, dass er der Polizei nach Aloisis Tod bei den Ermittlungen behilflich war, indem er die Chatverläufe auf seinen Escort-Seiten zur Auswertung freigegeben hat, aufgrund derer rauskam, dass der Aloisi dort vor gut einem Jahr auf die Profilseite von der Mindy gestoßen ist und sie, die ja seine Tante ist, trotz verpixeltem Gesicht sofort erkannt hat.

By the way: Mindys Arbeitspseudonym lautete Lucy Hiltrop. Als der Wolf und ich das gehört haben, haben wir uns mal wieder ausgeschüttet vor Lachen. Es gibt wahrlich wenige ungeilere Namen, als … *Lucy Hiltrop.* Wir nennen uns momentan gegenseitig nur noch so. Mal sehen, wann das wieder abflaut. Hey, Lucy? Ja, Lucy?

Ich könnte beim Keil dann wieder das Wort vom Dampfhammer übernehmen und erzählen, dass der Aloisi, nachdem er entdeckt hat, dass seine Tante Mindy als Edelprostituierte arbeitet, monatelang mit ihr ge-e-mailt und ge-whatsappt hat, immer mit vorwurfsvollem Ton. Bis er schließlich mit »falls du das nicht sein lässt« und »Familienehre« drohte. So ein totaler Quatsch halt.

Vielleicht erzählt daraufhin der Dampfhammer dem Keil, dass die Mindy bei ihm enorme Schulden gehabt habe und er selbst bewiesenermaßen mit irgendwelchen Erpressungen vom Adi Dietz oder vom Olaf Kreischke rein gar nichts zu tun hatte (ich werde über den Dampfi dabei jedoch nicht verraten, dass er eine Erpressung *sehr wohl* vorhatte, weil er doch glaubte, über *mich* an die beiden geldigen Jungs ranzukommen).

»Bleibt aber noch die Frage, warum dieser seltsame Outsider Alois Leingschwendner Herrn Olaf Kreischke getötet hat«, höre ich schon den Keil Markus eifrig fragen, dabei die Stirn runzelnd und die Augen zusammenkneifend.

Darauf werden entweder der Dampfhammer oder ich antworten.

Ich werde sagen: »Magst du?«, und den Dampfi schmunzelnd ankucken. Er wird mir vielleicht antworten: »Gern *du*, Vikki, bitte!« Weil ein Gentleman ist er ja schon, der Dampfi und seine zur Kontrolliertheit neigende Wildheit. Exboxer und Zuhälter schön und gut, zuvorkommend jedoch allezeit.

Schließlich werde ich mich an den Keili wenden und einfach nur berichten: »Soweit wir von Aloisis bestem Freund, dem Berti Homberger, wissen, muss sich der Aloisi vom Olaf Kreischke einen furchtbaren Anpfiff eingefangen haben, weil der Aloisi nicht aufgehört hat, die Mindy über Monate hinweg zu verfolgen und zu belästigen, zu ermahnen und sogar damit zu drohen, sie vor der Familie und allen wegen ihrem Escortjob zu verpetzen, falls sie ihn nicht finanziell beim Ausbau seiner Z-Squad-Idee unterstützen würde (Erpressung, da haben wir's wieder! Volkskrankheit!). Und da ist der Olaf, der zu dem Zeitpunkt ja bereits Mindys Lover war, wohl ausgetickt und hat den Aloisi zur Sau gemacht. Der Aloisi aber, durch den Erfolg in seinem Zombie-Unternehmen inzwischen mit einer ganz frischen Hybris und Selbstversessenheit ausgestattet (gib einem Underdog einen kleinen Erfolg!), ließ sich vom Olaf ganz sicher nicht mehr in die Schranken weisen wie früher einmal – die Zeiten waren für den Commander Number One der Z-Squad vorbei –, sondern hat den Olaf – minutiös und generalstabsmäßig – in seinem wunderschönen Chefbüro in Stock 2 des *Shop Drop*-Gebäudes in die Schläfe gestochen. Im Wahn, im Überschwang, zur Kompensation eines komplexbehafteten Lebens …

Bildmaterial gibt's keins, weil der Elektro-Homberger Berti doch ein Genie ist!

Das Gschichterl wird ihm gefallen, dem Keil. Was kuschelig Drastisches am Mittwochabend in seiner Sendung, erzählt von zweien, die ganz nah an sämtlichen Beteiligten dran waren.

Der Dampfi und ich, wir können ihm dann auch noch ein bisschen was von falschen Verdächtigungen und Lügengeschichten, von Wohnungsbränden und Verhaftungen, von Auffahrunfällen und Geiselnahmen, von Bikergangs versus Latexmasken und E-Mobility versus Ferrari erzählen. Und ich bin mir ziemlich sicher, das werden wir auch.

Das hätte sich der Meister Keil vor vier Monaten auch nicht ausgemalt, dass die Victoria Vikki, die als WhatsApp-geschädigte Regenbogenperson in seiner Sendung war, anschließend eine solche Odyssee durchlaufen würde.

Aber jetzt frage ich dich, nach dem ganzen Hin und Her: Ist das jetzt ein Happy End?

Es ist ja nicht so, als gäbe es ein Grundrecht auf ein Happy End. Oder was man auch darunter versteht. (Und nach dem *End* geht's ja auch gleich wieder weiter, immer weiter und weiter …)

Der Ausgangspunkt des Ganzen jedenfalls, die erniedrigende Quotentransen-Drecks-WhatsApp selbst, die, die der Adi Dietz dem Olaf Kreischke damals geschickt hat … also wer die aller Wahrscheinlichkeit nach veröffentlicht hat, der Olaf selbst, oder die Mindy? Das wird ein Geheimnis bleiben.

Ist aber auch total, restlos, vollkommen unerheblich.

Das Einzige, was ich weiß, nach dem ganzen massiven Medienhype, der mich durch die letzten Monate begleitet hat, und durch den das Geschehen ja auch schon ausreichend öffentlich aufbereitet wurde …

Also, das Einzige, was ich hundertprozentig weiß – auch wegen der Aus-dem-Nähkästchen-Plauderei, die ich in ein paar Stunden im Fernsehstudio in Hamburg folgen lassen werde (deshalb schalt' den Keil heut Abend am besten ein) …

Also, das Einzige, was ich ganz sicher weiß, ist: Diesmal schreib ich bestimmt kein Buch über meine Erlebnisse, so, wie ich das über meinen Parforceritt letztes Jahr getan habe, als ich die Kathi retten musste und noch so einiges mehr.

Die Geschichte damals, die ich *Zurück nach Übertreibling* genannt hab (musst du nicht lesen), hat mich *viel* zu sehr aufgerührt, als ich sie geschrieben hab.

Weil ich dazu innerlich ja alles erneut durchleben musste.

Hölle.

Das mach ich nicht mehr. Mich so zu verausgaben. Nie mehr.

Nichts zu machen.

Außerdem könnte ich's auch nicht mehr toppen, weil, ich meine, *Nachfolgeromane*! Die Bedeutungslosigkeit kennt keine Grenzen. Kannste alle unbesehen einstampfen.

Kommt noch hinzu, und das darfst du nicht vergessen: die ganzen Erlebnisse der letzten vier Monate? Das ganze Durcheinander? Dieses absolute Tohuwabohu?

Das glaubt mir doch kein Mensch.

Kathis gängigste Versprecher

Nagallack statt Nagellack
Halbachtstellung statt Habachtstellung
Orhiedehe statt Orchidee
Einbahnfrei statt einwandfrei
Die Ruhe in Pension statt Die Ruhe in Person
Lichtjahr statt Schaltjahr
Wärmeflasche statt Wärmflasche
Geldbüschel statt Geldbündel
Authenzität statt Authentizität (Klassiker)
Schundluder statt Schindluder
Binsenwahrheiten statt Binsenweisheiten
Indentität statt Identität
Kokusnuss statt Kokosnuss (Classic)
Kardamon statt Kardamom (Kultklassiker)
Mimimum statt Minimum
Null plus ultra statt Non plus ultra
Arzenei statt Arznei
Zuverlässlig statt zuverlässig
Lybien statt Libyen (Standard)
Augenbraunen statt Augenbrauen
Sesamkatze statt Siamkatze
Verstreuter Professor statt Zerstreuter Professor
Fuchs, Du hast Dich ganz gestohlen
Narbel statt Nabel
Guerilla statt Gorilla
Schüchternes Haar statt Schütteres Haar
Lügener statt Lügner

Agostroph statt Apostroph
Übertreibling statt Übertreiber
Oh lala statt so lala
Gerstenschlank statt gertenschlank
Schnäpschen statt Schnäppchen sowie jemandem ein Schnäppchen statt ein Schnippchen schlagen
Shampoo statt Chapeau
Am selben Strand ziehen statt am selben Strang ziehen
Oberlix statt Obelix
Etwas für wahre Münze statt Etwas für bare Münze nehmen
Unterm Strick statt unterm Strich
Achillis- statt Achillessehne
Deligieren statt delegieren (Oldie)
Etwas wegmachen statt etwas wettmachen
Da leuchten die Alarmglocken statt Da läuten die Alarmglocken
Miniskus statt Meniskus (Standard)
Reperatur statt Reparatur
Spürlos an einem vorbeigegangen sein statt spurlos an einem vorbeigegangen sein
Heuchlerei statt Heuchelei
Traumatas statt Traumata (Modus, Modi, Modies)
Gutherzlich statt gutherzig
Gerüchte grassieren statt Gerüchte kursieren
Amarettokirschen statt Amarenakirschen

Die Songs aus ›Grüße aus Bad Seltsham‹ zu finden auf: vikkivictoria.de

Pfui Deife
(Vikki Victoria)
gesungen von Gloria Gray

I hab' noch nie an mein'm Finger geleckt
Weil sich's so besser umblättern lässt
I lang' doch nie in am wuidfremden Klo
Ohne Papier irg'nd a Türklinken o'

I hab' noch nie mit die Finger a Glas
So von oben am Rand angefasst
I hab' noch nie im Hotel mit der Hand
Die versoachte Fernbedienung o'glangt

Weil's ma graust, und wia's ma graust
Die ander'n scheinbar ned
Und jetzt schau', jetzt schaut's anders aus
Mei', dass i des no erleb'

CHORUS

Endlich moi nimmer so vui Menschen
Wenn i so durch die Straßen geh'
Endlich koa lästig's Händeschütteln
Lafft ma a Freind moi über'n Weg

Endlich is' Schluß mit Bussi Bussi
Und a' der Scheißumarmerei
Und i muass niemanden mehr riech'n
Es war' so schee, wenn des so bleibt

Die ganze Weit is' so pfui Deife

I balancier' wiera G'störte im Bus
Dass i d' Stanga ned olanga muass

In koana Umkleide ham' meine Fiaß
Je ohne Schlappen an Boden berührt

I fand scho' immer den glitschigen Griff
Von am Einkaufswag'n furchtbar versifft
Die Liegewiese im städtischen Bad
Dafür is' mei' Besaitung zu zart

Oh, wia frei muaß ma' sei'
Wenn ma' ned is' wia i
Und jetzt des! Was d' ander'n stresst
Des is' mei' Utopie

CHORUS

Und plötzlich is' da diese Wehmut
Die si' ganz langsam einäschleicht
Und auf an Schlag werd's ma ganz anders
I glab' as Gröbste is' vorbei

CHORUS

Zurück ins prallgefüllte Leben
Und zwar genau so wia i's kenn'
Mit allem Glanz und Jubel Trubel
Und i bin in mei'm Element

Ned nur a Luftkuss-Bussi-Bussi
Ned nur a Scheinumarmerei
Sondern die volle Lust aufs Leben
's is' wirklich allerhöchste Zeit

Ned nur a Luftkuss-Bussi-Bussi
Ned nur a Scheinumarmerei
Sondern die volle Lust aufs Leben
's is' wirklich allerhöchste Zeit

Musik & Text: Robin Felder
Robin Felder Music/Felix Heldt Music

Weit, weit weg
(Pascal Herzberg)

So spuit as Leb'n
Wia für uns vorbestimmt
Ois dad i geb'n
Kannt's nur von vorn' beginn'n

I woaß, dass des ned sei' kann
Doch trotzdem fühlt' si's no' so an
Als hätt'st Du Di bloß kurz versteckt
Ganz, ganz nah, doch i woaß Du bist
Weit, weit weg

So vui zum sag'n
Was I Dir no' sag'n hätt' woin
So vui zu frag'n
Doch scheinbar hat's ned sein soin

I hoit mi fest, Stund' um Stund'
An jedem Stück Erinnerung
A wenn i woaß, es hat koan Zweck
I steh' hier und Du bist scho' längst
Weit, weit weg

Und nix werd je wieder sei, wie's war
Doch i kumm scho' irg'ndwie klar
Bist Du a ned hier
Mir bleibt a Teil von Dir

I woaß, dass des ned sei' kann
Doch trotzdem fühlt' si's no' so an
Als hätt'st Du Di bloß kurz versteckt
Ganz, ganz nah, doch i woaß Du bist
Weit, weit weg

Und i rühr' mi koa Stück vom Fleck
Kannt ja sei', Du bist gar ned so
Weit, weit weg

Musik & Text: Robin Felder
Robin Felder Music/Felix Heldt Music